Donna Leon est née en 1942 dans le New Jersey et a vécu à Venise, théâtre de ses romans policiers, pendant plus de trente ans. Son premier roman, *Mort à La Fenice*, a été couronné par le prestigieux prix japonais Suntory, qui récompense les meilleurs romans à suspense. Les enquêtes du commissaire Brunetti ont conquis des millions de lecteurs à travers le monde.

Donna Leon

MORT EN TERRE ÉTRANGÈRE

ROMAN

Traduit de l'anglais (États-Unis)
Par William Olivier Desmond

Éditions Calmann-Lévy

TEXTE INTÉGRAL

TITRE ORIGINAL
Death in a Strange Country

ÉDITEUR ORIGINAL
HarperCollins, New York, 1993

ISBN 978-2-7578-8929-9

Pour Peggy Flynn

Vogli intorno lo squardo, o Sire, e
vedi qual strage orrenda nel tuo
nobil regno, fa il crudo mostro. Ah
mira allagate di sangue quelle
pubbliche vie. Ad ogni passo vedrai
chi geme, e l'alma gonfia d'atro
velen dal corpo esala...

« Regarde autour de toi, ô Sire, et vois les terribles destructions faites par ce monstre cruel dans ton noble royaume. Vois ces flots de sang qui inondent les rues. À chaque pas, l'on voit quelqu'un gémir, l'âme quitter un corps boursouflé d'un horrible poison… »

Mozart, *Idoménée.*

1

LE CADAVRE flottait sur le ventre dans les eaux épaisses du canal. Lentement, la marée descendante l'entraînait vers les eaux libres de la lagune sur laquelle donnait la voie d'eau. Sa tête heurta à plusieurs reprises les marches moussues du débarcadère, devant la basilique SS Giovanni e Paolo, y resta pris un moment avant de s'en détacher, une jambe ayant décrit un arc, délicat comme un pas de danse, qui l'inscrivit dans le courant pour lui faire reprendre sa route vers le large et la liberté. Mais il n'alla pas loin.

Dans l'église proche, l'horloge sonna 4 heures et le courant perdit de sa vitesse, comme sur l'ordre des cloches.

Le mouvement de l'eau ralentit encore jusqu'à ce que soit atteint ce moment de calme absolu qui sépare deux marées, en attendant de s'inverser. Prise dans cette bonasse, la chose flasque, presque invisible dans ses vêtements sombres, oscillait doucement à la surface. Du temps s'écoula. Le silence fut rompu lorsque deux hommes passèrent, bavardant d'un ton retenu dans lequel on percevait les inflexions sibilantes du dialecte vénitien. L'un d'eux poussait un chariot bas chargé des journaux qu'il disposerait dans son kiosque, avant de commencer sa journée ; l'autre allait rejoindre son travail à l'hôpital, dont la bâtisse occupait tout un côté de la vaste place ouverte.

Non loin, sur la lagune, passa un petit bateau accompagné de ses teuf-teuf paisibles ; les vaguelettes qu'il provoqua remontèrent le canal et vinrent jouer avec le cadavre, le repoussant à nouveau contre l'embarcadère.

Lorsque la cloche sonna 5 heures, une femme, dans l'une des maisons qui donnaient sur le canal et faisaient face à la place, ouvrit les persiennes vert foncé de sa cuisine puis se tourna pour baisser le feu, sous la cafetière. Encore somnolente, elle mit une cuillerée de sucre dans une petite tasse, éteignit le gaz d'un mouvement exercé du poignet et versa le liquide épais. Tenant la tasse à deux mains, elle retourna à la fenêtre ouverte et, comme elle le faisait tous les matins depuis des dizaines d'années, regarda la statue équestre géante de Colleoni, jadis l'un des plus redoutables condottiere de l'Italie du Nord, et aujourd'hui son plus proche voisin. Pour Bianca Pianaro, c'était le moment le plus paisible de la journée et Colleoni, coulé dans l'éternité du bronze depuis des siècles, était le compagnon parfait de ce précieux quart d'heure de silence secret.

Prenant plaisir à sentir la brûlure du café, elle le sirotait tout en observant les pigeons qui avaient déjà entamé leur progression ponctuée de picorements jusqu'au socle de la statue. Machinalement, elle regarda au-dessous d'elle, à l'endroit où le petit bateau de son mari était amarré, oscillant sur l'eau d'un vert presque noir. Il avait plu dans la nuit et elle voulait vérifier si la bâche tendue dessus n'avait pas bougé. Au cas où elle aurait été déplacée par le vent, Nino devrait descendre écoper avant de se rendre au travail. Elle se pencha pour mieux voir la proue.

Elle crut tout d'abord qu'il s'agissait d'un sac-poubelle, enlevé sur l'embarcadère par la marée de la nuit. Cependant, il avait une forme étrangement symétrique, allongée, avec deux branches se détachant de la partie centrale presque comme si c'était... « Oh, Dio ! » s'exclama-t-elle, laissant échapper la tasse qui plongea dans l'eau, non loin de l'endroit où l'étrange forme flottait dans le canal. « Nino, Nino ! cria-t-elle, se tournant vers la chambre, y'a un cadavre dans le canal ! »

Ce même message — « Il y a un cadavre dans le canal » — réveilla Guido Brunetti vingt minutes plus tard. Il se hissa sur l'avant-bras gauche, entraînant le téléphone avec lui.

« Où ça ?

— À San Giovanni e Paolo, monsieur. Devant l'hôpital, répondit le policier qui l'avait appelé dès que l'information était parvenue à la questure.

— Qu'est-ce qui s'est passé ? Qui l'a trouvé ? » demanda alors Brunetti. Il sortit les jambes de dessous les couvertures et s'assit sur le bord du lit.

« Je ne sais pas, monsieur. Un homme du nom de Pianaro nous a appelés pour nous avertir.

— Mais pourquoi m'as-tu appelé, moi ? » Le policier ne fit aucun effort pour cacher son irritation — conséquence directe de l'heure qu'il pouvait lire sur le réveil, à côté du lit : 5 h 31. « Et l'équipe de nuit ? Il n'y a personne ?

— Ils sont tous rentrés chez eux, monsieur. J'ai appelé Bozzetti, mais sa femme m'a dit qu'il n'était pas encore arrivé, se justifia le policier d'une voix qui devenait de plus en plus incertaine. Alors je vous ai appelé, puisque c'est vous qui êtes de service aujourd'hui. » Service qui commençait, se rappela Brunetti, dans deux heures et demie — mais il ne dit rien.

« Vous êtes toujours en ligne, monsieur ?

— Oui. Il est 5 heures et demie !

— Je sais, monsieur. Mais je n'ai pu trouver personne d'autre, bêla le jeune flic.

— Très bien, très bien. Je vais aller voir ça. Envoyez-moi une vedette. Tout de suite. » Se souvenant de l'heure et du fait que l'équipe de nuit venait de quitter son service, il ajouta : « Y a-t-il au moins quelqu'un pour la piloter ?

— Oui, monsieur. Bonsuan vient juste d'arriver. Je vous l'envoie ?

— Oui, tout de suite. Et appelle le reste de l'équipe de jour. Dis-leur de me retrouver là-bas.

— Bien, monsieur, acquiesça le jeune homme, manifestement soulagé que quelqu'un d'autre prenne les choses en main.

— Appelle aussi le docteur Rizzardi. Demande-lui de nous rejoindre sur place dès qu'il peut.

— Bien, monsieur. Autre chose ?

— Non, rien. Commence par m'envoyer tout de suite la vedette. Et dis aux autres de boucler l'endroit, s'ils arrivent avant moi. Qu'on ne laisse personne approcher du corps. » Pendant qu'ils parlaient, combien d'indices allaient être effacés, combien de mégots jetés au sol, combien de pieds allaient marcher sur les dalles ? Sans rien ajouter, le policier raccrocha.

Dans le lit, à côté de lui, Paola bougea et le regarda d'un œil, un bras nu abritant l'autre de l'agression de la lumière. Elle émit un son qu'une longue expérience lui avait appris à interpréter comme une question.

« Un cadavre. Dans un canal. Ils viennent me chercher. Je t'appellerai. » Un autre son sortit de la gorge de Paola, affirmatif cette fois. Elle roula sur le ventre et se rendormit aussitôt — sans aucun doute la seule personne de toute la ville à ne pas être intéressée par la découverte d'un corps flottant dans un canal.

Brunetti s'habilla rapidement, décida de ne pas perdre de temps à se raser et passa dans la cuisine voir s'il avait le temps de se préparer un café. Il souleva le couvercle de la Moka Express et vit qu'il restait deux ou trois centimètres du café de la veille. Il avait beau avoir horreur du café réchauffé, il le versa dans une casserole qu'il posa sur le brûleur le plus rapide réglé au maximum, attendant les premiers signes d'ébullition. Il versa alors le liquide presque visqueux dans une tasse à laquelle il ajouta trois cuillerées de sucre, et avala rapidement la mixture.

La sonnette de l'appartement retentit, annonçant l'arrivée de la vedette. Il consulta sa montre. 5 h 52. Ce ne pouvait être que Bonsuan ; personne d'autre n'aurait pu faire aussi vite. Il prit au passage une veste en laine, dans le placard de l'entrée ; les matinées de septembre pouvaient être fraîches et il y avait souvent du vent du côté de SS Giovanni e Paolo, tout près des eaux libres de la lagune.

Il descendit les cinq volées de marches, ouvrit la porte de l'immeuble et se trouva en face de Pucetti, jeune recrue qui n'était dans la police que depuis cinq mois.

« Buon giorno, monsieur le commissaire », lança Pucetti avec vivacité et saluant avec vigueur — plus bruyant et agité qu'il ne convenait à une heure pareille.

Brunetti lui répondit d'un geste vague et s'engagea dans l'étroite ruelle. Une fois au bord de l'eau, il vit la vedette de la police amarrée à l'embarcadère, son gyrophare bleu tournant régulièrement. À la barre, il reconnut Bonsuan, un policier qui avait dans ses veines le sang d'innombrables générations de pêcheurs de Burano, un sang qui devait avoir fini par se mêler aux eaux de la lagune : son instinct des marées et des courants lui permettait presque de circuler les yeux fermés dans les canaux de la ville.

Trapu, la barbe buissonnante, Bonsuan accueillit Brunetti d'un signe de tête qui était tout autant un salut qu'une manière de souligner l'heure matinale. Pucetti sauta sur le pont et rejoignit deux autres policiers en uniforme. L'un d'eux libéra l'amarre de son pieu et Bonsuan fit une marche arrière rapide jusque dans le Grand Canal, où, après un virage serré, il fonça dans la direction du pont du Rialto. Ils passèrent sous son arche et s'engagèrent dans un canal à sens unique sur la droite. Brunetti était resté debout sur le pont, le col relevé pour lutter contre le vent et la fraîcheur du matin. Les bateaux amarrés de part et d'autre du canal tanguaient à leur passage tandis que ceux qui arrivaient de Sant'Erasmo, chargés de fruits et de légumes frais, se collaient aux bâtiments à la vue du gyrophare.

Finalement, ils tournèrent dans le Rio dei Mendicanti, le canal qui longe l'hôpital avant de se jeter dans la lagune, juste en face du cimetière. La proximité de l'hôpital et du cimetière était probablement accidentelle ; pour la plupart des Vénitiens, cependant, et en particulier pour ceux qui avaient survécu à un séjour dans le premier, l'emplacement du second était un commentaire silencieux sur la compétence du personnel de l'hôpital.

À mi-chemin du canal, sur la droite, Brunetti vit un petit groupe de personnes qui s'étaient approchées du quai. Bonsuan arrêta la vedette à une cinquantaine de mètres, dans une tentative que Brunetti savait d'avance condamnée à l'échec, pour que leur arrivée n'eût pas d'effet sur les indices qui pourraient se trouver sur place.

Le policier en tenue qui se trouvait sur place tendit la main à Brunetti pour l'aider à débarquer. « Buon giorno, monsieur le commissaire. On l'a sorti, mais, comme vous le voyez, nous avons déjà de la compagnie », dit-il avec un geste vers les neuf ou dix personnes agglutinées autour d'une forme sur le sol et que leur présence masquait en partie à Brunetti.

Le policier retourna vers la foule et lança : « Reculez ! Police ! » C'est à l'approche des deux hommes et non pour obéir à l'ordre, que la foule s'écarta.

Sur les dalles, Brunetti vit un jeune homme allongé sur le dos, les yeux ouverts dans la lumière du matin. À côté de lui se trouvaient deux policiers dont l'uniforme était mouillé jusqu'à hauteur des épaules. Ils saluèrent en apercevant le commissaire, qui remarqua, lorsque leurs mains retombèrent, l'eau qui dégouttait sur le sol depuis leurs manches. Il les reconnut : Luciani et Rossi, deux hommes de confiance.

« Eh bien ? » demanda-t-il, étudiant le mort.

C'est Luciani, le plus âgé des deux, qui répondit. « Il flottait dans le canal quand nous sommes arrivés, monsieur. Un homme de cette maison, ajouta-t-il avec un geste en direction du bâtiment ocre, de l'autre côté du canal, nous a appelés. C'est sa femme qui l'a vu. »

Brunetti se tourna pour regarder la maison. « Quatrième étage », reprit Luciani. Le commissaire eut tout juste le temps d'apercevoir une silhouette qui se retirait de la fenêtre. Ses yeux parcoururent les autres étages et les bâtiments voisins, et il remarqua d'autres silhouettes sombres qui se tenaient derrière les carreaux. Certaines s'éloignaient, d'autres non.

Brunetti revint à Luciani et lui fit signe de continuer. « Il était près des marches, mais nous avons dû aller dans l'eau pour le sortir. Je l'ai mis sur le dos et j'ai essayé de le ranimer, mais c'était sans espoir, monsieur. Il semble qu'il soit mort depuis un certain temps, déjà. » Il avait presque l'air de s'excuser, comme si son incapacité à insuffler de nouveau la vie dans le corps de ce jeune homme n'avait fait qu'ajouter à ce que sa mort avait de définitif.

« L'avez-vous fouillé ? demanda Brunetti.

— Non, monsieur. Quand nous avons compris que nous ne pouvions rien faire, nous avons pensé qu'il valait mieux le laisser tel quel pour le médecin.

— Bien, bien », marmonna Brunetti. Luciani frissonna, soit de froid, soit en prenant conscience de son échec, et des gouttelettes tombèrent au sol.

« Rentrez chez vous tous les deux. Faites-vous couler un bain chaud et mangez quelque chose. Prenez aussi une boisson chaude pour ne pas attraper froid. » Les deux hommes sourirent, reconnaissants de recevoir de tels ordres. « Prenez la vedette. Bonsuan vous ramènera à vos domiciles respectifs. »

Les deux policiers le remercièrent et se frayèrent un chemin au milieu des badauds, plus nombreux à chaque minute. Brunetti fit signe à l'un des hommes qui l'avaient accompagné sur la vedette et lui dit : « Faites-les reculer et prenez leur nom, à tous. Demandez-leur quand ils sont arrivés ici, et s'ils ont vu ou entendu quelque chose d'anormal, ce matin. Et renvoyez-les chez eux. » Il avait en horreur les vampires qui ne manquaient jamais de se rassembler autour d'une scène sanglante et n'arrivait pas à comprendre la fascination qu'ils éprouvaient pour la mort, en particulier dans ses manifestations les plus violentes.

Il se tourna à nouveau vers le visage du jeune homme mort, maintenant dévoré des yeux par tous ces regards impitoyables. Beau garçon, il avait des cheveux blonds courts que l'eau, dont une flaque s'élargissait sous lui, faisait paraître plus sombres ; des yeux bleu clair limpides, un visage symétrique, le nez étroit.

Derrière lui, Brunetti entendit la voix des policiers qui faisaient reculer la foule. Il appela Pucetti et ne répondit pas au nouveau salut martial que lui adressa la jeune recrue. « Va dans cette rangée de maisons, Pucetti, dit-il avec un geste vers l'autre côté du canal, et demande si quelqu'un n'a pas vu ou entendu quelque chose.

— À quel moment, monsieur ? »

Brunetti réfléchit un instant, regardant le croissant de lune, dans le ciel. La nouvelle lune ne datait que de deux jours ; la marée n'avait pas été assez forte pour entraîner le cadavre bien loin. Il se dit qu'il allait poser la question à Bonsuan. Les mains du mort étaient bizarrement ridées et toutes blanches, signe certain qu'elles avaient fait un long séjour dans l'eau. Une fois qu'il saurait depuis combien de temps l'homme était décédé, il laisserait à Bonsuan le soin de calculer sur quelle distance son cadavre avait pu dériver. Et d'où. Entre-temps, Pucetti attendait sa réponse. « N'importe quand, cette nuit. Et fais dresser des barrières. Aide tes collègues à renvoyer ces gens. » Il ne fallait pas trop compter là-dessus, comme il le savait bien. Venise n'avait que rarement de tels événements à offrir à ses citoyens et ils ne se disperseraient qu'à contrecœur.

Il entendit le bruit d'un autre bateau qui approchait. C'était une deuxième vedette blanche de la police ; elle s'engagea dans le canal, gyrophare tournant, et vint s'amarrer au même pieu que celui qu'avait utilisé Bonsuan. Il y avait quatre hommes à bord, trois en tenue et un en civil. Comme autant de tournesols, les têtes de la foule se détournèrent de leur soleil — le cadavre — pour observer les hommes qui sautaient à quai et s'approchaient.

À leur tête se trouvait le docteur Ettore Rizzardi, médecin légiste de la ville. Indifférent à la curiosité dont il était l'objet, Rizzardi tendit amicalement la main à Brunetti. « Buon'di, Guido. Qu'est-ce qui se passe ? »

Le commissaire s'écarta d'un pas pour que le médecin puisse voir le mort étendu sur le sol. « Il était dans le canal. Luciani et Rossi l'en ont sorti, mais il n'y avait plus rien à faire. Luciani a bien essayé, mais c'était trop tard. »

Rizzardi répondit d'un hochement de tête et d'un grognement. La peau des mains toute plissée lui disait assez ce qu'il en était.

« Il a l'air d'avoir mariné là-dedans un bon bout de temps, Ettore. Mais je ne doute pas que tu sois plus précis. »

Prenant le compliment comme chose due, Rizzardi ne s'occupa plus que du cadavre. Quand il se pencha dessus, les chuchotements de la foule s'accrurent. Il les ignora et déposa sa sacoche sur un endroit sec.

Brunetti fit demi-tour et partit en direction de ce qui était devenu le premier rang des badauds.

« Si vous avez donné votre nom et votre adresse, vous pouvez partir. Il n'y a rien à voir. Vous pouvez partir, tous. » Un vieil homme à la barbe grisonnante se pencha de tout son corps vers la gauche, gêné par Brunetti, pour voir ce que faisait le médecin. « Je vous ai dit que vous pouvez partir », répéta Brunetti, s'adressant directement à lui. L'homme se redressa, jeta un coup d'œil entièrement dépourvu d'intérêt au commissaire et reprit sa position inclinée. Une femme âgée tira d'un coup coléreux sur la laisse de son terrier et s'éloigna, visiblement scandalisée par cette preuve supplémentaire de brutalité policière. Les hommes en tenue allaient de l'un à l'autre, repoussant lentement les gens d'un mot ou d'une main sur une épaule, les forçant peu à peu à battre en retraite. Le dernier à partir fut le vieillard barbu ; il n'alla pas plus loin que la barrière placée au pied de la statue du condottiere, obstacle sur lequel il s'appuya, refusant d'abandonner la place et de renoncer à ses droits de citoyen.

« Viens voir un peu, Guido », l'appela Rizzardi.

Brunetti se retourna et alla auprès du médecin agenouillé qui avait relevé un pan de la chemise du mort. À environ douze centimètres au-dessus de la taille, côté gauche, on voyait une ligne horizontale, déchiquetée sur les bords ; la chair avait pris une étrange nuance gris bleu. Brunetti se mit à son tour à genoux dans la flaque d'eau glacée pour mieux voir la plaie. Elle était aussi longue que son pouce et, probablement à cause de la longue immersion subie par le corps, béait largement, curieusement exsangue.

« Ça n'a pas l'air d'une histoire de touriste ivre tombé dans le canal, Guido. »

Brunetti acquiesça en silence, puis demanda : « Qu'est-ce qui peut faire ce genre de plaie ?

— Un couteau à lame assez large. Et celui qui a fait le coup était soit très habile, soit un petit veinard.

— Qu'est-ce qui te fait dire cela ?

— Je ne veux pas procéder à l'exploration pour le moment ; je préfère attendre de pouvoir l'ouvrir et voir les choses de près. Mais si l'angle d'entrée est correct, ce qui semble le cas d'après ce que l'on peut observer, l'accès au cœur est direct. Aucune côte sur le chemin. Rien. Il lui a suffi d'une petite poussée, d'une pression légère, et l'homme était mort. Ou très habile, ou très veinard », répéta le médecin.

Brunetti ne voyait que l'entaille sur la peau et n'avait aucune idée de la direction qu'avait pu prendre la lame dans le corps. « Est-ce qu'il pourrait s'agir d'autre chose que d'un couteau ?

— Je ne pourrai être affirmatif que lorsque j'aurai examiné les tissus, à l'intérieur, mais j'en doute.

— Et l'hypothèse de la noyade ? Si le cœur n'a pas été atteint, est-ce qu'il a pu tout de même se noyer ? »

Rizzardi s'assit sur ses talons, non sans les avoir recouverts du bas de son imperméable pour ne pas se mouiller les fesses. « Non, j'en doute aussi. Même si la lame n'a pas touché le cœur, les dégâts étaient suffisants pour qu'il soit incapable de se sortir de l'eau. Regarde comme il est pâle. À mon avis c'est ce qui est arrivé : un seul coup. Le bon angle. La mort a été pratiquement instantanée. » Il se releva et si le défunt eut droit à quelque chose qui ressembla vaguement à une prière, ce matin-là, ce fut ce qu'ajouta le médecin légiste. « Pauvre vieux... C'était un fort beau jeune homme, en excellente condition physique. Un athlète, peut-être, ou en tout cas quelqu'un qui prenait soin de sa forme. » Il se pencha de nouveau sur le corps et, avec un geste qui avait quelque chose de presque paternel, lui passa la main sur les yeux, essayant de refermer les paupières. L'une d'elle refusa de bouger. L'autre resta fermée un instant, puis se rouvrit lentement pour contempler de nouveau le ciel. Rizzardi marmonna quelque chose, prit le mouchoir de sa pochette et le déploya sur le visage du jeune homme.

« Couvre son visage. Il est mort jeune*, murmura Brunetti.

— Quoi ?

— Rien. Un truc que dit Paola », répondit le policier avec un haussement d'épaules. Il détourna un instant les yeux du jeune mort pour étudier la façade de la basilique, trouvant un certain apaisement dans sa symétrie. « Quand pourras-tu me donner des informations plus précises, Ettore ? »

Le médecin consulta sa montre. « Si tes gars me le conduisent tout de suite au cimetière, je pourrai m'y mettre en fin de matinée. Appelle-moi après le déjeuner, c'est plus sûr. Mais je ne pense pas qu'il y ait le moindre doute, Guido. » Il eut un instant d'hésitation à l'idée de dire à Brunetti comment faire son travail. « Tu ne lui fouilles pas les poches ? »

Bien que ce fût un geste qu'il avait souvent fait dans sa carrière, Brunetti avait en horreur ce viol de l'intimité d'un mort, cette première et horrible intrusion de la toute-puissance d'État dans la paix d'un défunt. Il détestait tout autant lire leurs carnets personnels, fouiller dans leurs tiroirs, compulser leur correspondance, tâter leurs vêtements.

Mais étant donné que l'on avait déjà déplacé le corps, il n'y avait aucune raison de ne pas le toucher, comme s'il avait fallu attendre que le photographe ait enregistré l'endroit exact où l'on avait découvert le cadavre. Brunetti s'accroupit et commença par les poches du pantalon. Dans la première, il trouva quelques pièces qu'il déposa au sol ; dans la deuxième, un anneau métallique simple portant quatre clefs. Sans que le commissaire ait besoin de le lui demander, Rizzardi se baissa pour l'aider à retourner le corps afin de pouvoir fouiller les poches revolver. L'une d'elles contenait un rectangle de carton mouillé, indiscutablement un billet de chemin de fer, et

* « Couvre son visage… elle est morte jeune », citation tirée de la pièce de l'auteur élisabéthain John Webster, *La Duchesse de Malfi*. *(N.d.T.)*

l'autre un mouchoir en papier tout aussi imbibé d'eau. Il adressa un signe de tête à Rizzardi et les deux hommes remirent le corps en position allongée.

Brunetti ramassa une des pièces et l'examina.

« Qu'est-ce que c'est ? demanda le médecin.

— Américain. Vingt-cinq cents. » Découverte curieuse, sur le cadavre d'un homme mort à Venise.

« Ah, c'est pour ça... un Américain.

— Quoi ?

— Voilà peut-être qui explique sa forme physique, répondit Rizzardi sans se rendre compte ce que ce présent de l'indicatif avait d'incongru. Oui, c'est possible. Ils sont toujours si sains, si athlétiques... »

Les deux Italiens regardèrent le cadavre, cette taille étroite que l'on voyait sous la chemise toujours ouverte.

« S'il est américain, reprit le médecin, ses dents me le diront.

— Pourquoi ?

— À cause des soins dentaires qu'il aura reçus. Ils utilisent des techniques différentes, des matériaux de meilleure qualité. Si jamais on lui a bouché quelques caries, je pourrai te dire dès cet après-midi s'il est américain ou non. »

Un autre policier aurait peut-être demandé à Rizzardi d'examiner tout de suite les dents ; mais Brunetti ne voyait pas de raison de se presser, et n'avait aucune envie de perturber à nouveau ce visage. « Merci, Ettore. Je vais t'envoyer un photographe. Penses-tu pouvoir lui fermer les yeux ?

— Bien sûr. Je vais m'arranger pour qu'il ressemble le plus possible à ce qu'il était. Tu préféreras avoir les yeux ouverts pour les photos, non ? »

Il s'en fallut de peu que Brunetti ne réponde qu'il ne souhaitait qu'une chose, que ces yeux restent toujours fermés. « Oui, oui, bien sûr.

— Envoie aussi quelqu'un pour prendre les empreintes digitales, Guido.

— Entendu.

— Très bien. Appelle-moi vers 15 heures. » Ils se

serrèrent brièvement la main, et le docteur Rizzardi ramassa sa sacoche. Sans rien ajouter, il se dirigea vers l'entrée monumentale de l'hôpital — en avance de deux heures sur son horaire.

Entre-temps, d'autres policiers arrivés sur les lieux — huit au bas mot — s'étaient disposés en arc de cercle à trois mètres du corps. « Sergent Vianello ! » lança Brunetti. L'un des hommes se détacha de la brigade et s'approcha du commissaire.

« Choisis deux hommes pour transporter le corps au cimetière ; qu'ils empruntent la vedette qui reste. »

Pendant qu'on procédait à l'opération, Brunetti se reprit à examiner la façade de la basilique, parcourant des yeux ses formes aiguës et élancées, avant de se reporter sur la statue de Colleoni, peut-être le seul témoin du crime.

Vianello revint auprès de lui. « Voilà qui est fait. Autre chose, monsieur ?

— Oui. Est-ce qu'il y a un bar, dans le coin ?

— Par là, monsieur, derrière la statue. Il ouvre à 6 heures.

— Parfait. J'ai besoin d'un café. » Pendant qu'ils se dirigeaient vers le bar, Brunetti donna ses ordres. « Nous allons avoir besoin de plongeurs ; deux plongeurs. Qu'ils travaillent à l'endroit où l'on a retrouvé le corps. Qu'ils me ramènent tout ce qui peut ressembler à une arme, et en particulier un couteau dont la lame ferait à peu près trois centimètres de large. Il peut cependant s'agir d'autre chose, d'une pièce métallique quelconque. Qu'ils récupèrent tout ce qui pourrait occasionner une blessure comme celle-là. Des outils, n'importe quoi.

— Oui, monsieur, répondit Vianello, qui s'efforçait de prendre des notes tout en marchant.

— Le docteur Rizzardi nous donnera l'heure de la mort cet après-midi. Dès que nous l'aurons, je veux voir Bonsuan.

— À cause des marées, monsieur ? demanda Vianello, qui avait tout de suite compris.

— Oui. Et commencez à appeler les hôtels. Vérifiez si un de leurs clients — jeune, sexe masculin, bel homme et en particulier américain — n'aurait pas disparu. » Il n'ignorait pas que ses hommes détestaient cette procédure des coups de téléphone sans fin, l'interminable liste des hôtels de la ville — après quoi, il fallait recommencer avec les pensions de famille et autres lieux d'hébergement.

La chaleur quelque peu embuée du bar était familière et réconfortante, tout comme les odeurs de café et de pâtisserie. Un couple, au bar, jeta un coup d'œil à l'homme en uniforme et retourna à sa conversation. Brunetti demanda un expresso et Vianello un *caffe corretto*, autrement dit arrosé. Les deux hommes mirent chacun deux cuillerées de sucre dans leur tasse, qu'ils tinrent un moment entre les mains pour se les réchauffer.

Vianello avala son café en une seule fois, reposa la tasse sur le comptoir et dit : « Autre chose encore, monsieur ?

— Voyez s'il n'y a pas des histoires de trafic de drogue dans le quartier. Qui en vend et où exactement. Vérifiez s'il n'y aurait pas un habitant du coin ayant eu maille à partir avec nous pour un délit de ce genre ou un crime quelconque. Vente, usage, vol, n'importe quoi. Et trouvez-moi l'endroit où ils vont pour se shooter. Sans doute une des *calli* qui se terminent en cul-de-sac sur un canal... un coin où on aurait trouvé des seringues, ce matin.

— Vous pensez que c'est une histoire de drogue, monsieur ? »

Brunetti vida sa tasse et fit signe au barman de lui en préparer une autre. Sans qu'on le lui demande, Vianello secoua la tête d'un mouvement vif. « Je ne sais pas. C'est possible. Commençons par vérifier cela. »

Le sergent acquiesça, griffonna quelque chose dans le carnet qu'il glissa dans sa poche de poitrine ; puis il fit mine de vouloir sortir son portefeuille.

« Non, non, insista Brunetti, je m'en occupe. Va attendre le retour du bateau et occupe-toi de trouver les plongeurs. Que tes hommes installent les barrières. Fais interdire les deux accès du canal pendant que les plongeurs travailleront. »

Vianello acquiesça encore une fois, remercia pour le

café et partit. À travers les vitres embuées du bar, on voyait la foule aller et venir sur la place. Le commissaire observait les gens qui, empruntant le pont principal desservant l'hôpital, remarquaient la présence de policiers et demandaient aux badauds ce qui se passait. En général, ils s'arrêtaient un instant pour regarder les uniformes sombres qui grouillaient encore autour du point où la vedette était venue à nouveau s'amarrer. Puis, ne voyant rien qui sortait de l'ordinaire en dehors de cela, ils repartaient à leurs affaires. Le vieil homme à la barbe grisonnante était toujours appuyé à la barrière. Même au bout de tant d'années dans la police, Brunetti n'arrivait toujours pas à comprendre que les gens puissent avoir ainsi envie de venir se frotter à la mort de leurs semblables. C'était un mystère qu'il n'avait jamais pu décrypter, cette horrible fascination pour une vie qui s'achève, en particulier quand c'était de manière violente, comme aujourd'hui.

Il revint à son deuxième expresso et le but rapidement. « Combien ?

— Cinq mille lires. »

Il donna un billet de dix mille et attendit la monnaie. Quand il la lui tendit, le barman demanda : « Quelque chose de grave, monsieur ?

— Oui, quelque chose de très grave. »

2

LA QUESTURE étant très proche, il était plus facile pour Brunetti d'y retourner à pied que d'emprunter la vedette avec les policiers en tenue. Il prit donc par-derrière, passa devant l'église évangélique et arriva à l'immeuble de la police par son côté droit. À l'entrée, l'homme de faction ouvrit la lourde porte vitrée dès qu'il aperçut Brunetti ; celui-ci prit aussitôt la direction de l'escalier pour rejoindre son bureau, au quatrième étage, coupant devant la file d'attente, déjà forte de plusieurs dizaines de personnes, des étrangers qui attendaient l'ouverture des guichets, à la recherche d'un permis de travail ou de séjour.

Une fois dans son domaine, il trouva son bureau exactement comme il l'avait laissé la veille — sous un amoncellement désordonné de papiers et de dossiers. Sur le dessus, il y avait tous les rapports sur le personnel qu'il lui fallait lire et commenter, dans le cadre de la réglementation de promotion byzantine à laquelle tous les employés de l'État devaient se plier. Une autre pile de documents concernait le dernier crime commis dans la ville : un jeune homme qui avait été battu à mort avec une brutalité démente, un mois auparavant, sur les quais des Zattere. Une agression d'une telle sauvagerie que la police avait tout d'abord cru que l'assassinat était l'œuvre d'une bande ; en moins d'un jour, cependant, elle avait dû se résoudre à l'évidence. L'auteur de ce meurtre odieux était un frêle garçon de seize ans. La victime était un homosexuel et le père du tueur un fasciste notoire, qui avait bourré le crâne de son fils d'une doctrine pour laquelle « les communistes et les pédés » n'étaient qu'une vermine bonne à tuer. Si bien qu'à 5 heures, à l'aube d'une belle matinée d'été, ces deux jeunes gens s'étaient rencontrés dans une trajectoire mortelle au bord du canal de la Giudecca. Personne ne savait ce qui s'était passé entre eux, mais la victime avait été tellement massacrée qu'on avait refusé à la famille le droit de voir le corps ; on le leur avait rendu dans un cercueil scellé. Le morceau de bois à l'aide duquel le malheureux avait été battu puis poignardé était rangé dans un placard des archives, au deuxième étage de la questure. Il ne restait que peu de choses à faire, mis à part s'assurer que le traitement psychiatrique de l'assassin n'était pas interrompu et qu'il restait bien en détention provisoire jusqu'à son procès. L'État ne prévoyait rien en matière d'aide psychologique pour la famille de la victime.

Au lieu de s'asseoir à son bureau, Brunetti ouvrit un tiroir latéral et y prit un rasoir électrique. Il se rasa devant la fenêtre, contemplant l'église San Lorenzo, enfouie, depuis cinq ans, au milieu d'échafaudages derrière lesquels, paraît-il, se poursuivait un grand travail de restauration. Il n'en avait en effet aucune preuve, rien n'ayant changé depuis toutes ces années ; les grandes portes de l'édifice demeuraient obstinément fermées.

Son téléphone retentit, la ligne directe de l'extérieur. Il consulta sa montre. Déjà 8 h 30. Ce devait être les charognards. Il arrêta le rasoir et alla décrocher.

« Brunetti.

— Buon giorno, commissaire. Carlon à l'appareil, dit une voix d'homme au timbre grave, qui poursuivit en précisant, bien inutilement, qu'il était le journaliste chargé des enquêtes criminelles pour *Il Gazzettino*.

« Buon giorno, signor Carlon. » Brunetti savait ce que voulait Carlon mais lui laissa le demander. Les articles de cet individu avaient transformé l'histoire du dernier meurtre en un exposé de la vie privée de la victime, et le policier en avait gardé une énorme rancœur.

« Parlez-moi donc de cet Américain que vous avez sorti ce matin du Rio dei Mendicanti.

— C'est le policier Luciani qui l'en a retiré et nous n'avons encore aucune preuve qu'il était américain.

— Merci de me corriger, dottor », répondit Carlon avec tant de sarcasme dans la voix que ses excuses en devenaient insultantes. Comme Brunetti ne réagissait pas, il reprit : « Il a été assassiné, n'est-ce pas ? », faisant peu d'efforts pour dissimuler sa satisfaction devant cette possibilité.

« C'est ce qu'il semble.

— Poignardé ? »

Comment faisaient-ils pour en apprendre autant et en si peu de temps ?

« Oui.

— C'est donc un meurtre ? insista Carlon, le ton débordant d'une patience feinte.

— Nous ne nous prononcerons définitivement que lorsque nous aurons les résultats de l'autopsie à laquelle le docteur Rizzardi va procéder cet après-midi.

— Il y avait une blessure de lame ?

— En effet.

— Et pourtant, vous ne pouvez affirmer que la mort est due à cette blessure ? » La question du journaliste se termina sur un reniflement d'incrédulité.

« Non, nous ne le pouvons pas, répondit Brunetti, le ton neutre. Comme je vous l'ai déjà dit, nous ne saurons les choses avec certitude que lorsque nous aurons les résultats de l'autopsie.

— D'autres indices de violence ? demanda Carlon, peu satisfait de ces réponses laconiques.

— Vous le saurez après l'autopsie.

— Sous-entendriez-vous qu'il aurait pu se noyer, commissaire ?

— Signor Carlon, rétorqua Brunetti, décidant que cela suffisait, comme vous le savez parfaitement, s'il est resté dans l'eau de nos canaux ne serait-ce que peu de temps, il a eu beaucoup plus de chances de mourir d'une maladie infectieuse que par noyade. » À l'autre bout du fil, il n'y eut pas de réaction. « Si vous voulez avoir la bonté de me rappeler cet après-midi vers 16 heures, je serai heureux de vous fournir des informations plus précises.

— Merci, commissaire, c'est ce que je vais faire. Encore une chose... quel était le nom de ce policier, déjà ?

— Luciani, Mario Luciani, un homme remarquable. » Comme ils l'étaient tous lorsque Brunetti donnait leur nom à la presse.

« Encore merci, commissaire. Je le mentionnerai dans mon article, de même que la manière dont vous avez coopéré avec moi. » Carlon raccrocha sur ces mots.

Brunetti avait eu naguère des rapports plutôt cordiaux avec les journalistes, parfois même tout à fait amicaux, et il lui était arrivé de solliciter des informations auprès d'eux pour éclaircir un crime. Mais, depuis quelques années, la vague croissante du journalisme à sensation l'empêchait d'avoir des rapports autres que purement formels avec la presse ; l'hypothèse la plus prudemment formulée à voix haute devant eux se retrouvait à coup sûr dans les journaux, le lendemain, présentée comme une accusation presque directe. Si bien que le policier était devenu prudent et ne donnait plus ses informations qu'au compte-gouttes, quelle que soit la probité du journaliste à qui il avait affaire.

Il se rendit soudain compte qu'il allait pratiquement rester désœuvré tant que le labo n'aurait pas fait parler le billet de chemin de fer ou tant qu'il n'aurait pas le rapport d'autopsie. Ses hommes devaient être en train d'appeler les hôtels et l'informeraient s'ils tombaient sur quelque chose. Le mieux était donc pour lui de continuer à lire et signer les rapports sur le personnel.

Plus tard, juste avant 11 heures, retentit la sonnerie de l'interphone. Quand il décrocha, il savait déjà qui l'appelait. « Oui, monsieur le vice-questeur ? »

Un instant surpris d'être aussi rapidement identifié et ayant peut-être espéré surprendre Brunetti assoupi ou absent, son supérieur hiérarchique, le vice-questeur Patta, mit quelques secondes à réagir. « Qu'est-ce que c'est que cette histoire d'Américain mort, Brunetti ? Pourquoi ne m'a-t-on pas appelé ? Vous rendez-vous compte de l'effet sur les touristes ? » Brunetti se dit que la troisième question était peut-être la seule qui intéressait vraiment Patta.

« Quel Américain, monsieur ? demanda le commissaire d'un ton de curiosité feinte.

— Celui que vous avez sorti de l'eau ce matin, pardi.

— Oh (ton de surprise polie, cette fois), nous avons déjà le rapport ? Il s'agit bien d'un Américain ?

— Ne faites pas le malin avec moi, Brunetti, rétorqua Patta avec colère. Il avait bien des pièces américaines dans les poches, non ? C'est donc un Américain.

— Ou un numismate », suggéra Brunetti aimablement.

Il s'ensuivit un long silence ; le commissaire en déduisit que son supérieur ignorait la signification de ce mot.

« Je vous ai dit de ne pas faire le malin, Brunetti. Nous allons partir de l'hypothèse qu'il s'agit bien d'un Américain. Nous ne pouvons permettre qu'on laisse des Américains se faire assassiner dans cette ville, pas avec l'état du tourisme cette année. Vous m'entendez ? »

Brunetti réfréna son envie de lui demander si l'assassinat d'autres ressortissants étrangers — les Albanais, par exemple — serait par hasard licite, mais au lieu de cela, il se contenta d'acquiescer d'un simple : « Oui, monsieur.

— Eh bien ?

— Eh bien quoi, monsieur ?

— Qu'avez-vous fait ?

— Des plongeurs fouillent le canal sur les lieux. Quand on saura l'heure de sa mort, on fera fouiller les endroits d'où il a pu dériver, en supposant qu'il ait été tué ailleurs. Vianello enquête sur un éventuel trafic de drogue dans le quartier, et le labo travaille sur les objets trouvés dans ses poches.

— Les pièces ?

— Je ne suis pas sûr que nous ayons besoin du labo pour savoir qu'elles sont américaines, monsieur. »

Après un silence prolongé qui fit comprendre à Brunetti qu'il valait mieux arrêter d'asticoter son supérieur, Patta demanda : « Et Rizzardi ?

— Il m'a dit que j'aurais son rapport dès cet après-midi.

— Veillez à ce qu'on m'en envoie une copie.

— Bien entendu. Autre chose, monsieur ?

— Non, c'est tout. » Patta raccrocha et Brunetti retourna à ses rapports.

Il était 13 heures passées quand il en eut terminé. Ne sachant pas quand Rizzardi allait appeler et désirant avoir le rapport le plus vite possible, il préféra ne pas retourner déjeuner chez lui ni aller au restaurant, même s'il avait faim — la matinée avait été longue. Il décida de se rendre au bar du Ponte dei Greci et de se contenter de quelques *tramezzini*.

Quand il entra, Arianna, la propriétaire, le salua en l'appelant par son nom et plaça automatiquement un verre de vin devant lui, sur le comptoir. Orso, le vieux berger allemand qui s'était pris d'une affection particulière pour Brunetti au cours des années, se mit laborieusement debout sur ses articulations arthritiques et quitta son coin, à côté du freezer à crèmes glacées, pour trottiner vers lui. Il attendit, le temps que le policier lui caresse la tête et lui tire doucement sur les oreilles, puis s'effondra ensuite en tas à ses pieds. Les nombreux habitués ne cessaient de lui marcher dessus, mais lui donnaient aussi des morceaux de leurs sandwichs. Le chien aimait tout spécialement les asperges.

« Qu'est-ce qui te ferait plaisir, Guido ? lui demanda Arianna, faisant allusion à son assortiment de *tramezzini*.

— Un jambon-artichaut et un aux crevettes. » La queue en éventail d'Orso commença à battre paresseusement contre sa cheville. « Et un aux asperges. » Lorsque les sandwichs arrivèrent, il demanda un deuxième verre de vin qu'il but lentement, songeant aux complications qui allaient s'ensuivre si le cadavre s'avérait être celui d'un Américain. Il ignorait si un problème de juridiction n'allait pas se poser, mais il préféra ne pas s'attarder sur ce point pour le moment.

Comme si elle avait suivi le cours de ses pensées, Arianna lui dit : « Quel dommage, cet Américain...

— On n'est pas encore sûr qu'il en soit un.

— Oui, mais si ça se confirme, on ne va pas manquer

de crier au terrorisme, et ça n'arrangera les affaires de personne. » Yougoslave de naissance, Arianna avait un mode de pensée tout à fait vénitien : les affaires d'abord et avant tout.

« Il y a pas mal de drogue qui circule dans ce quartier », reprit-elle, comme si le seul fait d'en parler pouvait faire de la drogue la cause du crime. Il se souvint qu'elle possédait également un hôtel et se dit qu'en effet, la seule idée d'une rumeur de terrorisme ne pouvait que la remplir d'une légitime panique.

« Oui, c'est ce que nous sommes en train de vérifier, Arianna. Merci. » Pendant qu'il parlait, un morceau d'asperge glissa hors du sandwich et tomba devant le nez d'Orso. Et quand celui-ci eut disparu, un autre le suivit. Le chien avait du mal à se mettre sur ses pattes, alors autant lui livrer son repas à hauteur des mâchoires.

Brunetti posa un billet de dix mille lires sur le comptoir et empocha sa monnaie. Arianna ne s'était pas donné la peine de faire sonner son tiroir-caisse, si bien que la somme, non déclarée, ne serait donc pas imposée. Il avait cessé depuis des années de se formaliser devant cette fraude perpétuelle à l'encontre des intérêts de l'État. Les gars de la police financière n'avaient qu'à s'en occuper. D'après la loi, non seulement Arianna devait-elle enregistrer l'encaissement, mais encore lui donner un reçu ; s'il quittait le bar sans l'avoir sur lui, les deux encouraient une amende qui pouvait se monter jusqu'à plusieurs centaines de milliers de lires. Les agents de la répression des fraudes planquaient souvent devant les bars, les boutiques et les restaurants, surveillant ce qui se passait à travers les vitres avant d'arrêter un client à la sortie et d'exiger de voir le reçu. Venise, toutefois, était une petite ville et tous les policiers de ce service le connaissaient, si bien qu'il n'était jamais contrôlé — ou alors, c'est qu'il aurait eu affaire à un policier venu d'une autre ville, dans le cadre de ces opérations appelées « Blitz » par la presse, et qui consistaient à ratisser tout le centre commercial de la cité et à récolter plusieurs millions de lires d'amendes en un jour. Et si jamais on l'arrêtait vraiment, il leur montrerait sa carte et dirait qu'il était entré pour utiliser les toilettes. Certes, ces impôts servaient à payer son salaire. Mais il s'en fichait éperdument, comme, soupçonnait-il, la majorité de ses concitoyens. Dans un pays où la Mafia avait toute liberté de tuer qui elle voulait, quand elle le voulait, l'incapacité à présenter la facture d'un expresso était un délit qui n'intéressait pas Brunetti.

De retour à son bureau, il trouva un mot lui demandant de rappeler le docteur Rizzardi. Le commissaire eut la chance de trouver le médecin légiste encore dans son bureau, à la morgue du cimetière.

« Ciao, Ettore. C'est Guido. Qu'as-tu trouvé ?

— Je lui ai examiné les dents. Travail américain. Six caries obturées et un traitement du canal dentaire sur une prémolaire. Ces soins s'étalent sur plusieurs années, mais la technique employée est indiscutablement américaine. »

Brunetti se garda bien de lui demander s'il en était sûr.

« Quoi d'autre ?

— La lame mesurait quatre centimètres de large et au moins quinze de long. La pointe a pénétré le cœur, comme je l'avais supposé. La lame s'est glissée sous les côtes sans même les effleurer ; celui qui a fait le coup savait qu'il fallait la tenir à plat ; quant à l'angle, il était parfait. » Il se tut un instant avant d'ajouter : « Étant donné que la blessure est sur le côté gauche, je dirais que le meurtrier était droitier, ou s'est servi de sa main droite.

— Et sa taille ? Peux-tu me dire quelque chose sur sa taille ?

— Non, rien de précis. Mais il fallait qu'il soit tout près de sa victime, face à elle.

— Des traces de lutte ? Rien sous les ongles ?

— Non, rien. Cependant, comme il est resté dans l'eau entre cinq et six heures, ce qui pouvait s'y trouver a des chances d'avoir été peu à peu dissous et emporté.

— Cinq ou six heures, dis-tu ?

— Oui. À mon avis, il est mort entre minuit et 1 heure du matin.

— D'autres éléments ?

— Rien de particulier. Il était en grande forme physique, très musclé.

— Il avait mangé quelque chose ?

— Oui, quelques heures avant de mourir. Sans doute un sandwich. Jambon tomate. Mais il n'a rien bu, en tout cas rien d'alcoolisé. Aucune trace d'alcool dans son sang et un foie en excellent état, ce qui me fait dire que de toute façon, il ne buvait pas ou très peu.

— Des cicatrices, des traces d'opération ?

— Oui, une petite cicatrice », commença Rizzardi. Brunetti entendit le froissement de feuilles de papier que l'on tourne. « Au poignet gauche, une forme en demi-lune. Pourrait être n'importe quoi. Jamais opéré de quoi que ce soit ; il avait même ses amygdales et son appendice. Je te le dis, en parfaite santé. »

Au ton de voix, le policier comprit que c'était tout ce que Rizzardi avait à lui dire.

« Merci, Ettore. Tu nous envoies un rapport écrit ?

— Est-ce que Sa Supériorité voudra le voir ? »

Brunetti sourit au titre dont le médecin légiste affublait Patta. « Oui, il en désire un exemplaire. Je ne suis pas certain qu'il le lira.

— Eh bien, s'il en prend la peine, il sera tellement rempli de jargon médical qu'il devra m'appeler pour en avoir la traduction. » Trois ans auparavant, Patta s'était opposé à la nomination de Rizzardi au poste de médecin légiste en chef parce que le neveu de l'un de ses amis venait tout juste de finir médecine et était à la recherche d'une situation de fonctionnaire. C'était cependant Rizzardi, qui avait quinze ans d'expérience comme pathologiste, que l'on avait nommé ; depuis, c'était la guérilla entre les deux hommes.

« Il me tarde de voir ça, dans ce cas, dit Brunetti.

— Oh, j'ai bien peur que tu n'en comprennes pas un traître mot. N'essaie même pas, Guido. Si tu as des questions, appelle-moi et je t'expliquerai.

— Au fait, ses vêtements ? demanda Brunetti, même s'il savait que ce problème ne relevait pas de la responsabilité du médecin légiste.

— Il portait un jean, un Levi's. Et une Reebok au pied, taille 45. » Avant que Brunetti eût le temps de dire quoi que ce soit, Rizzardi enchaîna : « Je sais, je sais, cela ne signifie pas qu'il est américain. On peut acheter des Levi's et des Reebok partout, aujourd'hui. Mais ses sous-vêtements étaient américains. Il y avait *Made in USA* sur les étiquettes. » Son ton de voix changea, et il fit montre d'une curiosité qui était inhabituelle chez lui. « Avez-vous eu du nouveau du côté des hôtels ? Sait-on qui il est ?

— On ne m'a encore rien rapporté et je suppose qu'ils sont en train de téléphoner partout.

— J'espère que l'on arrivera à trouver son identité, pour pouvoir le renvoyer chez lui. C'est un malheur, de mourir en terre étrangère.

— Merci, Ettore. Je ferai de mon mieux pour découvrir qui il était et le réexpédier chez lui, promis. »

Il reposa le combiné. Un Américain. Sans portefeuille, sans passeport, sans rien pour l'identifier, pas d'argent en dehors de ces quelques pièces. Tout cela trahissait le meurtre crapuleux, une tentative d'agression ayant très mal tourné et s'étant terminée par la mort de celui que l'on cherchait à dépouiller. Le voleur avait eu un couteau à la main et s'en était servi. Hasard ou habileté ? Les voleurs à la tire de Venise pouvaient à la rigueur avoir de la chance, mais faire preuve d'habileté, sûrement pas. Dans toute autre ville, on aurait pu conclure sans grand risque d'erreur qu'il s'agissait d'une attaque à main armée dont l'issue avait été fatale, mais c'était le genre de chose, à Venise, qui n'arrivait pratiquement jamais. Hasard ou habileté ? Et si c'était de l'habileté, qui était donc cet habile individu, et pourquoi fallait-il qu'il fût habile ?

Il appela le bureau central pour savoir si l'enquête auprès des hôtels avait donné quelque chose. Dans les quatre et trois étoiles, un seul client manquait, un homme d'une cinquantaine d'années qui n'était pas retourné au Gabriele Sandwirth, la veille. La brigade s'attaquait depuis un moment aux deux et une étoiles ; l'un d'eux avait bien un client américain porté manquant, mais il ne correspondait pas au signalement.

L'homme avait pu tout aussi bien avoir loué un appartement, songea Brunetti ; dans ce cas, plusieurs jours pouvaient passer avant que l'on signale sa disparition ; elle pouvait même n'être jamais signalée.

Il appela le labo et demanda à parler à Enzo Bocchese, le responsable. Quand il l'eut au téléphone, il lui demanda s'il n'avait rien trouvé d'intéressant dans les poches, sans même préciser des poches de qui il était question.

« On s'est servi des infrarouges pour le billet. Il était tellement détrempé que j'ai tout d'abord cru que l'on ne pourrait rien en tirer. Mais on y est tout de même arrivé. »

Il fallait toujours cajoler et féliciter Bocchese, un homme terriblement fier de sa technologie et de ce qu'il parvenait à réaliser avec. « Parfait. Je ne sais pas comment tu fais, mais tu te débrouilles toujours pour nous dégotter quelque chose. » Si seulement cela était vrai, même partiellement ! « D'où venait-il ?

— De Vicence. Un aller et retour pour Venise. Acheté hier, contrôlé sur le trajet aller. J'ai fait venir quelqu'un de la gare pour voir s'il peut nous dire quelque chose de plus, le poinçonnage du contrôle, par exemple, mais ce n'est pas sûr.

— Quelle classe, première ou seconde ?

— Seconde.

— Rien d'autre ? Les chaussettes ? La ceinture ?

— Rizzardi t'a parlé du reste des vêtements ?

— Oui. Il m'a dit que les sous-vêtements étaient américains.

— C'est absolument certain. Quant à la ceinture, elle a pu être achetée n'importe où. Cuir noir, boucle en laiton. Les chaussettes sont en synthétique. Viennent de Taïwan ou de Corée. En vente partout.

— C'est tout ?

— Hélas ! oui.

— Bon travail, Bocchese, mais je crois que le billet suffit pour que nous soyons certains.

— Certains de quoi, commissaire ?

— Qu'il est bien américain.

— Mais pourquoi ? demanda le technicien, manifestement perplexe.

— Parce que c'est là qu'on trouve des Américains », expliqua Brunetti. Tous les Italiens de la région connaissaient la base militaire de Vicence, *Caserma* une telle ou une telle, où vivaient des dizaines de milliers de soldats américains et leurs familles, encore aujourd'hui, cinquante ans après la fin de la guerre. S'il voyait juste, cela allait réveiller le spectre du terrorisme et il était évident qu'un problème de juridiction ne manquerait pas de se poser. Les Américains disposaient de leur propre police sur place et dès l'instant où quelqu'un aurait murmuré le mot « terrorisme », l'OTAN risquait de s'en mêler, et éventuellement Interpol. Voire la CIA — perspective qui fit grimacer Brunetti, quand il imagina comment Patta allait faire son important et la gloire qu'il allait tirer de leur arrivée. Il ignorait l'impression qu'un acte de terrorisme était supposé faire, mais il avait du mal à en voir un dans cette affaire. Un couteau était une arme trop ordinaire ; le crime en acquérait une sorte de banalité. De plus, aucune revendication n'avait suivi le meurtre ; elle pouvait venir par la suite, mais ce serait trop tard, et trop facile.

« Bien sûr, bien sûr, dit Bocchese, j'aurais dû y penser. » Il se tut, le temps de laisser Brunetti dire quelque chose, puis comme rien ne venait il ajouta : « Autre chose, monsieur ?

— Oui. Lorsque tu te seras entretenu avec l'homme des chemins de fer, fais-moi savoir s'il peut dire par quel train il est venu.

— J'en doute, monsieur. Il s'agit simplement d'une indentation dans le billet. Je ne crois pas que cela permette d'identifier un train. Mais je vous appellerai s'il peut nous le dire, évidemment. Ce sera tout ?

— Oui, merci, Bocchese. »

Après avoir raccroché, Brunetti se rassit à son bureau et se perdit dans la contemplation du mur, évaluant l'information et les possibilités qui en découlaient. Un homme jeune, en parfaite forme physique, vient à Venise avec un billet aller et retour depuis une ville où se trouve une base américaine. Ses dents ont été soignées selon une technique américaine, il porte des sous-vêtements américains, il a de la monnaie américaine dans sa poche.

Le commissaire décrocha à nouveau son téléphone et composa le numéro du standard. « Voyez si vous pouvez m'avoir la base militaire de Vicence. »

3

TANDIS QU'IL ATTENDAIT la communication, l'image de ce jeune visage aux yeux grands ouverts dans la mort revint à l'esprit de Brunetti. Un visage qui aurait pu être n'importe lequel de ceux qu'il avait vus, sur les photos de soldats américains, pendant la guerre du Golfe : frais, rasé de près, innocent, débordant de cet air de santé éclatante si typiquement américain. L'expression du jeune disparu, cependant, par son étrange solennité, par le mystère dont la mort l'entourait, le mettait à part de ses camarades.

« Brunetti, dit-il en décrochant l'interphone.

— Ils ne sont pas faciles à trouver, ces Américains, lui dit le standardiste. On ne trouve rien sur la base américaine dans l'annuaire de Vicence : ni sous *OTAN* ni sous *États-Unis*. J'ai trouvé un numéro à *Police militaire*. Attendez une minute, monsieur, je vais vous passer la communication. »

Il est tout de même bizarre, songea Brunetti, qu'une présence aussi impressionnante ne figure même pas dans l'annuaire. Il entendit le cliquetis habituel de relais, puis, à l'autre bout de la ligne une sonnerie, et une voix mâle qui dit : « Poste de police militaire, en quoi puis-je vous aider ?

— Bonjour, répondit Brunetti en anglais. Ici le commissaire Guido Brunetti, de la police de Venise. J'aimerais parler au responsable de votre unité de police.

— Puis-je vous demander à quel sujet ?

— C'est une question de police. Puis-je parler au responsable ?

— Un instant, monsieur. »

Il y eut une interruption assez longue, puis un bruit de voix étouffé ; quelqu'un d'autre reprit la communication. « Sergent Frolich à l'appareil. Puis-je vous aider ?

— Bonjour, sergent. Commissaire Brunetti, de la police de Venise. Je désire parler à votre officier.

— Pouvez-vous me dire à quel sujet, monsieur ?

— Comme je viens de le dire à votre collègue, sergent, répondit Brunetti en parvenant à garder son calme, il s'agit d'une affaire de police et j'aimerais parler au plus haut responsable possible. » Est-ce qu'il allait devoir répéter la formule à chaque échelon de la hiérarchie ?

« Je suis désolé, monsieur, mais il n'est pas ici pour le moment.

— Quand sera-t-il là ?

— Je l'ignore, monsieur. Ne pouvez-vous pas me donner une idée de la raison de votre appel ?

— Un militaire manquant.

— Je vous demande pardon ?

— Je voudrais savoir si on ne signale pas un soldat manquant sur la base. »

La voix du sergent devint brusquement plus sérieuse. « Vous dites que vous êtes qui, monsieur ?

— Commissaire Brunetti, police de Venise.

— Pouvez-vous me donner le numéro où l'on peut vous joindre ?

— Appelez-moi à la questure de Venise. Le numéro est 5203222 et le numéro de code pour Venise 041, mais je suppose que vous allez vérifier dans l'annuaire. J'attends votre appel. Brunetti. » Il raccrocha, certain qu'ils allaient contrôler l'authenticité du numéro et rappeler. Le changement dans la voix du sergent indiquait de l'intérêt, pas de l'inquiétude ; sans doute n'avait-on encore signalé aucune absence anormale.

Au bout de dix minutes le téléphone sonna, et le standardiste lui dit qu'il avait un appel de la base américaine de Vicence. « Brunetti.

— Commissaire Brunetti, fit une voix différente, je suis le capitaine Duncan, de la police militaire de Vicence. Pouvez-vous me préciser ce que vous voulez savoir ?

— Si l'on n'a pas signalé un militaire manquant à l'appel, sur la base. Un homme jeune, vingt-cinq ans environ. Blond, les yeux bleus. » Il lui fallut un moment pour convertir les centimètres en pieds et pouces. « Mesurant environ cinq pieds neuf.

— Pouvez-vous me dire en quoi il intéresse la police de Venise ? Il s'est mis dans le pétrin chez vous ?

— En quelque sorte, capitaine. Nous avons trouvé le corps d'un jeune homme flottant dans un canal, ce matin. Il avait un billet aller et retour pour Venise dans sa poche ; ses vêtements étaient américains, les soins dentaires qu'il avait reçus de facture américaine ; nous avons donc pensé à la base, et nous nous demandons s'il n'en venait pas.

— S'est-il noyé ? »

Brunetti garda si longtemps le silence que le capitaine répéta sa question. « S'est-il noyé ?

— Non, capitaine. Il portait des traces de violence.

— Que voulez-vous dire ?

— Il a été poignardé, capitaine.

— On l'a dévalisé ?

— Il semblerait.

— Vous n'en paraissez pas sûr.

— Cela ressemble en effet à une agression de rue. Il n'avait ni portefeuille ni le moindre papier d'identification. » Brunetti revint à sa question initiale. « Pouvez-vous me dire si l'on a signalé une absence anormale, si quelqu'un ne s'est pas présenté à son poste ? »

Cette fois, ce fut le capitaine qui mit un certain temps à répondre. « Puis-je vous rappeler dans environ une heure ?

— Bien entendu.

— Nous allons devoir prendre contact avec tous les différents services pour savoir si quelqu'un ne manquerait pas à l'appel. Pouvez-vous me répéter sa description, s'il vous plaît ?

— Blond, les yeux bleus, vingt-quatre à vingt-six ans, environ cinq pieds neuf et solidement musclé.

— Merci, commissaire. Je vais mettre tout de suite mon service sur cette affaire et nous vous contacterons dès que nous saurons quelque chose.

— Merci, capitaine. » Brunetti raccrocha.

S'il s'avérait que le jeune homme était effectivement américain, Patta allait risquer l'apoplexie dans sa volonté de retrouver l'assassin. Comme ne l'ignorait pas Brunetti, le cavaliere Patta était incapable de prendre en considération qu'il s'agissait de la mort d'un homme ; pour lui, il y avait avant tout un mauvais coup porté au tourisme et la protection de ce bien public allait le rendre féroce.

Brunetti quitta son bureau et emprunta l'escalier qui descendait dans le vaste local où travaillaient inspecteurs et policiers en tenue. En entrant il vit Luciani, l'air nullement affecté par sa baignade matinale. Le commissaire frissonna à la seule idée de se plonger dans les eaux des canaux — non pas à cause du froid, mais de la saleté. Une de ses plaisanteries préférées consistait à dire qu'il aimait mieux ne pas survivre à une telle immersion. Et cependant, dans son enfance, il avait nagé dans le Grand Canal, et des gens plus âgés qu'il connaissait lui avaient raconté que tel était leur dénuement, quand ils étaient jeunes, qu'ils se servaient de l'eau salée des canaux et de la lagune pour faire la cuisine : le sel était alors une denrée chère, lourdement taxée, et les Vénitiens étaient pauvres, le tourisme inconnu.

Vianello était au téléphone et fit signe à Brunetti de s'approcher, quand il le vit. « Oui, mon oncle, je le sais, disait-il. Mais son fils ?... Non, pas celui qui a eu des ennuis à Mestrino l'an dernier. »

Pendant qu'il écoutait la réponse de l'oncle, Vianello lui fit signe, de la main, d'attendre la fin de la conversation. « Quand a-t-il travaillé pour la dernière fois ?... À Breda ? Mais enfin, mon oncle, tu sais très bien qu'il est incapable de garder un emploi aussi longtemps. » Vianello resta un long moment sans intervenir, puis dit : « Non, non. Si tu entends parler de lui, s'il a soudain beaucoup d'argent, fais-le moi savoir. Oui, oui, mon oncle. Embrasse tante Luisa pour moi. » Puis suivit toute une ribambelle de ces « Ciao, ciao » sans lesquels les Vénitiens semblent incapables de mettre fin à une conversation.

Lorsqu'il eut raccroché, Vianello se tourna vers Brunetti. « C'était mon oncle Carlo. Il abrite près de Fondamenta Nuove, pas très loin de SS Giovanni e Paolo. Je l'ai questionné sur le voisinage, vendeurs de drogues et usagers. Le seul qu'il connaît est ce Vittorio Argenti. » Brunetti acquiesça ; le nom lui était familier. « On a bien dû le coffrer une douzaine de fois. D'après mon oncle, cependant, il aurait trouvé du travail à Breda, depuis six mois, et je suis en train de me dire que cela fait précisément six mois que nous ne l'avons pas vu ici. Je peux toujours vérifier, mais je crois que je m'en souviendrais, si on l'avait coincé. Mon oncle connaît la famille et il jure qu'ils sont tous convaincus qu'il a changé. » Vianello alluma une cigarette et souffla sur l'allumette. « À la manière dont il en parle, il paraît lui aussi convaincu.

— En dehors d'Argenti, il n'y aurait personne d'autre, dans le quartier ?

— En tout cas, c'est lui le principal, semble-t-il. Il n'y a jamais eu beaucoup de trafic de drogue dans ce secteur de la ville. Je connais l'éboueur, Noe, et il ne s'est jamais plaint d'avoir trouvé des seringues qui traînaient dans la rue, le matin ; ce n'est pas comme à San Maurizio, ajouta-t-il.

— Et Rossi ? Il a trouvé quelque chose ?

— C'est du pareil au même, monsieur. Le quartier est tranquille. Il y a bien un vol ou un cambriolage, de temps en temps, mais pratiquement jamais rien en matière de drogue. Quant à la violence, elle y était inconnue... du moins jusqu'à aujourd'hui.

— Et les gens des maisons en face ? Ils n'ont rien vu, rien entendu ?

— Non, monsieur. On a interrogé tous ceux qui se trouvaient sur la place ce matin, et personne n'a remarqué de suspect. Idem pour les gens des maisons. » Il anticipa la question suivante de son supérieur. « Même chose pour Pucetti, monsieur.

— Où est Rossi ? »

Sans un instant d'hésitation, Vianello répondit qu'il était allé prendre un café. « Il sera là dans quelques minutes, si vous voulez lui parler.

— Et les plongeurs ?

— Ils ont travaillé pendant plus d'une heure. Mais ils n'ont rien ramené qui ressemblait de près ou de loin à une arme. Les cochonneries habituelles : bouteilles, tasses, même un frigo, et un tournevis. Vous le voyez, aucun rapport.

— Et Bonsuan ? Est-ce qu'on lui a posé la question pour les marées ?

— Non monsieur, pas encore. Nous n'avons pas l'heure de la mort.

— Environ minuit. »

Vianello prit sur son bureau le cahier de missions, l'ouvrit, et fit courir un gros doigt sur les colonnes de noms. « Il vient de prendre une vedette pour la gare à l'instant. Deux détenus qu'on embarque pour Milan. Voulez-vous que je l'envoie à votre bureau dès son retour ? »

Brunetti acquiesça. Rossi revint à ce moment-là. L'histoire qu'il avait à raconter était la même que celle de Vianello : personne, ni sur la place ni dans les maisons en face, n'avait vu ou entendu quelque chose d'anormal.

Dans toute autre ville italienne, le fait que des témoins potentiels ne rapportent rien de suspect prouverait avant tout que la population se méfie de la police et se sent peu encline à l'aider. Mais dans la Sérénissime, où les gens sont en général respectueux des lois et où les policiers sont en majorité vénitiens, cela signifiait qu'on n'avait réellement rien vu ou entendu qui sorte de l'ordinaire. Si jamais la drogue devenait un problème sérieux dans ce quartier, les autorités étaient sûres d'en entendre parler tôt ou tard. Il y aurait toujours le cousin ou la belle-mère de quelqu'un qui appellerait un ami ayant lui-même, comme par hasard, un cousin ou un frère dans la police — et l'information serait transmise. En attendant ce moment, toutefois, Brunetti devait partir de l'idée qu'il n'y avait pratiquement pas de trafic de drogue dans ce quartier, que ce n'était pas là qu'irait quelqu'un voulant se procurer de la drogue, et en particulier pas un étranger. Tout cela semblait écarter l'hypothèse que la drogue avait joué un rôle dans cette affaire, du moins en tant que ce secteur de Venise était concerné.

« Oui, envoie-moi Bonsuan dès son retour, s'il te plaît », répondit-il avant de retourner à son bureau, non sans prendre soin d'emprunter l'escalier de derrière pour éviter de passer dans la zone où il risquait de croiser Patta. Plus il pourrait retarder le moment de parler à son supérieur, plus il serait content.

Une fois dans son antre, il se souvint enfin qu'il avait promis d'appeler sa femme. Il avait oublié de la prévenir qu'il ne viendrait pas déjeuner. Cela faisait des années que ce genre de chose n'étonnait ni ne gênait Paola. Au lieu de lui faire la conversation, elle lisait pendant le repas, sauf si les enfants se trouvaient là. En réalité, il commençait à soupçonner qu'elle prenait plaisir à déjeuner en toute tranquillité dans la compagnie des auteurs qu'elle enseignait à l'université, car elle ne soulevait jamais d'objections ni ne protestait quand il ne pouvait venir.

Elle décrocha à la troisième sonnerie. « Pronto.

— Ciao, Paola, c'est moi.

— C'est ce que je pensais. Comment ça va ? » Elle ne lui posait jamais directement de question sur son travail ou sur ce qui l'avait retenu. Non qu'elle n'y prît pas intérêt : il valait mieux attendre qu'il en parle de lui-même. De toute façon, elle finissait toujours par être mise au courant.

« Je suis désolé pour le déjeuner, mais je n'ai pas arrêté de téléphoner.

— Pas de problème. J'ai pris mon repas en compagnie de William Faulkner. Un homme fascinant. » Avec le temps, ils en étaient venus à parler des invités du déjeuner comme de visiteurs réels, et avaient même élaboré des plaisanteries sur les manières de table de Ben Johnson (grossières), la conversation de Melville (ordurière) et les quantités de vin que descendait Jane Austen (stupéfiantes).

« Je serai là pour le dîner, cependant ; pour l'instant, je n'ai besoin que de voir deux ou trois personnes ici, et j'attends un coup de fil de Vicence. » Comme elle ne réagissait pas, il ajouta : « Plus exactement, de la base militaire qui se trouve là-bas.

— Ah, alors c'est comme ça ? » lui faisant savoir, par cette formule, qu'elle avait déjà entendu parler de l'assassinat et de l'identité probable de la victime. Le barman l'avait dit au facteur, lequel l'avait répété à la dame du deuxième étage, laquelle avait appelé sa sœur — si bien que tout le monde était au courant bien avant le premier article du journal ou la première allusion aux informations du soir.

« Oui, c'est comme ça, admit-il.

— À quelle heure penses-tu rentrer ?

— Avant 19 heures.

— Très bien. Je te quitte, maintenant, au cas où tu aurais ton appel. » Il aimait Paola pour de nombreuses raisons et une des moindres n'était pas le fait de savoir que si elle disait le quitter pour cette raison, c'est que c'était la bonne. Pas de message secret, pas de projet dissimulé dans cette réponse.

« Merci, Paola. À 19 heures, alors.

— Ciao, Guido. » Et la ligne fut coupée. Elle était retournée à William Faulkner, le laissant libre de travailler, lui évitant d'éprouver de la culpabilité pour les contraintes de son métier.

Il était maintenant presque 17 heures et les Américains n'avaient toujours pas rappelé. Un instant, il eut la tentation de prendre les devants, mais il y résista. Si l'un de leurs soldats manquait à l'appel, il faudrait bien qu'ils le contactent. Et pour dire les choses crûment, c'était lui qui détenait le corps, après tout.

Il fouilla parmi les rapports encore empilés sur son bureau jusqu'à ce qu'il ait trouvé ceux concernant Luciani et Rossi. Sur l'un et l'autre, il ajouta qu'ils avaient eu tous les deux un comportement exceptionnel en allant dans le canal pour récupérer le corps. Ils auraient pu attendre un bateau, utiliser des perches ; au lieu de cela, ils avaient accompli quelque chose que lui-même n'aurait peut-être pas eu le courage, ou la volonté de faire.

Le téléphone sonna. « Brunetti.

— Capitaine Duncan, commissaire. Nous avons vérifié dans tous nos services, et nous avons effectivement relevé une absence. Un homme qui correspond à votre description. J'ai envoyé quelqu'un vérifier dans son appartement, mais il n'y avait pas trace de lui. J'aimerais donc que l'un de nos officiers aille voir le corps à Venise.

— Quand, capitaine ?

— Ce soir, si possible.

— Certainement. Par quel moyen viendra-t-il ?

— Je vous demande pardon ?

— Je voudrais savoir s'il doit venir en train ou en voiture, pour envoyer quelqu'un à sa rencontre.

— Oh, je vois. En voiture.

— Dans ce cas, un de mes hommes l'attendra à Piazzale Roma. Il y a un poste de carabiniers, tout de suite à droite en arrivant sur la place.

— Très bien. J'attends la voiture d'ici un quart d'heure, et ils devraient donc arriver dans un peu moins d'une heure, vers 18 h 30.

— Une de nos vedettes sera à sa disposition. Il devra aller au cimetière pour l'identification du corps. Cette personne connaissait-elle personnellement la victime, capitaine ? demanda Brunetti, qui savait combien il est difficile d'identifier un mort d'après une photo.

— Oui, c'est son supérieur hiérarchique à l'hôpital.

— L'hôpital ?

— L'homme qui nous manque est notre inspecteur de la santé publique, le sergent Foster.

— Puis-je connaître le nom de l'officier que vous m'envoyez ?

— Le capitaine Peters. Terry Peters. Et au fait, commissaire, le capitaine est une femme, précisa l'Américain, ajoutant, non sans une certaine suffisance, le capitaine Peters est aussi le docteur Peters. »

Qu'attendait-on de lui, se demanda Brunetti, qu'il tombe à la renverse parce que les Américains acceptaient les femmes dans l'armée ? Ou parce qu'ils leur permettaient aussi d'être médecin ? Il décida néanmoins de jouer à l'Italien classique, incapable de résister à n'importe quelle tentation, pourvu qu'elle soit présentée par un jupon — même sous un uniforme militaire. « Très bien, capitaine. Dans ce cas, j'irai moi-même à la rencontre du capitaine Peters. Du docteur Peters. » Il aurait aussi bien aimé échanger quelques mots avec le supérieur hiérarchique de ce Duncan.

Ce dernier mit quelques secondes à réagir, puis il répondit simplement : « C'est très attentionné de votre part, commissaire Brunetti. Je dirai au capitaine Peters de vous demander.

— Oui, bonne idée. » Brunetti raccrocha sur cette réplique sans attendre les salutations de l'Américain. Il se rendit compte, à regret, que son ton avait été un peu trop sec, comme cela lui arrivait souvent quand il croyait déceler des sous-entendus dans un propos. Par le passé, aussi bien durant des séminaires organisés par Interpol où se trouvaient des Américains que dans les trois mois de stage qu'il avait fait à Washington, il s'était fréquemment heurté à ce sentiment national de supériorité morale, cette croyance si commune parmi les Américains qu'ils avaient été élus pour servir de phare moral dans un monde où régnaient les ténèbres de l'erreur. Ce n'avait peut-être pas été le cas avec Duncan ; il avait pu mal interpréter son ton et le capitaine, en fin de compte, n'avait peut-être cherché qu'à lui éviter un instant de gêne. Dans ce cas, sa réaction avait été parfaite pour ce qui était de confirmer le cliché de l'Italien au sang chaud et à l'épiderme sensible.

Secouant la tête de mortification, il composa le numéro de la ligne extérieure, puis celui de son domicile.

« Pronto, répondit Paola au bout de la troisième sonnerie.

— Cette fois-ci, je n'oublie pas d'appeler, dit-il.

— Ce qui signifie que tu seras en retard.

— Il faut que j'aille à Piazzale Roma, retrouver un capitaine américain qui vient de Vicence pour identifier le corps. Je ne devrais pas rentrer trop tard, un peu après 21 heures. En principe, elle devrait arriver avant 19 heures.

— Elle ?

— Oui, elle. J'ai eu la même réaction. Elle est également médecin.

— Nous vivons dans un monde miraculeux, observa Paola. À la fois capitaine et médecin ! Elle a intérêt à être aussi bonne comme militaire que comme toubib, vu qu'elle te fait rater la polenta au foie. » L'un de ses plats préférés, qu'elle avait sans doute préparé spécialement parce qu'il avait sauté le déjeuner.

« Tu n'as qu'à m'en garder une part.

— Très bien. Je fais manger les enfants et je t'attends.

— Merci, Paola. J'arrive le plus tôt possible.

— J'attendrai », dit-elle avant de raccrocher.

Brunetti rappela aussitôt au premier étage pour savoir si Bonsuan était là. Le pilote venait tout juste d'arriver et Brunetti demanda qu'on le lui envoie.

Quelques minutes plus tard, Danilo Bonsuan entrait dans le bureau de Brunetti. Robuste, les traits taillés à coups de serpe, il avait bien une tête à passer sa vie sur l'eau, mais pas à la boire. Brunetti lui fit signe de s'asseoir en face de lui. Bonsuan s'installa, les articulations un peu raides après tant d'années sur des bateaux. Brunetti savait qu'il ne fallait pas attendre qu'il parle spontanément, non pas parce qu'il ne livrait qu'à regret ses informations, mais parce qu'il ne s'exprimait que s'il s'agissait de régler une question pratique.

« Danilo, commença Brunetti, la femme l'a vu à 5 h 35, à peu près, au moment exact de l'étale. D'après le docteur Rizzardi, il a séjourné entre cinq et six heures dans l'eau, et serait mort depuis ce moment-là. » Le policier s'arrêta un instant, pour laisser à Bonsuan le temps de se représenter la voie d'eau, près de l'hôpital. « On n'a découvert aucune arme dans le canal, à la hauteur de l'endroit où nous l'avons trouvé. »

Bonsuan ne jugea pas utile de commenter ce point, mais songea à part lui que personne ne jetterait un bon couteau.

Brunetti fit comme s'il avait répondu et ajouta : « Il a peut-être été tué ailleurs.

— Probablement, dit Bonsuan.

— Où ?

— Cinq, six heures ? » demanda Bonsuan. Comme Brunetti acquiesçait, l'homme inclina la tête en arrière et ferma les yeux ; le commissaire avait presque l'impression de voir défiler la carte de la lagune qu'il étudiait mentalement. Bonsuan resta dans cette position pendant plusieurs minutes. Il secoua une fois la tête, rejetant une hypothèse dont Brunetti n'entendrait jamais parler. Finalement, il rouvrit les yeux et dit : « Il y a deux endroits où cela a pu se passer. Derrière Santa Marina. Vous connaissez cette *calle* qui se termine en cul-de-sac sur le Rio Santa Marina, derrière le nouvel hôtel ? »

Brunetti acquiesça. C'était un endroit tranquille, cette impasse.

« L'autre est la calle Cocco. » Comme Brunetti paraissait intrigué, Bonsuan s'expliqua : « C'est l'une des deux impasses qui donnent sur la calle Lunga, laquelle débouche sur la place Santa Maria Formosa. De là, c'est tout droit vers la lagune. »

Si la description du pilote lui permit de reconnaître l'endroit où se trouvait l'impasse, et même de se représenter son entrée, devant lesquelles il avait dû passer des centaines de fois, Brunetti ne se souvenait pas l'avoir jamais empruntée. Qui le faisait, d'ailleurs, sinon ses habitants ? Car comme l'avait fait remarquer Bonsuan, elle donnait directement sur l'eau.

« L'une et l'autre sont des endroits parfaits pour un crime, reprit Bonsuan. Jamais personne n'y passe, en tout cas pas à cette heure.

— Et la marée ?

— Elle était très faible, la nuit dernière. Le courant devait être presque nul. En plus, un cadavre s'accroche partout, ce qui le ralentit. Il a pu venir de l'un ou l'autre endroit.

— D'aucun autre ?

— On peut toujours penser aux calli donnant dans le

Rio Santa Marina, mais les deux premières impasses sont les endroits les plus probables, si le cadavre ne s'est promené que cinq ou six heures. » On aurait pu croire que Bonsuan avait terminé, mais il a ajouta alors : « À moins qu'il ait eu un bateau », laissant à Brunetti le soin de comprendre tout seul qu'il faisait allusion à l'assassin.

« C'est possible, après tout... » admit Brunetti. Ce n'était cependant guère vraisemblable. Un bateau signifie moteur, et à cette heure tardive, des gens en colère se penchant aux fenêtres pour voir qui faisait tout ce tapage.

« Merci, Danilo. Pourrais-tu demander aux plongeurs d'aller fouiller ces deux endroits ? Cela peut attendre demain matin. Et dis à Vianello d'envoyer une équipe vérifier sur place s'il n'y a pas d'indices que le meurtre ait eu lieu là-bas. »

Bonsuan se releva en poussant des bras sur son fauteuil, dans un craquement audible de ses rotules. Il approuva d'un hochement de tête.

« Quel le pilote est de service, en bas ? Je dois me rendre à Piazzale Roma et ensuite au cimetière.

— Monetti.

— Peux-tu lui dire que je voudrais partir dans dix minutes ? »

Nouveau hochement de tête ; puis, sur un « Oui, monsieur » marmonné, Bonsuan partit.

Brunetti se rendit soudain compte qu'il était affamé. Depuis ce matin, il n'avait mangé que trois sandwichs — même pas, Orso ayant fait un sort à l'un d'entre eux. Il ouvrit le tiroir du bas de son bureau, espérant y trouver quelque chose, un sac de *buranei*, par exemple — ces biscuits en forme de S qu'il adorait et qu'il devait d'ordinaire disputer à ses enfants —, une vielle barre chocolatée, n'importe quoi, mais il était aussi vide que la dernière fois où il y avait jeté un coup d'œil.

Il allait devoir se rabattre sur un café, mais cela signifiait que Monetti allait être obligé de faire un arrêt. L'irritation qu'il ressentait à ce simple problème donnait la mesure de sa faim. C'est alors qu'il pensa aux femmes du bureau des Étrangers ; elles avaient toujours quelque chose à lui offrir — il suffisait de le leur demander gentiment.

Il quitta son bureau, descendit jusqu'au rez-de-chaussée par l'escalier de derrière et entra par les grandes doubles portes dans le service. Sylvia, petite et brune, et Anita, grande et blonde — et ravissante — avaient deux bureaux se faisant face, et feuilletaient de ces dossiers qui paraissaient ne jamais quitter leur sous-main.

« Buona sera, lui dirent-elles en chœur à son arrivée, avant de se pencher de nouveau sur les dossiers à couvertures vertes qui s'accumulaient devant elles.

— Vous n'auriez pas quelque chose à manger, par hasard ? » demanda-t-il avec moins d'amabilité qu'il l'aurait voulu.

Sylvia sourit et secoua la tête sans rien dire ; il n'entrait dans ce service, décidément, que pour réclamer à manger ou pour leur signaler que l'un de leurs demandeurs de titre de séjour venait d'être arrêté et pouvait être rayé de leurs listes, retiré de leurs dossiers.

« On ne vous nourrit pas, chez vous ? » lui demanda Anita — tout en ouvrant néanmoins l'un de ses tiroirs. Elle en retira un sac en papier brun. Elle en sortit une, puis deux, puis trois poires bien mûres, qu'elle disposa sur le bord de son bureau, à la portée de Brunetti.

Trois années auparavant, dans ce service, un Algérien à qui l'on avait refusé un permis de séjour était devenu subitement fou furieux ; il avait attrapé Anita par les épaules et l'avait soulevée de son siège, par-dessus le bureau. Il la tenait ainsi, lui hurlant en arabe en plein visage, hystérique, lorsque Brunetti était entré, à la recherche d'un dossier. Il avait bondi sur l'homme et lui avait pratiqué un étranglement jusqu'à ce qu'il lâche la malheureuse secrétaire ; Anita était tombée de son bureau, terrifiée, en larmes. Personne n'avait fait allusion à l'incident depuis, mais il savait qu'il pouvait toujours compter sur quelque chose à manger chez les deux jeunes femmes.

« Grazie, Anita », dit-il en prenant l'une des poires. Il fit sauter la queue et mordit dans le fruit, mûr à la perfection.

En cinq bouchées rapides, elle avait disparu et il tendit la main vers la deuxième. Un peu moins mûre, elle n'en était pas moins sucrée et douce. Tenant comme il pouvait les pépins humides agglutinés dans la main gauche, il saisit la troisième poire, remercia une dernière fois Anita et sortit, prêt, à présent, à affronter la promenade jusqu'à la Piazzale Roma et le docteur Peters. Le capitaine Peters

4

IL ARRIVA AU POSTE des carabiniers de la Piazzale Roma à 6h40, et demanda à Monetti d'attendre leur retour, à lui et au médecin. Il se rendit compte, même si cela en disait long sur ses préjugés, qu'il était plus à l'aise en pensant à elle comme médecin que comme capitaine. Il avait averti de son arrivée et les carabiniers l'attendaient — l'assortiment habituel, pour la plupart des méridionaux qui donnaient l'impression de ne jamais sortir du poste enfumé ; Brunetti se demandait d'ailleurs quelle fonction, au juste, il était censé remplir. Les carabiniers ne s'occupaient pas de la circulation, or la circulation était la raison d'être de la grande place : voitures, camping-cars, taxis et, en particulier l'été, des rangées sans fin d'autocars qui se garaient là, juste le temps de dégorger leur pesante cargaison de touristes. À ceux-ci étaient venus s'ajouter, l'été dernier, un nouveau genre de véhicule, des bus poussifs à moteur Diesel, relâchant des nuages de fumée noire, arrivant des pays d'Europe de l'Est aux frontières récemment ouvertes et débarquant, au petit matin, hébétés par le manque de sommeil, des dizaines de milliers de touristes très polis, très pauvres et très courts sur pattes. Ils passaient la journée à Venise et repartaient éblouis par sa beauté, aussi fugitivement qu'ils l'eussent aperçue. C'était dans la Sérénissime qu'ils goûtaient pour la première fois au capitalisme triomphant et ils étaient trop excités à cette découverte pour se rendre compte que les souvenirs qu'ils achetaient étaient en grande partie du toc fabriqué à Taïwan ou des dentelles venues de Corée.

Au poste, Brunetti eut quelques échanges, tout d'abord amicaux, avec les deux officiers de service. « Elle n'est toujours pas arrivée, la *capitana* », lui dit l'un d'eux, avec un petit rire méprisant à l'idée qu'une femme pût être officier. Il suffit au commissaire d'entendre ce rire pour décider sur-le-champ, au moins quand il serait à portée d'oreille de ces deux-là, de s'adresser à elle par son titre de capitaine et en lui manifestant tous les signes de respect auxquels celui-ci lui donnait droit. Ce n'était pas la première fois qu'il se hérissait en voyant ses propres préjugés exprimés par d'autres.

Il s'engagea alors dans une conversation décousue avec les carabiniers — sur les chances que l'équipe de foot de Naples avait de gagner ce week-end, sur la présence ou non de Maradonna dans l'équipe, sur l'éventualité d'une chute du gouvernement. Debout devant la porte vitrée, il surveillait en même temps le flot des véhicules, le ballet des piétons qui zigzaguaient entre les voitures et les cars. Personne ne prêtait la moindre attention aux passages réservés striés de blanc et noir, ni aux lignes blanches censées matérialiser les couloirs de circulation ; celle-ci, néanmoins, restait fluide et rapide.

Une berline vert clair coupa la voie réservée aux bus et vint s'arrêter derrière les deux voitures bleu et blanc des carabiniers. C'était un véhicule tout à fait banal, sans marques distinctives ni gyrophare, qui ne se distinguait que par le *AFI Official* qu'on pouvait lire sur la plaque d'immatriculation. La portière du conducteur s'ouvrit sur un soldat en uniforme, qui descendit, ouvrit aussitôt la portière arrière et la tint, tandis qu'en sortait une jeune femme en uniforme vert foncé. Dès qu'elle se fut redressée, elle mit son calot, regarda autour d'elle et repéra le poste des carabiniers.

Sans prendre la peine de saluer les hommes, Brunetti sortit et se dirigea vers la voiture. « Docteur Peters ? » demanda-t-il en s'approchant.

Elle le regarda en entendant son nom et fit un pas vers

lui. Elle lui serra brièvement la main et se présenta comme « Terry Peters ». Elle ne paraissait pas avoir plus de trente ans et avait des cheveux châtain foncé bouclés que repoussait le calot, des yeux noisette, et une peau encore bronzée. Elle aurait été ravissante si elle avait souri. Au lieu de cela, elle le regarda droit dans les yeux, les lèvres serrées, et demanda : « Êtes-vous l'inspecteur de police ?

— Commissaire Brunetti. J'ai un bateau. Il va nous conduire à San Michele. » Croyant qu'elle ne comprenait pas, il ajouta : « L'île où sont installés le cimetière et la morgue. C'est là que se trouve le corps. »

Sans attendre sa réponse, il lui indiqua la direction du quai et la précéda sur la chaussée. Elle dit quelques mots à son chauffeur avant d'emboîter le pas à Brunetti. Une fois au bord de l'eau, il lui montra la vedette de la police amarrée au quai. « Si vous voulez bien me suivre, docteur », dit-il, passant sur le pont du bateau. Elle n'hésita pas et accepta sa main. La jupe de son uniforme lui descendait de quelques centimètres au-dessous des genoux. Elle avait de jolies jambes, musclées, bien bronzées, à la cheville fine. Elle lui avait pris la main sans faire de manières et se laissa aider pour monter à bord. Dès qu'ils furent assis dans la cabine, Monetti partit en marche arrière puis engagea la vedette dans le Grand Canal. Ils passèrent rapidement devant la gare, le gyrophare branché, et tournèrent à gauche dans le canal della Misericordia, par lequel on rejoignait directement l'île San Michele.

D'habitude, lorsque Brunetti se trouvait sur une vedette en compagnie d'une personne qui n'était pas de Venise, il mettait un point d'honneur à lui signaler en cours de route les édifices et monuments intéressants. Cette fois-ci, cependant, il se contenta de la plus banale des entrées en matière. « J'espère que vous n'avez pas eu de mal à arriver jusqu'ici, docteur. »

Elle contemplait la bande de moquette verte qui les séparait, quand elle marmonna quelque chose qui pouvait être un « non », sans rien ajouter. Il remarqua qu'elle poussait de temps en temps un profond soupir, comme pour se calmer, réaction qui lui parut curieuse de la part de quelqu'un qui était tout de même médecin.

Comme si elle avait lu dans ses pensées, elle lui jeta un coup d'œil, lui adressa un sourire tout à fait charmant et dit : « C'est différent, quand on connaît la personne. À l'école de médecine, ce sont des étrangers, et il est plus facile de garder une distance professionnelle. » Elle se tut un long moment. « Sans compter que les gens meurent rarement à mon âge. »

Voilà qui était indubitable. « Travailliez-vous ensemble depuis longtemps ? » demanda Brunetti.

Elle acquiesça et s'apprêtait à répondre lorsque le bateau fit une embardée brutale. Elle agrippa le rebord de son siège à deux mains et lança un regard apeuré à son vis-à-vis.

« Nous venons de passer dans la lagune, dans les eaux libres. Ne vous inquiétez pas, il n'y a aucun danger.

— Je n'ai pas tellement le pied marin. Je suis née dans le Dakota du Nord, qui n'est pas précisément un État maritime. Je ne sais même pas nager. » Elle eut un faible sourire, mais un sourire tout de même.

« M. Foster travaillait-il avec vous depuis longtemps ?

— Le sergent, corrigea-t-elle automatiquement. Oui, depuis que je suis arrivée à Vicence, il y a environ un an. En fait, c'était lui qui s'occupait de tout. C'est un service où il faut qu'il y ait un officier responsable. Qui signe les papiers.

— Et qui, à l'occasion, porte le chapeau ? demanda-t-il avec un sourire.

— Oui, si l'on veut. Mais rien n'est jamais allé de travers. Pas avec le sergent Foster. Il est très bon dans son travail. » Il y avait de la chaleur dans sa voix. Louanges ? Affection ?

Sous leurs pieds, le moteur ralentit, réduit à un ronronnement régulier, et il y eut un coup sourd au moment où ils accostèrent au quai du cimetière. Brunetti se leva et se dirigea vers l'étroit escalier qui donnait sur le pont, s'arrêtant en haut pour maintenir ouverte pour elle la porte battante. Monetti amarrait la vedette à l'un de ces pieux de bois que l'on voit partout dans la lagune, plantés plus ou moins de travers.

Le policier sauta sur la rive et tendit la main au capitaine Peters. Elle la lui prit et sauta à son tour. Il remarqua alors qu'elle n'avait avec elle ni sac ni porte-documents ; peut-être les avait-elle laissés dans la voiture ou dans le bateau.

Le cimetière fermait à 16 heures et Brunetti dut donc faire retentir la cloche, à la droite du grand portail de bois. Au bout de quelques minutes, une petite porte s'ouvrit à droite sur un homme en uniforme bleu, et le policier donna son nom. L'homme les fit entrer et referma la porte sur eux. Brunetti s'avança jusqu'à la fenêtre du gardien, où il s'annonça et montra son mandat. Le gardien leur fit signe de poursuivre en direction des arcades, sur leur droite. Brunetti acquiesça : il connaissait le chemin.

Quand ils entrèrent dans le bâtiment de la morgue, la chute de température se fit aussitôt sentir. Le docteur Peters croisa d'ailleurs les bras et les serra contre elle, baissant la tête. Un employé en blouse blanche était assis à une table de bois, tout au fond d'un long couloir. Il se leva à leur approche, prenant soin de poser son livre ouvert à l'envers auparavant. « Commissaire Brunetti ? demanda-t-il.

— Oui. Et voici le médecin de la base américaine », ajouta-t-il avec un mouvement de tête en direction du docteur Peters. Pour quelqu'un qui côtoyait quotidiennement la mort, la vue d'une jeune femme en uniforme militaire n'avait sans doute rien d'extraordinaire, car l'homme passa rapidement devant eux et ouvrit la lourde porte de bois qui se trouvait à sa gauche.

« Comme je savais que vous alliez venir, je l'ai sorti », dit-il en les conduisant vers une civière métallique qui attendait sur un côté de la salle. Il était difficile de se tromper sur ce que cachait le drap blanc. Une fois près du corps, l'employé regarda le docteur Peters. Elle lui fit « oui » d'un signe de tête, et il rabattit le suaire. Pendant qu'elle regardait le visage du mort, Brunetti observa celui de la jeune femme. Elle conserva quelques secondes un masque absolument impénétrable, puis ferma les yeux et se mordit la lèvre supérieure. Cette tentative de retenir ses larmes échoua, car elles débordèrent rapidement de ses yeux. « Mick, Mick », murmura-t-elle, se détournant du corps.

Brunetti fit signe à l'employé, qui remonta le drap sur le visage du jeune homme.

Brunetti sentit une main qui l'agrippait au bras, avec une vigueur surprenante. « Comment a-t-il été tué ? » demanda-t-elle.

Il recula d'un pas, avec l'intention de l'entraîner hors de la salle, mais la prise se renforça sur son bras et elle répéta : « Comment a-t-il été tué ? »

Le policier posa sa main sur celle de la jeune femme et lui répondit : « Sortons d'ici. »

Avant qu'il eût compris ce qu'elle voulait faire, elle était passée devant lui, avait saisi le drap mortuaire et l'avait rabattu, exposant le cadavre jusqu'à la taille. L'incision géante de l'autopsie, courant du nombril au cou, avait été recousue à grands points. Restée ouverte et paraissant inoffensive en comparaison, on voyait la petite plaie horizontale qui l'avait tué.

La voix de l'Américaine s'éleva, gémissante, et elle répéta à voix basse : « Mick... Mick... » d'un ton affreusement lugubre. Elle se tenait toute droite, étrangement rigide, et continuait à gémir.

L'employé avança vivement devant elle et replaça le drap avec un soin méticuleux, tout d'abord sur le corps, puis sur la tête.

Elle se tourna vers Brunetti qui, s'il vit que ses yeux débordaient de larmes, y découvrit aussi autre chose : une émotion qui paraissait bien être de la terreur, une pure terreur animale.

« Vous vous sentez bien, docteur ? » demanda-t-il à voix basse, évitant de la toucher ou de faire le moindre geste en sa direction.

Elle acquiesça, et l'expression de terreur — ou de quoi que ce soit d'autre — disparut de son regard. Elle fit brusquement demi-tour et partit en direction de la porte.

Elle s'arrêta tout aussi brusquement quand elle en fut à quelques pas, regarda autour d'elle comme si elle était étonnée de se trouver là, puis courut vers un évier, placé le long d'un mur. Elle vomit violemment, spasmodiquement, et resta un moment appuyée des deux mains à la porcelaine, penchée dessus, haletante. L'employé apparut soudain à ses côtés et lui tendit une serviette de coton blanche. Elle s'en saisit, le remercia d'un signe de tête et s'essuya la bouche avec. Avec douceur, l'homme la prit par le bras et la dirigea vers un deuxième évier, placé un peu plus loin sur le même mur. Il ouvrit le robinet d'eau chaude, puis celui d'eau froide, plaçant la main sous le mélangeur jusqu'à ce que la température lui convienne. Puis il tint la serviette pendant que le docteur Peters se lavait le visage et se rinçait longuement la bouche. Lorsqu'elle eut terminé, il lui rendit la serviette, ferma les robinets et sortit de la salle.

Elle replia la serviette et la posa sur le bord de l'évier. Lorsqu'elle revint vers Brunetti, elle évita de regarder vers la gauche, où le corps gisait toujours sur la civière, caché par le drap.

Le policier la précéda jusqu'à la porte qu'il tint ouverte pour elle, lorsqu'ils passèrent dans l'atmosphère plus chaude du couloir. Une fois à l'air libre, sous les arcades, elle dit : « Je suis désolée. Je ne sais pas ce qui m'est arrivé. Ce n'est pourtant pas la première fois que je vois un corps après une autopsie. Je l'ai même pratiquée. » Elle secoua la tête à plusieurs reprises. Brunetti, à côté d'elle, devina ce geste plus qu'il ne le vit.

C'était une formalité, mais il lui fallait bien poser la question. « Était-ce le sergent Foster ?

— Oui, c'est bien lui », répondit-elle sans hésiter ; il sentait néanmoins qu'elle luttait pour garder un ton calme. Sa démarche elle-même était plus rigide que lorsqu'ils étaient arrivés, comme si elle avait laissé son uniforme prendre les commandes et diriger ses mouvements.

Ils franchirent le portail du cimetière et Brunetti la conduisit aussitôt vers la vedette où les attendait Monetti, assis dans la cabine et lisant son journal. Il le replia en les voyant arriver et passa à la proue, où il tira sur l'amarre pour rapprocher le bateau du quai.

Cette fois-ci, elle monta sans aide sur le bateau et se dirigea directement vers la cabine. En passant, Brunetti glissa à Monetti : « Prends tout ton temps pour revenir », puis il la rejoignit.

Elle s'était assise tout à l'avant, cette fois, le visage tourné vers l'extérieur. Le soleil était déjà couché, et dans la lumière déclinante on distinguait encore la silhouette sombre de la ville, loin sur la gauche, qui se détachait sur le ciel plus clair. Il s'installa en face d'elle, remarquant qu'elle se tenait toujours aussi raide et droite.

« Il va y avoir de nombreuses formalités, mais j'espère pouvoir vous restituer le corps dès demain. »

Elle accueillit cette information d'un simple hochement de tête.

« Que va faire l'armée ?

— Pardon ?

— Dans une telle affaire, comment procède l'armée ?

— Nous renvoyons le corps à la famille, chez lui.

— Non, je ne parle pas du corps. Mais de l'enquête. »

Du coup, elle releva la tête et le regarda dans les yeux. Il eut l'impression que son expression désorientée était feinte. « Je ne comprends pas. Quelle enquête ?

— Pour trouver l'auteur du meurtre.

— Je croyais qu'il s'agissait d'une simple agression de rue...

— C'est possible, mais j'en doute. »

Elle détourna les yeux à ces mots et regarda par la fenêtre ; la nuit, entre-temps, avait englouti le panorama de Venise, et elle ne vit que son propre reflet.

« J'ignore tout de cela », dit-elle d'un ton qui se voulait définitif.

Pour Brunetti, on aurait dit qu'elle croyait que le seul fait de répéter cette affirmation, avec le plus d'insistance possible, suffirait à la rendre vraie. « Quel genre d'homme était-il ? » voulut-il savoir.

Elle ne répondit pas tout de suite ; mais quand elle le fit, le policier trouva sa réaction curieuse. « Honnête.

C'était un homme honnête. » Oui, curieux, tout de même, de définir ainsi un homme aussi jeune.

Il attendit, espérant qu'elle allait ajouter quelque chose. Comme le silence se prolongeait, il demanda : « Le connaissiez-vous bien ? »

Il observait non pas le visage de la jeune femme, mais son reflet dans la vitre. Elle ne pleurait plus mais une expression figée de tristesse s'était posée sur ses traits. Elle prit une profonde inspiration. « Je le connaissais très bien. » Puis sa voix changea, se fit plus indifférente, presque désinvolte. « Il a été mon collaborateur pendant un an. » Ce fut tout ce qu'elle consentit à dire

« Quelles étaient ses responsabilités ? Le capitaine Duncan m'a dit qu'il était inspecteur de santé publique, mais je ne sais pas très bien ce que cela signifie. »

Elle croisa le regard du policier dans la vitre et se tourna alors directement vers lui. « Il devait inspecter nos appartements. Les appartements où sont installés les Américains de la base. Ou bien, si les propriétaires se plaignaient de leurs locataires, c'était lui qui était chargé de mener l'enquête.

— Rien d'autre ?

— Il se rendait dans les ambassades qui dépendaient de notre hôpital. Au Caire, à Varsovie, à Belgrade. Il inspectait les cuisines, vérifiait le respect des règles d'hygiène.

— Il voyageait donc beaucoup ?

— Oui, assez.

— Aimait-il son travail ? »

Sans hésitation et sans emphase, elle répondit : « Oui, il l'aimait. Il le trouvait très important.

— Et vous étiez son supérieur hiérarchique ? »

Elle eut le plus incertain des sourires. « Oui, on pourrait le dire ainsi ; en réalité, je suis pédiatre. On m'a simplement donné ce poste de santé publique pour avoir une signature d'officier et de médecin, au bas des documents. En fait, il dirigeait ce service pratiquement tout seul. À l'occasion, il me faisait signer un papier, ou rédiger une requête pour du matériel. Les choses vont plus vite si c'est un officier qui fait la demande.

— L'avez-vous accompagné lors de l'un de ces voyages ? Les visites d'ambassades ? »

Il n'aurait su dire si elle avait ou non trouvé sa question étrange, car elle s'était de nouveau détournée de lui pour regarder dans la nuit. « Non. Le sergent Foster voyageait toujours seul. » Sans avertissement, elle se leva et se dirigea vers l'escalier, au fond de la cabine. « Votre pilote connaît-il bien le chemin ? On dirait qu'il nous faut un temps fou pour revenir. » Elle ouvrit l'une des portes et étudia attentivement les deux rives du canal, mais les bâtiments dont il était bordé ne lui disaient rien.

« Oui, il faut davantage de temps pour revenir, n'eut pas de mal à mentir Brunetti. De nombreux canaux sont à sens unique, et nous devons faire tout le tour de la gare pour regagner la Piazzale Roma. » La vedette venait d'entrer dans le canal di Cannaregio ; dans cinq minutes, peut-être moins, ils seraient arrivés.

Elle finit par sortir sur le pont. Une soudaine rafale de vent s'en prit à son calot, et elle se l'écrasa sur la tête d'une main, puis l'enleva et le tint appuyé contre sa hanche. Ayant perdu sa raideur, elle était plus que jolie.

Il sortit à son tour de la cabine et vint se placer auprès d'elle. Le bateau tourna à droite dans le Grand Canal. « C'est très beau, dit-elle, ajoutant aussitôt en changeant de ton : comment se fait-il que vous parliez aussi bien l'anglais ?

— Je l'ai étudié à l'école, puis à l'université, et j'ai passé aussi un certain temps aux États-Unis.

— N'empêche, vous vous exprimez très bien.

— Merci. Parlez-vous italien ?

— *Un poco*, répondit-elle avec un sourire, *molto poco*. »

Devant eux se profila le quai d'amarrage de la Piazzale Roma. Il passa devant elle et saisit l'amarre qu'il tint prête, en attendant que Monetti s'immobilise auprès d'un pieu. Puis il la lança et fit un nœud de cabestan d'une main experte. Monetti coupa le moteur tandis que Brunetti sautait à terre. Elle lui prit la main sans la moindre gêne et descendit à son tour du bateau, le lâchant aussitôt. Puis ils se dirigèrent vers la voiture, toujours garée devant le poste des carabiniers.

En les voyant approcher, le conducteur quitta précipitamment sa place derrière le volant, salua et ouvrit la portière arrière. Elle tira sur la jupe de son uniforme avant de se glisser sur le siège. Brunetti fit signe au chauffeur de ne pas refermer la portière et se pencha pour parler, une main sur le toit de la voiture. « Merci d'avoir fait ce déplacement, docteur.

— Il n'y a pas de quoi, répondit-elle sans prendre la peine de le remercier, lui, de l'avoir emmenée à San Michele.

— J'espère avoir l'occasion de vous revoir à Vicence », ajouta-t-il, surveillant sa réaction.

Elle fut à la fois rapide et marquée, et il vit un éclair de cette même terreur qui l'avait saisie lorsqu'elle avait vu la blessure qui avait tué Foster. « Mais pourquoi ? »

Il eut un sourire neutre. « Peut-être vais-je en apprendre un peu plus sur les raisons de sa mort. »

Elle passa la main sous le nez de Brunetti pour saisir la poignée de la portière. Il n'eut pas le choix, et dut reculer avant que le lourd battant ne se referme sur lui. La portière claqua, le capitaine Peters se pencha pour dire quelque chose au conducteur, et la voiture démarra. Brunetti ne bougea pas et suivit des yeux le véhicule quand il se faufila dans le flot de la circulation qui quittait la Piazzale Roma pour aller rejoindre la route de la digue reliant Venise au continent. Elle disparut bientôt à sa vue, voiture d'un vert pâle anonyme retournant d'où elle était venue.

5

SANS PRENDRE LA PEINE d'aller vérifier si son retour avec le capitaine avait été remarqué par les carabiniers, Brunetti retourna au bateau où il trouva Monetti de nouveau plongé dans son journal. Des années auparavant, un étranger — impossible de se rappeler qui — lui avait fait remarquer que les Italiens lisaient avec une extrême lenteur. Depuis lors, à chaque fois qu'il voyait quelqu'un compulser un unique journal pendant tout le trajet entre Venise et Milan, il se souvenait de cette observation. Monetti n'avait pourtant pas manqué de temps, mais on aurait dit qu'il n'avait pas dépassé les toutes premières pages. Peut-être l'ennui l'avait-il forcé à tout relire une deuxième fois.

« Merci, Monetti », dit-il en embarquant.

Le jeune homme leva les yeux et sourit. « J'ai essayé d'aller aussi lentement que possible, monsieur. Mais c'est dur, avec tous ces cinglés qui vous collent au train et vous suivent de trop près. »

Brunetti avait la même opinion des chauffeurs italiens. Il avait déjà la trentaine lorsqu'il avait passé son permis de conduire, contraint et forcé : il venait d'être nommé pour trois ans à Naples. Il conduisait mal, par à-coups, mais roulait avec une prudente lenteur, et il avait été mis plus d'une fois en rage par ces mêmes cinglés — ceux qui conduisaient des voitures et non des bateaux.

« Cela vous ennuierait-il de me conduire jusqu'à San Silvestro ? demanda-t-il.

— Jusqu'au fond de la calle, si vous voulez, monsieur.

— Merci, Monetti, avec plaisir. »

Le policier détacha la vedette et enroula soigneusement la corde au bollard, sur le côté du bateau.

Puis il alla se tenir auprès de Monetti, alors qu'ils s'engageaient à nouveau dans le Grand Canal. Il n'y avait guère de choses intéressantes à admirer dans cette partie de la ville et ils passèrent devant la gare, un édifice qui surprenait tant il était lugubre.

Comme beaucoup de Vénitiens, Brunetti était en permanence attentif à sa ville. Souvent, au moment où il s'y attendait le moins, une fenêtre qu'il n'avait jamais remarquée se présentait dans son champ de vision, ou bien le soleil faisait briller une arche ; il sentait alors son cœur se serrer en réaction à quelque chose d'infiniment plus complexe que de la simple beauté. Il supposait, quand il y réfléchissait, que ces émotions avaient un rapport avec le dialecte vénitien, avec le fait que la ville comptait maintenant moins de quatre-vingt mille habitants ; qu'elles devaient peut-être aussi beaucoup à ce qu'il avait connu, en guise d'école maternelle, un palais du XVe siècle. La ville lui manquait quand il s'en éloignait, tout à fait de la même façon que lui manquait Paola, et il ne se sentait intégralement lui-même que lorsqu'il y était. Un coup d'œil autour de lui, pendant que la vedette accélérait dans le canal, suffit à l'en convaincre. Il n'en avait jamais parlé à personne : un étranger ne pourrait le comprendre et pour un Vénitien, ce serait une lapalissade.

Peu après être passé sous le Rialto, Monetti tourna à droite. À l'extrémité de la longue ruelle où le policier avait son domicile, il mit le moteur au point mort et stationna brièvement à hauteur du débarcadère, le temps de laisser Brunetti sauter à terre. Avant même que le commissaire ait eu le temps de se retourner pour le saluer, il exécutait un demi-tour pour repartir par le même chemin, le gyrophare tournant toujours. Lui aussi rentrait dîner chez lui.

Brunetti remonta la ruelle, la fatigue aux jambes à force d'avoir sauté des bateaux sur des quais et de quais sur des bateaux comme, lui semblait-il, il l'avait fait toute la journée, étant donné que la première vedette était venue le chercher ici plus de douze heures auparavant. Il ouvrit la porte monumentale de l'immeuble, prenant soin de la refermer avec douceur. L'escalier étroit aux virages en épingle à cheveux formait en effet une caisse de résonance parfaite et, même au quatrième étage, on pouvait entendre claquer le lourd battant. Quatre étages ! Cette perspective l'écrasait presque.

Le temps d'atteindre le dernier virage, l'odeur des oignons frits lui parvenait déjà, ce qui fit beaucoup pour l'aider à gravir les dernières marches. Il consulta sa montre avant d'insérer la clef dans la serrure. 21 h 30. Chiara serait encore debout, et il pourrait au moins l'embrasser et lui demander si elle avait fait ses devoirs. Si Raffaele était là, il était plus prudent de s'abstenir de cajoleries, et lui poser la question des devoirs serait futile.

« Ciao, papa ! » lui lança Chiara depuis le séjour. Brunetti rangea son veston dans le placard de l'entrée et gagna la pièce par le couloir. Chiara, vautrée dans un gros fauteuil, leva les yeux du livre qu'elle avait ouvert sur ses genoux.

En entrant, il alluma le plafonnier d'un geste automatique. « Tu tiens donc à perdre la vue ? demanda-t-il, sans doute pour la sept centième fois.

— Mais papa, je vois assez pour lire. »

Il se pencha sur sa fille et embrassa la joue qu'elle lui tendait. « Et qu'est-ce que tu lis, mon ange ?

— Un livre que maman m'a donné. Il est sensationnel. C'est l'histoire d'une gouvernante qui va travailler chez un monsieur, et ils tombent amoureux, mais lui il a sa femme qui est folle, elle est enfermée dans le grenier, alors il ne peut pas l'épouser, et pourtant ils sont très amoureux. J'en suis au moment où il y a l'incendie. J'espère qu'elle va brûler.

— Qui donc, Chiara ? La gouvernante ou l'épouse ?

— Que tu es bête, l'épouse !

— Pourquoi ?

— Pour que Jane Eyre, dit-elle avec un accent qui

défiait la transcription, puisse épouser Mr Rochester. » Le nom du héros fut tout autant maltraité que celui de l'héroïne.

Il était sur le point de lui poser une autre question, mais elle s'était replongée dans l'incendie de *Jane Eyre* et il passa donc dans la cuisine, où Paola était penchée sur la porte ouverte de la machine à laver.

« Ciao, Guido, dit-elle en se relevant. On mange dans dix minutes. » Elle l'embrassa puis retourna à son fourneau, où des oignons doraient dans une flaque d'huile.

« Je viens d'avoir une discussion littéraire avec notre fille, dit-il. Elle m'a expliqué l'intrigue d'un grand classique de la littérature anglaise. Je me demande s'il ne vaudrait pas mieux, pour son instruction, la forcer à regarder les feuilletons brésiliens à la télé. Elle a très envie que le feu vienne à bout de Mrs Rochester.

— Voyons, Guido, tout le monde en a envie, quand on lit *Jane Eyre*. » Elle remua les oignons dans la poêle, puis ajouta : « Au moins la première fois. Ce n'est que plus tard que l'on comprend à quel point Jane Eyre est une petite salope d'arriviste, sous ses airs de sainte nitouche.

— C'est le genre d'analyse que tu proposes à tes étudiants ? » s'inquiéta-t-il, ouvrant un placard et en retirant une bouteille de pinot noir.

Le foie émincé attendait sur une assiette, à côté de la cuisinière. Paola glissa une spatule dessous et le fit passer dans la poêle, reculant d'un pas pour éviter les projections d'huile. Elle haussa les épaules. Les cours venaient tout juste de reprendre à l'université, et elle n'avait de toute évidence aucune envie de penser à ses étudiants, en ce moment.

Tout en déplaçant la tranche dans la poêle, elle demanda : « De quoi avait-elle l'air, ton capitaine médecin ? »

Brunetti sortit deux verres et les remplit. Il s'adossa au comptoir, poussa un verre vers Paola et prit une gorgée dans le sien. « Très jeune et très nerveuse. » Voyant que Paola ne bronchait pas, il ajouta : « ... et très jolie. »

À ces mots, elle prit à son tour son verre, but un peu de vin et le regarda.

« Qu'est-ce qui la rendait nerveuse ? » demanda-t-elle en prenant une deuxième gorgée. Puis, levant son verre dans la lumière : « Il n'est pas aussi bon que celui qu'on a eu par Mario, non ?

— Non, reconnut-il. Mais ton cousin Mario est tellement occupé à se faire un nom dans le négoce international du vin qu'il n'a pas le temps de traiter des commandes aussi ridicules que les nôtres.

— Il le ferait, si on le payait à temps, rétorqua-t-elle.

— Enfin, Paola, ça date de six mois.

— Et lui a attendu six mois d'être payé.

— J'en suis désolé, Paola. Je croyais l'avoir réglé, et j'ai oublié. Je lui ai présenté mes excuses. »

Elle reposa son verre et retourna vivement le foie.

« Mais enfin, Paola, cela ne représentait que deux cent mille lires ! Ce n'est pas une telle somme qui va mettre ton cousin Mario sur la paille.

— Pourquoi dis-tu toujours *mon cousin Mario* ? »

Brunetti faillit bien lui répondre que c'était parce qu'il était son cousin et qu'il s'appelait Mario mais, au lieu de cela, il reposa son verre et enserra sa femme dans ses bras. Elle garda sa raideur un certain temps, se penchant même pour s'écarter de lui. Il augmenta la pression de ses bras et elle se laissa aller, s'appuyant de la nuque contre son épaule.

Ils restèrent ainsi jusqu'au moment où elle l'aiguillonna du manche de sa spatule, disant : « Hé, le foie va brûler ! »

Il la lâcha et reprit son verre de vin.

« J'ignore ce qui la rendait aussi nerveuse, mais elle a été bouleversée à la vue du cadavre.

— N'est-ce pas normal, en particulier si c'est le cadavre de quelqu'un que l'on connaît ?

— Non, il n'y avait pas que cela. Je suis sûr qu'il y avait quelque chose entre eux.

— Et quoi donc ?

— Oh, comme d'habitude.

— Tu as dit qu'elle était jolie. »

Il sourit. « Très jolie... (Ce fut Paola qui sourit.) Et, reprit-il en cherchant le mot juste — lequel, justement, ne lui paraissait pas convenir —, très effrayée.

— Qu'est-ce qui te fait dire cela ? » voulut savoir Paola. Elle transporta la poêle sur la table et la posa sur un dessous de plat en céramique. « Qu'est-ce qui l'effrayait ? Qu'on la soupçonne de l'avoir assassiné ? »

Il prit, à côté de la cuisinière, une grande planche à découper et la porta sur la table. Il s'assit et enleva le torchon qui recouvrait la planche, révélant une demi-portion de polenta dorée, encore chaude, mais qui s'était quelque peu solidifiée. Paola apporta la salade et la bouteille de vin, et remplit à nouveau les verres.

« Non, je ne crois pas que ce soit cela », répondit-il en se servant de foie et d'oignons, ajoutant une large pointe de polenta à son assiette. Il piqua un morceau de foie de sa fourchette, le recouvrit d'oignons en poussant avec son couteau et commença à manger. Comme à son habitude, il ne dit pas un mot tant que son assiette ne fut pas vide. Lorsqu'il n'y eut plus de foie et qu'il en fut à essuyer la sauce avec ce qui restait de sa deuxième portion de polenta, il répondit : « Je pense qu'il n'est pas impossible qu'elle sache qui est le meurtrier, ou du moins, qu'il est possible qu'elle ait des soupçons. Ou encore qu'elle se doute des raisons pour lesquelles on l'a tué.

— Pourquoi ?

— Il aurait fallu que tu voies son expression quand elle l'a vu. Non, pas quand elle a vu qu'il était mort et qu'il s'agissait bien de Foster, mais quand elle a vu comment il avait été tué, elle était au bord de la panique. Elle en a été malade.

— Malade ?

— Elle a vomi.

— Tout de suite ?

— Oui. Bizarre, non ? »

Paola réfléchit quelques instants avant de répondre. Elle vida son verre, le remplit à nouveau de moitié. « Oui. C'est une réaction étrange devant la mort. Et elle est médecin ? » Il acquiesça. « Ça ne tient pas debout. De quoi pouvait-elle avoir peur ?

— Il n'y a rien comme dessert ?

— Des figues.

— Je t'adore.

— Tu veux dire que tu adores les figues, oui », répliqua-t-elle avec un sourire.

Il y en avait six, parfaitement mûres, onctueuses, sucrées. Il prit son couteau et commença à en éplucher une. Quand il eut terminé, les doigts pleins de jus, il coupa le fruit en deux et en tendit une moitié à Paola.

Il se fourra l'autre presque entièrement dans la bouche et essuya le jus qui lui coulait sur le menton. La première finie, il en mangea encore deux autres, s'essuya les mains à la serviette et dit : « Si tu m'offres un petit verre de porto, je mourrai le plus heureux de hommes.

— Sinon, de quoi d'autre pouvait-elle avait peur ? demanda Paola en se levant de table.

— Comme tu l'as dit : d'être soupçonnée d'avoir quelque chose à voir avec l'assassinat. Et peut-être a-t-elle en effet quelque chose à voir. »

Elle sortit une bouteille trapue, mais, avant de remplir de porto les deux verres minuscules, elle débarrassa les couverts. Elle fit le service du vin portugais sur le comptoir et porta ensuite les verres sur la table ; la douceur du porto se mariait bien avec le goût persistant des figues. Un homme heureux. « Pourtant, je ne crois pas que ce soit ni l'un ni l'autre.

— Pourquoi ? »

Il haussa les épaules. « Elle ne me fait pas l'effet d'une meurtrière.

— Parce qu'elle est jolie ? » le taquina Paola en sirotant son porto.

Il fut sur le point de répondre : « Parce qu'elle est médecin », puis il se souvint de ce que lui avait dit Rizzardi, à savoir que la personne qui avait tué le jeune homme savait exactement comment manier son arme. Ce qu'un médecin pouvait savoir. « Peut-être, admit-il, ayant envie de changer de sujet de conversation. Raffi est à la maison ? » Il jeta un coup d'œil à sa montre. 22 heures passées. Son fils n'ignorait pas qu'il devait être rentré avant 22 heures, en semaine.

« Non, à moins qu'il ne soit arrivé pendant que nous mangions, répondit-elle.

— Non, il n'est pas arrivé », affirma Brunetti, sûr de lui, sans très bien savoir comment il l'était.

Il était tard, ils avaient bu une bouteille de vin, mangé des figues délicieuses, siroté un porto parfait. Aucun des deux n'avaient envie de parler de leur fils. Il serait encore là et toujours leur fils demain matin.

« Veux-tu que je range la vaisselle ? demanda-t-il sans conviction.

— Non, je m'en occupe. Va plutôt dire à Chiara d'aller au lit. » C'était moins embêtant de faire la vaisselle.

« Alors cet incendie, terminé ? » demanda-t-il en entrant dans le séjour.

L'adolescente ne l'entendit même pas. Elle naviguait à des années-lumière de son père. Elle se tenait presque à l'horizontale dans le fauteuil, jambes tendues devant elle. Deux trognons de pomme étaient posés sur un bras du gros siège, et un sac de biscuits traînait sur le sol.

« Chiara, dit-il plus fort, Chiara ! »

Elle leva un œil, resta un instant sans le voir, puis enregistra sa présence. Elle revint immédiatement au livre et l'oublia.

« Il est l'heure d'aller se coucher, Chiara. »

Sans cesser de lire, elle se redressa en s'appuyant sur un bras. À la fin de la page, elle s'arrêta, juste le temps de faire la bise à son père, et elle s'esquiva, le livre toujours ouvert à la main. Il ne se sentit pas assez de courage pour lui demander de ne pas emporter le volume avec elle. Bon, s'il se levait pendant la nuit, il pourrait toujours aller éteindre sa lampe de chevet.

Paola entra dans le séjour. Elle alla éteindre près du fauteuil, ramassa les trognons de pomme et le sachet de biscuits, puis retourna dans la cuisine.

Brunetti éteignit le plafonnier et, par le couloir, regagna leur chambre.

6

BRUNETTI ARRIVA à la questure à 8 heures, le lendemain matin, après s'être arrêté en chemin pour acheter les journaux. Le meurtre était relaté en page 11 du *Corriere*, qui ne lui accordait que deux paragraphes ; il ne figurait pas dans *La Repubblica*, ce qui était assez compréhensible dans la mesure où l'on était le jour anniversaire de l'un des attentats terroristes les plus sanglants des années soixante, mais en revanche il faisait la une de la deuxième partie de *Il Gazzettino*, juste à côté de l'article, accompagné d'une photo, rapportant l'accident de voiture ayant coûté la vie à trois jeunes gens, sur une route nationale, entre Dolo et Mestre.

D'après ce dernier journal le jeune homme, dont ils orthographiaient le nom *Michele Fooster*, avait apparemment été la victime d'une agression dont le but était de le dépouiller. On soupçonnait une « histoire de drogue », même si l'article, bien dans le style de *Il Gazzettino*, ne prenait pas la peine de préciser pourquoi. Brunetti se faisait parfois la réflexion que l'Italie avait de la chance : avoir une presse responsable ne faisait pas partie des exigences pour être membre de l'Union européenne.

Derrière les portes de la questure, c'était la file habituelle de demandeurs de papiers — des immigrants mal habillés et mal chaussés venus d'Afrique du Nord ou des pays de l'Est — attendant l'ouverture du bureau des Étrangers. Brunetti ne pouvait jamais voir cette file d'attente sans ressentir l'ironie de ce retour de bâton historique : trois générations de sa propre famille avaient fui l'Italie pour aller chercher fortune dans des lieux aussi éloignés les uns des autres que l'Australie et l'Argentine. Et aujourd'hui, dans une Europe transformée par les événements récents, l'Italie était devenue l'Eldorado de nouvelles vagues d'immigrants encore plus pauvres, à la peau encore plus sombre. Beaucoup de ses amis en parlaient avec mépris, dégoût, voire colère, mais lui ne pouvait jamais les voir sans évoquer, en surimpression, l'image inventée de ses propres ancêtres, formant des queues identiques, tout aussi mal habillés et chaussés, massacrant la langue de leur pays d'accueil et, comme les pauvres diables qui patientaient ici, prêts à nettoyer les ordures et à élever les enfants de quiconque voudrait bien les payer.

Il grimpa l'escalier qui menait au quatrième étage, disant bonjour au passage à une ou deux personnes, saluant les autres d'un signe de tête. Arrivé à son bureau, il vérifia qu'aucun nouveau dossier n'avait été posé sur sa table. Rien n'étant encore arrivé, il s'estima libre d'organiser sa journée à sa guise, c'est-à-dire en commençant par décrocher le téléphone pour demander au standard qu'on lui passe les carabiniers de la base américaine de Vicence.

Leur numéro fut infiniment plus facile à trouver que celui de la base elle-même et, au bout de quelques minutes, il s'entretenait avec le major Ambrogiani, qui lui confirma que Venise avait bien la responsabilité de l'enquête italienne, dans le meurtre de Foster. Les modulations de la voix profonde du major trahissaient ses origines : la Vénétie, mais pas Venise, toutefois.

« Italienne ? s'étonna Brunetti.

— Eh bien, italienne en ce sens qu'elle sera différente de l'enquête que les Américains vont mener de leur côté.

— Cela signifie-t-il que nous allons avoir des problèmes de juridiction ?

— Non, je ne crois pas, répondit Ambrogiani. Vous-même, à Venise, gardez la responsabilité de l'enquête sur place. Mais vous allez avoir besoin de la permission ou de l'aide des Américains pour tout ce que vous voudriez faire ici.

— À Vicence ? »

Le major rit. « Non, je ne voudrais pas vous donner cette impression. Seulement ici, sur la base. Tant que vous êtes dans la ville, à Vicence, c'est notre responsabilité à nous, carabiniers. Mais dès que vous franchissez les portes de la base, ils prennent le relais et ce sont donc eux qui doivent vous aider.

— À vous entendre, major, on dirait que vous éprouvez quelques doutes là-dessus.

— Non, pas le moindre.

— Alors je me suis mépris sur votre ton. » Il pensait néanmoins qu'il ne s'était pas trompé — absolument pas. « Je souhaite me rendre à Vicence et m'entretenir avec ceux qui le connaissaient, qui collaboraient avec lui.

— La plupart sont américains, fit remarquer Ambrogiani, laissant à Brunetti le soin d'en déduire qu'il aurait d'éventuelles difficultés de langue.

— Je parle un anglais correct.

— Dans ce cas, vous ne devriez pas avoir de problèmes.

— Quand pourrais-je me rendre sur place ?

— Ce matin ? Cet après-midi ? Comme vous le désirez, commissaire. »

Dans le tiroir du bas de son bureau, Brunetti prit un horaire de chemin de fer, tournant les pages jusqu'à ce qu'il arrive à celle de Venise-Milan. Un train partait dans une heure. « Je pourrais prendre le 9 h 25.

— Parfait. J'enverrai une voiture vous prendre.

— Merci, major.

— Avec plaisir, commissaire, avec plaisir. Je suis impatient de faire votre connaissance. »

Dès que Brunetti eut reposé le combiné, il se dirigea vers le placard de son bureau et se mit à fouiller parmi les objets qui s'étaient accumulés dans le bas : des bottes, trois ampoules électriques dans trois boîtes différentes, une rallonge électrique, quelques vieux journaux et un porte-documents marron. Il retira ce dernier, l'épousseta de la main et le ramena sur son bureau pour y placer les journaux, auxquels il joignit quelques dossiers qui lui restaient à lire. Il y ajouta un exemplaire corné d'Hérodote pris dans le tiroir du milieu.

Il connaissait bien cet itinéraire, qui passait au milieu du damier des champs de maïs, calcinés par la sécheresse de l'été, et d'une affligeante couleur sombre. Il s'était installé à la droite du train pour éviter les rayons obliques d'un soleil encore brûlant, même s'il était moins féroce, en ce mois de septembre, que pendant le plein été. À Padoue, au deuxième arrêt, des dizaines d'étudiants quittèrent le train, portant leurs ouvrages de cours tout neufs comme autant de talismans magiques pour un avenir plus sûr et meilleur. Il se souvint de ce sentiment, de ce renouveau annuel d'optimisme qu'il éprouvait quand lui-même était à l'université, comme si la virginité de ses cahiers contenait la promesse d'une année plus fructueuse, d'un destin plus brillant.

Arrivé à Vicence, il chercha des yeux, sur le quai, un carabinier en tenue. Ne voyant personne, il gagna la gare elle-même par le passage souterrain ; devant le bâtiment, il vit la berline bleu foncé portant la mention *carabinieri* rangée bien inutilement en travers, arrogante, son chauffeur plongé dans les pages roses de la *Gazzettino dello Sport*, la cigarette aux lèvres.

Brunetti frappa à la vitre arrière. Le chauffeur tourna la tête avec nonchalance, écrasa son mégot et tendit le bras pour déverrouiller la portière. En l'ouvrant, Brunetti songea à quel point les choses différaient entre le nord et le sud du pays. En Italie méridionale, un carabinier surpris par un bruit inattendu à l'arrière de son véhicule aurait immédiatement plongé sur le plancher ou se serait jeté dehors, accroupi, le revolver à la main, aurait peut-être même fait feu en direction de la source de ce bruit. Mais ici, dans l'indolente Vicence, il se contenta de laisser monter, sans plus de formalité, une personne qu'il ne connaissait pas.

« Inspecteur Bonnini ? demanda-t-il.

— Non, commissaire Brunetti.

— De Venise ?
— Oui.
— Bonjour. Je vais vous conduire à la base.
— Elle est loin ?
— À cinq minutes », répondit-il en posant le journal à côté de lui — en première page, s'étalait le dernier triomphe de Schilacci, dans ce pays d'amateurs de football — et engagea une vitesse. Sans regarder ni à droite ni à gauche, il quitta à vive allure le parking de la gare, s'engageant sans hésiter dans le flot de la circulation. Il contourna le centre-ville et prit la direction de l'est, celle par laquelle Brunetti était arrivé.

Cela faisait une bonne dizaine d'années que le policier n'était pas venu à Vicence, mais elle lui avait laissé le souvenir d'une ville ravissante, une des plus jolies d'Italie, avec, dans la partie ancienne, des rues tortueuses étroites, des palais renaissance et baroques disposés sans aucun égard pour la symétrie, l'ordre ou la chronologie. Au lieu de cela, ils longèrent un immense stade de football en béton, franchirent un pont très haut au-dessus des voies de chemin de fer, puis s'engagèrent sur l'une des nouvelles voies rapides qui avaient fleuri partout en Italie continentale pour célébrer l'avènement triomphal de l'automobile.

Sans faire usage du clignotant, le conducteur tourna brusquement à gauche pour emprunter une route étroite bordée, à droite, d'un mur en béton surmonté de fil de fer barbelé. Derrière, Brunetti aperçut une antenne parabolique de radiocommunication de taille gigantesque. La voiture, après un virage, se retrouva en face d'un portail ouvert à côté duquel se tenait un groupe de sentinelles en armes : deux carabiniers en uniforme, la mitraillette pendant négligemment à l'épaule, et un soldat américain en tenue de combat. Le conducteur ralentit, salua d'un geste désinvolte les mitraillettes, qui s'inclinèrent et le saluèrent sur le même mode ; les canons des armes suivirent le véhicule qui pénétrait dans la base. L'Américain, remarqua Brunetti, se contenta pour sa part de le suivre des yeux sans esquisser le moindre geste pour les arrêter.

Après un rapide virage à droite, puis un deuxième, ils s'arrêtèrent en face d'un bâtiment bas en béton. « C'est notre quartier général, expliqua le chauffeur. Le bureau du major Ambrogiani est le quatrième à droite. »

Brunetti le remercia et entra dans l'édifice. Le sol était en ciment brut, et le long des murs s'alignaient des tableaux d'affichage sur lesquels étaient apposées des notes de service en anglais et en italien. À sa gauche, un panneau indiquait : MP STATION. Un peu plus loin, il vit une porte avec, à côté, une carte portant imprimé un nom : Ambrogiani. Il frappa, attendit, entendit un vigoureux « Avanti ! » et entra. Un bureau, deux fenêtres, une plante à l'agonie par manque d'eau, un calendrier et, sur le mur du fond, toute une série de petits tableaux. Enfin, derrière le bureau, un gaillard massif comme un taureau, dont le cou semblait se rebeller ouvertement contre le col serré de la chemise d'uniforme. Ses larges épaules mettaient à mal le tissu de son veston ; jusqu'à ses poignets qui donnaient l'impression de vouloir faire éclater les manchettes de la chemise. Les épaulettes présentaient les insignes de son rang : une tour trapue et une seule étoile. L'homme se leva, jeta un coup d'œil à la montre qui enserrait son poignet et dit : « Commissaire Brunetti ?

— Oui. »

Le sourire qui se peignit sur le visage du carabinier avait quelque chose de presque angélique par sa chaleur et sa simplicité. Mon Dieu, se dit Brunetti, il a des fossettes.

« Je suis content que vous ayez pris la peine de venir depuis Venise, dit-il en contournant son bureau, la démarche étonnamment légère, pour présenter une chaise à son hôte. Je vous en prie, asseyez-vous. Désirez-vous un café ? Posez donc votre porte-documents sur le bureau. » Puis il attendit la réponse de Brunetti.

« Oui, un café me ferait du bien. »

Le major alla jusqu'à la porte, l'ouvrit et lança à quelqu'un : « Apporte-nous deux cafés et une bouteille d'eau minérale, Pino », puis il regagna sa place, derrière le bureau. « Je suis désolé de ne pas avoir pu envoyer une voiture vous chercher à Venise, mais on a du mal à obtenir l'autorisation pour tout déplacement hors de la province aujourd'hui. J'espère que vous avez fait bon voyage. »

Comme le lui avait appris sa longue expérience, Brunetti savait qu'il était indispensable de se livrer pendant un certain temps à ce genre d'exercice, de donner ces coups de sonde et d'aiguillon, si l'on voulait prendre la mesure de son interlocuteur, et que le seul moyen était de recourir aux amabilités et aux compliments.

« Aucun problème avec le train. Il était parfaitement à l'heure. Rempli d'étudiants jusqu'à Padoue.

— Mon fils est inscrit à l'université de Padoue.

— Vraiment ? Dans quelle faculté ?

— En médecine, répondit Ambrogiani en secouant la tête.

— Elle n'est pas bonne ? » s'étonna Brunetti, sincèrement intrigué. Il avait toujours entendu dire que la faculté de médecine de Padoue était la meilleure de toute l'Italie.

« Non, ce n'est pas la question, répondit le major avec un sourire. C'est le choix d'une carrière médicale qui ne me plaît pas.

— Quoi ? » L'étonnement de Brunetti ne fit que grandir. Rien n'incarnait mieux le rêve italien : un policier dont le fils se destinait à la médecine. « Mais pour quelle raison ?

— Je voulais qu'il soit peintre, fit tristement le carabinier, secouant une nouvelle fois la tête. Mais lui préfère devenir médecin.

— Peintre ?

— Oui... et pas en bâtiment », ajouta Ambrogiani avec un sourire qui lui creusa les fossettes. Il fit un geste en direction du mur, derrière lui, et Brunetti porta plus d'attention aux petits tableaux disposés là ; presque tous étaient des marines, mais il y avait aussi des vues de châteaux en ruine, traitées dans un style délicat s'inspirant de l'école napolitaine du XVIIIe siècle.

« Les œuvres de votre fils ?

— Non, celle-ci seulement », dit Ambrogiani, indiquant de la main, à gauche de la porte d'entrée, un tableau représentant une vieille femme au regard plein d'aplomb qui tenait une pomme à demi pelée entre ses doigts. La peinture manquait de la délicatesse des autres, mais elle ne manquait cependant pas de qualité, dans un sens conventionnel.

Si les autres avaient été du pinceau de son fils, Brunetti aurait compris les regrets du major; mais à ses yeux, le jeune homme avait bien fait de choisir médecine. « Elle est très réussie, dit-il hypocritement. Et les autres ?

— Oh, elles sont de moi. Mais elles remontent à l'époque où j'étais étudiant. »

Les fossettes, pour commencer, et maintenant ces délicats petits tableaux. Cette base américaine recelait peut-être bien des surprises.

Il y eut deux coups rapides frappés à la porte, qui s'ouvrit avant qu'Ambrogiani ait eu le temps de réagir. Un caporal en tenue entra, portant un plateau avec deux cafés, deux verres et une bouteille d'eau minérale. Il posa le tout sur le bureau du major et ressortit aussitôt.

« Il fait encore presque aussi chaud qu'en été, remarqua Ambrogiani. Il vaut mieux boire beaucoup d'eau. »

Il se pencha pour tendre une tasse à Brunetti et prendre la sienne. Lorsqu'ils eurent bu leur café et qu'ils tinrent tous les deux un verre d'eau à la main, Brunetti estima venu le moment de passer aux choses sérieuses. « Sait-on quelque chose sur cet Américain, le sergent Foster ? »

Ambrogiani, de son index impressionnant, tapota un mince dossier — vraisemblablement celui du militaire — posé sur un côté de son bureau. « Rien. Chez nous, en tout cas. Les Américains ne nous communiqueront évidemment pas celui qu'ils ont sur lui. En admettant, ajouta-t-il qu'ils en aient un.

— Pourquoi pas ?

— C'est une longue histoire », dit Ambrogiani avec cette légère hésitation dans la voix indiquant qu'il voulait se faire un peu prier.

Toujours prêt à faire plaisir, Brunetti s'étonna : « Ah bon ? »

Le major changea de position dans son fauteuil; le

meuble paraissait trop étroit pour cette grande carcasse. Il tapota de nouveau le dossier, but une gorgée d'eau, reposa le verre, pianota encore une fois sur les documents. « Les Américains sont ici, voyez-vous, depuis la fin de la guerre. Cette base n'a cessé de devenir de plus en plus grande. Ils sont des milliers, avec leurs familles. » Brunetti se demanda où Ambrogiani voulait en venir avec cette longue introduction. « Étant donné qu'ils sont ici depuis si longtemps, peut-être aussi parce qu'ils sont si nombreux, ils ont tendance à considérer cette base comme leur appartenant, même si les accords stipulent clairement qu'elle fait toujours partie du territoire italien. Ici, nous sommes en Italie. » Il changea de nouveau de position.

« Il y a des problèmes ? Des frictions ? » demanda Brunetti.

Après un long silence, Ambrogiani répondit : « Non, on ne peut pas vraiment parler de problèmes. Vous savez comment sont les Américains. »

Le commissaire avait souvent entendu ce genre de réflexion — à propos des Allemands, des Slaves ou des Britanniques. Tout le monde a tendance à considérer que les autres groupes se comportent d'une manière donnée, sans que personne ne semble jamais être d'accord sur ce qu'est exactement ce comportement. Il prit une attitude interrogative, menton relevé, pour pousser le major à poursuivre.

« On ne peut pas dire qu'il s'agit d'arrogance, pas vraiment. Je ne crois pas qu'ils aient assez de confiance en soi pour de l'authentique arrogance, pas à la manière des Allemands, par exemple. On a plutôt affaire à un sentiment d'appropriation, comme si tout cela, toute l'Italie, en fait, leur appartenait. Comme si, persuadés d'assurer sa sécurité, ils considéraient détenir des droits dessus.

— Assurent-ils réellement notre sécurité ? » demanda Brunetti.

Ambrogiani éclata de rire. « Sans doute l'ont-ils fait, après la guerre. Peut-être aussi pendant les années soixante. Mais je doute fort, le monde étant ce qu'il est actuellement, que quelques milliers de parachutistes basés en Italie du Nord fassent une grande différence.

— Est-ce un sentiment généralisé ? voulut savoir Brunetti. Parmi les militaires et les carabiniers, pour être plus précis ?

— Oui, je crois. Mais il faut comprendre la façon de voir des Américains. »

Pour Brunetti, l'analyse que lui présentait cet homme fut une révélation. Dans un pays où la plupart des institutions publiques n'inspiraient plus guère de respect, seuls les carabiniers avaient réussi à tirer leur épingle du jeu et passaient, en règle générale, pour ne pas s'être laissé gagner par la corruption. Mais ce satisfecit à peine accordé, la population s'était empressée de le remettre en cause en faisant de ces mêmes carabiniers la cible de ses plaisanteries favorites : le vieux mythe classique du bouffon qui ne comprend jamais rien à rien et dont la stupidité légendaire est une source inépuisable d'amusement pour toute la nation. Et cependant, il avait devant lui l'un d'eux, essayant de lui expliquer le point de vue d'un autre. Et, apparemment, le comprenant. Remarquable.

« Que possédons-nous en guise d'armée, en Italie ? demanda Ambrogiani de manière purement rhétorique. Nous, les carabiniers, sommes tous volontaires. Mais l'armée, elle, est constituée d'appelés, en dehors des rares individus qui choisissent d'y faire carrière. Ce sont des gosses, ils ont dix-huit, dix-neuf ans, et ils n'ont pas plus envie d'être soldats que... » Il se tut un instant, à la recherche d'une image assez forte. « ... que de faire la plonge et leurs lits au carré, ce qui est ce qu'on exige d'eux et qu'ils font probablement pour la première fois de leur vie pendant leur service. C'est un an et demi de perdu, de gaspillé, alors qu'ils pourraient étudier ou travailler. Ils doivent subir un entraînement brutal, stupide, et ils passent une année brutale, stupide, habillés d'uniformes minables et tellement mal payés qu'ils ne peuvent même pas s'acheter leurs cigarettes. » Brunetti n'ignorait rien de tout cela ; il avait fait ses dix-huit mois.

Ambrogiani sentit très vite que ses propos passionnaient de moins en moins son interlocuteur. « Je vous explique tout cela pour vous faire comprendre comment les Américains nous considèrent. Leurs soldats, hommes ou femmes, sont tous volontaires, je crois. Pour eux, c'est une carrière. Ils aiment ça. Ils sont payés pour le faire, et gagnent correctement leur vie. Et nombreux sont ceux qui en sont fiers. Alors que chez nous, qu'avons-nous ? Des gars qui préféreraient jouer au foot ou aller au cinéma, mais qui sont obligés de faire un travail qu'ils méprisent, et s'acquittent donc mal de leurs tâches. D'où l'idée que nous sommes tous paresseux.

— Et alors ? le coupa Brunetti.

— Et alors, ils ne nous comprennent pas et pensent du mal de nous pour des raisons que nous ne pouvons pas saisir.

— Vous devriez pourtant les comprendre ; vous êtes vous-même un militaire », observa le policier.

Le major haussa les épaules, l'air de dire qu'il se sentait avant tout italien.

« Est-il inhabituel qu'ils refusent de vous montrer un dossier, quand ils en ont un ?

— Non. Ils n'ont guère tendance à nous aider, dans des circonstances comme celles-ci.

— Je ne suis pas bien sûr de ce que vous voulez dire par *circonstances comme celles-ci*, major.

— Des crimes ayant lieu en dehors de la base et les concernant. »

Cela, sans aucun doute, pouvait s'appliquer au jeune homme qui gisait dans la morgue de Venise, mais Brunetti n'en trouva pas moins la formule curieuse. « Sont-ils fréquents ?

— Non, pas vraiment. Il y a quelques années, deux ou trois Américains ont été impliqués dans un meurtre. Un Africain. Ils l'ont battu à mort avec des planches. Ils étaient ivres. L'Africain dansait avec une Blanche.

— Ils protégeaient leurs femmes ? demanda Brunetti sans chercher à cacher ce que sa question avait de sarcastique.

— Pas du tout. C'étaient des Noirs. Les assassins étaient eux-mêmes noirs.

— Comment l'affaire s'est-elle terminée ?

— Deux d'entre eux ont écopé de douze ans. Le troisième a été déclaré innocent et relaxé.

— Devant quelle juridiction ont-ils comparu ? La leur, ou la nôtre ?

— Heureusement pour eux, la nôtre.

— Pourquoi, heureusement ?

— Parce qu'ils ont été jugés par un tribunal civil. Les condamnations sont beaucoup moins lourdes. Ils étaient accusés d'homicide involontaire. L'homme les avait provoqués, avait donné des coups à leur voiture, leur avait crié des insultes. Les juges ont estimé qu'ils s'étaient à bon droit sentis menacés.

— Combien étaient-ils ?

— Trois soldats et un civil.

— Vous parlez d'une menace, observa Brunetti.

— Ainsi en a jugé le tribunal, et il en a tenu compte. Les Américains les auraient condamnés à vingt ou trente ans de prison. On ne plaisante pas avec un tribunal militaire. En plus, ils étaient noirs.

— Cela entre-t-il toujours en ligne de compte ? »

Ambrogiani haussa les épaules. Leva un sourcil. Haussa de nouveau les épaules. « Les Américains vous diraient que non, répondit-il en prenant un peu d'eau. Combien de temps comptez-vous rester ?

— Peut-être jusqu'à demain. Y a-t-il eu d'autres incidents du même genre ?

— De temps en temps. En règle générale, ils s'occupent des crimes qui se déroulent sur la base, sauf si la chose est trop grave ou transgresse le droit italien. Dans ce cas, nous intervenons.

— Comme dans l'affaire du principal ? » demanda Brunetti, se souvenant du scandale qui avait fait les manchettes de la presse nationale, quelques années auparavant. Le directeur de leur lycée avait été reconnu coupable de sévices sur des enfants, mais les détails étaient brumeux dans sa mémoire.

« Oui, comme celle-là. En général, cependant, nous n'en entendons pas parler.

— Pas cette fois, dit simplement Brunetti.

— En effet, pas cette fois. Mais comme il a été tué à Venise, l'affaire vous revient. Entièrement. N'empêche qu'ils vont vouloir y mettre leur grain de sel.

— Pourquoi ?

— Question de relations publiques, expliqua Ambrogiani. Sans compter que les choses changent. Ils commencent à se douter qu'ils ne sont plus ici pour longtemps, pas plus qu'ailleurs en Europe, et ils ne tiennent pas à ce que se produisent des événements qui précipiteraient leur départ. Ils craignent avant tout la mauvaise publicité.

— Apparemment, il s'agit d'une agression de rue typique », objecta Brunetti.

Le carabinier lui adressa un long regard, sans ciller. « Quand quelqu'un a-t-il été tué pour la dernière fois dans une agression de ce genre, à Venise ? »

Si Ambrogiani était capable de poser une telle question, c'est qu'il en connaissait la réponse.

« Une affaire d'honneur ? » suggéra le commissaire.

Le major sourit à nouveau. « Dans une affaire d'honneur, on ne tue pas son homme à plusieurs centaines de kilomètres de chez soi. On l'abat dans son lit, ou dans un bar, mais on ne va pas à Venise pour cela. Si c'était arrivé ici, il aurait pu s'agir d'une histoire de sexe ou d'argent. Mais précisément, ce n'est pas arrivé ici. Il semble donc qu'il faille en chercher les raisons ailleurs.

— Un meurtre incongru ?

— Exactement, incongru, répéta Ambrogiani, manifestement séduit par le mot. Et d'autant plus intéressant. »

7

Du bout carré de son index, le major poussa le mince dossier en direction de Brunetti, puis se servit un nouveau verre d'eau minérale. « Voilà tout ce qu'ils nous ont donné. Il y a la traduction, si vous en avez besoin. »

Le policier fit non de la tête et prit le document, sur la couverture duquel figuraient les indications suivantes : *Foster, Michael, né le 28 septembre 1962, matricule 651 34 1054.* Il ouvrit et tomba sur la photocopie d'une photographie, agrafée à l'intérieur de la couverture. L'homme était méconnaissable. Ces traits aigus en noir et blanc n'avaient rien en commun avec le masque jaunissant de la mort que Brunetti avait vu hier, sur la berge du canal. Le dossier contenait deux feuilles tapées à la machine. Sur la première, on apprenait que le sergent Foster travaillait pour le service de la Santé publique, qu'il avait reçu une fois une contravention pour avoir grillé un stop à l'intérieur de la base, qu'il avait été promu au grade de sergent un an auparavant et que sa famille habitait Biddeford Pool, dans le Maine (États-Unis).

La deuxième feuille contenait le résumé d'un entretien avec un employé italien civil du service de Santé publique ; il attestait que Foster s'entendait bien avec ses collègues, qu'il était très sérieux dans son travail, poli et amical avec les civils italiens employés dans son bureau.
« Pas grand-chose, n'est-ce pas ? observa Brunetti en refermant le dossier qu'il repoussa en direction du major. Le parfait petit soldat. Travailleur. Obéissant. Amical.

— Sauf qu'on lui a planté un couteau entre les côtes. »

Le commissaire se souvint du docteur Peters et demanda : « Pas de femme ?

— Pas que nous sachions. Ce qui ne signifie pas qu'il n'y en avait pas. Il était jeune et parlait passablement bien l'italien. C'est donc possible. » Ambrogiani se tut un instant avant d'ajouter : « Sauf s'il avait recours à ce qui est à vendre en face de la gare.

— C'est là qu'elles se tiennent ? »

Ambrogiani acquiesça. « Et à Venise ?

— On n'en voit guère depuis que le gouvernement a fait fermer les bordels. La plupart travaillent dans les hôtels et ne nous font jamais d'ennuis.

— Ici, c'est à la gare, mais j'ai l'impression que les temps sont durs pour certaines d'entre elles. On trouve tellement de femmes, aujourd'hui, qui sont prêtes à s'abandonner... par amour. »

La fille de Brunetti venait tout juste d'avoir treize ans, et il ne tenait pas tellement à penser à ce que les femmes peuvent donner par amour. « Pourrais-je m'entretenir avec les Américains ? demanda-t-il.

— Probablement. » Ambrogiani tendit la main vers le téléphone. « Nous leur dirons que vous êtes le chef de la police de Venise. Un tel rang leur en imposera, ils vous parleront. » Il composa un numéro qu'il paraissait connaître par cœur et, tandis qu'il attendait, tira le dossier à lui. Il aligna, non sans une méticulosité exagérée, les deux malheureuses feuilles de papier et disposa le dossier bien perpendiculairement au bord de son bureau.

Puis soudain il parla au téléphone, dans un anglais correct, mais fortement teinté d'accent italien. « Bonjour, Tiffany. Le major Ambrogiani à l'appareil. Le commandant Butterworth est-il ici ? Quoi ? Oui, j'attends. » Le nom de l'officier figurait dans le dossier que venait de consulter Brunetti, mais le carabinier en avait fait quelque chose comme « Boudewot ». Il posa la main sur le micro du combiné qu'il écarta de son oreille. « Il est en conférence. C'est à croire que les Américains sont toujours en conférence.

— Est-ce que cela pourrait vouloir dire... commença Brunetti, mais Ambrogiani l'arrêta d'un geste de la main.

— Oui, merci... Bonjour, mon commandant. Le chef de la police de Venise est en ce moment même dans mon bureau. Oui, nous l'avons fait venir par hélicoptère pour la journée... Non, il ne peut nous consacrer que cette journée... (Il consulta sa montre.) Dans vingt minutes? Oui, il y sera... Non, je suis désolé, mais je ne pourrai pas, mon commandant. J'ai une réunion. Oui, merci. » Il reposa le téléphone, plaça son crayon dans la diagonale exacte du dossier et reprit : « Il va vous recevoir dans vingt minutes.

— Et votre réunion? » demanda Brunetti.

Ambrogiani eut un geste de la main, comme s'il chassait une mouche. « Cela ne servira à rien. S'ils savent quelque chose, ils ne vous le diront pas, et s'ils ne savent rien, ils ne pourront rien vous dire de plus. En d'autres termes, je n'ai aucune raison d'aller y perdre mon temps. Au fait, comment est votre anglais, m'avez-vous dit?

— Je le parle couramment.

— Parfait. Cela vous facilitera les choses.

— Qui c'est, ce commandant? »

Ambrogiani répéta le nom, glissant une fois de plus sur les consonnes les plus dures. « Leur officier de liaison. Entre eux et nous. »

« Et en quoi consiste ce travail de liaison?

— Si nous avons des problèmes avec eux, on va le voir, s'ils en ont avec nous, il vient nous voir.

— Quel genre de problèmes?

— Quelqu'un qui veut entrer sur la base sans les papiers requis. Lorsque nous transgressons leur code de la route. Ou s'ils trouvent un carabinier qui achète tout d'un coup dix kilos de viande dans leur supermarché. Des choses de ce genre.

— Leur supermarché? s'étonna sincèrement Brunetti.

— Oui, leur supermarché. Leur bowling, leur cinéma et même un Burger King », ajouta-t-il, prononçant ce dernier mot sans trace d'accent.

Fasciné, Brunetti répéta « Burger King » du même

ton qu'un enfant répéterait « train électrique » à celui qui vient de lui en promettre un.

Ambrogiani éclata de rire. « Stupéfiant, non ? C'est tout un petit monde, ici, un monde qui n'a rien à voir avec l'Italie. Il eut un geste vers sa fenêtre. C'est l'Amérique, ici, commissaire. C'est ce que nous allons tous devenir, j'en ai peur... l'Amérique », répéta-t-il après un court silence.

Exactement ce qui attendait Brunetti lorsque, un quart d'heure plus tard, il poussa les portes du quartier général de l'OTAN et entra dans le hall. Sur les murs, s'alignaient des affiches de villes non identifiées mais qui, vu la hauteur et l'homogénéité de leurs gratte-ciel, devaient être forcément américaines. La présence des États-Unis était de plus bruyamment proclamée par de nombreux *Interdiction de fumer* et maintes notes de service punaisées sur les panneaux d'affichage. Le sol de marbre était la seule touche italienne. Comme on le lui avait dit, Brunetti gravit les marches qu'il vit devant lui, tourna à droite en haut et se rendit jusqu'au deuxième bureau à gauche. La pièce dans laquelle il entra était divisée par des cloisons à hauteur d'homme et, comme dans le hall, des panneaux d'affichage surchargés de notes de service et de bulletins recouvraient les murs. Tout de suite à droite de la porte, une jeune femme qui ne pouvait être qu'américaine était assise derrière un bureau. Ses cheveux blonds retombaient en boucles courtes au-dessus de ses yeux verts mais lui descendaient dans le dos presque jusqu'à la taille. Une poignée de taches de rousseur lui constellait le nez et ses dents présentaient cette perfection courante chez tant d'Américains ou chez les Italiens les plus fortunés. Elle lui adressa un sourire éclatant, du moins en ce qui concernait la bouche ; ses yeux restaient curieusement neutres et dépourvus d'expression.

« Bonjour, dit-il en lui rendant son sourire, je m'appelle Brunetti. Je crois que le commandant m'attend. »

Elle se leva, révélant un corps aussi parfait que ses dents, et s'engagea dans une ouverture entre les cloisons — alors qu'elle aurait tout aussi bien pu téléphoner ou appeler par-dessus les séparations. Le commissaire entendit le son d'une voix plus grave. Au bout de quelques secondes, elle réapparut et lui fit signe. « Par ici, s'il vous plaît, monsieur. »

Derrière le bureau, se tenait un jeune homme blond qui paraissait avoir à peine un peu plus de vingt ans. Brunetti le regarda et détourna aussitôt les yeux, tant l'Américain semblait sur le point de l'éblouir. Quand il reporta de nouveau le regard sur lui, Brunetti se rendit compte que cela ne tenait pas à son rayonnement, mais seulement à sa jeunesse, à sa bonne santé et au fait que quelqu'un d'autre s'occupait de ses uniformes.

« Chef Brunetti ? » demanda-t-il en se levant. On aurait dit qu'il sortait de sa douche ou de sa baignoire ; il avait la peau tendue et brillante comme s'il venait tout juste de poser son rasoir pour tendre la main à Brunetti, lequel remarqua, quand il la lui serra, que l'homme avait des yeux d'un bleu transparent comme l'étaient les eaux de la lagune, vingt ans auparavant.

« Je suis très honoré que vous soyez venu de Venise pour nous parler, chef Brunetti — ou bien dois-je dire questeur ?

— Vice-questeur, répondit Brunetti, qui s'accorda cette promotion avec l'espoir qu'elle lui faciliterait l'accès à d'éventuelles informations. Il remarqua, sur le bureau du commandant Butterworth, deux boîtes marquées l'une *Instance*, l'autre *Courrier-départ*. La première était vide, la seconde pleine.

« Asseyez-vous, je vous en prie », dit Butterworth, attendant que Brunetti se soit installé pour reprendre lui-même place. Il tira, dans le tiroir du milieu, un dossier à peine plus épais que celui d'Ambrogiani. « Vous êtes bien ici dans le cadre de l'affaire Foster, n'est-ce pas ?

— Oui.

— Qu'aimeriez-vous savoir ?

— Qui l'a tué », répondit Brunetti, impassible.

Butterworth hésita un moment, ne sachant comment prendre cette répartie ; puis il décida d'y voir de l'humour. « Bien sûr, répondit-il avec un petit rire qui eut du mal à franchir ses lèvres, nous aimerions tous le savoir. Mais je crains que nous n'ayons pas de renseignements susceptibles de vous aider à retrouver le meurtrier.

— De quelles informations disposez-vous ? »

L'Américain poussa le dossier vers Brunetti. Ce dernier avait beau savoir qu'il contenait les mêmes documents que le précédent, il ne l'en ouvrit pas moins et le relut. La photo, en revanche, était différente. Pour la première fois, alors qu'il avait vu son visage de mort et son corps nu, Brunetti eut une idée précise de ce à quoi il ressemblait, vivant. Plus beau, sur ce cliché, Foster arborait une petite moustache qu'il avait rasée quelque temps avant d'être tué.

« Quand cette photo a-t-elle été prise ?

— Probablement lorsqu'il s'est engagé.

— Cela remonte à quelle date ?

— À sept ans.

— Depuis combien de temps était-il en Italie ?

— Quatre ans. En fait il venait juste de rempiler pour rester ici.

— Je vous demande pardon ?

— De renouveler son engagement. Pour trois ans.

— Et il aurait occupé le même poste ?

— Oui. »

Se souvenant d'un détail du dossier, le policier demanda : « Comment a-t-il appris l'italien ?

— Je ne comprends pas.

— S'il travaillait à plein temps ici, il ne lui en restait pas beaucoup pour apprendre notre langue, expliqua Brunetti.

— *Tanti di noi parliamo italiano*, répondit Butterworth avec un accent à couper au couteau, mais de manière compréhensible.

— Oui, bien sûr, admit Brunetti avec le sourire que, supposait-il, l'on attendait de lui, devant les talents linguistiques du commandant. Vivait-il ici ? Vous avez des baraquements, bien entendu ?

— Oui, évidemment. Mais le sergent Foster habitait dans un appartement, à Vicence. »

Le commissaire se doutait bien que cet appartement

avait été dûment fouillé et il ne prit pas la peine de poser la question. « Y avez-vous trouvé quelque chose ?

— Non.

— Pourrais-je aller y jeter un coup d'œil ?

— Je ne suis pas certain que cela soit nécessaire, remarqua Butterworth avec un peu de précipitation.

— Je n'en suis pas certain non plus, répliqua Brunetti avec un petit sourire. J'aimerais cependant voir l'endroit où il vivait.

— La procédure n'est pas tout à fait régulière.

— Je n'aurais pas pensé qu'elle pût être irrégulière, étant donné les circonstances. » Le commissaire savait parfaitement que soit les carabiniers, soit la police de Vicence pouvaient sans difficulté l'autoriser à visiter l'appartement, mais il souhaitait, au moins à ce stade de l'enquête, rester en aussi bons termes que possible avec toutes les autorités concernées.

« Je suppose que cela pourrait s'arranger, admit Butterworth. Quand voudriez-vous vous y rendre ?

— Cela n'a rien d'urgent. Cet après-midi. Demain matin.

— Je n'avais pas compris que vous n'envisagiez de repartir que demain, monsieur le vice-questeur.

— Seulement dans le cas où je n'aurais pas terminé aujourd'hui, commandant.

— Y a-t-il autre chose que vous désirez faire ?

— Oui, parler à des personnes qui l'ont connu, qui ont collaboré avec lui. » Brunetti avait remarqué, dans les informations données par le dossier, que Foster avait suivi des cours universitaires pendant qu'il était à la base. Comme les Romains, ces nouveaux bâtisseurs d'empire implantaient leurs écoles partout où ils allaient. « Peut-être aussi à ses camarades d'université.

— On doit sans doute pouvoir arranger cela, mais je dois reconnaître que je n'en vois pas l'utilité. Nous nous occupons de cet aspect de l'enquête. » Il se tut un instant, comme s'il attendait une protestation de Brunetti. Comme celui-ci ne disait rien, l'Américain reprit : « Quand voudriez-vous visiter l'appartement ? »

Avant de répondre, le policier consulta sa montre. Il était presque midi. « Un peu plus tard dans l'après-midi. Si vous m'en donnez l'adresse, je pourrais y passer lorsque mon chauffeur me ramènera à la gare, répondit-il, oubliant que, d'après Ambrogiani, il était venu en hélicoptère.

— Souhaitez-vous que je vous accompagne, monsieur le vice-questeur ?

— C'est très aimable de votre part, commandant, mais je ne pense pas que ce soit nécessaire. Il suffit que vous me communiquiez l'adresse. »

Butterworth tira un bloc-notes à lui, écrivit l'information sans avoir besoin de consulter le dossier et tendit la feuille de papier à Brunetti. « Ce n'est pas loin d'ici. Je suis sûr que votre chauffeur trouvera sans difficulté.

— Merci, commandant, dit Brunetti en se levant. Voyez-vous des objections à ce que je passe encore quelque temps sur la base ?

— Le poste.

— Je vous demande pardon ?

— Ceci est un poste. L'armée de l'air a des bases, l'armée de terre des postes.

— Ah, je vois. En italien, nous utilisons le même mot. Y a-t-il un inconvénient à ce que je reste quelque temps ici ? »

Après une brève hésitation, Butterworth répondit : « Non, je n'en vois pas.

— Et comment dois-je faire pour entrer dans l'appartement, commandant ? »

L'officier américain se leva et fit le tour de son bureau. « Nous y avons deux hommes. Je vais les appeler et les prévenir de votre passage.

— Merci, commandant. » Brunetti lui tendit la main.

« Ce n'est rien. Je suis content de pouvoir vous être utile. » La poignée de main de Butterworth était vigoureuse. Mais, songea l'Italien pendant qu'ils l'échangeaient, l'officier de liaison n'avait pas cherché à savoir ce qu'on risquait de découvrir dans l'affaire Foster.

La blonde n'était plus à son bureau ; l'écran de son ordinateur brillait, sur le côté, aussi neutre et indéchiffrable que l'avait été l'expression de la jeune femme.

« Où va-t-on maintenant, monsieur ? » demanda le chauffeur lorsque Brunetti s'installa dans le véhicule.

Le policier lui tendit le bout de papier avec l'adresse de Foster. « J'aimerais passer là, cet après-midi. Savez-vous où cela se trouve ?

— Borgo Calese ? Bien sûr. C'est juste derrière le stade.

— Par là où nous sommes arrivés ?

— Oui, monsieur. Nous sommes passés tout à côté en venant. Voulez-vous que nous nous y rendions tout de suite ?

— Non, plus tard. J'aimerais manger un morceau avant.

— Jamais venu à Vicence, monsieur ?

— Non jamais. Êtes-vous ici depuis longtemps ?

— Six ans. Mais j'ai eu de la chance d'avoir cette affectation. Ma famille est de Schio, expliqua-t-il, désignant une agglomération à environ une demi-heure de route de Vicence.

— C'est très étrange, vous ne trouvez pas ? » demanda Brunetti, avec un geste de la main pour les bâtiments qui les entouraient.

Le chauffeur acquiesça sans faire de commentaires.

« Est-ce très grand ?

— La base occupe en tout deux kilomètres carrés, à peu près.

— Qu'est-ce qu'on y trouve, en dehors des bureaux ? Le major Ambrogiani m'a parlé d'un supermarché.

— Il y a aussi un cinéma, une piscine, une bibliothèque, des écoles. C'est une vraie ville. Ils ont même leur hôpital.

— Combien d'Américains sont-ils cantonnés ici ?

— Je ne sais pas exactement. Environ cinq mille, mais je crois que c'est en comptant les femmes et les enfants.

— Sont-ils appréciés ? »

Le chauffeur haussa les épaules. « Oh, on n'a rien contre eux. Ils sont gentils. » Le commentaire n'était pas exactement délirant d'enthousiasme ; le carabinier changea de sujet. « Et pour votre déjeuner, monsieur ? Préférez-vous manger ici, ou en dehors de la base ?

— Je ne sais pas. Que me suggérez-vous ?

— Le meilleur restaurant, ici, c'est l'italien. On y sert de la nourriture. » Brunetti se demanda ce qu'on pouvait bien proposer dans les restaurants purement américains — des clous ? « Malheureusement, il est fermé aujourd'hui. Ils sont en grève. » Preuve qu'il s'agissait bien d'un restaurant italien, même sur une base américaine — pardon un poste.

« Quoi d'autre ? »

Sans répondre, le chauffeur engagea une vitesse et démarra. Il fit brusquement demi-tour et prit la direction de la voie centrale qui coupait la base en deux. Il tourna et vira entre les bâtiments et les voitures, sans que Brunetti comprenne le sens de ces détours, pour s'arrêter bientôt en épi devant deux établissements placés à angle droit. Ni l'un ni l'autre, de l'avis de Brunetti, ne payaient de mine. « Je pourrais au moins avoir un vrai café ? »

Le chauffeur lui indiqua celui dont l'enseigne proclamait : *Baskin-Robbins* ; il était manifestement pressé de voir Brunetti descendre. Dès que le policier eut mis pied à terre, l'homme se pencha par-dessus son siège et lança : « Je reviens dans dix minutes », avant de claquer la porte et de démarrer en trombe, laissant un Brunetti quelque peu désemparé au bord du trottoir. Sur la porte du *Baskin-Robbins*, il remarqua alors un petit panneau qui indiquait *Capucino Bar*, la faute d'orthographe trahissant apparemment une main américaine.

À l'intérieur, il s'installa au comptoir et demanda un café à la serveuse ; puis, sachant qu'il n'était pas question de faire un vrai repas, une brioche. Ce qu'elle lui apporta présentait bien l'aspect d'une brioche, le moelleux d'une brioche, mais avait un goût de carton. Il déposa trois billets de mille lires sur le comptoir. La femme les examina, puis son client, avant de déposer à côté les mêmes pièces que l'on avait trouvées dans la poche du mort. Un instant Brunetti se demanda si par hasard elle ne lui aurait pas adressé un signal codé, mais à son expression, il comprit qu'elle ne faisait que lui rendre la monnaie.

Il quitta l'établissement pour aller attendre dehors, assez satisfait d'avoir un moment pour se laisser imprégner de l'ambiance des lieux en attendant le retour du chauffeur. Il s'assit sur un banc et regarda les gens qui passaient. Quelques-uns lui jetèrent des coups d'œil à la dérobée; avec son costume trois-pièces et sa cravate, il n'était manifestement pas de la base. Une bonne partie des piétons, hommes ou femmes, était en tenue militaire et la plupart des autres portaient des shorts et des chaussures de tennis; nombreuses étaient les femmes — et souvent celles qui n'auraient pas dû — qui s'exhibaient en débardeur sans manches. Prêts pour la guerre ou pour la plage, aurait-on dit. Les hommes paraissaient en général en forme et athlétiques, tandis que trop souvent les femmes étaient atteintes d'une obésité terrifiante.

Des voitures passaient, roulant au pas, les conducteurs étant à la recherche d'un emplacement pour se garer. Grosses voitures américaines ou petites japonaises, portant toutes des plaques d'immatriculation marquées *AFI* et la plupart ayant les vitres remontées; des intérieurs climatisés, on entendait, à des degrés divers de puissance, les vociférations du rock.

Ils allaient et venaient, se saluant, échangeant des plaisanteries amicales, parfaitement chez eux dans ce petit village américain au cœur de l'Italie.

Dix minutes plus tard, le chauffeur vint s'arrêter devant lui et Brunetti monta à l'arrière. « Voulez-vous aller à cette adresse maintenant, monsieur?

— Oui », répondit Brunetti qui commençait à se fatiguer de toute cette Amérique.

À plus vive allure que les autres véhicules qui circulaient dans la base, ils regagnèrent l'entrée et, une fois dehors, tournèrent à droite pour franchir à nouveau le pont qui conduisait vers la ville. Après avoir encore tourné une ou deux fois, ils firent halte devant un immeuble de quatre étages situé un peu en retrait par rapport à la rue. Non loin de là était garée une Jeep vert foncé, avec deux soldats américains en tenue à l'avant. Brunetti s'approcha d'eux et un des deux hommes descendit du véhicule. « Je suis le commissaire Brunetti, de Venise, dit-il en reprenant son véritable titre. Le commandant Butterworth m'envoie visiter l'appartement de Foster. » Ce n'était peut-être pas tout à fait la vérité, mais ce n'en était pas loin.

Le soldat esquissa un geste qui était peut-être un salut, plongea la main dans sa poche et en retira un jeu de clefs qu'il tendit à Brunetti. « La rouge est pour la porte d'entrée, monsieur. Appartement 3B, troisième étage. Ascenseur à droite en entrant. »

Il se trouva à l'étroit dans la petite cabine. Le 3B était situé directement en face de l'ascenseur, et la porte s'ouvrit sans problème.

À l'intérieur, il remarqua le dallage classique de marbre. Des portes donnaient sur un couloir central au bout duquel l'une d'elles était entrouverte. À droite, une salle de bains ; à gauche une petite cuisine. Les deux pièces étaient propres, les objets bien rangés. Il observa néanmoins que le réfrigérateur était énorme et qu'à côté d'une gazinière à quatre feux se trouvait une machine à laver, également d'une taille peu commune. Les deux appareils électriques étaient reliés à un transformateur pour passer du 220 volts italien au 110 volts américain. Comment importaient-ils ce matériel des États-Unis ? Il ne restait plus beaucoup de place, dans la cuisine, pour la petite table carrée et ses deux chaises. Le chauffe-eau à gaz mural paraissait aussi conçu pour alimenter les radiateurs et chauffer l'appartement.

Les deux portes suivantes donnaient dans des chambres. L'une d'elles comprenait un lit double et un grand placard, l'autre était transformée en bureau, comme l'attestaient la présence d'un ordinateur avec son écran et son imprimante, et des étagères couvertes de livres. On y voyait également une stéréo, sous laquelle des disques compacts étaient soigneusement rangés. Brunetti étudia les titres des volumes, ouvrages scolaires pour la plupart, livres de voyage et — qui l'aurait cru ? — de religion. Il en prit trois pour les examiner de plus près. *La Vie chrétienne dans une époque de doute*, *Transcendance spirituelle* et *Jésus : la vie idéale*. L'auteur de ce dernier était le révérend Michael Foster. Son père ?

Il crut comprendre que les disques étaient de la musique de rock. Il reconnut des noms qu'il avait entendu mentionner par Raffaele et Chiara. Il douta fort, cependant, d'être capable d'identifier les airs.

Il brancha le lecteur de CD, appuya sur *Eject* ; tel un patient montrant sa langue à un médecin, la fente s'ouvrit et le plateau en sortit. Vide. Il referma le lecteur et le coupa. Brancha l'amplificateur et le lecteur de cassettes. Les diodes s'allumèrent, tout fonctionnait. Il alla ensuite mettre l'ordinateur en route, vit apparaître un texte incompréhensible, coupa.

Dans le placard, les vêtements n'étaient pas plus parlants. Trois uniformes complets, les vestes encore rangées dans les emballages de plastique du pressing, accompagnées de leurs pantalons soigneusement accrochés à côté ; quelques paires de jeans impeccablement repliés sur des cintres, trois ou quatre chemises, et un costume bleu foncé en synthétique. Presque machinalement, il fouilla toutes les poches, mais ne trouva rien ; pas de monnaie oubliée, pas de papiers, pas de peigne. Soit le sergent Foster était un maniaque de la propreté, soit les Américains étaient passés là avant lui.

Il retourna dans la salle de bains, retira le couvercle sur le réservoir des toilettes, jeta un coup d'œil dedans, remit le couvercle en place. Puis il inspecta l'armoire à pharmacie, ouvrant deux ou trois flacons.

Dans la cuisine, il ne découvrit que de la glace dans le haut du gros réfrigérateur. Dessous, il n'y avait que trois ou quatre pommes, une bouteille de vin blanc ouverte et du fromage qui commençait à se faire vieux dans son emballage de plastique. Le four ne contenait que trois poêles propres ; quant à la machine à laver, elle était vide. Adossé au comptoir, il parcourut lentement la pièce du regard. Il prit un couteau dans l'un des tiroirs du comptoir, tira une chaise qu'il plaça sous le chauffe-eau avant de monter dessus. Puis il entreprit d'enlever les vis qui retenaient le panneau avant de l'appareil.

Deux sacs de plastique étaient scotchés contre la paroi intérieure. Ils contenaient une fine poudre blanche ; environ un kilo, à vue de nez. Après s'être enroulé la main dans son mouchoir, il détacha un sac, puis l'autre. Pour confirmer ce qu'il savait déjà, il ouvrit la fermeture contact de l'un d'eux, se mouilla l'index dont il effleura la poudre. On ne pouvait se tromper à ce goût acide, métallique : de la cocaïne.

Il posa les deux sachets sur le comptoir, saisit le panneau et le remit en place, en prenant soin, cependant, d'aligner soigneusement les quatre têtes de vis : les deux du haut horizontalement, les deux du bas verticalement.

Il consulta sa montre. Cela faisait un quart d'heure qu'il était dans l'appartement. Les Américains avaient disposé de toute une journée pour le fouiller, tout comme la police italienne. Et cependant, Brunetti avait trouvé les deux sachets en moins de quinze minutes.

Il ouvrit l'un des placards de cuisine placé en hauteur et n'y vit que quelques assiettes. C'est sous l'évier qu'il trouva ce qu'il cherchait : des sacs en plastique. La main toujours enroulée dans son mouchoir, il plaça les sachets dans deux sacs différents et glissa le tout dans les poches intérieures de sa veste. Il nettoya le couteau sur sa manche avant de le remettre dans le tiroir, puis, à l'aide de son mouchoir, effaça toutes les empreintes qu'il aurait pu y avoir sur le chauffe-eau.

Il quitta l'appartement en refermant à clef derrière lui. Une fois dehors, il s'approcha de la Jeep des Américains, un sourire aimable aux lèvres. « Merci, leur dit-il en rendant les clefs à celui qui les lui avait prêtées.

— Hé bien ? demanda le soldat.

— Oh, rien de spécial. Je voulais juste me faire une idée de la façon dont il vivait. » L'homme ne laissa pas voir si cette réponse l'intriguait.

Le policier retourna à la voiture et demanda au chauffeur de le ramener à la gare, où il réussit à prendre le

15h15 qui arrivait de Milan. Il se prépara à passer le temps comme il l'avait fait à l'aller, c'est-à-dire à regarder par la fenêtre tout en se demandant pour quelle raison on avait assassiné le jeune Américain. Mais il avait à présent un nouvel élément de réflexion à ajouter aux autres : pourquoi avait-on planqué de la drogue dans l'appartement après sa mort ? Et qui l'avait fait ?

8

LORSQUE LE TRAIN quitta la gare de Vicence, Brunetti se dirigea vers la tête, à la recherche d'un compartiment de première classe vide. Les deux paquets gonflaient les poches intérieures de son veston, et il marchait penché en avant pour en dissimuler la déformation. Il trouva ce qu'il cherchait dans la première voiture du convoi ; il s'assit près de la fenêtre, puis se releva pour fermer la porte donnant sur le couloir. Posant son porte-documents à côté de lui, il se demanda s'il valait mieux ou non y transférer les sachets de drogue. Alors qu'il débattait avec lui-même, la porte se rouvrit brusquement sur un homme en uniforme. Pendant un instant il hallucina — imaginant sa carrière finie, lui-même en prison — puis l'homme lui demanda son titre de transport et le cauchemar prit fin.

Le contrôleur parti, Brunetti s'empêcha de tâter les deux paquets, les serrant des avant-bras pour vérifier s'ils étaient toujours là. Les affaires de drogue n'étaient pas fréquentes, à Venise, mais il en savait cependant assez sur la question pour estimer qu'il en avait pour plusieurs centaines de millions de lires sur lui : un nouvel appartement dans un sachet, et une retraite anticipée dans l'autre. Cette perspective, cependant, n'exerçait aucun attrait sur lui. Il aurait volontiers échangé les deux sachets contre une information sur l'identité de celui qui les avait cachés chez Foster. S'il n'en avait aucune idée, l'intention du mystérieux personnage était claire : rien ne valait mieux que d'avoir été mêlé à un trafic de drogue comme motif d'assassinat, et quelle meilleure preuve de ce trafic que la présence d'un kilo de cocaïne dissimulé au domicile du mort ? Et qui aurait été mieux placé pour le trouver que le policier de Venise qui, ne serait-ce que pour des raisons géographiques, ne pouvait avoir aucun rapport avec le crime ou le mort ? Et à quelle sinistre affaire pouvait donc avoir été mêlé le jeune sergent, pour qu'on sacrifie un kilo de cocaïne afin d'attirer l'attention sur cette piste ? Brunetti ouvrit son porte-documents et en retira son volume d'Hérodote, mais lorsqu'il se mit à lire, il comprit que même son historien favori n'allait pas parvenir à le distraire de ces questions.

À Padoue, une femme âgée vint s'asseoir dans le compartiment ; elle se plongea dans la lecture d'un magazine et descendit à la gare de Mestre sans avoir adressé la parole à Brunetti — sans même lui avoir jeté un coup d'œil. En arrivant à Venise, il remit le livre dans le porte-documents et quitta le train en essayant de voir si des gens montés à Vicence en descendaient en même temps que lui. Devant la gare, il prit à droite, en direction de la ligne 1 du vaporetto. Il alla jusqu'à l'embarcadère, s'arrêta, se tourna vers l'horloge, face à la gare. Il changea alors brusquement de direction et se rendit de l'autre côté de la Piazzale Roma, vers l'embarcadère de la ligne 2. Personne ne le suivit.

Le bateau arriva quelques minutes plus tard, et il fut le seul à y monter. À 16 h 30, les passagers étaient peu nombreux. Il descendit dans la cabine, la traversa et alla se tenir sur le pont arrière, où il se retrouva seul. Le bateau s'éloigna du quai, passa sous le pont des Scalzi et s'engagea dans le Grand Canal ; le pont du Rialto allait bientôt apparaître, puis ce serait le terminus.

Les passagers restés à l'intérieur de la cabine étaient tous en train de lire leur journal. Il posa le porte-documents à côté de lui, l'ouvrit, puis glissa la main dans son veston pour prendre un des sachets. Se tournant de côté, comme pour mieux admirer la façade du museum d'Histoire naturelle, il passa le bras sous la rambarde et vida la poudre blanche dans le canal. Puis il glissa le sachet vide dans le porte-documents et recommença l'opération avec l'autre paquet. Pendant l'âge d'or de la Sérénissime République, le doge, au cours d'une cérémonie fastueuse, jetait un anneau d'or dans le Grand Canal pour renouveler les épousailles de la ville avec l'élément qui lui donnait la vie, la richesse, la puissance. Mais jamais, songea Brunetti, on n'avait offert de son plein gré une telle richesse à des eaux.

Descendu au Rialto, il revint à pied à la questure, d'où il se rendit directement au labo. Il y trouva Bocchese en train d'affûter des ciseaux sur l'une des nombreuses machines qu'il semblait le seul à savoir faire fonctionner. Il arrêta en voyant arriver le commissaire et posa les ciseaux sur son établi.

Brunetti plaça le porte-documents à côté des ciseaux, l'ouvrit, prit les sacs en plastique et sortit de ceux-ci, en prenant bien soin de les tenir par un coin, les deux sachets ayant contenu la drogue. « Peux-tu vérifier si les empreintes de l'Américain ne seraient pas là-dessus ? » demanda-t-il. Bocchese acquiesça. « Je redescendrai et tu me diras ça, d'accord ? »

Le technicien acquiesça de nouveau. « Alors c'est comme ça ?

— Eh oui.

— Dois-je me débarrasser de ces sacs, une fois les empreintes relevées ?

— De quels sacs ? »

Bocchese reprit ses ciseaux. « Dès que j'aurais terminé ce petit travail. » Il toucha un commutateur, et la meule se remit à tourner et reprendre vie. Les remerciements grommelés de Brunetti se perdirent dans le grincement aigu du métal contre la pierre. Estimant qu'il valait mieux aller tout de suite faire son rapport à Patta avant que celui-ci ne le convoque, le policier emprunta le grand escalier et s'arrêta devant la porte de son patron. Il frappa, entendit un vague bruit et ouvrit. Ce faisant, il se rendit tout de suite compte que ce n'était pas une invitation à entrer qui était parvenue à ses oreilles.

La scène qu'il avait sous les yeux avait tout du cliché de dessin animé — ou du pire cauchemar de tout bureaucrate : devant la fenêtre, les deux premiers boutons de sa blouse défaits, se tenait Anita, du Bureau des étrangers ; à un pas d'elle à peine et battant en retraite, se tenait le vice-questeur Patta, écarlate. Ayant saisi ce qui se passait en un clin d'œil, Brunetti laissa tomber son porte-documents au sol, de quoi donner à Anita le temps de tourner le dos aux deux hommes et de reboutonner sa blouse. Il s'agenouilla pour rassembler les documents qui s'étaient éparpillés et Patta en profita pour aller s'asseoir à son bureau. Il fallut autant de temps à Anita pour se rajuster qu'à Brunetti pour récupérer ses feuilles.

Lorsque les choses furent exactement comme elles auraient dû toujours être, Patta déclara, dans un vouvoiement étudié : « Merci, mademoiselle. Je vous ferai descendre ces documents dès que je les aurais signés. »

Elle lui répondit d'un signe de tête et prit la direction de la sortie ; mais en passant à côté du commissaire, elle adressa à ce dernier un clin d'œil et un énorme sourire qu'il préféra ignorer.

Lorsqu'elle fut sortie, Brunetti s'avança jusqu'au bureau de Patta. « Je reviens tout juste de Vicence, monsieur. De la base américaine.

— Oui ? Et qu'avez-vous trouvé ? répondit le vice-questeur, la voix un peu étranglée et le visage encore empourpré — Brunetti dut faire des efforts pour ignorer ces symptômes.

— En vérité, peu de chose. J'ai visité l'appartement de Foster.

— Et alors ?

— Non, rien non plus, monsieur. Mais je souhaiterais y retourner demain.

— Pourquoi donc ?

— Pour m'entretenir avec des personnes l'ayant connu.

— Qu'est-ce que cela peut faire ? Il est évident qu'il s'agit d'une classique agression de rue qui a mal tourné. Quel est l'intérêt d'avoir l'opinion des gens qui l'ont connu ? »

Brunetti identifia les signes avant-coureurs, chez son supérieur, d'une indignation croissante. S'il le laissait faire, il allait s'emporter et lui interdire de poursuivre l'enquête à Vicence. Étant donné que la thèse de l'agression avec le vol pour motif était la plus commode, c'était à elle qu'allait la préférence de Patta, et par conséquent c'est à la prouver que devait se consacrer l'enquête.

« Je suis sûr que vous avez raison, monsieur. Mais j'ai pensé que tant que nous ne tenions pas le coupable, ce ne serait peut-être pas si mal de donner l'impression que l'origine du crime est à chercher à l'extérieur de Venise. Vous savez comment sont les touristes. Ils ont peur à la moindre alerte et risquent de bouder la ville. »

La rougeur de Patta diminua-t-elle de façon perceptible, ou bien était-ce juste l'imagination de Brunetti ? « Je suis heureux de voir que vous êtes d'accord avec moi, commissaire, observa Patta, ajoutant après un silence qui se voulait significatif : Pour une fois. » Il tendit une main aux ongles parfaitement manucurés et redressa le parapheur qui se trouvait devant lui. « Pensez-vous qu'il y a un rapport avec Vicence ? »

Brunetti garda lui aussi un instant le silence avant de répondre, ravi de voir avec quelle aisance le vice-questeur lui faisait retomber la responsabilité de la décision sur les épaules. « Je l'ignore, monsieur. Mais ça ne peut pas nous faire de mal, en tout cas, de donner l'impression qu'il y en a un. »

Le nouveau silence avec lequel Patta accueillit cette remarque eut quelque chose d'artistique : l'hésitation entre l'idée de commettre une irrégularité dans la procédure en équilibre parfait avec son désir de ne laisser aucune voie inexplorée dans la recherche de la vérité. « Très bien, Brunetti, si vous pensez que c'est la meilleure façon de procéder, retournez à Vicence. Il ne faut surtout pas que les gens aient peur de venir à Venise, n'est-ce pas ?

— Bien sûr, monsieur, répondit le commissaire avec le plus grand sérieux, surtout pas. Y a-t-il autre chose ? ajouta-t-il, toujours du même ton.

— Non, c'est tout, Brunetti. Rédigez-moi un rapport complet de ce que vous aurez trouvé.

— Bien entendu, monsieur. »

Le policier fit demi-tour et se dirigea vers la porte, se demandant quelle platitude son supérieur allait encore lui lancer dans le dos.

« Nous traînerons le meurtrier devant les tribunaux !

— J'y compte bien, monsieur », répondit Brunetti, enchanté d'entendre Patta employer le pluriel tant il mourait d'envie de faire de lui son complice.

Il regagna son bureau, compulsa les papiers qu'il avait dans son porte-documents et donna environ une demi-heure à Bocchese pour relever les empreintes. Au bout de ce laps de temps, il redescendit au labo ; cette fois-ci, il trouva le technicien occupé à aiguiser un couteau à pain contre la meule. Quand il vit Brunetti, il arrêta la machine mais garda le couteau à la main, en vérifiant le fil du pouce.

« Ma parole, c'est du travail au noir, observa Brunetti.

— Non. Ma femme me demande de lui affûter ses couteaux tous les deux ou trois mois, et il n'y a pas mieux que cette meule. Si votre épouse veut me confier quelque chose à aiguiser, je le ferai avec plaisir. »

Le commissaire le remercia d'un signe de tête. « Trouvé quelque chose ?

— Oui. Il y a une bonne série d'empreintes sur le premier sac.

— Les siennes ?

— Oui.

— D'autres personnes ?

— Deux ou trois, qui appartiennent probablement à une femme.

— Et le deuxième sac ?

— Rien. Propre. Essuyé, ou bien manipulé seulement avec des gants. » Le technicien prit une feuille de papier et en coupa une lanière avec le couteau à pain. Satisfait, il reposa l'instrument sur son établi. « À mon avis, le premier sac a déjà servi à autre chose avant de... » Bocchese hésita, ne sachant trop comment tourner sa phrase. « ... avant qu'on y ait mis l'autre substance.

— Et à quoi ?

— Impossible à dire avec certitude, mais il aurait pu contenir du fromage. J'ai trouvé des traces d'un résidu huileux à l'intérieur. Et on a manifestement beaucoup plus manipulé cette poche de plastique que l'autre ; elle est froissée, et je dirai qu'on y avait mis autre chose avant, euh... avant la poudre. »

Comme Brunetti restait sans réagir, Bocchese demanda : « Vous n'êtes pas surpris ?

— Non, pas du tout. »

Le technicien retira un couteau à découper d'un sac en papier et en éprouva la lame du gras du pouce. « Si je peux encore faire quelque chose pour vous, n'hésitez pas, dit-il. Et demandez à votre femme, pour les couteaux.

— Oui, merci, Bocchese. Qu'as-tu fait des sacs ? »

L'homme lança la meule, le couteau brandi, et regarda Brunetti. « Quels sacs ? »

9

Il n'avait aucune raison de rester à la questure, les chances étant bien minces d'avoir de nouvelles informations tant qu'il ne serait pas retourné à Vicence ; il laissa donc le porte-documents au fond de son placard et quitta le bureau. En franchissant la porte d'entrée, il jeta un rapide coup d'œil des deux côtés, à la recherche d'un flâneur insolite. Puis il prit à gauche, en direction de la place Santa Maria Formosa et du Rialto, empruntant les ruelles étroites qui lui permettaient d'échapper à une éventuelle filature comme aux hordes de touristes ébahis qui concentraient invariablement leurs attaques dans le secteur de la place Saint-Marc. Il avait chaque année un peu plus de mal à les prendre en patience, à ne pas s'agacer de leur manie de s'arrêter constamment et de marcher à trois de front, même dans les *calle* les plus étroites. Il éprouvait par moment l'envie de leur crier après, voire de les bousculer, mais il se contentait d'exprimer son agressivité par le biais d'un seul et unique expédient : refuser catégoriquement de s'arrêter, de ralentir ou même de faire un détour pour leur permettre de prendre une photo. De ce fait, était-il sûr, sa silhouette, son dos, son visage ou son coude devaient figurer sur des centaines de clichés et de films vidéo ; il imaginait parfois la déception d'Allemands, regardant leurs films de l'été dans une ambiance de tempête en mer baltique lorsqu'ils voyaient un Italien en costume sombre passer d'un pas décidé devant la tante Gerda ou l'oncle Fritz et brouillant, ne fût-ce qu'un instant, une vision de culottes courtes en cuir d'où dépassaient de solides cuisses rougies d'un coup de soleil et en train de poser sur le pont du Rialto, devant les portes de la basilique Saint-Marc, voire en compagnie d'un chat particulièrement plaisant. C'était ici qu'il habitait, bon sang, ils n'avaient qu'à attendre qu'il soit passé pour prendre leurs stupides photos — ou bien ramener chez eux l'image d'un véritable Vénitien, sans doute le contact le plus direct qu'ils auraient avec la ville. Et au fait, en voilà un gai luron à ramener à Paola... en particulier pendant les premières semaines où elle enseignait.

Pour éviter un drame, il s'arrêta au Do Mori, son bar préféré, juste à quelques pas du Rialto. Il salua Roberto, le propriétaire grisonnant avec qui il échangea quelques mots, puis il commanda un verre de cabernet, la seule chose qu'il se sentait l'envie de boire. Il l'accompagna de quelques crevettes grillées, comme il y en avait toujours dans l'établissement, sur quoi, mis en appétit, il s'offrit un sandwich dans lequel s'empilaient des strates de jambon et d'artichaut. Il prit un autre verre pour le faire descendre et commença enfin à se sentir nettement humain pour la première fois de la journée. Paola l'accusait toujours d'être de mauvaise humeur quand il restait trop longtemps sans manger, et il se demanda si elle n'avait pas raison. Il paya, partit, et coupa par Rughetta pour rentrer chez lui.

Devant Biancat, il s'arrêta pour étudier les fleurs disposées dans la vitrine. Le signor Biancat l'aperçut à travers l'immense vitre, lui sourit et le salua d'un signe de tête; du coup, Brunetti entra et commanda dix iris bleus. Pendant qu'il les emballait, Biancat lui parla de la Thaïlande où il venait de passer une semaine pour assister à une conférence de producteurs d'orchidées. Le policier trouva bizarre d'y consacrer toute une semaine, puis se fit la réflexion qu'il avait lui-même participé, dans le passé, à des séminaires de police à Dallas et Los Angeles. Comment pouvait-il se permettre de trouver plus bizarre de consacrer une semaine à parler d'orchidées que du pourcentage d'actes de sodomie chez les tueurs en série ou des divers objets utilisés dans des viols?

Tiens, tiens, ne dirait-on pas que le vin et la nourriture avaient fait beaucoup pour améliorer son humeur ?

L'escalier qui conduisait à l'appartement lui donnait en général une mesure très précise de son état. Quand il se sentait bien, il avalait les quatre étages sans presque s'en rendre compte. Quand il était fatigué, chacune des quatre-vingt quatorze marches lui tirait sur les jambes. Ce soir, il était évident qu'on en avait ajouté en douce une ou deux volées.

En ouvrant la porte, il s'attendait à être accueilli par une bouffée des odeurs maison, de nourriture, bref de toutes les senteurs qui, avec le temps, étaient devenues synonymes de ses retours au foyer. Au lieu de cela, ce furent des effluves de café frais qui parvinrent à ses narines, pas exactement ce qu'il fallait à un homme qui venait de passer toute la journée à travailler — oui — aux États-Unis.

« Paola ? » appela-t-il, regardant en direction de la cuisine. Mais c'est d'une autre direction, celle de la salle de bains, qu'elle lui répondit ; c'est alors qu'il remarqua les douces exhalaisons de sels de bain, qui arrivaient jusqu'à lui comme portées par une brise marine tiède et humide. 19 h 30 passées, et elle prenait un bain ?

Il s'avança jusqu'à la porte, laissée entrouverte. « Tu es là ? demanda-t-il, prenant aussitôt conscience de la stupidité de cette question — stupidité telle, d'ailleurs, qu'elle ne prit pas la peine d'y répondre.

— Vas-tu mettre ton costume gris ? demanda-t-elle à la place.

— Mon costume gris ? » répéta-t-il en entrant dans la pièce embuée de vapeur d'eau. Il vit la tête de Paola, enturbannée d'une serviette, qui flottait, privée de corps, au-dessus des nuages de mousse ; elle avait l'air d'y avoir été délicatement posée après qu'on l'eut décapitée. « Costume gris ? » répéta-t-il, songeant au contraste curieux qu'ils formaient, elle dans son bain, lui en tenue de ville.

Les yeux de sa femme s'ouvrirent, sa tête se tourna vers lui et elle lui adressa son Regard à la Lauren Bacall, celui par lequel il avait l'impression d'être transpercé au point qu'elle pouvait voir jusqu'à la valise rangée dans le grenier, estimant le temps qu'il lui faudrait pour la remplir. Le Regard suffit — suffit à lui rappeler que ce soir, ils devaient aller au casino avec les parents de Paola, invités par un vieil ami de la famille. Cela signifiait un dîner tardif, épouvantablement dispendieux, les choses étant rendues pis (ou moins graves ? il n'avait jamais pu en décider) par le fait que l'ami en question réglait la note avec sa carte de crédit « or », ou était-ce « platine », il ne savait plus. Le repas était toujours suivi d'environ une heure à jouer ou, plus barbant encore, à regarder les autres jouer.

Ayant eu par deux fois la responsabilité de l'enquête pour différentes malversations commises par des employés du casino et ayant procédé lui-même, ces deux fois, aux arrestations qui avaient suivi, Brunetti avait en horreur la courtoisie pleine d'onction avec laquelle le traitaient le directeur et le personnel. S'il misait et gagnait, il se demandait si l'on n'avait pas truqué le jeu en sa faveur ; s'il perdait, il devait envisager qu'on avait peut-être essayé de se venger de lui. Quel que fût le scénario, il préférait ne pas spéculer sur la nature de la chance.

« Je crois que je vais mettre le bleu marine, dit-il, exhibant ses fleurs et se penchant sur la baignoire. Regarde ce que je t'ai apporté. »

Le Regard devint le Sourire, lequel pouvait encore, même au bout de vingt ans, le faire vaciller sur place. Une main, puis un bras, émergèrent de l'eau. Elle le toucha au revers du poignet, laissant une empreinte chaude et humide, puis fit de nouveau disparaître son bras sous la mousse. « Je sors dans cinq minutes, dit-elle en le regardant droit dans les yeux. Si tu étais arrivé plus tôt, tu aurais pu prendre un bain, toi aussi. »

Il éclata de rire. Le charme était rompu. « Mais dans ce cas, on serait arrivé en retard pour le dîner. » On ne peut plus vrai, et il se maudit d'avoir perdu du temps en s'arrêtant prendre un verre chez Roberto. Il quitta la salle de bains pour aller dans la cuisine, où il plaça les fleurs dans l'évier, faisant couler assez d'eau pour en recouvrir les tiges.

Dans la chambre, il vit une robe longue, de couleur rouge, disposée sur le lit. Il ne se souvenait pas de cette robe, mais il n'avait qu'une piètre mémoire des vêtements qu'elle portait ; il se dit qu'il valait mieux n'en rien dire. S'il s'avérait que la robe était neuve, il risquait d'avoir l'air, s'il faisait une remarque, de lui reprocher d'acheter trop de vêtements ; et si elle l'avait déjà portée, de paraître ne pas faire attention à ce qu'elle mettait. Il soupira à l'idée de l'injustice du mariage, ouvrit le placard et décida qu'en fin de compte, il valait mieux mettre le costume gris. Il enleva veston, pantalon et cravate, étudiant sa chemise dans le miroir, et conclut qu'il valait mieux en changer. Puis il entreprit de se rhabiller de pied en cap, vaguement ennuyé d'avoir cette obligation, mais bien trop italien pour seulement envisager de s'y soustraire.

Quelques minutes plus tard, Paola arriva dans la chambre enroulée dans une serviette, sa chevelure aux reflets d'or lui retombant librement sur les épaules ; elle se dirigea vers la commode où étaient rangés ses sous-vêtements et ses chandails. Elle jeta nonchalamment la serviette sur le pied du lit et se pencha sur un tiroir. Tout en nouant la cravate autour de son cou, Brunetti observa Paola à la dérobée pendant qu'elle enfilait une culotte noire, puis un soutien-gorge. Pour se distraire, il pensa à un problème de physique, matière qu'il avait étudiée à l'université. Il doutait de jamais pouvoir comprendre la dynamique et le jeu des contraintes et des efforts dans les sous-vêtements féminins : tant de choses à maintenir, aplatir, équilibrer... Son nœud de cravate terminé, il sortit le veston du placard. Le temps qu'il l'enfile, Paola refermait déjà la fermeture Éclair de sa robe et glissait les pieds dans des chaussures noires. Les amis de Brunetti se plaignaient souvent d'attendre une éternité pendant que leur femme s'habillait ou se maquillait ; Paola, elle, le battait toujours au poteau.

Elle prit, dans son côté du placard, un manteau long qui paraissait fait d'écailles de poisson. Il la surprit qui regardait un instant le vison accroché à l'extrémité de la tringle, mais cela n'alla pas plus loin et elle referma la porte. Ce vison était un cadeau de Noël de son père, datant de quelques années, mais il y avait bien deux ans qu'elle ne l'avait plus porté. Brunetti ignorait si cela tenait à ce qu'il était déjà démodé — il supposait que les fourrures aussi se démodaient; tout ce que sa femme et sa fille portaient se démodait, en tout cas — ou aux campagnes antifourrures de plus en plus virulentes rapportées par la presse et commentées à sa table.

Deux mois auparavant, un tranquille repas de famille s'était brutalement transformé en un affrontement virulent sur les droits des animaux; ses enfants affirmant péremptoirement qu'il était mal de porter des fourrures, que les animaux avaient les mêmes droits que les humains et que le nier revenait à faire de « l'espècentrisme », terme qu'ils venaient de bricoler, Brunetti en était sûr, pour les besoins de leur cause. Pendant dix minutes, il avait écouté Paola et les enfants se jeter leurs arguments à la tête, ceux-ci exigeant l'égalité des droits pour tous les êtres vivants de la planète, celle-là s'efforçant d'établir une distinction entre les animaux capables de raison et ceux qui ne l'étaient pas. Finalement, irrité de voir Paola tenter de réagir rationnellement à des arguments qui lui paraissaient friser la débilité, il avait piqué de sa fourchette les os de poulet restés sur l'assiette de sa fille. « On n'a pas le droit de porter leur fourrure, mais on peut tout de même les bouffer, hein ? » avait-il demandé. Sur quoi il s'était levé pour se rendre dans le séjour et y lire son journal en buvant une grappa.

Toujours est-il que le vison était encore dans le placard quand ils partirent pour le casino.

Ils descendirent du vaporetto à San Marcuola, empruntèrent les ruelles étroites et franchirent le pont en dos d'âne qui débouchait sur les portes de fer du casino, ouvertes à cette heure et prêtes à accueillir généreusement tous ceux qui ne demandaient qu'à se faire plumer. Sur les murs extérieurs, ceux que l'on voyait depuis le Grand Canal, figurait la devise *Non nobis* (« Pas pour nous »), laquelle signifiait, du temps de la République, que le casino était interdit aux Vénitiens. Seuls les étrangers avaient le droit de se faire tondre ; on attendait des Vénitiens qu'ils investissent leurs fonds avec sagesse et non qu'ils les gaspillent aux dés ou au baccarat. Comme il aurait aimé, devant la perspective de cette soirée qui promettait de ne pas en finir, que les lois de la Sérénissime soient encore en vigueur...

Ils pénétrèrent dans le hall d'entrée dallé de marbre ; un directeur adjoint en smoking se précipita aussitôt vers eux pour les saluer nominalement. « Dottor Brunetti, signora, dit-il avec une courbette qui créa un pli parfaitement horizontal dans sa large ceinture de soie rouge, nous sommes honorés par votre présence. On vous attend au restaurant. » D'un geste de la main aussi gracieux que sa courbette, il indiqua, sur la droite, l'unique ascenseur qui attendait, portes ouvertes. « Si vous voulez bien me suivre, je vais vous y conduire. »

Brunetti sentit la main de Paola étreindre la sienne, l'empêchant de répondre qu'ils connaissaient le chemin. Au lieu de cela, ils s'entassèrent dans la minuscule cabine et s'adressèrent des sourires aussi mielleux que contraints pendant que celle-ci se hissait laborieusement jusqu'au dernier étage de l'établissement.

L'ascenseur s'arrêta avec un soubresaut ; le directeur adjoint tint les battants ouverts pendant que Paola et Brunetti sortaient, puis il les précéda dans la salle de restaurant, brillamment éclairée. Le commissaire jeta un regard circulaire autour de lui tout en avançant ; son but était de repérer la sortie la plus proche et de jauger les personnes susceptibles de violence — un examen auquel il se livrait de manière tout à fait machinale à chaque fois qu'il entrait dans un lieu public. Dans un angle, près d'une fenêtre qui donnait sur le Grand Canal, il vit ses beaux-parents et les Pastore, un couple âgé de Milan, respectivement parrain et marraine de Paola et qui, du fait qu'ils étaient les plus vieux amis du père et de la mère de Paola, se trouvaient placés au-delà de tout reproche et de toute critique.

Lorsque le couple s'approcha de la table ronde, les deux vieux messieurs, habillés de costumes sombres identiques en qualité mais toutefois différents par la couleur, ou plutôt la nuance, se levèrent ensemble. Le père de Paola embrassa sa fille sur la joue, serra la main de Brunetti, puis le docteur Pastore fit un baisemain à Paola — mais embrassa le mari sur les deux joues. Comme il ne s'était jamais senti à l'aise en face de cet homme, cette manifestation d'intimité n'était pas trop du goût de Brunetti.

L'une des choses qui gâchaient ces dîners, rituel annuel auquel il lui fallait sacrifier depuis qu'il avait épousé Paola, était de constater, à chaque fois, que le docteur Pastore avait commandé le menu. Il se montrait bien entendu plein d'attention, disait qu'il espérait que personne ne se formaliserait s'il avait pris cette liberté, que c'était la saison pour ceci, que les truffes étaient superbes ou que les premiers cèpes venaient de faire leur apparition. Il avait d'ailleurs toujours raison et ces repas ne manquaient jamais d'être délicieux; mais Brunetti n'aimait pas qu'on lui dicte ce qu'il fallait manger, même si son choix se révélait moins bon, en fin de compte, que celui des autres convives. Et chaque année, il se reprochait sa stupidité et son entêtement, sans pouvoir jamais s'empêcher d'éprouver un moment d'irritation en trouvant que tout était prêt et commandé sans qu'il ait eu son mot à dire. Orgueil de mâle contre orgueil de mâle? Sans aucun doute. Les questions de palais et de gastronomie n'avaient rien à voir là-dedans.

Après les compliments d'usage, se posa le problème de la disposition autour de la table. Brunetti se retrouva le dos à la fenêtre, avec le docteur Pastore à sa gauche et le père de Paola directement en face de lui.

« Je suis ravi de vous voir, Guido, lui dit le docteur Pastore. Nous parlions justement de vous, Orazio et moi.

— En mal, j'espère », intervint Paola en riant. Elle reporta cependant son attention sur sa mère, laquelle tripotait ostensiblement sa robe (signe indiscutable qu'elle était neuve) et sur la signora Pastore, qui tenait encore sa filleule par la main.

Le docteur Pastore eut pour Brunetti un regard poli mais inquisiteur. « Nous avions abordé l'affaire de cet Américain. Vous êtes bien chargé de l'enquête, n'est-ce pas ?

— En effet, dottor.

— Quel motif peut-on avoir de tuer un Américain ? Il était militaire, n'est-ce pas ? Le vol ? Une vengeance ? Une histoire de jalousie ? » Bien italien en cela, il ne lui venait aucune autre raison à l'esprit.

« Peut-être », répondit Brunetti, en un seul mot, aux cinq questions. Mais il s'interrompit à l'approche de deux serveurs. Ceux-ci présentèrent leurs hors-d'œuvre de fruits de mer et firent le service. Le Milanais, plus intéressé par le meurtre que par le repas, patienta jusqu'à ce que tout le monde ait eu son assiette remplie et prononcé des remarques flatteuses sur la nourriture avant de retourner au sujet qui le passionnait.

« Avez-vous une piste ?

— Rien de précis, répondit Brunetti en croquant une crevette.

— Une affaire de drogue ? » demanda le père de Paola, plus direct que son ami.

Brunetti répéta son « peut-être » et retourna à ses crevettes, qui étaient fraîches et délicieuses.

Le mot « drogue » eut pour effet d'attirer l'attention de la mère de Paola, qui se tourna vers eux et leur demanda de quoi ils parlaient.

« Du dernier meurtre de Guido, lui répondit son mari, dans une formule qui pouvait laisser croire que son gendre en était l'auteur. Je suis sûr qu'on finira par découvrir qu'il s'agit d'une simple agression de rue. Comment dit-on, aux États-Unis ? Un *mugging*, je crois. » Brunetti avait presque l'impression d'entendre Patta.

La signora Pastore n'ayant pas encore entendu parler de cet assassinat, son mari dut lui raconter toute l'affaire, se tournant à l'occasion vers Brunetti pour lui demander une précision ou une confirmation. Voilà qui faisait assez bien l'affaire du commissaire, car du coup le repas passa plus vite que d'habitude. Et c'est ainsi, tout en devisant coups de couteau et attaques à main armée, qu'ils firent un sort au risotto, à un assortiment de poissons grillés accompagnés de quatre légumes, à une salade et enfin à un tiramisu, avant de prendre le café.

Pendant que les hommes sirotaient une grappa, le docteur Pastore demanda aux dames, comme il le faisait tous les ans, s'il leur plairait de l'accompagner dans la salle de jeux du casino. Il accueillait leur acceptation avec un ravissement renouvelé d'une année sur l'autre. Il sortit de sa poche intérieure trois petites bourses de daim qu'il disposa devant elles.

Et comme elle le faisait elle aussi chaque année, Paola protesta : « Voyons, *zio* Ernesto, ce n'est pas raisonnable ! » ; ce qu'elle déclara — toujours comme d'habitude — en ouvrant vivement la bourse où elle trouva, bien entendu, des jetons de casino. Brunetti remarqua qu'il y en avait la même proportion que l'année passée, et que le total était donc de deux cent mille lires pour chacune, de quoi les divertir pendant que le Milanais passait une heure ou deux à la table de black jack, gagnant en général beaucoup plus que ce qu'il avait donné aux femmes pour leur amusement.

Les trois hommes se levèrent, tinrent la chaise des dames et le groupe partit pour l'étage où se trouvaient les salles de jeux.

L'ascenseur étant trop petit pour tous les contenir, les trois hommes empruntèrent l'escalier pendant que les femmes s'y entassaient. Brunetti se retrouva avec le comte Orazio à sa droite, à se creuser la tête pour dire quelque chose à son beau-père.

« Saviez-vous que c'est ici qu'est mort Richard Wagner ? » lui demanda-t-il finalement, ayant oublié comment il avait appris ce détail ; Wagner, en effet, était loin d'être l'un de ses compositeurs préférés.

« Oui, répondit le comte. Il était temps. »

Puis, fort heureusement, ils se trouvèrent dans la grande salle de jeux et le comte Orazio alla rejoindre sa femme pour la regarder jouer, prenant congé de Brunetti avec un sourire et un mouvement du buste qui était l'esquisse à peine ébauchée d'une courbette.

Ce n'était pas à Venise — ou seuls les joueurs passionnés ou professionnels s'intéressaient aux tables — que Brunetti était entré pour la première fois dans un casino, mais à Las Vegas, où il s'était arrêté, bien des années auparavant, au cours d'un voyage dans l'ouest des États-Unis. Si bien qu'il ne pouvait s'empêcher d'associer la pratique des jeux de hasard, depuis, avec une profusion de lumières, une musique tapageuse, et les cris aigus de ceux qui gagnaient ou perdaient. Il avait gardé le souvenir d'une vraie mise en scène de théâtre, avec ballons rebondissant contre le plafond et public en tee-shirt et jean ou short. Du coup, et alors qu'il venait chaque année au casino de Venise, il était toujours étonné d'y trouver une atmosphère voisine de celle d'un musée d'art ou, pire encore, d'une église. Les sourires étaient mesurés, les voix dépassaient rarement le niveau sonore d'un murmure et jamais personne ne donnait l'impression de s'amuser. Les sincères cris de victoire ou de défaite et les hurlements de ceux qui venaient de faire un banco lui manquaient, au milieu de tant de solennité.

Ici, en effet, on ne retrouvait rien de cette agitation bruyante. Les hommes et les femmes, tous bien habillés, tous plongés dans un silence respectueux, entouraient la table de la roulette et déposaient délicatement leurs jetons sur le tapis de feutre. Silence, un moment de temps suspendu, puis le croupier lançait vivement la roue, y jetait la bille, et tous les regards convergeaient sur le tourbillon noir et rouge, la respiration suspendue tandis que ralentissait peu à peu l'appareil jusqu'à atteindre l'arrêt complet. Le râteau ophidien du croupier s'activait, récupérait les mises des perdants, poussant quelques jetons vers les gagnants. Puis le même cérémonial recommençait, « Faites vos jeux, rien ne va plus », la roue tourbillonnait, la bille sautait, les regards étaient fixes, cloués à cette giration mécanique. Pourquoi, se demanda Brunetti, ces hommes portaient-ils si souvent une bague au petit doigt ?

Il alla flâner dans une deuxième salle, vaguement conscient de s'éloigner des autres, curieux d'observer ce qui se passait. Dans un salon intérieur, il vit le docteur

Pastore déjà installé à une table de black jack, une pile de jetons en cours d'édification rangée devant lui avec une précision chirurgicale. Sous les yeux du policier, le Milanais demanda une carte, tira un 6 et s'arrêta pendant que les autres joueurs tiraient — puis il retourna les siennes : un 7 et un 8 accompagnaient le 6. Le tas de jetons s'accrut ; Brunetti s'éloigna.

Tout le monde paraissait fumer. À la table de baccarat, un joueur avait deux cigarettes en train de se consumer dans un cendrier, devant lui, et une troisième qui lui pendait de la lèvre inférieure. Il avait de la fumée partout : dans les yeux, dans les cheveux, dans ses vêtements. Il était entouré d'un nuage que l'on aurait pu couper ou dissiper de la main. Brunetti alla jusqu'au bar et commanda une grappa dont il n'avait pas particulièrement envie, tant le spectacle du jeu l'ennuyait.

Il s'assit sur un canapé de velours capitonné et regarda les allées et venues des joueurs, prenant de temps en temps une gorgée d'alcool. Il ferma les yeux et se laissa gagner quelques minutes par la somnolence. Au bout d'un moment il sentit un mouvement sur le canapé, à côté de lui et, sans ouvrir les yeux ni tourner la tête, il sut que c'était Paola. Elle lui prit le verre, but une gorgée et le lui rendit. « Fatigué ? » demanda-t-elle.

Il acquiesça, ne se sentant soudain plus la force de parler.

« Très bien. Viens avec moi ; on fait un dernier tour à la roulette et on rentre. D'accord ? »

Il tourna la tête, ouvrit les yeux et lui sourit. « Je t'aime, Paola », murmura-t-il, baissant la tête pour prendre une gorgée de grappa. Il la regarda en biais, presque timidement. Elle sourit, se pencha vers lui et l'embrassa sur la bouche.

« Allez, viens. » Elle se leva et lui tendit la main. « Allons gaspiller cet argent et rentrons à la maison. » Elle tenait cinq jetons de cinquante mille lires, ce qui signifiait qu'elle avait gagné. Elle lui en tendit deux et garda les autres.

De retour dans la grande salle, ils durent patienter quelques minutes avant de pouvoir se faufiler jusqu'à la table de la roulette et, une fois là, il attendit deux tours — ignorant pour quelle raison — avant de décider que le moment était venu de miser. Il plaça à l'aveuglette les deux jetons sur la table, puis regarda : il les avait posés sur le 28, chiffre qui ne présentait aucune signification particulière pour lui. Paola joua sur le rouge.

« Rien ne va plus... » La roue tourbillonna, tous les regards étaient fixés dessus et, comme il savait qu'elle allait le faire, la bille vint s'échouer dans la case 28. Il avait gagné plus de trois millions de lires. Presque un mois de salaire, des vacances pour l'été, un ordinateur pour Chiara. Il regarda le râteau du croupier s'avancer vers lui et faire glisser un tas de jetons sur le feutre jusqu'à ce qu'ils s'arrêtent sous son nez. Il les ramassa, sourit à Paola et, d'une voix de stentor comme on n'en avait pas entendu depuis des années dans cette salle, s'exclama en anglais : « *Hot damn!* »

10

IL NE VIT PAS l'intérêt de passer à la questure, le lendemain matin, et resta chez lui jusqu'à ce qu'il soit l'heure d'aller prendre le train pour Vicence. Il appela néanmoins le major Ambrogiani auparavant, pour lui demander d'envoyer son chauffeur à la gare.

Lorsque le train s'engagea sur la digue qui reliait la ville au continent, il regarda au loin et aperçut les montagnes que l'on avait rarement l'occasion de voir, aujourd'hui ; la neige ne les recouvrait pas encore, mais il espérait qu'elle viendrait vite. C'était la troisième saison sèche de suite ; les pluies de printemps avaient été faibles, celles de l'été nulles, et les récoltes d'automne mauvaises. Les agriculteurs reportaient tous leurs espoirs sur les neiges de l'hiver et le dicton des paysans du Frioul, gens sévères et durs à la tâche, lui revint à l'esprit : *Sotto la neve, pane ; sotto la pioggia, fame.* Oui, les neiges de l'hiver apporteraient le pain en relâchant leurs eaux emprisonnées pendant la période de croissance de la végétation, tandis que la pluie, qui s'écoulait rapidement, n'apporterait que la faim.

Il ne s'était pas encombré de son porte-documents, d'autant qu'il était bien peu probable de découvrir des sachets de cocaïne deux jours d'affilée ; il avait cependant acheté un journal à la gare et il le lut de la première à la dernière page pendant que le train traversait le paysage plat. On ne parlait pas de l'Américain dans l'édition d'aujourd'hui ; un crime passionnel arrivé à Modène lui avait volé la vedette. Un dentiste avait étranglé la femme qu'il aimait et qui refusait de l'épouser, puis s'était donné la mort. Brunetti passa le reste du voyage à lire les articles de politique, pour en savoir autant, en arrivant à Vicence, qu'au moment où il avait quitté Venise.

C'était le même chauffeur que la veille qui l'attendait devant la gare ; cette fois-ci, toutefois, il descendit de voiture et ouvrit la portière pour le commissaire. Au portail de la base, il s'arrêta sans qu'on le lui demande ; un carabinier remplit un passe au nom de Brunetti. « Où désirez-vous aller, monsieur ?

— Où se trouve le service de Santé publique ?

— Dans l'hôpital.

— Alors allons-y. »

Le chauffeur s'engagea dans la longue ligne droite qui coupait la base en deux, et Brunetti se sentit de nouveau en terre étrangère. L'avenue était bordée de pins des deux côtés et les gens, hommes et femmes, s'y promenaient en short, à bicyclette ou à pied, poussant parfois des landaus. D'autres faisaient leur jogging et ils passèrent même devant la piscine, encore remplie d'eau, mais sans baigneurs.

Ils s'arrêtèrent devant un bâtiment de béton qui ne se distinguait pas spécialement des autres. *Vicenza Field Hospital*, lut Brunetti. « C'est ici », dit le chauffeur en allant se garer sur un emplacement réservé aux handicapés, où il coupa le moteur.

À l'intérieur, le policier se retrouva devant un bureau de réception bas, incurvé ; la jeune femme assise derrière leva les yeux sur lui, sourit et lui demanda si elle pouvait l'aider.

« Je cherche le service de Santé publique.

— Prenez le couloir derrière moi, puis à droite ; ce sera la troisième porte à gauche. » Sur quoi elle se tourna vers une femme en uniforme — et enceinte — qui venait d'entrer et se tenait à côté de lui. Brunetti prit la direction qu'on venait de lui indiquer sans se retourner pour regarder cette curiosité, une militaire enceinte. Il fut fier de lui.

Il y avait écrit *Santé publique* sur la troisième porte ; il y frappa. Personne ne répondit et il frappa une deuxième fois. Comme il n'y avait toujours pas de réaction, il essaya la poignée — une poignée ronde et non droite — ouvrit et entra. Il se retrouva dans une petite pièce contenant trois bureaux métalliques avec chacun son siège, deux classeurs d'où retombaient des plantes grimpantes à la mine bien fatiguée ; elles manquaient d'eau et auraient dû être époussetées. L'inévitable panneau d'affichage était accroché au mur, couvert de notes de service et de graphiques. Deux des bureaux disparaissaient sous les habituels rebuts : papiers, formulaires, classeurs, stylos et crayons. Sur le troisième était posé un terminal d'ordinateur et son clavier, mais il était par ailleurs étonnamment dépouillé. Brunetti s'installa sur la chaise manifestement réservée aux visiteurs. L'un des téléphones — chaque bureau avait le sien — se mit à retentir et s'arrêta au bout de la septième sonnerie. Le policier attendit quelques minutes, revint à la porte et s'avança dans le couloir. Une infirmière passait et il lui demanda si elle savait où se trouvaient les gens de ce service.

« Ils ne devraient pas tarder », lui répondit-elle dans ce code internationalement reconnu par lequel les employés se protègent mutuellement devant tout étranger venu peut-être là pour vérifier que tout le monde était au travail. Il retourna dans le bureau et ferma la porte derrière lui.

Comme dans tous les lieux semblables, il y avait, éparpillés au milieu des documents officiels, les inévitables dessins humoristiques, les habituelles cartes postales et notes manuscrites. Les dessins paraissaient tous mettre en scène des médecins ou des soldats, et de nombreuses cartes postales représentaient des mosquées ou des sites archéologiques. Il détacha la première et apprit que Bob envoyait son bonjour depuis la Mosquée bleue. La seconde proclamait que Bob aimait le Colisée. Mais la troisième, les pyramides, était beaucoup plus intéressante ; elle révélait que M. et T. en avaient terminé avec l'inspection des cuisines et seraient de retour le mardi suivant. Il remit cette dernière en place et s'éloigna du tableau.

« Puis-je vous aider ? » fit une voix derrière lui.

Il identifia la voix, se retourna, et elle le reconnut. « Mais... que faites-vous ici, monsieur Brunetti ? » Sa surprise était aussi grande que sincère.

« Bonjour, docteur Peters. Je vous avais dit que je viendrais voir si je ne pourrais pas en apprendre davantage sur le sergent Foster. On m'a dit que c'était ici le bureau de votre service, et je m'y suis donc présenté avec l'espoir de trouver quelqu'un qui aurait travaillé avec lui. Mais comme vous le constatez, reprit-il avec un geste de la main qui embrassait le bureau vide, et en s'éloignant encore de deux pas du panneau d'affichage, il n'y a personne.

« Ils sont tous en réunion, expliqua-t-elle. Afin d'essayer de voir comment on peut se partager les tâches en attendant que soit nommé son remplaçant.

— Vous-même n'assistez pas à cette réunion ? » s'étonna-t-il.

Elle réagit en sortant un stéthoscope de la poche de sa blouse blanche. « Auriez-vous oublié que je suis pédiatre ?

— Ah, je vois.

— Ils devraient être de retour dans peu de temps, dit-elle spontanément. À qui vouliez-vous parler ?

— Je ne sais pas. N'importe qui ayant travaillé en étroite collaboration avec lui.

— Comme je vous l'ai dit, il assumait seul une grande partie du travail, dans ce service.

— Vous pensez donc que cela ne vaut pas la peine ?

— Je ne puis répondre à votre place, monsieur Brunetti, étant donné que j'ignore ce que vous cherchez. »

Il supposa que l'irritation manifestée était la conséquence de sa nervosité, et il n'insista pas, préférant changer de sujet.

« Savez-vous si le sergent Foster buvait ?

— S'il buvait ?

— Oui, de l'alcool.

— Très peu.

— Prenait-il des drogues ?

— De quelle sorte ?

— Des drogues illégales.

— Non. » Elle avait répondu avec conviction et fermeté.

« Vous paraissez bien sûre de vous.

— Je le suis parce que je le connaissais, mais également parce que j'étais son supérieur hiérarchique et avais donc connaissance de son dossier médical.

— Est-ce un élément normalement inscrit dans un tel dossier ? » demanda Brunetti.

Elle acquiesça. « Tout militaire américain peut être contrôlé à tout moment sur ce point. La plupart d'entre nous devons nous soumettre à une analyse d'urine tous les ans.

— Même les officiers ?

— Même les officiers.

— Même les médecins ?

— Même les médecins.

— Et les résultats vous sont communiqués ?

— Oui.

— Quand le dernier a-t-il eu lieu ?

— Je ne m'en souviens pas exactement. Au cours de l'été dernier, je crois. » Elle fit changer de main les dossiers qu'elle tenait. « Je ne vois pas pourquoi vous me posez ces questions. Il n'a jamais pris de drogue. Tout au contraire. Il en était un adversaire convaincu. On s'est même disputé là-dessus.

— Ah, bon ? Et pourquoi ?

— À mon avis, ce n'est pas un problème. Personnellement, elles ne m'intéressent pas, mais si les gens veulent en prendre, j'estime qu'ils devraient pouvoir le faire légalement. » Brunetti ne réagissant pas, elle poursuivit : « Voyez-vous, ma tâche consiste en principe à m'occuper des enfants, ici, mais nous manquons de personnel et j'examine aussi souvent les mères. Elles sont nombreuses à me demander de leur renouveler leur ordonnance de valium ou de librium. Si je refuse, estimant qu'elles en prennent trop, il leur suffit d'attendre un jour ou deux et de prendre rendez-vous avec un autre médecin ; tôt ou tard, quelqu'un finira par leur en prescrire. Une bonne partie de ces femmes seraient en bien meilleur état si elles pouvaient fumer un joint de temps en temps. »

Brunetti se demanda l'accueil qu'auraient réservé les autorités médicales et militaires à ce genre d'opinion, mais il préféra ne pas poser la question. Après tout, ce n'était pas au point de vue du docteur Peters sur l'usage des drogues qu'il s'intéressait ; il voulait simplement savoir si le sergent Foster en avait pris ou non. Et aussi, ce qui n'avait rien de fortuit, pour quelle raison elle lui avait menti en disant qu'elle n'avait jamais été en voyage avec lui.

La porte s'ouvrit derrière la jeune femme et un homme d'âge moyen, trapu, en uniforme vert, entra dans la pièce. Il parut étonné de voir Brunetti, mais il connaissait manifestement le médecin.

« La réunion est terminée, Ron ? demanda-t-elle.

— Oui, répondit le nouveau venu qui regarda Brunetti et, ne sachant trop à qui il avait affaire, ajouta avec retard : Madame. »

Le docteur Peters se tourna vers le policier. « Je vous présente le sergent-chef Wolf. Sergent, voici le commissaire Brunetti, de la police de Venise. Il est venu nous poser quelques questions à propos du sergent Foster. »

Les deux hommes se serrèrent la main et échangèrent quelques amabilités. « Le sergent Wolf pourra peut-être vous donner une idée plus claire de ce qu'était le travail du sergent Foster, reprit le médecin. Il est responsable de tous les contacts de l'hôpital à l'extérieur de la base. Je dois vous laisser pour retourner à mes patients », ajouta-t-elle en se tournant vers la porte. Brunetti lui adressa un signe de tête, mais elle lui montrait déjà son dos. Elle sortit rapidement.

« Que désirez-vous savoir, commissaire ? demanda le sergent Wolf avant d'ajouter, sur un ton moins formaliste : ne voulez-vous pas venir dans mon bureau ?

— Vous ne travaillez pas dans ce service ?

— Non. Je fais partie du personnel administratif de l'hôpital. Nos bureaux se trouvent de l'autre côté du bâtiment.

— Mais alors, qui d'autre travaille ici ? demanda Brunetti avec un geste vers les meubles.

— Ce bureau est celui de Mike. *Était* celui de Mike, se corrigea-t-il. L'autre, celui du sergent Dostie, en déplacement à Varsovie en ce moment. » Il indiqua le terminal qui trônait sur le troisième bureau. « Ils se partageaient l'ordinateur. »

Jusqu'où les ailes de l'aigle américain ne s'étendaient-elles pas... « Quand doit-il rentrer ?

— Au cours de la semaine prochaine, je crois.

— Et depuis combien de temps est-il parti ? » Cette formule parut moins directe à Brunetti que de demander quand le sergent Dostie avait quitté Vicence pour Varsovie.

« Quelques jours avant... cet événement, précisa Wolf, qui répondait ainsi à la question indirecte du policier et éliminait du même coup le sergent Dostie en tant que suspect. Allons dans mon bureau, nous y serons mieux. »

Brunetti le suivit le long des couloirs de l'hôpital, essayant de mémoriser leur itinéraire. Ils franchirent une double porte battante, empruntèrent un long couloir méticuleusement nettoyé, franchirent de nouveau des portes battantes. Wolf s'arrêta devant un bureau ouvert.

« Ce n'est pas bien grand, mais c'est chez moi », dit-il avec une chaleur surprenante. Il s'effaça pour laisser Brunetti entrer le premier, puis referma la porte derrière eux. « J'aime autant qu'on ne nous dérange pas », expliqua-t-il avec un sourire. Il alla s'asseoir dans le fauteuil pivotant en simili, derrière un bureau que recouvrait presque entièrement un gigantesque calendrier sous-main et qui croulait sous les dossiers et le courrier en souffrance, dans les deux paniers *Arrivée* et *Départ*, sans parler du téléphone. À droite, dans un cadre en laiton, on voyait la photo d'une femme de type oriental avec trois jeunes enfants, ceux, apparemment, d'un mariage mixte.

« Votre épouse ? demanda Brunetti en s'installant dans le siège en face.

— Oui. Elle est belle, n'est-ce pas ?

— Extrêmement, répondit Brunetti.

— Et ce sont nos trois enfants. Joshua a dix ans, Melissa six et Aurore seulement douze mois.

— Une superbe famille, observa spontanément Brunetti.

— Oui, ils sont magnifiques. Je ne sais pas ce que je ferais si je ne les avais pas. J'ai souvent dit à Mike que c'était ce qu'il lui fallait, se marier et fonder une famille. Prendre racine.

— En avait-il vraiment besoin ? demanda Brunetti, amusé par le fait que c'étaient toujours les hommes mariés et pères de familles nombreuses qui émettaient ce genre de souhait pour les célibataires.

— En réalité, je l'ignore, admit Wolf en s'accoudant à son bureau. Il avait tout de même plus de trente ans. Il était temps de fonder un foyer.

— Avait-il au moins une petite amie, pour commencer ? » demanda le policier sur un ton cordial.

Le sergent le regarda, puis baissa les yeux sur ses mains. « Pas que je sache.

— Aimait-il les femmes ? » Si Wolf comprit que la corollaire à cette question était que, dans le cas contraire, il aimerait les hommes, il n'en laissa rien paraître.

« Je suppose. Je ne le connaissais pas si bien que cela. Seulement dans le cadre de notre travail.

— Était-il intime avec quelqu'un de la base ? » Wolf secoua négativement la tête, et Brunetti ajouta : « Le docteur Peters s'est montrée particulièrement bouleversée en voyant le corps.

— Vous savez, cela faisait environ un an qu'ils collaboraient. Ne trouvez-vous pas normal qu'elle ait été bouleversée ?

— Oui, sans doute, admit Brunetti, sans offrir davantage d'explication. Personne d'autre ?

— Non, je ne vois pas.

— Je pourrais peut-être poser la question à M. Dostie, à son retour.

— Sergent Dostie, le corrigea machinalement Wolf.

— Connaissait-il bien le sergent Foster ?

— Je ne saurais trop vous dire, commissaire. » Brunetti eut l'impression que le sergent-chef, décidément, ne savait pas grand-chose sur un homme qui avait pourtant été son collaborateur pendant... « Depuis combien de temps le sergent Foster travaillait-il avec vous ? »

Wolf reprit une position assise normale dans son fauteuil, jeta un coup d'œil à la photo de sa femme comme si elle allait le lui souffler et répondit : « Quatre ans, c'est-à-dire depuis qu'il est arrivé à la base.

— Et depuis quand le sergent Dostie travaille-t-il ici ?

— Également quatre ans.

— Quel genre d'homme était-ce, sergent Wolf ? » demanda alors Brunetti, pour revenir au mort.

L'Américain consulta de nouveau la photo de sa famille avant de répondre. « Un excellent soldat. Ses états de service en témoignent. On ne le voyait guère, mais cela tenait peut-être au fait qu'il continuait à étudier, et il prenait cela très au sérieux. » Il se tut un instant, comme s'il cherchait quelque chose de plus profond à dire. « Il était très attentif.

— Je vous demande pardon ? » demanda Brunetti, complètement perdu. Attentif ? À quoi le sergent Foster était-il donc attentif ? « Je crains de ne pas avoir compris. »

Wolf s'expliqua avec plaisir. « Vous savez, ce que vous autres, Italiens, appelez *simpatico*.

« Oh », fit Brunetti. Quelle façon curieuse de dire les choses. Plus directement, il demanda : « Vous l'aimiez bien ? »

La question surprit manifestement le militaire. « Heu, oui, je suppose. Enfin, je veux dire... c'était un type bien, mais nous n'étions pas amis, vous comprenez ?

— Quelles étaient exactement ses responsabilités ? voulut savoir Brunetti, qui sortit son calepin de sa poche.

— Hé bien, commença le sergent Wolf, les mains croisées derrière la tête et confortablement enfoncé dans son fauteuil, il devait veiller à ce que les propriétaires respectent les normes fixées pour les appartements ou les maisons qu'ils nous louent. Assez d'eau chaude, assez de chauffage en hiver ; il devait aussi vérifier que les locataires ne faisaient pas de dégâts. Si un propriétaire nous appelait pour se plaindre que l'un d'eux constituait un risque de santé publique, nous diligentions une enquête.

— Quel genre de risque pour la santé ? demanda Brunetti, honnêtement surpris.

— Oh, des tas de choses. Le fait de ne pas sortir ses poubelles, ou de les placer trop près de la maison. De ne pas nettoyer les saletés de leurs animaux. Toutes sortes de trucs dans ce genre.

— Et comment intervenez-vous ?

— Nous avons la possibilité — non, le droit — d'entrer chez eux.

— Même s'ils s'y opposent ?

— Surtout s'ils s'y opposent, répondit Wolf avec un petit rire. C'est en général un signe certain que l'endroit est un foutoir.

— Et que faites-vous ?

— Nous inspectons la maison pour voir si elle ne présente pas un problème de salubrité.

— Cela se produit-il souvent ? »

Le sergent faillit répondre. Puis il se reprit, et Brunetti comprit que l'homme pesait le pour et le compte de ce qu'il pouvait dire à un Italien, de la réaction qu'il risquait d'avoir devant de telles histoires concernant des Américains. « Quelquefois, dit-il évasivement.

— Et alors ?

— Nous leur disons de nettoyer et nous signalons le cas à leur supérieur hiérarchique ; ils ont un certain délai pour se mettre aux normes.

— Et sinon ?

— Ils ont droit à l'article 15. »

Brunetti arbora de nouveau son sourire neutre. « L'article 15 ?

— C'est une sorte de réprimande officielle. Elle reste dans votre dossier, et elle peut vous valoir pas mal de problèmes.

— Par exemple ?

— Des réductions de salaire, ou même une dégradation. Dans les cas les plus graves, on est éjecté de l'armée.

— Parce qu'on a une maison sale ? s'étonna Brunetti, incapable de cacher sa stupéfaction.

— Si vous en voyiez certaines, commissaire, vous n'auriez qu'une envie, chasser les locataires de votre pays. » Il se tut un instant, puis reprit : « Il devait également inspecter les cuisines de nos ambassades, en particulier en cas de maladie suspecte de leur personnel et lorsque plusieurs personnes étaient atteintes. Nous avons eu une épidémie d'hépatite à Belgrade, l'an dernier, et il a dû se rendre sur place.

— Rien d'autre ?

— Non, rien d'important. »

Brunetti sourit. « À ce stade, je ne sais pas encore très bien ce qui est important et ce qui ne l'est pas, sergent Wolf ; c'est pourquoi j'aimerais avoir une idée plus précise de ses responsabilités. »

Le militaire lui rendit son sourire. « Bien sûr. Je comprends. Il devait également veiller à ce que tous les enfants scolarisés aient été vaccinés. Contre la varicelle et les oreillons, par exemple. Mais aussi vérifier la destruction des matériaux irradiés et de toutes les choses de ce genre qu'on ne jette pas dans les poubelles ordinaires. Enfin, il y avait un certain nombre d'informations relatives à la santé publique dont il avait la charge. » Il leva les yeux. « C'est à peu près tout.

— Les matériaux irradiés ?

— Oui, vous savez, les radios prises par les dentistes ou à l'hôpital. Il est interdit de les jeter n'importe où.

— Comment procédez-vous ?

— Nous avons un contrat avec un transporteur italien qui vient les prendre tous les mois. Mike devait contrôler que les conteneurs étaient bien ramassés, expliqua le sergent avec un sourire. C'est à peu près tout », répéta-t-il.

Brunetti lui rendit son sourire et se leva. « Je vous remercie, sergent Wolf, pour tous les renseignements que vous m'avez si obligeamment communiqués.

— J'espère qu'ils pourront vous servir. Tout le monde aimait bien Mike, à la base, et nous tenons beaucoup à ce que l'on retrouve son assassin.

— Oui, bien entendu, répondit Brunetti en lui tendant la main. Je ne veux pas vous retarder davantage dans votre travail, sergent. »

L'Américain serra la main de Brunetti. Il avait une poignée de main solide, confiante. « Heureux d'avoir pu vous être utile, monsieur. Si d'autres questions vous viennent à l'esprit, n'hésitez pas.

— Merci, sergent. Il est en effet bien possible que nous nous revoyions. »

Quand il fut dans le couloir, il retrouva sans trop de mal le chemin du bureau de Santé publique et frappa de nouveau à la porte. Au bout de quelques secondes, personne n'ayant répondu, il entra. Comme il s'y attendait, la Mosquée bleue et le Colisée étaient toujours à leur place. Les pyramides, en revanche, avaient disparu.

11

DE RETOUR DANS LE HALL d'entrée, il demanda à la première personne qu'il aperçut, une Noire en tenue d'infirmière, où il pourrait trouver le docteur Peters. Elle lui dit qu'elle se rendait justement dans l'aile B, où exerçait la pédiatre, et qu'elle allait l'accompagner. Ils prirent la direction opposée, mais franchirent toutefois deux mêmes jeux de doubles portes. En revanche, les personnes qu'ils croisaient étaient en blouse blanche ou vert pâle et non plus dans la tenue vert foncé des militaires. Ils passèrent devant une porte où on lisait *Salle de réveil*, puis devant une autre, sur sa droite, d'où montaient des pleurs de nouveau-nés. Il jeta un coup d'œil à l'infirmière, qui sourit et hocha la tête. « Trois naissances dans la semaine. »

Brunetti songea qu'une base militaire, avec ses canons, ses uniformes et la menace de mort qu'elle sous-entendait, n'était tout de même pas l'endroit rêvé pour naître. Puis il se souvint que jusqu'ici il avait vu une bibliothèque, une piscine, une chapelle et un magasin de crème glacée Baskin-Robbins sur la base en question, si bien qu'au fond, les bébés pouvaient venir au monde ici aussi bien qu'ailleurs. Très peu de ce qu'il avait vu avait quelque chose à voir avec la guerre, la mort ou l'armée. Les Américains se doutaient-ils de ce à quoi servait l'argent de leurs impôts ? se demanda-t-il. Soupçonnaient-ils la prodigalité avec laquelle on le dépensait ? En tant qu'Italien, il partait du principe que le gouvernement ne savait bien faire qu'une chose, gaspiller les deniers publics, mais de manière à ce que ceux-ci aillent dans la poche des amis ; il ne lui était jamais venu à l'esprit que le gouvernement américain faisait peut-être exactement la même chose.

« Voici le bureau du docteur Peters, monsieur. Je crois qu'elle doit être avec un malade, en ce moment, mais elle ne devrait pas tarder. » Elle lui sourit et le laissa planté là, sans avoir pris la peine de lui demander qui il était, ni ce qu'il voulait.

La pièce ressemblait à n'importe quel cabinet de médecin. L'un des murs était couvert de livres imposants aux titres plus imposants encore ; une toise attendait dans un coin. Il monta sur la balance et fit glisser les contrepoids métalliques sur leur tige jusqu'à ce qu'ils soient en équilibre à cent quatre-vingt-treize. Il fit le calcul de tête, multipliant ce chiffre par 0,45, et poussa un soupir devant le résultat. Il passa sous la toise, qui indiqua cinq pieds dix pouces, mesure qu'il était incapable de convertir en centimètres sans un papier et un crayon. D'autre part, il supposait que sa taille ne risquait pas de varier en douce, comme le faisait si bien son poids.

Quelques affiches ornaient les murs : l'inévitable photo du carnaval vénitien, œuvre de Fulvio Roiter ; une reproduction des mosaïques de San Vitale à Ravenne ; l'agrandissement d'un paysage de montagnes déchiquetées qui semblaient être les Dolomites. Comme dans tant de cabinets, le mur de droite exhibait des diplôme encadrés, à croire que les médecins craignent qu'on ne les prenne pas au sérieux si ces preuves tangibles ne sont pas placées bien en vue. « Emory University. » Cela ne lui disait rien. « Phi Beta Kappa. » Cela non plus. « Summa cum Laude. » Ah, voilà qui était clair.

Une revue était posée sur le bureau. *Family Practice Journal*, lisait-on sur la couverture. Il la prit, la feuilleta un instant, puis s'arrêta sur un article accompagné de photos en couleurs de ce qu'il pensa être des pieds humains, mais déformés au point d'être méconnaissables, avec des ongles d'orteils ayant poussé dans tous les sens, y compris retournés en direction du coup de pied ou au contraire de la voûte plantaire. Il étudia les clichés quelques instants, puis, alors qu'il commençait à peine à lire l'article, il sentit un mouvement derrière lui et se retourna ; le docteur Peters se tenait dans l'encadrement de la porte. Sans rien dire, elle lui prit la revue médicale des mains, la referma sèchement et la posa sur l'extrémité opposée du bureau.

« Qu'est-ce que vous faites ici ? » demanda-t-elle sans cacher ni sa surprise ni sa colère.

Il se leva. « Je vous prie de m'excuser de m'être permis de toucher quelque chose, docteur. Je suis venu vous parler, si vous avez le temps. J'ai simplement vu cette revue et je me suis mis machinalement à la feuilleter en vous attendant. J'espère que vous ne m'en tenez pas rigueur. »

Elle se rendit manifestement compte que sa réaction avait été disproportionnée. Il l'observa pendant qu'elle s'efforçait de reprendre le contrôle d'elle-même. Finalement, elle alla s'asseoir derrière le bureau et dit, avec un sourire forcé : « C'est toujours mieux que de lire mon courrier. » Après cette pointe, le sourire parut devenir authentique. Elle eut un geste vers la revue. « Cela arrive chez certaines personnes âgées. Elles ont le dos trop raide pour pouvoir se baisser et se couper les ongles des orteils ; si bien qu'ils continuent à pousser et, comme vous l'avez vu, provoquent d'horribles déformations.

— La pédiatrie est nettement plus intéressante », remarqua-t-il.

Elle sourit de nouveau. « Oui, beaucoup plus. Je pense qu'il vaut mieux consacrer son temps aux enfants. » Elle posa son stéthoscope sur le journal médical. « Mais je ne pense pas que vous soyez venu ici pour discuter de ma carrière médicale, commissaire. Que voulez-vous savoir ?

— Pourquoi m'avez-vous menti, à propos du voyage que vous avez fait au Caire avec le sergent Foster ? »

Il constata qu'elle ne manifestait aucune surprise ; qu'elle s'attendait peut-être même à la question. Elle croisa les jambes, ses genoux tout juste visibles au ras de l'ourlet de la jupe d'uniforme qu'elle portait sous sa blouse blanche. « Ainsi, vous lisez mon courrier ? » dit-elle, ajoutant, voyant qu'il restait sans réagir : « Je ne voulais pas qu'on sache ce qui s'était passé.

— Mais enfin, docteur, vous envoyez cette carte postale ici avec vos deux noms, ou au moins vos deux initiales. Ce ne devait être un secret pour personne dans le service que vous aviez été ensemble en Égypte, non ?

— Je vous en prie, dit-elle d'un ton fatigué. Vous savez très bien ce que je veux dire. Je tiens à ce que personne ne soit au courant de ce qui est arrivé. Vous étiez là quand j'ai vu son corps. Vous savez donc.

— Et pourquoi vouloir que personne ne soit au courant ? Vous êtes mariée ?

— Non. » Elle secoua la tête, comme si l'incompréhension du policier l'épuisait. « Ce ne serait pas si terrible s'il ne s'agissait que de cela. Mais je suis officier, et Mike était un engagé. » Elle vit que cette explication laissait Brunetti encore plus perplexe. « C'est ce que l'on appelle de la « fraternisation », et c'est interdit par le règlement... ça, et de nombreuses autres choses.

— Que se serait-il passé si vous aviez été découverts ? » demanda-t-il, sans éprouver le besoin d'être plus précis.

Elle haussa les épaules. « Aucune idée. L'un de nous deux aurait eu droit à des remontrances, ou peut-être à des mesures disciplinaires. Ou aurait même été muté. Mais la question ne se pose plus tellement, n'est-ce pas ? ajouta-t-elle, le regardant directement dans les yeux.

— Non, j'en ai bien peur. Cela peut-il vous faire du tort pour votre carrière ?

— Je dois quitter l'armée dans six mois, monsieur Brunetti. Je ne pense pas qu'ils en feraient une affaire, mais même dans ce cas, cela me serait égal. Je ne tiens pas à faire une carrière, en tout cas pas dans l'armée, mais je tiens néanmoins à ce qu'ils n'en sachent rien. Je n'ai qu'un désir, retourner dans le civil, retrouver ma vie. » Elle se tut un instant et lui lança un regard évaluateur avant de reprendre. « C'est grâce à l'armée que j'ai pu faire médecine. Je n'aurais jamais pu me payer ces études moi-même, et ma famille encore moins. On m'a offert quatre années d'études, et je leur ai donné quatrc années de travail. Cela fait huit ans, monsieur Brunetti, huit ans. Si bien que je ferais mieux de dire que je vais enfin commencer à vivre et non que je vais retrouver ma vie.

— Et qu'allez-vous faire ? De cette vie nouvelle, veux-je dire ? »

Elle eut une moue et haussa les sourcils. « Je ne sais pas. J'ai posé ma candidature auprès de plusieurs hôpitaux, mais je peux toujours me tourner vers la clientèle privée. Ou reprendre mes études. Je n'y pense pas beaucoup.

— Est-ce à cause de la mort du sergent Foster ? »

Elle se mit à pousser le stéthoscope du bout du doigt, regarda Brunetti, revint à l'objet.

« Docteur Peters, commença-t-il, se demandant si le petit laïus qu'il s'apprêtait à prononcer n'allait pas avoir l'air trop maladroit en anglais, je ne sais pas très bien ce qui se passe exactement ici, mais je sais en revanche que le sergent Foster n'a pas été tué par un voleur qui voulait lui faire les poches. Ce n'est pas une agression de rue qui a mal tourné. Il s'agit bel et bien d'un assassinat, et celui qui l'a assassiné a des comptes à rendre à l'armée américaine ou à la police italienne. Et je vous soupçonne de savoir quelque chose sur les raisons qui font qu'il a été tué. J'aimerais que vous me disiez ce que vous savez, ou au moins ce que vous suspectez. Ou encore ce qui vous fait peur. » Le discours sonna creux et pompeux à ses propres oreilles.

Elle le regarda au moment où il prononça sa dernière phrase, et il crut voir un fantôme de ce qu'il avait aperçu dans les yeux de la jeune femme, l'autre soir, sur l'île de San Michele. Elle commença à parler, s'arrêta et se remit à contempler son stéthoscope. Au bout d'un long moment, elle secoua la tête. « Il me semble que vous exagérez ma réaction, monsieur Brunetti. Je ne vois pas de quoi vous voulez parler quand vous dites que j'ai peur de quelque chose. » Puis elle ajouta, autant pour se convaincre que pour le convaincre : « Je n'ai aucune idée des raisons pour lesquelles Mike a été tué, aucune idée de qui aurait pu vouloir le tuer. »

Il regarda la main du docteur Peters et vit qu'elle avait replié le tube en caoutchouc de l'appareil au point que la tension le faisait paraître gris. Elle surprit la direction de ce regard, tourna à son tour les yeux vers sa main et relâcha lentement le tube, qui reprit sa forme et sa couleur normales. « Et maintenant, si vous voulez bien m'excuser, j'ai des patients qui m'attendent.

— Certainement, docteur, dit Brunetti, sachant qu'il avait perdu. Si jamais vous pensez à quelque chose que vous voudriez me dire, vous pouvez me joindre à la questure de Venise.

— Merci. » Elle se leva et se dirigea vers la porte. « Voulez-vous terminer l'article ?

— Non », répondit-il, se levant à son tour vivement pour sortir. Il lui tendit la main. « Si vous pensez à quoi que ce soit, docteur. »

Elle lui serra la main, sourit, mais ne dit rien. Il la regarda partir à gauche dans le couloir, puis entrer dans une salle ; on entendait le doux murmure d'une voix de femme, s'adressant sans doute à son enfant malade.

Le chauffeur l'attendait dehors, plongé dans une revue. Il leva le nez lorsque Brunetti ouvrit la portière arrière. « Et maintenant, monsieur ?

— Le restaurant dont vous m'aviez parlé hier est-il ouvert ? » Il avait très faim ; il se rendit alors compte qu'il était une 1 heure passée.

« Oui, monsieur. La grève est finie.

— Mais au fait, qui était en grève ?

— Ceux de la CGL.

— La CGL ? s'exclama Brunetti avec stupéfaction. Un syndicat communiste sur une base américaine ?

— Eh oui, monsieur, répondit le chauffeur en riant. Après la guerre, ils ont embauché des gens qui parlaient anglais, et ils ont laissé le syndicat s'implanter sans y faire attention. Une fois qu'ils se sont rendu compte que la CGL était communiste, ils ont refusé d'engager tout nouvel employé qui appartenait à ce syndicat. Sauf qu'ils ne peuvent pas se débarrasser de ceux qui sont déjà là. Ils sont beaucoup à travailler au restaurant. On y mange très bien.

— Parfait. Emmenez-moi là-bas. Est-ce loin ?

— Oh, à deux minutes d'ici. » Il démarra en trombe, fit un demi-tour sur les chapeaux de roue pour repartir dans l'autre sens — Brunetti était certain que la rue était en sens unique.

Ils passèrent à un moment donné devant deux statues plus grandes que nature que le policier ne se souvenait pas avoir vues. « Elles représentent qui ? demanda-t-il.

— Pour l'ange à l'épée, je ne sais pas, mais l'autre est sainte Barbara.

— Sainte Barbara ? Qu'est-ce qu'elle fabrique ici ?

— C'est la sainte patronne des artilleurs. Vous savez bien, son père a été frappé par la foudre au moment où il a voulu lui couper la tête. »

En dépit de son éducation catholique, Brunetti ne s'était jamais beaucoup intéressé à la religion et il avait du mal à retenir les attributions des différents saints, un peu à la manière, se disait-il, dont les païens devaient avoir du mal à se rappeler quel dieu était responsable de quoi. En outre, il avait toujours trouvé que les saints avaient une fâcheuse tendance à égarer des parties de leur corps : les yeux, les seins, un bras et maintenant la tête, avec sainte Barbara. « J'ignorais cette légende. Qu'est-ce qui s'est passé ? »

Le chauffeur brûla allégrement un stop, franchit un carrefour et, se tournant vers Brunetti, lui expliqua : « Son père était païen et elle chrétienne. Il voulait la marier à un autre païen, mais elle voulait rester vierge... la gourde », ajouta-t-il pour lui-même. Il regarda de nouveau la route, juste à temps pour freiner brutalement et éviter ainsi un camion. « Son père décida donc de lui couper la tête pour la punir. Il brandit son épée, lui donnant une dernière chance de lui obéir, et badaboum ! un éclair vint frapper l'épée et le tuer.

— Et Barbara ? Qu'est-ce qui lui est arrivé ensuite ?

— Oh, on ne vous raconte jamais cette partie de l'histoire. Toujours est-il qu'à cause de cette décharge de foudre, elle est devenue la patronne des artilleurs. » Il s'arrêta devant un bâtiment bas — un de plus. « Nous y voici, monsieur. » Puis il ajouta, intrigué : « Je suis étonné que vous n'ayez pas connu cette légende, monsieur.

— Que voulez-vous, je n'ai pas été chargé de l'enquête », répondit Brunetti.

Après le déjeuner, il se fit conduire de nouveau à l'appartement de Foster. Le deux mêmes soldats montaient la garde devant l'immeuble, assis dans leur Jeep. Tous les deux descendirent en voyant le policier s'approcher, mais ils l'attendirent sur place. « Bonjour, dit-il en arborant son sourire le plus chaleureux. J'aimerais jeter un nouveau coup d'œil à l'appartement, si c'était possible.

— En avez-vous parlé au major Butterworth, monsieur ?

— Non, pas aujourd'hui. Mais j'ai eu son autorisation hier.

— Puis-je savoir pour quelle raison vous désirez y retourner, monsieur ?

— Mon calepin. J'ai pris en note le titre des ouvrages qu'il avait, hier, et j'ai sans doute dû le laisser quelque part au milieu des livres. Je ne l'avais plus une fois dans le train, et je suis parti directement pour la gare en sortant d'ici. »

Il vit que le soldat était sur le point de refuser et ajouta donc : « Vous n'avez qu'à m'accompagner, si vous voulez. Je veux simplement récupérer mon calepin, s'il s'y trouve bien. Je ne pense pas que l'appartement puisse beaucoup m'aider, d'ailleurs, mais j'ai pris des notes sur d'autres choses qui sont importantes. » Il se rendait compte qu'il donnait un peu trop d'explications.

Les deux soldats échangèrent un regard, et apparemment l'un d'eux décida que ce n'était pas un problème. Celui qui lui avait adressé la parole tendit son fusil à son camarade. « Si vous voulez bien me suivre, monsieur. Je vais venir avec vous. »

Avec un sourire de gratitude, Brunetti le suivit. Aucun des deux ne dit mot pendant le court trajet en ascenseur jusqu'au troisième étage, ni pendant que l'Américain ouvrait la porte et s'effaçait pour le laisser passer. Le soldat referma derrière eux.

Le policier passa dans le séjour, où était la bibliothèque, et fit tout un numéro pour chercher le calepin qu'il avait dans la poche ; il se pencha même pour regarder derrière une chaise placée devant les rayonnages. « C'est bizarre. Je pensais pourtant l'avoir oublié ici. » Il tira quelques livres et regarda derrière. Rien. Il marqua un temps d'arrêt, comme s'il réfléchissait à l'endroit où il avait pu l'oublier. « Au fait, j'ai été boire un peu d'eau dans la cuisine. Je l'ai peut-être laissé là-bas. » Puis il ajouta, comme s'il y pensait seulement maintenant : « À moins que quelqu'un ne soit venu et ne l'ait trouvé ?

— Non, monsieur. Personne n'est entré ici depuis votre départ.

— Bien, dit Brunetti avec son sourire amical. Il doit donc être par là. » Il précéda le soldat dans la cuisine et alla jusqu'au comptoir, à côté de l'évier. Il regarda autour de lui, se pencha pour voir sous la table, puis se redressa. À ce moment-là, il se retrouva placé directement en face du chauffe-eau. Les vis qu'il avait laissées la veille parfaitement verticales et horizontales étaient toutes légèrement de travers, à présent. Autrement dit, quelqu'un avait ouvert l'appareil et constaté la disparition des sachets.

« Il ne semble pas être ici non plus, monsieur.

— Non, en effet, répondit Brunetti d'un ton où il mit beaucoup de perplexité. C'est très bizarre. Je suis sûr que je l'avais encore quand j'étais ici.

— Ne pourriez-vous pas l'avoir laissé tomber dans la voiture, monsieur ? suggéra le soldat.

— Le chauffeur me l'aurait dit... » Puis, comme si l'idée lui en venait seulement maintenant : « S'il l'avait trouvé.

— Il vaudrait mieux vérifier, monsieur. »

Ils quittèrent l'appartement ensemble. Le soldat ferma soigneusement la porte à clef derrière lui. Pendant qu'ils redescendaient, Brunetti se dit que la coïncidence serait un peu trop grosse s'il retrouvait maintenant le calepin coincé sous le siège arrière. Il remercia le soldat et se dirigea vers sa voiture.

Ne sachant trop si les Américains étaient à portée d'oreille et s'ils comprenaient l'italien, il joua le jeu et demanda au chauffeur s'il n'aurait pas trouvé le calepin dans le véhicule. Bien évidemment, il répondit que non. Brunetti ouvrit la portière arrière, tâta entre les coussins du siège et, bien entendu, ne trouva rien. Le contraire l'aurait étonné. Il sortit de la voiture, se tourna vers la Jeep et, d'un geste significatif des deux mains ouvertes et vides, leur fit comprendre qu'il n'avait rien trouvé. Sur quoi il monta dans la voiture et demanda au chauffeur de le ramener à la gare.

12

LE SEUL TRAIN en partance pour Venise, à cette heure-là, était un omnibus qui s'arrêtait dans toutes les gares du trajet ; mais étant donné que l'express de Milan ne devait passer à Vicence que dans quarante minutes, Brunetti, qui détestait cette progression constamment interrompue, avec les passagers qui ne cessent de monter et descendre et les vagues d'étudiants qui, invariablement, submergent les compartiments à la gare de Padoue, se résigna à prendre le tortillard.

Au restaurant, il avait récupéré un journal en anglais abandonné sur sa table. Il le sortit de sa poche et se mit à le lire. *The Stars and Stripes*, proclamait-il en lettres rouges : un quotidien manifestement publié à l'intention des forces armées américaines stationnées en Europe. En première page, le compte rendu d'un ouragan qui avait dévasté un patelin du nom de Biloxi — au Bangladesh ? se demanda-t-il. Eh bien non, aux États-Unis. Mais comment expliquer ce nom ? Il y avait une grande photo de maisons et de voitures retournées, d'arbres empilés les uns sur les autres. En page intérieure, il apprit qu'un pitbull avait arraché la main d'un bébé endormi à Detroit, une ville qui, il en était sûr, se trouvait aux États-Unis. Pas de photo. Le secrétaire de la Défense avait assuré le Congrès que les entrepreneurs qui avaient fraudé avec le gouvernement seraient poursuivis avec toute la rigueur de la loi. Remarquables, les similitudes de la rhétorique entre politiciens américains et italiens. Il ne doutait pas que la nature illusoire de cette promesse ne fût identique dans les deux pays.

Il y avait trois pages de dessins humoristiques, dont pas un ne lui fut compréhensible, puis six pages de sport qui l'étaient encore moins. Dans l'un des dessins, on voyait un homme des cavernes brandir une massue, et dans les pages de sport, un homme en uniforme rayé qui faisait de même. Tout le reste était mystère et boule de gomme pour le policier. La suite de l'article sur l'ouragan se trouvait en dernière page; mais à ce moment-là le train entra en gare de Venise et il renonça à la lire. Il laissa le journal à côté de lui, sur la banquette, se disant que quelqu'un en profiterait peut-être mieux qu'il ne l'avait fait.

L'horloge affichait 7 heures et quelques, mais le ciel était encore clair. Voilà qui prendrait fin dans la nuit de samedi à dimanche, pensa-t-il, lorsqu'on retarderait les pendules d'une heure et qu'il ferait nuit plus tôt — à moins que ce ne fût le contraire ? Il espérait que la plupart des gens étaient comme lui et passaient aussi un temps fou, deux fois par an, à essayer de s'en souvenir. Il franchit le pont des Scalzi et s'engagea dans le labyrinthe de rues par lesquelles il allait rentrer chez lui. Il ne rencontrait que peu de piétons, à cette heure, étant donné que la plupart se rendaient aux gares ferroviaire et routière de la Piazzale Roma en bateau. Tout en marchant, il examinait les façades, étudiait les fenêtres, sondait du regard les ruelles obscures, toujours à la recherche d'un détail architectural qui lui aurait échappé. Au cours du temps, il avait mis au point un système qui lui permettait de se voter une récompense à chaque nouvelle découverte : une fenêtre à meneaux lui valait un café; une statue de saint, même toute petite, un verre de vin. Une fois, un an auparavant, il avait remarqué, dans un mur devant lequel il avait bien dû passer cinq fois par semaine depuis son enfance, une pierre qui commémorait l'emplacement de l'éditeur Aldine, le plus ancien d'Italie, puisque la maison avait été fondée au XIVe siècle. Il avait tout de suite tourné à l'angle de la rue pour entrer dans un bar de la place San Luca et se commander un Brandy Alexander, alors qu'il était 10 heures du matin. Le barman lui avait adressé un regard particulier en posant le verre devant lui.

Ce soir, cependant, les rues ne parvinrent pas à capter son intérêt. Il était encore à Vicence et revoyait les quatre vis qui retenaient le capot du chauffe-eau, dans l'appartement de Foster, légèrement déplacées par rapport à la position dans laquelle il les avait laissées la veille. Chacune constituait un démenti catégorique à l'affirmation du soldat, quand il avait dit que personne n'était venu dans l'appartement après lui. Si bien que maintenant ils — quels que fussent ces « ils » — savaient que Brunetti avait retiré la drogue sans rien en dire.

Une fois dans le vestibule de l'immeuble, il avait déjà ouvert la boîte à lettres lorsqu'il réalisa que Paola devait être à la maison depuis des heures et avait sans doute déjà relevé le courrier. Il entreprit l'ascension jusqu'à son domicile, appréciant au passage la faible hauteur des marches qui conduisaient au premier étage, vestiges de l'ancien *palazzo* du XVe siècle. Puis l'escalier obliquait sur la gauche et gagnait le deuxième étage en deux volées de marches plus raides. Là se trouvait une porte dont il avait la clef, et qu'il referma derrière lui. Encore quelques volées dangereusement raides qui tournaient sur elles-mêmes et les vingt-cinq dernières marches qui desservaient son appartement. Il ouvrit la porte et se sentit enfin chez lui.

Il fut accueilli par un mélange d'odeurs de cuisine ; il crut distinguer celle du potiron, ce qui signifiait que Paola avait préparé un *risotto con zucca*, le légume n'étant disponible qu'en cette saison, quand la variété vert foncé et compacte dite *barruca* arrivait de Chioggia, de l'autre côté de la lagune. Et ensuite ? Un rôti de veau ? Préparé aux olives et au vin blanc ?

Il accrocha son veston dans le placard et gagna directement la cuisine. La pièce était plus chaude que d'habitude, ce qui signifiait que le four était allumé. Le grand plat à mijoter lui révéla, lorsqu'il en souleva le couvercle, des morceaux de *zucca* d'un orange brillant qui rissolaient doucement au milieu des oignons émincés. Il prit un verre au râtelier, à côté de l'évier, et sortit une bouteille de ribolla du réfrigérateur. Il s'en servit un peu plus d'une gorgée, le goûta, vida le reste, remplit à nouveau le verre et remit la bouteille au frais. La chaleur de la cuisine l'envahissait. Il desserra son nœud de cravate et retourna dans le couloir. « Paola ?

— Je suis de l'autre côté ! » l'entendit-il répondre.

Sans rien ajouter, il passa dans le séjour et de là sur le balcon. C'était pour lui le meilleur moment de la journée car, de leur terrasse orientée à l'ouest, on pouvait assister au coucher de soleil. Par les journées particulièrement claires, on devinait les Dolomites depuis la petite fenêtre de la cuisine, mais il était trop tard et les montagnes étaient déjà invisibles, perdues dans la brume. Il resta un long moment accoudé à la balustrade, parcourant des yeux ce paysage de toits et de tours dont il ne se lassait jamais. Il entendit Paola passer dans le couloir et entrer dans la cuisine, puis des bruits de casseroles, mais il ne bougea pas ; il écouta sonner les cloches de San Polo, auxquelles, toujours en retard de quelques secondes, répondirent aussi de huit coups celles plus graves et plus puissantes de San Marco. Quand toutes les cloches se furent tues, il retourna dans la maison, refermant la porte-fenêtre sur la fraîcheur montante du soir.

Dans la cuisine, Paola tournait le risotto, encore sur le feu, y ajoutant de temps en temps un peu de consommé bouillant. « Un peu de vin ? » demanda-t-il. Elle secoua la tête sans cesser de faire tourner sa cuillère. Il passa derrière elle, s'arrêta le temps de lui déposer un baiser sur la nuque et alla se servir un deuxième verre.

« Alors, Vicence, comment c'était ?

— Mieux vaut me demander comment étaient les États-Unis.

— Oui, je sais. C'est incroyable, non ?

— Tu connais ?

— Bien sûr. J'y suis allée il y a des années, avec les Alvise. » Voyant son expression intriguée, elle s'expliqua. « Le colonel, quand il était en poste à Padoue. Il y avait une espèce de grande soirée au club des officiers, pour les gradés américains et italiens. Il y a environ dix ans.

— Je ne m'en souviens pas.

— Évidemment, tu n'y étais pas. Tu te trouvais en poste à Naples, je crois. C'est toujours pareil ?

— Tout dépend de ce que c'était alors, objecta-t-il avec un sourire.

— Arrête de faire le malin avec moi, Guido. C'était comment ?

— Très propre, et tout le monde sourit beaucoup.

— Eh bien, dans ce cas, les choses n'ont pas changé, dit-elle en recommençant à remuer le mélange.

— Je me demande ce qu'ils ont, à sourire tout le temps de cette façon. » Il avait remarqué la même chose lors de tous ses voyages aux États-Unis.

Elle laissa un instant le risotto pour le regarder. « Et pourquoi ne devraient-ils pas sourire, Guido ? Réfléchis un peu. Ce sont les gens les plus riches du monde. En politique, tout le monde doit se mettre à plat ventre devant eux, et ils ont acquis la conviction, ne me demande pas comment, que tout ce qu'ils ont accompli au cours de leur brève histoire n'a eu pour but que d'améliorer le sort de l'humanité. Et ils ne devraient pas sourire ? » Elle retourna à sa casserole et marmonna sur un mode grognon lorsqu'elle sentit que le riz collait au fond. Elle ajouta du consommé et remua le mélange plus vite pendant un moment.

« Est-ce qu'on est en réunion de cellule ? » demanda-t-il d'un ton dégagé. Bien que d'accord avec elle, en général, sur les questions de politique, Brunetti avait toujours voté socialiste tandis que Paola votait obstinément communiste. À l'heure actuelle, depuis l'effondrement du système et la mort du Parti, il se permettait de lui lancer ce genre de pique et de coup de sonde.

Elle ne lui fit pas l'honneur de répondre.

Il entreprit de mettre le couvert. « Où sont les enfants ?

— Avec des copains, tous les deux. » Puis elle ajouta, avant qu'il ait eu le temps de poser la question : « Oui, ils ont appelé pour demander la permission. » Elle baissa le feu sous le risotto, y ajouta un solide morceau de beurre, puis quelques pincées d'un parmesan Reggiano finement râpé. Elle remua de nouveau, et lorsque le tout se fut dissout dans le riz, elle versa le risotto dans un plat de service qu'elle posa sur la table. Elle tira sa chaise, s'assit, lui tendit la cuillère et dit : *Mangia, ti fa bene*, ordre auquel Brunetti avait obéi avec joie depuis aussi longtemps qu'il se souvînt.

Il se servit copieusement. Il avait travaillé dur, passé la journée dans un pays étranger, et il avait bien le droit de manger tout le risotto qu'il voulait, non ? Partant du milieu de son assiette, il étala la nourriture en cercles concentriques vers les bords de manière à ce qu'elle refroidisse plus vite. Il en prit deux bouchées, poussa un soupir de satisfaction, et continua à manger.

Lorsque Paola constata qu'il n'était plus aussi affamé et mangeait maintenant pour le plaisir, elle reprit la parole. « Tu ne m'as pas dit comment s'est passé ton voyage en Amérique. »

Il lui répondit la bouche pleine. « Il me laisse perplexe. Tous ces Américains sont très polis et affirment qu'ils ne demandent qu'à m'aider, mais personne ne semble savoir quoi que ce soit d'utile.

— Et le médecin ?

— La jolie femme ? demanda-t-il avec un sourire.

— Oui, Guido, la jolie femme. »

Voyant que son sarcasme était perdu, il se contenta de répondre : « Je suis de plus en plus convaincu qu'elle sait ce que je veux savoir. Mais elle ne dit rien. Elle doit quitter l'armée dans six mois, sur quoi elle retournera aux États-Unis, et toute l'affaire sera du passé pour elle.

— Et il était son amant ? s'étonna Paola, qui eut un petit reniflement méprisant, comme si elle trouvait inadmissible que le médecin pût refuser son aide.

— Apparemment, oui.

— Dans ce cas, il n'est pas si sûr qu'elle va faire ses valises et tout oublier.

— Il s'agit peut-être de quelque chose qu'elle ne veut pas savoir.

— Quoi, par exemple ?

— Rien. Rien que je puisse expliquer, en tout cas. » Il avait décidé de ne pas lui parler des deux sachets de cocaïne trouvés dans l'appartement de Foster. Il valait mieux que personne ne soit au courant. Même si une autre personne l'était déjà : celle qui avait ouvert le chauffe-eau, constaté la disparition des sacs et remis le capot de l'appareil en place. Avec les vis de travers. Il tira à lui le risotto. « Dois-je le finir ? » Pas besoin d'être grand clerc, ni même détective, pour deviner la réponse.

« Vas-y. Je ne l'aime pas réchauffé, et toi non plus. »

Pendant qu'il finissait son assiette, elle prit le plat et le plaça dans l'évier. Il déplaça les dessous d'assiette, sur la table, faisant de la place pour le rôti que Paola sortait du four.

« Que vas-tu faire ?

— Je ne sais pas. Voir comment réagit Patta », dit-il en coupant une tranche de veau qu'il déposa sur l'assiette de Paola. D'un geste de la main, elle lui fit savoir que cela suffisait. Il s'en coupa deux belles tranches, prit du pain et se remit à manger.

« Qu'est-ce que ça change, ce que fait ou pense Patta ?

— Ah, chère tête innocente, plaisanta-t-il. S'il essaie de me décharger de l'enquête, ça voudra dire à coup sûr que quelqu'un cherche à étouffer l'affaire. Et étant donné que notre vénéré vice-questeur ne réagit qu'aux voix qui viennent des hautes sphères — et plus la sphère est haute, plus sa réaction est rapide —, je saurai alors que la personne en question dispose d'un pouvoir non négligeable.

— Qui, par exemple ? »

Il prit un nouveau morceau de pain pour saucer son assiette. « Tes hypothèses valent les miennes, mais quand j'y pense, cela me met très mal à l'aise.

— Tu penses à qui ?

— Je ne sais pas, pas exactement. Cependant, si les forces américaines sont impliquées, alors tu peux être sûre que c'est une histoire politique, autrement dit que leur gouvernement y est mêlé. Et le nôtre, bien entendu.

— Ce qui se traduira par un coup de téléphone à Patta ?

— Oui.

— Et des problèmes ? »

Brunetti ne prit pas la peine de confirmer cette évidence.

« Et si Patta ne fait rien pour t'arrêter ? »

Il haussa les épaules ; il fallait voir venir, dans ce cas.

Paola débarrassa. « Un dessert ? »

Il secoua la tête. « À quelle heure les enfants doivent-ils être à la maison ? »

Paola répondit tout en rangeant les affaires de la cuisine. « Chiara devrait arriver vers 21 heures, et j'ai dit à Raffaele d'être ici à 22 heures. » La manière différente dont elle présentait les deux cas disait tout.

« As-tu parlé aux professeurs de Raffaele ?

— Non, c'est encore trop tôt.

— Quelle est la date de la première réunion des parents d'élèves ?

— Je ne sais plus. Je dois avoir la circulaire de l'école qui traîne quelque part par là. En octobre, je crois.

— Comment est-il ? demanda-t-il avec l'espoir que Paola se contenterait de répondre à sa question sans lui demander ce qu'il voulait dire, parce qu'il ignorait ce qu'il voulait dire.

— Je ne sais pas trop, Guido. Il ne me parle jamais, en tout cas, jamais de l'école, de ses copains ou de ce qu'il fait. Étais-tu comme lui, à son âge ? »

Il s'efforça de se rappeler comment il était à seize ans. « Difficile à dire. Je suppose que oui. Puis j'ai découvert les filles et j'ai tout oublié de ma colère ou de mon impression d'être perdu — de ce malaise indéfinissable. Je n'avais qu'un désir, leur plaire. C'était la seule chose qui m'importait.

— Et il y en a eu beaucoup ? »

Il haussa les épaules.

« Et tu leur as plu ? »

Il sourit.

« Oh, fiche-moi le camp d'ici, Guido, et trouve à t'occuper. Regarde donc la télé.

— Je déteste la télé.

— Alors aide-moi à faire la vaisselle.

— J'adore la télé.

— Guido, répliqua-t-elle, pas encore exaspérée mais en passe de le devenir rapidement, lève-toi et fiche-moi la paix. »

Ils entendirent le bruit de la clef dans la serrure. C'était Chiara, qui fit violemment claquer la porte et laissa tomber son cartable en entrant. Elle vint jusqu'à la cuisine, embrassa sa mère, puis son père, sur les épaules de qui elle s'appuya ensuite. « Il y a quelque chose à manger, maman ? demanda-t-elle.

— La mère de Luisa ne t'a rien donné ?

— Si, mais c'était il y a une heure. Je meurs de faim. »

Brunetti passa à son tour un bras autour de sa fille et l'attira sur ses genoux. Puis de sa voix « flic méchant », il demanda d'un ton rude : « Ah, je te tiens. Avoue tout. Où tu l'as mis ?

— Allez, papa, arrête, répondit-elle en se tortillant de plaisir. Je l'ai avalé. Mais j'avais encore faim. Pas toi ?

— En général, ton père attend plus d'une heure, Chiara, observa Paola qui ajouta d'un ton plus doux : Un fruit ? Un sandwich ?

— Euh... les deux ? »

Le temps que l'adolescente dévore un sandwich — un pavé de sandwich débordant de jambon, de tomate et de mayonnaise — puis deux pommes, il était l'heure d'aller se coucher pour tout le monde. Raffaele n'était toujours pas de retour à 23 h 30, mais Brunetti s'éveilla au bruit de la porte qui s'ouvrait et se refermait, puis des pas de son fils dans le couloir. Après quoi il s'endormit profondément.

13

EN TEMPS ORDINAIRE, Brunetti ne se serait pas rendu à la questure un samedi, mais il dérogea à son habitude ce matin-là, avant tout pour voir s'il n'y avait pas du nouveau. Il ne chercha pas à arriver à l'heure d'ouverture habituelle des bureaux et s'arrêta place San Luca pour prendre un cappuccino au Rosa Selva, le bar qui, d'après Paola, servait le meilleur café de la ville.

Puis il reprit la direction de la questure en suivant un itinéraire parallèle à la place Saint-Marc qui permettait d'éviter celle-ci. Il monta jusqu'au deuxième étage dès son arrivée ; là, il trouva Rossi qui parlait avec Riverre, un officier de police qu'il croyait en congé maladie. Rossi, quand il vit le commissaire, lui fit signe d'approcher.

« Ça tombe bien que vous soyez venu, monsieur. Il vient de se passer quelque chose.

— Quoi donc ?

— Cambriolage. Sur le Grand Canal. Vous savez, le grand palais qui vient d'être restauré, à côté de Santa Stae.

— Celui qui appartient au Milanais ?

— Exactement. En arrivant chez lui, hier au soir, il est tombé sur deux types, peut-être trois — il n'en est pas sûr — entrés par effraction.

— Qu'est-ce qui est arrivé ?

— Vianello est à l'hôpital en ce moment pour l'interroger. Je tiens ce que je sais des hommes qui ont répondu à son appel et qui l'ont transporté aux urgences

— Qu'ont-ils dit?

— Qu'il a essayé de leur échapper, mais que les types l'ont attrapé et lui ont flanqué une correction. Il a fallu l'amener à l'hôpital, mais ce n'est pas trop grave. Quelques coupures et des ecchymoses.

— Et les trois agresseurs? Ou les deux?

— Aucune trace. Nos hommes sont retournés sur place après l'avoir laissé aux urgences. Il semble que les types aient emporté deux ou trois peintures et une partie des bijoux de sa femme.

— Aucune description de ceux qui ont fait ce coup?

— Il ne les a pas vus nettement et il n'a pas pu dire grand-chose, sinon que l'un d'eux était très grand et qu'il avait l'impression qu'un autre était barbu. Mais, ajouta Rossi avec un sourire malicieux, deux jeunes touristes étaient assis au bord du canal et ont vu sortir les trois hommes du palais. L'un d'eux portait une valise. Les deux jeunes étaient encore sur place lorsque nos gens sont arrivés, et ils nous ont donné une description. » Il marqua une pause et sourit, apparemment certain que Brunetti allait être ravi. « L'un d'eux ressemblait bigrement à Ruffolo. »

La réaction du commissaire fut immédiate. « Comment, il n'est pas en prison?

— Non, il en est sorti il y a quinze jours.

— Vous leur avez montré des photos?

— Oui, monsieur. Ils pensent qu'il s'agit bien de lui. Ils ont remarqué ses grandes oreilles.

— Et le Milanais? On les lui a aussi montrées?

— Pas encore, monsieur. Je viens tout juste de parler à ces jeunes gens. Ce sont des Belges. On dirait bien Ruffolo.

— Et les deux autres hommes? La description des témoins est-elle la même que celle du propriétaire?

— La lumière n'était pas très bonne, monsieur, et ils ne faisaient pas spécialement attention.

— Mais...?

— Mais ils ne se souviennent pas d'avoir vu de barbu. »

Brunetti réfléchit quelques instants, puis dit à Rossi : « Va à l'hôpital avec la photo de Ruffolo, pour voir si le Milanais le reconnaît. Est-ce qu'il est en état de parler ?

— Oh oui, monsieur. Pas de problème. Il a un œil au beurre noir et quelques ecchymoses, mais c'est tout. Il est très bien assuré. »

En quoi le fait qu'un bien soit assuré en rendait-il toujours le vol apparemment moins grave ?

« S'il confirme l'identification de Ruffolo, avertis-moi tout de suite. J'irai chez sa mère voir si elle sait où il se trouve. »

Rossi émit un son dubitatif.

« Je sais, je sais. Elle mentirait au pape lui-même pour protéger son petit Peppino. Comment lui en vouloir ? C'est son seul fils. En plus, ça me ferait plaisir de revoir cette vieille harpie ; je n'ai dû la rencontrer qu'à une ou deux occasions, depuis la dernière fois que j'ai arrêté Peppino.

— Celle où elle vous a sauté dessus avec des ciseaux, n'est-ce pas ? demanda Rossi.

— Oh, ça manquait de conviction, et son fils était là pour l'arrêter. » L'évocation de ce souvenir le fit sourire ; c'était certainement l'un des moments les plus absurdes de sa carrière. « Sans compter que c'étaient des ciseaux à cranter...

— Un sacré phénomène, la signora Concetta.

— En effet, admit Brunetti. Et que quelqu'un aille me surveiller sa petite amie — au fait, quel est son nom ?

— Ivana quelque chose.

— Oui, c'est ça.

— Vous voulez qu'on l'interroge, monsieur ?

— Ce n'est pas la peine, elle vous répondra qu'elle ne l'a pas vu. Voyez plutôt les gens qui habitent au-dessous de chez elle. Ils accepteront peut-être qu'on mette quelqu'un chez eux jusqu'à ce qu'il se manifeste. Demandez-leur.

— Bien, monsieur.

— Rien d'autre ?

— Non, rien.

— Je serai dans mon bureau pendant environ une heure. Fais-moi savoir ce qui s'est passé à l'hôpital, si c'est bien Ruffolo. » Il était sur le point de quitter la grande salle, lorsque Rossi le rappela.

« Ah, si, monsieur, j'allais oublier. Un coup de téléphone pour vous, hier au soir.

— Qui était-ce ?

— Je ne sais pas, monsieur. L'appel a eu lieu à 23 heures. Une femme. Elle vous a demandé personnellement, mais elle ne parlait pas l'italien ou très peu, d'après le standardiste. Elle a dit autre chose, mais je ne me souviens plus quoi.

— Je vais passer le voir en montant. » Brunetti quitta le grand bureau mais, au lieu d'emprunter l'escalier, se rendit jusqu'au bout du couloir, où se trouvait l'espèce de placard dans lequel était installé le standard téléphonique. L'homme était une jeune recrue au teint frais, qui devait avoir tout au plus dix-huit ans. Brunetti n'arrivait pas à se souvenir de son nom.

Quand le jeune homme vit le commissaire, il bondit sur ses pieds, entraînant avec lui le fil de ses écouteurs. « Bonjour, monsieur.

— Bonjour, bonjour. Assieds-toi, je t'en prie. »

La jeune recrue obéit, se posant, raide et nerveux, sur le bord de sa chaise.

« Rossi m'a parlé d'un coup de téléphone, hier au soir.

— Oui, monsieur, dit le standardiste, qui luttait contre l'envie de bondir à nouveau sur ses pieds en s'adressant à un supérieur.

— C'est toi qui a pris cet appel ?

— Oui, monsieur. » Sur quoi il ajouta, pour éviter à Brunetti de demander comment il se faisait qu'il soit encore là douze heures plus tard : « J'avais pris le quart de Monico, monsieur. Il est malade. »

Le commissaire ne s'attarda pas à ce détail. « Qu'est-ce qu'elle t'a dit ?

— Elle vous a demandé en donnant votre nom, monsieur. Mais elle ne parlait presque pas italien.

— Te rappelles-tu exactement des mots qu'elle a employés ?

— Oui, monsieur, répondit-il en fouillant parmi des papiers posés devant lui. Je l'ai écrit. Donc elle vous a demandé, mais elle ne m'a pas donné son nom, ni rien. Je lui ai pourtant posé la question, mais elle ne m'a pas répondu, ou alors elle ne m'a pas compris. Je lui ai dit que vous n'étiez pas là, mais elle vous a encore réclamé.

— Est-ce qu'elle parlait anglais ?

— C'est ce qu'il me semble, monsieur, mais elle n'a prononcé que quelques mots, et je n'ai rien compris. Je lui ai demandé de parler italien.

— Comment a-t-elle réagi ?

— Elle a dit quelque chose comme *basta*, ou *pasta*, ou *posta*, je ne sais pas très bien.

— Rien d'autre ?

— Non, monsieur. Juste ce mot, *basta* ou *pasta*. Et elle a raccroché.

— Quelle impression t'a-t-elle donnée ?

— L'impression... ?

— Oui, avait-elle l'air contente, triste, nerveuse ? »

Le jeune homme réfléchit un instant avant de répondre finalement : « Non, rien de particulier, monsieur. Simplement déçue de ne pas vous trouver, je dirais.

— Très bien. Si jamais elle rappelle, passe-la moi — ou passe-la à Rossi. Il parle anglais.

— Oui, monsieur. » La tentation fut finalement irrésistible : lorsque Brunetti quitta la pièce minuscule, il bondit sur ses pieds, pour ne saluer qu'un dos.

Une femme, et qui parlait mal l'italien... *Molto poco,* avait même précisé le docteur Peters, se souvenait-il. Il se rappela également quelque chose que lui avait dit son père, une fois, à propos de l'art de la pêche, à une époque où il était encore possible de lancer une ligne dans la lagune : qu'il fallait s'abstenir de secouer l'appât sous le nez du poisson, qu'en réalité on faisait fuir. Il allait donc attendre. Elle était encore à Vicence pour six mois, de toute façon, et lui-même n'avait aucun déplacement en vue. Si elle ne renouvelait pas sa tentative, il appellerait l'hôpital lundi et demanderait à lui parler.

Et Ruffolo qui était sorti, pour reprendre illico ses mauvaises habitudes ! Voleur gagne-petit, cambrioleur amateur, Giuseppe Ruffolo, dit Peppino, avait passé le plus clair de son temps, au cours des dix dernières années, à entrer en prison — par deux fois grâce aux bons offices de Brunetti — et à en sortir. Ses parents étaient arrivés de Naples des années auparavant, avec dans leurs bagages cette graine de délinquant. Le père s'était suicidé à la bouteille, non sans avoir mis auparavant dans la tête de son fils l'idée que les Ruffolo n'étaient pas destinés à se commettre à d'aussi basses besognes qu'employés ou commerçants, et n'avaient même pas besoin de faire des études. Digne fils de son père, Peppino n'avait jamais travaillé ; le seul négoce qu'il connaissait était le trafic des objets volés et les seules études qu'il avait faites se résumaient à l'art de forcer une serrure ou d'entrer par effraction dans une maison. Pour s'être remis au travail si peu de temps après sa libération, c'est qu'il avait apparemment parachevé sa formation pendant ses deux années de prison.

En dépit de tout, Brunetti ne pouvait s'empêcher d'éprouver un faible pour ce garnement, comme pour sa mère. Peppino ne paraissait pas tenir le policier pour personnellement responsable de ses arrestations et la signora Concetta, une fois oublié l'incident des ciseaux à cranter, avait éprouvé une réelle reconnaissance pour le commissaire depuis que celui-ci, lors du procès de Peppino, avait souligné que le jeune homme n'avait jamais employé ni la force, ni la menace, ni la violence dans l'exécution de ses méfaits. C'était probablement ce témoignage qui avait contribué à limiter la condamnation à deux ans pour cambriolage simple.

Inutile d'envoyer quelqu'un aux archives sortir le dossier de Ruffolo de son classeur : tôt ou tard le jeune homme finirait par venir chez sa mère ou chez Ivana, sur quoi il retournerait prestement en cabane afin de compléter son éducation criminelle et se faire confirmer pleinement sa tragique destinée.

Dès qu'il fut à son bureau, Brunetti se mit à la recherche du rapport d'autopsie de Rizzardi. Quand ils s'étaient entretenus par téléphone, le médecin légiste n'avait mentionné à aucun moment la présence de drogue dans le sang de Foster, mais le commissaire ne lui avait pas spécifiquement posé la question avant l'autopsie. Le rapport était bien sur son bureau; il l'ouvrit et commença à le feuilleter. La mise en garde de Rizzardi était justifiée : il employait un jargon pratiquement impénétrable. Page deux, il trouva ce qu'il pensait être la réponse, même si c'était difficile à dire au milieu de tous ces termes latins et de cette syntaxe martyrisée. Il relut trois fois le passage et fut alors raisonnablement convaincu qu'il signifiait qu'aucune trace de drogue, de quelque sorte qu'elle fût, n'avait été trouvée dans le sang du mort. Il aurait été fort étonné s'il en avait été autrement.

La sonnerie de l'interphone retentit et il répondit par un énergique « Oui, monsieur ? »

Patta se garda bien de lui demander comment il savait que c'était lui, signe certain que la raison de son appel était d'importance. « Je souhaiterais vous parler, commissaire. » L'usage du titre au lieu du nom ne fit que confirmer cette importance.

Brunetti résista à l'envie de répliquer que c'était exactement ce qu'ils faisaient et répondit qu'il allait tout de suite descendre au bureau du vice-questeur. Patta était un homme qui ne disposait que d'un nombre limité d'humeurs; chacune était clairement identifiable, et Brunetti avait besoin de déchiffrer celle-ci avec précision.

Quand il entra dans le bureau de Patta, Brunetti trouva celui-ci assis derrière le plateau totalement vide de sa table, le téléphone mis à part, les mains croisées devant lui. D'ordinaire, le vice-questeur cherchait au moins à créer l'illusion qu'il était occupé, ne fût-ce qu'en ayant un dossier vide posé devant lui. Aujourd'hui il n'y avait rien, sinon ces deux mains croisées et une expression sérieuse, quasiment solennelle. Il se dégageait de lui les effluves d'une eau de Cologne androgyne, et la peau de son visage avait l'air d'avoir été non seulement rasée, ce matin, mais huilée. Brunetti s'avança jusqu'au bureau et resta planté là, se demandant combien de temps le cavaliere allait garder le silence, technique à laquelle il avait souvent recours lorsqu'il cherchait à souligner l'importance de ce qu'il avait à dire.

« Asseyez-vous, commissaire », finit-il par déclarer. Cet usage intense du titre laissait à penser que ce qu'il devait annoncer allait être désagréable, d'une manière ou d'une autre, et qu'il le savait.

« Je voudrais vous parler de ce vol », reprit Patta sans autre préambule, dès que Brunetti se fut assis.

Le commissaire crut comprendre qu'il ne voulait pas parler du plus récent, celui qui avait eu lieu sur le Grand Canal, même si la victime en était un gros industriel de Milan. L'agression d'une personne de cette importance suffisait en général à conduire Patta aux pires excès, pour ce qui était de vouloir donner à tout prix l'impression de s'affairer.

« Oui, monsieur.

— Je viens d'apprendre que vous avez fait une deuxième excursion à Vicence.

— En effet, monsieur.

— En quoi était-elle nécessaire ? N'avez-vous pas suffisamment à faire ici, à Venise ?

— Je voulais parler à certaines personnes ayant connu la victime, monsieur.

— Ne l'avez-vous pas fait la première fois ?

— Non, monsieur, je n'en ai pas eu le loisir.

— Vous ne m'avez rien dit de tout cela, quand vous êtes revenu, dans l'après-midi. » Comme Brunetti ne réagissait pas, le vice-questeur ajouta : « Pourquoi ne pas l'avoir fait le premier jour ?

— Question de temps, monsieur.

— Comment ? Vous étiez de retour à 18 heures. Vous aviez tout le temps de rester là-bas et d'en finir. »

Brunetti eut du mal à ne pas manifester l'étonnement qu'il ressentait devant un Patta capable de se rappeler un détail tel que l'heure à laquelle il était revenu de Vicence. C'était ce même personnage, en effet, qui avait du mal à se souvenir du nom de plus de trois de ses hommes en tenue.

« Je n'ai pas pu, monsieur.

— Qu'avez-vous fait, la deuxième fois ?

— Je me suis entretenu avec son supérieur hiérarchique et avec l'un des hommes qui travaillaient avec lui.

— Et qu'avez-vous appris ?

— Rien d'essentiel, monsieur. »

Patta le foudroya du regard. « Ce qui veut dire, au juste ?

— Je ne sais toujours pas pourquoi quelqu'un aurait voulu le tuer. »

Patta leva les bras au ciel et poussa un grand soupir exaspéré. « C'est bien là le problème, Brunetti Personne n'avait de raison de vouloir le tuer, ce qui explique, en effet, que vous n'ayez rien trouvé. Et, pourrais-je ajouter, que vous n'allez rien trouver. Parce que la solution n'est pas là-bas. On l'a tué pour son argent, la preuve en étant que nous n'avons pas découvert de portefeuille sur lui. » On n'a pas non plus retrouvé sa deuxième chaussure sur lui, songea Brunetti ; cela prouve-t-il qu'il a été tué pour une seul Reebok pointure 45 ?

Patta ouvrit le tiroir central de son bureau et en retira quelques feuilles de papier. « J'estime que vous avez déjà gaspillé trop de temps à vous promener à Vicence, Brunetti. Je n'aime pas trop l'idée que vous ennuyiez les Américains pour cette affaire. Le crime s'est produit ici, et c'est ici que nous trouverons l'assassin. » Tout cela déclaré sur un ton définitif. Il prit l'une des feuilles et la consulta. « J'apprécierais que vous fassiez dorénavant un meilleur usage de votre temps.

— Et que suggérez-vous, monsieur ? »

Patta le scruta des yeux, comme s'il pouvait mieux décrypter le ton avec lequel Brunetti lui avait répondu, puis il revint à son papier. « Je vous charge de l'enquête sur le cambriolage du Grand Canal. » Le commissaire était convaincu que l'endroit où avait eu lieu cette effraction, et ce qu'elle laissait à penser sur la richesse de la victime, suffisait largement pour la rendre en réalité plus importante, aux yeux de Patta, qu'un simple meurtre, d'autant plus que la victime n'était même pas officier.

« Et pour l'Américain, monsieur ?

— Nous suivrons la procédure habituelle. Nous attendrons de voir si l'un de nos mauvais garçons n'en parle pas ou ne se met pas soudain à avoir beaucoup d'argent.

— Et dans le cas contraire, monsieur ?

— Les Américains enquêtent de leur côté, répondit Patta comme si cela suffisait à clore la discussion.

— Je vous demande pardon, monsieur, mais comment les Américains pourraient-ils enquêter sur quelque chose qui s'est passé ici, à Venise ? »

Patta plissa les yeux et fit tout pour paraître omniscient ; en fait, on aurait dit un myope sans ses lunettes. « Ils ont leurs méthodes, Brunetti, ils ont leurs méthodes. »

Le commissaire n'en doutait pas, mais il lui paraissait beaucoup moins évident qu'ils allaient obligatoirement les employer à trouver le meurtrier. « Je préférerais poursuivre cette affaire, monsieur. Je ne crois pas, pour ma part, qu'il s'agisse d'une simple agression de rue.

— J'ai décidé que c'en était une, commissaire, et c'est ainsi que nous allons la traiter.

— Ce qui signifie ? »

Patta s'efforça de prendre un air étonné. « Cela signifie, commissaire, et je vous demande de bien faire attention à mes paroles, précisément ce que je viens de dire, que nous allons traiter cette affaire comme un meurtre ayant été commis au cours d'une agression de rue.

— Officiellement ?

— Officiellement, répéta Patta, non sans ajouter en soulignant lourdement le mot, et officieusement. »

Brunetti n'avait plus besoin de lui demander ce que cela signifiait.

Magnanime dans la victoire, le vice-questeur reprit : « Bien entendu, les Américains apprécieront le zèle et l'intérêt dont vous avez fait preuve pendant cette enquête. » Brunetti se dit qu'en toute logique ce serait plutôt son aboutissement qu'ils devraient apprécier, mais ce n'était pas une opinion à émettre en ce moment, alors que Patta, au comble de l'exaltation, devait être manipulé avec les plus grandes précautions.

« Voyez-vous, je ne suis toujours pas convaincu, dit-il tout de même, laissant le doute lutter contre la résignation dans son ton de voix. Mais évidemment, cela reste toujours une possibilité. Je dois admettre n'avoir rien trouvé qui ouvre la porte à une autre hypothèse. » Si, bien entendu, on ne tenait pas compte des deux sachets de cocaïne d'une valeur de plusieurs millions.

Patta eut la générosité de ne pas l'accabler, mais il ne put s'empêcher de devenir démonstratif. « Je suis heureux que vous voyiez les choses ainsi, Brunetti. Voilà qui montre, il me semble, que vous devenez plus réaliste dans vos conceptions du travail de la police. » Il consulta les papiers étalés sur son bureau. « Ils avaient un Guardi. »

Brunetti, pris au dépourvu par la manière dont son supérieur sautait du coq à l'âne, ne put que demander : « Un quoi ? »

Patta eut une moue dédaigneuse à cette preuve supplémentaire de l'état d'ignorance crasse qui régnait parmi ses subordonnés. « Un Guardi, commissaire. Francesco Guardi. Je m'étonne que ce nom ne vous dise pas quelque chose : c'est un Vénitien, l'un de vos plus célèbres peintres.

— Oh, désolé, monsieur. Je pensais qu'il s'agissait d'une marque de télé allemande... »

Patta commença par lancer un « Non ! » ferme et désapprobateur avant de se reprendre ; il toussa et consulta ses papiers. « Je n'ai sous les yeux que cette liste donnée par le signor Viscardi. Un Guardi, un Monet et un Gauguin. » Non sans quelque difficulté, il se retint de préciser la nationalité des deux autres peintres, qui n'étaient pas vénitiens.

« Le signor Viscardi est toujours à l'hôpital ? demanda Brunetti.

— Oui, je crois. Pourquoi ?

— Il semble bien affirmatif, sur les peintures qui ont été emportées, et bien peu, sur ceux qui s'en sont emparés.

— Que sous-entendez-vous ?

— Absolument rien, monsieur, répondit Brunetti. Peut-être ne possédait-il que ces trois-là. » Dans ce cas, il n'avait pas eu de mal à s'en souvenir, songea Brunetti. Cependant, si la collection du Milanais avait été aussi réduite, son affaire n'aurait pas dû devenir aussi vite une priorité pour Patta. « Puis-je savoir ce que fait le signor Viscardi à Milan ?

— Il dirige un certain nombre d'usines.

— Dirige, ou possède et dirige ? »

Le vice-questeur ne chercha pas à dissimuler son irritation. « Je ne vois pas quel est le rapport, Brunetti. Il s'agit d'un citoyen important, et il a dépensé énormément d'argent pour restaurer ce palazzo. C'est quelqu'un qui compte pour Venise et il me semble que la moindre des choses serait que nous assurions sa sécurité quand il séjourne ici.

— La sienne et celle de ses biens, ajouta Brunetti avec ironie.

— Oui, et celle de ses biens, répéta Patta, mais d'un ton différent. J'aimerais que vous preniez soin de tout cela, commissaire, et j'attends que le signor Viscardi soit traité, au cours de l'enquête, avec tous les égards qui lui sont dus.

— Certainement, monsieur. » Brunetti se leva pour prendre congé. « Savez-vous quel genre d'entreprise il dirige, monsieur ?

— Je crois qu'il est dans l'armement.

— Merci, monsieur.

— Et je vous interdis d'ennuyer davantage les Américains, Brunetti. Est-ce clair ?

— Oui, monsieur. » Ordre aussi clair qu'étaient obscures les raisons pour lesquelles il était donné.

« Bien. Attelez-vous tout de suite à ce cambriolage. Je voudrais que cette affaire soit réglée le plus vite possible. »

Brunetti sourit et quitta le bureau de Patta en se demandant quelles ficelles avaient bien pu être tirées, et par qui. Avec Viscardi, c'était assez facile à deviner : un industriel de l'armement, assez riche pour restaurer un palais sur le Grand Canal — les effluves mêlés de l'argent et du pouvoir avaient embaumé chacune des phrases de Patta. Avec l'Américain, la piste olfactive était plus difficile à remonter, mais elle n'en était pas moins réelle pour autant. Manifestement, Patta avait reçu une consigne claire : traiter la mort de l'Américain comme une attaque à main armée avec le vol pour motif et ayant mal tourné, rien de plus. Mais de qui était venue cette consigne ? De qui ?

Au lieu de remonter à son bureau, Brunetti descendit jusqu'à la grande salle que se partageaient les inspecteurs. Vianello, revenu de l'hôpital, était à son bureau, enfoncé dans son fauteuil, le téléphone à l'oreille. Lorsqu'il vit Brunetti entrer, il coupa brusquement la communication et raccrocha.

« Oui, monsieur ? » demanda-t-il.

Brunetti s'assit sur le côté de la table. « Dis-moi, quel effet t'a fait ce Viscardi, quand tu lui as parlé ?

— Il était dans tous ses états. Il venait de passer la nuit dans une salle commune et n'était dans une chambre privée que depuis quelques minutes.

— Comment y est-il arrivé ? » l'interrompit le commissaire.

Vianello haussa les épaules. Le casino n'était pas la seule institution publique vénitienne à présenter la mention *Non nobis* sur sa façade. Celle qui figurait sur l'hôpital, bien que visible seulement pour les plus riches, était tout aussi réelle. « Je suppose qu'il connaît quelqu'un sur place, ou qu'il savait qui appeler. C'est toujours comme ça, avec les gens comme lui. » À la manière dont en parlait le policier, le cas de Viscardi n'avait manifestement rien d'extraordinaire.

« À quoi ressemble-t-il ? »

Vianello eut un sourire suivi d'une grimace. « Le Milanais typique. Il ne prononcerait pas un *r* même s'il en avait plein la bouche, répondit-il en imitant l'accent affecté avec lequel les politiciens arrivistes de Milan se complaisent à parler et qui fait la joie de leurs imitateurs. Il a commencé par me dire que ces peintures étaient très importantes, sans doute pour me faire comprendre que lui l'était. Ensuite de quoi il s'est plaint d'avoir dû passer la nuit dans une salle commune. Je crois que cela signifiait qu'il avait peur d'attraper une maladie propre aux classes inférieures.

— T'a-t-il donné une description des voleurs ?

— L'un d'eux était très grand, plus grand que moi. » Vianello était l'un des hommes les plus grands de la brigade. « Et l'autre portait la barbe.

— Combien étaient-ils, en fin de compte ? Deux ou trois ?

— Il n'en est pas sûr. Ils l'ont attrapé quand il est entré et il a été tellement surpris qu'il n'a rien vu, ou qu'il ne s'en souvient pas.

— Est-il sérieusement blessé ?

— Pas au point d'avoir besoin d'une chambre privée, répondit Vianello sans chercher à cacher sa désapprobation.

— Pourrais-tu être plus précis ? demanda Brunetti avec un sourire.

— Il a un œil au beurre noir qui va devenir encore plus noir pendant la journée. Il est certain qu'il s'en est fait allonger un de première. Il a aussi la lèvre fendue et des bleus sur les bras.

— C'est tout ?

— Oui, monsieur.

— Je suis d'accord, il n'y a pas de quoi exiger une chambre privée, apparemment. Ni même un séjour à l'hôpital. »

La réaction de Vianello ne se fit pas attendre. « Est-ce que vous pensez ce que je crois que vous pensez, monsieur ?

— Le vice-questeur Patta sait déjà quels sont les trois tableaux volés. »

Vianello repoussa la manche de son uniforme pour consulter sa montre. « Bientôt midi, monsieur. Il va être l'heure d'aller déjeuner.

— À quelle heure a-t-on reçu le coup de téléphone ?

— Juste un peu après minuit, monsieur. »

Brunetti regarda à son tour sa montre. « Douze heures. Et nous possédons déjà la liste des tableaux : un Guardi, un Monet et un Gauguin.

— Désolé, monsieur, mais je n'y connais rien là-dedans. Il s'agit de peintres très cotés ? »

Brunetti hocha affirmativement la tête avec vigueur. « Rossi m'a dit que le Milanais était assuré. Comment l'a-t-il appris ?

— L'agent d'assurances nous a appelés vers 10 heures pour nous demander s'il pouvait aller jeter un coup d'œil au palais. » Tout cela en moins de douze heures. Intéressant.

Vianello prit une cigarette et l'alluma. « Rossi m'a dit que les jeunes Belges avaient plus ou moins identifié Ruffolo. » Brunetti acquiesça. « On ne peut pas dire que ce soit exactement un géant, le Peppino. Il serait même plutôt court sur pattes. » Il laissa échapper un jet de fumée qu'il dissipa de la main.

« Et il ne s'est certainement pas laissé pousser la barbe pendant qu'il était en prison. Pas si sa mère venait lui rendre visite, remarqua Brunetti.

— Ce qui signifie qu'aucun des hommes que Viscardi a vus ne peut être Ruffolo, n'est-ce pas ?

— Excellente déduction, mon cher Vianello. C'est pourquoi j'ai demandé à Rossi d'aller à l'hôpital et de voir s'il identifiait Ruffolo d'après photo.

— Je suis prêt à parier qu'il ne le reconnaîtra pas », dit Vianello, laconique.

Brunetti se redressa. « Je crois que je vais aller donner quelques coups de fil. Si tu veux bien m'excuser, sergent.

— Certainement, monsieur, répondit Vianello qui ajouta : Zéro deux. »

L'indicatif de Milan.

14

UNE FOIS DANS SON BUREAU, Brunetti prit un carnet de notes à spirale et commença à le feuilleter. Depuis des années, il se promettait de recopier ces noms dans un vrai calepin, selon l'ordre alphabétique. Il renouvelait cette promesse, comme en ce moment, à chaque fois qu'il lui fallait retrouver un numéro qu'il n'avait pas appelé depuis des mois ou des années. D'une certaine façon, feuilleter ce carnet était un peu comme déambuler à travers un musée aux tableaux familiers ; chacun évoquait brièvement un souvenir avant qu'il ait le temps de passer au suivant. Il tomba finalement sur ce qu'il cherchait : le numéro personnel de Riccardo Fosco, éditorialiste financier de l'un des grands hebdomadaires du pays.

Quelques années auparavant encore, Fosco était le phare du journalisme d'investigation, l'homme qui découvrait des scandales financiers dans les endroits les plus improbables. Il avait été parmi les premiers à poser des questions sur les finances du Banco Ambrosiano. Son bureau était devenu la plaque tournante d'un réseau d'information sur la véritable nature de l'affairisme à l'italienne ; c'était dans ses éditoriaux qu'on apprenait pour la première fois qu'il y avait quelque chose de douteux dans telle société, telle transaction, telle prise de participation. Mais deux ans auparavant, alors qu'il sortait précisément de son bureau vers 17 heures pour aller prendre un verre avec des amis, on avait ouvert le feu sur lui, à l'arme automatique, depuis une voiture en stationnement. Le tireur avait visé soigneusement les genoux et atteint les deux. Le domicile de Fosco était devenu son bureau, et il ne se déplaçait qu'à l'aide de deux cannes ; l'un de ses genoux était complètement paralysé et l'amplitude de mouvement de l'autre ne dépassait pas 30 degrés. Aucune arrestation n'avait eu lieu à la suite de cet attentat.

« Fosco, répondit-il comme il le faisait toujours.

— Ciao, Riccardo. Guido Brunetti à l'appareil.

— Ciao, Guido ! Ça fait un moment que tu ne m'as pas donné de tes nouvelles. Essaies-tu toujours de trouver où est passé l'argent supposé sauver Venise ? »

Il s'agissait d'une vieille plaisanterie entre eux, une allusion aux millions de dollars — personne ne connaissait exactement le montant de la somme — récoltés par l'Unesco pour « sauver » Venise et qui avaient disparu corps et biens dans les bureaux et les poches sans fond des urbanistes qui s'étaient abattus sur la ville, avec des plans et des programmes tous plus mirobolants les uns que les autres, après l'inondation catastrophique de 1966. Il existait bien une fondation avec un personnel au grand complet, des archives pleines de plans, on donnait même des galas et des bals de soutien ; et cependant, il n'y avait plus d'argent. Les marées continuaient à faire sans entraves ce qu'elles voulaient avec la ville lacustre. Cette affaire, dans laquelle étaient impliquées jusqu'à l'ONU et l'Union européenne, s'était révélée trop compliquée même pour un Fosco : il n'avait jamais rien écrit dessus, de peur d'être accusé de faire de la fiction. Brunetti, pour sa part, partait du principe que la plupart des personnes impliquées dans ce projet étant vénitiennes, l'argent avait effectivement servi à sauver la ville — bien que peut-être pas de la façon escomptée à l'origine.

« Non, Riccardo, il s'agit de l'un de tes concitoyens, un certain Viscardi. Je ne connais même pas son prénom, mais il est dans l'armement, et il vient tout juste de dépenser une fortune à restaurer un palazzo ici, à Venise.

— Augusto, répondit instantanément Fosco, qui répéta le nom pour le seul plaisir de sa sonorité. Augusto Viscardi.

— Je trouve que tu as réagi fichtrement vite, observa Brunetti.

— Normal. Le nom de Viscardi résonne très souvent à mes oreilles.

— Et à quel propos ?

— Ses usines de munitions sont à Monza. Il en a quatre. D'après la rumeur, il aurait d'énormes contrats avec l'Irak ; en réalité, avec un certain nombre de pays du Moyen-Orient. Je ne sais comment, il s'est arrangé pour poursuivre ses livraisons pendant la guerre du Golfe, via le Yémen, je crois. » Fosco observa un instant de silence, puis reprit : « J'ai aussi entendu dire qu'il avait eu des ennuis durant cette période.

— De quel genre ?

— Oh, rien qui puisse vraiment lui faire de tort — c'est du moins ce qu'on rapporte. Aucune de ses usines n'a fermé pendant toute la durée des hostilités. Celles des autres non plus, d'ailleurs. D'après ce que je sais, tout le secteur de l'armement a continué de produire. Ils ont toujours trouvé des acheteurs pour leurs produits.

— Cela ne me dit pas le genre d'ennuis qu'il a eus.

— À vrai dire, je ne sais pas trop. Il va falloir que je donne quelques coups de fil. D'après la rumeur, ils lui auraient tout de même coûté très cher. En général, les types comme lui s'assurent que les paiements ont été faits dans des endroits sûrs comme Panamá ou le Liechtenstein avant de livrer, mais cela fait si longtemps que Viscardi est en affaire avec eux — je crois même qu'il s'est rendu à plusieurs reprises sur place pour parler au patron — qu'il n'a pas suivi la procédure habituelle, certain qu'on le traiterait en fournisseur privilégié.

— Et ce n'est pas ce qui s'est passé ?

— Non, ce n'est pas ce qui s'est passé. J'ai l'impression que c'est tout un chargement qui a été saisi par des pirates, dans le Golfe. Laisse-moi le temps de passer ces coups de fil, Guido, je te rappelle d'ici une heure.

— Rien qui touche sa vie privée ?

— Non, pas à ma connaissance. Je vais tout de même poser la question.

— Merci, Riccardo.

— Peux-tu me dire pour quelle raison tu t'intéresses à lui ? »

Brunetti ne voyait pas pourquoi il le lui cacherait. « Il a été cambriolé cette nuit, et il est tombé sur ses voleurs. Il n'a pas été capable d'identifier les trois hommes, mais il sait cependant quelles peintures ont été emportées.

— C'est bien du Viscardi, ça, observa Fosco.

— Pourquoi, il est idiot à ce point ?

— Non, ce n'est pas un idiot, pas du tout. Mais il est arrogant et il aime prendre des risques. C'est d'ailleurs grâce à ce caractère qu'il a fait fortune. » La voix de Fosco changea. « Désolé, Guido, j'ai un appel sur une autre ligne. Je te rappelle plus tard.

— Merci, Riccardo », répondit-il. Mais avant qu'il ait pu ajouter : « J'apprécie ce que tu fais pour moi », la ligne était coupée.

Comme le savait Brunetti, le secret de la réussite, dans une enquête de police, résidait non point dans de brillantes déductions ou dans la manipulation psychologique des suspects, mais dans le simple fait que les êtres humains ont tendance à estimer que leur niveau d'intelligence est la norme, et à fonctionner à partir de ce principe. Si bien que les criminels les plus stupides sont en général ceux qui se font prendre le plus vite, car la conception qu'ils se font du coup habile est d'une telle nullité qu'on a presque l'impression qu'ils font exprès de semer des indices partout. Selon la même règle, malheureusement, le travail de Brunetti devenait d'autant plus difficile qu'il avait affaire à des criminels à la fois intelligents et courageux.

Pendant l'heure suivante, il put joindre Rossi et obtenir le nom de l'agent d'assurances qui avait demandé à inspecter les lieux du cambriolage ; il le trouva dans son bureau, et l'homme lui confirma que les peintures qui avaient disparu étaient toutes authentiques. Il avait même des copies des attestations d'authenticité devant lui, sur son bureau, ajouta-t-il. La valeur actuelle des tableaux volés ? Eh bien, ils étaient assurés pour un total de cinq milliards de lires, mais la cote des impressionnistes montait depuis un an, et ce chiffre était sans doute un peu au-dessous de la vérité. Non, c'était la première fois que Viscardi était cambriolé. Les voleurs avaient également emporté quelques bijoux, mais d'une valeur négligeable comparée à celles des toiles : quelques centaines de millions de lires. Ah, se dit Brunetti, qu'il doit faire bon vivre dans un monde où plusieurs centaines de millions de lires sont une somme négligeable...

Quand Brunetti raccrocha, Rossi était déjà de retour de l'hôpital, pour lui dire que le signor Viscardi avait été très surpris de voir la photo de Ruffolo. Il avait cependant rapidement surmonté son émotion initiale et déclaré que la photo ne présentait aucune ressemblance avec l'un des deux hommes qu'il avait vus, ajoutant que réflexion faite, il pensait qu'ils n'étaient en fait que deux.

« Qu'est-ce que tu en penses ? demanda Brunetti.

— Qu'il ment. Je ne sais pas s'il ment pour le reste, mais en tout cas il ne nous dit pas la vérité sur Ruffolo : il le connaissait. Il n'aurait pas pu avoir l'air plus surpris si je lui avais montré la photo de sa vieille maman.

— À propos de maman, je crois que je vais aller voir celle de Ruffolo pour avoir une petite discussion avec elle.

— Il serait prudent de passer par le magasin pour vous faire prêter un gilet pare-balles, lui dit Rossi en riant.

— Pas du tout, Rossi ; la veuve Ruffolo et moi-même sommes dans les meilleurs termes, à l'heure actuelle. Depuis que j'ai déposé en faveur de son fils au tribunal, elle a décidé d'oublier et de pardonner. Elle me sourit même quand elle me croise dans la rue. » Il ne mentionna pas qu'il lui avait rendu visite à plusieurs reprises, au cours des deux années passées — sans doute la seule personne de la ville à l'avoir fait.

« Heureux homme ! Et est-ce qu'elle vous parle, par-dessus le marché ?

— Oui.

— En sicilien ?

— Je ne pense pas qu'elle connaisse une autre langue.

— Vous arrivez à la comprendre ?

— À moitié... et, ajouta-t-il par respect pour la vérité, seulement si elle parle très, très lentement. » Si on ne pouvait pas dire que la signora Ruffolo s'était adaptée à la vie vénitienne, elle n'en était pas moins devenue un personnage légendaire pour la police locale — une femme capable d'attaquer un commissaire de police pour protéger son fils.

Peu après le départ de Rossi, Fosco le rappela. « J'ai parlé à quelques personnes bien informées, Guido. Il semble bien qu'il ait laissé beaucoup de plumes pendant la guerre du Golfe. Un bateau entier a disparu, probablement pris d'assaut par des pirates. Personne ne sait exactement quel était le chargement. Du fait du boycott, il n'a pu être dédommagé par les assurances.

— Si bien qu'il a tout perdu ?

— Oui.

— Une idée du montant ?

— Aucune certitude. Les estimations vont de cinq à quinze milliards, mais personne n'a pu me garantir les chiffres avancés. D'après ce que l'on dit, il aurait réussi à rester à flot pendant un certain temps, mais il aurait à l'heure actuelle de sérieux problèmes de liquidités. Un de mes amis du *Corriere della serra* prétend que Viscardi n'a pas de soucis à se faire, en réalité, car il bénéficie plus ou moins de contrats d'État. Et il aurait par ailleurs des intérêts dans d'autres pays. Mon contact ne savait pas exactement où. Veux-tu que j'essaie de me renseigner plus en détail ? »

Le signor Viscardi commençait à lui faire l'effet d'appartenir à cette nouvelle race d'hommes d'affaires qui avaient remplacé l'acharnement au travail par la témérité, et l'honnêteté par les relations. « Non, je ne crois pas que ce soit la peine, Riccardo. Je voulais juste vérifier s'il pouvait avoir des raisons de tenter un coup dans ce genre.

— Et... ?

— Et on dirait bien qu'il en avait de bonnes, tu ne trouves pas ? »

Sans que Brunetti ne le lui ait demandé, Fosco lui fournit quelques détails supplémentaires. « Il paraît aussi qu'il a des relations très puissantes, mais mon contact ne savait pas qui, au juste. Veux-tu que je cherche à me renseigner ?

— Cela pourrait-il être du côté de la Mafia ?

— On dirait bien, répondit Fosco avec un rire désabusé. Mais où ne la trouve-t-on pas, hein ? Il serait aussi en relation avec des gens du gouvernement. »

Brunetti résista à la tentation de répliquer : « Mais où ne les trouve-t-on pas, eux aussi ? » pour demander : « Et sa vie personnelle ?

— Marié, deux enfants. Sa femme est une sorte de marraine, ou de fée pour l'ordre des Chevaliers de Malte — tu sais, les bals de charité, les visites d'hôpitaux... Il a aussi une maîtresse à Vérone. Je suis à peu près sûr que c'est à Vérone. Du côté de chez toi.

— Tu as dit qu'il était arrogant.

— Oui. D'après certains, c'est en fait pire que cela.

— C'est-à-dire ?

— Deux personnes m'ont affirmé qu'il pouvait être dangereux.

— Lui-même ?

— Tu te demandes s'il serait capable de sortir un poignard ? demanda Fosco avec un petit rire.

— Quelque chose comme ça, oui.

— Non ; ce n'est pas l'impression que j'ai eue ; je ne crois pas que ce soit son genre. Pas personnellement, en tout cas. Mais il aime prendre des risques. C'est du moins la réputation qu'il a ici. Et comme je te l'ai dit, il est très bien protégé et n'est pas du genre qui hésiterait à faire appel à ses amis. » Fosco se tut un instant avant d'ajouter : « L'un de ceux qui m'a parlé s'est exprimé dans des termes beaucoup plus forts, mais il a refusé d'être plus précis. Sa conclusion était en tout cas qu'il fallait être très prudent, lorsqu'on avait affaire à Viscardi. »

Brunetti crut bon de prendre cette dernière remarque à la légère. « Je n'ai pas peur des poignards. »

La réaction de Fosco ne traîna pas. « Moi non plus, je n'avais pas peur des mitraillettes, Guido. » Puis, un peu gêné d'avoir repris aussi sèchement le policier, il ajouta : « Je suis sérieux, Guido. Sois prudent avec lui.

— Très bien, très bien, je ferai attention. Et merci. Au fait, je n'ai toujours entendu parler de rien, Riccardo. Bien entendu, si jamais quelque chose me revient aux oreilles, je te contacte sur-le-champ. » La plupart des policiers avaient fait savoir à leur réseau d'indics qu'ils aimeraient beaucoup obtenir des tuyaux sur l'homme qui avait tiré sur Fosco, et surtout sur celui qui avait commandité le crime; mais le mystérieux personnage devait avoir pris toutes ses précautions, sachant à quel point la police appréciait le journaliste, et les années étaient passées sans que le moindre indice ne remonte à la surface. Brunetti estimait que c'était sans espoir, mais continuait néanmoins à poser la question, à l'occasion, à glisser un sous-entendu, à faire comprendre qu'on pouvait échanger certaines informations contre un type moins grave d'inculpation. Cela n'avait rien donné.

« Je te remercie, Guido. Mais je me demande si c'est encore important, tu sais. » Était-ce sagesse ou résignation ?

« Pourquoi ?

— Je vais me marier. » L'amour : encore mieux que l'une ou l'autre.

« Mes félicitations, Riccardo ! Et qui est l'heureuse élue ?

— Je ne crois pas que tu la connaisses, Guido. Elle travaille au magazine, mais seulement depuis un an, environ.

— Et à quand la noce ?

— Le mois prochain. »

Brunetti ne prit pas la peine de faire la fausse promesse d'essayer de venir, mais c'est du fond du cœur qu'il souhaita tout le bonheur possible au journaliste.

« Merci, Guido, merci. Écoute, si j'entends encore dire quelque chose sur ce type, je t'appelle, d'accord ?

— Entendu. J'apprécie. » Après avoir renouvelé ses souhaits de bonheur, Brunetti raccrocha. Les choses pouvaient-elles être aussi simples ? Pour colmater la brèche faite dans ses finances par ses mauvaises affaires, Viscardi aurait-il organisé un coup aussi irréfléchi qu'un faux cambriolage ? Seul un étranger à Venise avait pu faire appel à Ruffolo, un jeune homme infiniment moins doué comme malfaiteur que pour se faire prendre. Le fait d'être si récemment sorti de prison, cependant, lui avait peut-être tenu lieu de recommandation.

Il ne pouvait rien faire de plus depuis son bureau, aujourd'hui ; d'autant que Patta aurait été le premier à crier à l'acharnement policier si un millionnaire était interrogé pour la troisième fois et par trois policiers différents en un jour — et de plus sur son lit d'hôpital. Il était en outre inutile d'aller à Vicence un jour où tous les bureaux de l'administration militaire seraient fermés, sur la base américaine ; dommage, car il lui aurait été plus facile de passer outre aux ordres de Patta s'il avait agi en prenant sur son temps libre. Non, que la doctoresse s'avance d'elle-même vers l'appât jusqu'à la semaine suivante, quand il pourrait tenter de ferrer, avec délicatesse. Pour aujourd'hui, il allait pêcher un autre genre de poisson, dans les eaux vénitiennes.

Pour ne pas perdre de temps, il alla manger rapidement un morceau au comptoir du bar voisin de la questure, se doutant un peu de ce qui l'attendait chez la signora Ruffolo.

Pendant les courtes vacances qu'il prenait hors de sa cellule de prison, Giuseppe Ruffolo habitait dans le deux pièces de sa mère, près de la place San Bolo, secteur de la ville caractérisé par le clocher tronqué de cette église, loin de tout arrêt pratique du vaporetto, et, si l'on admet que San Simone Piccolo, où l'on dit encore la messe en latin, n'était pas bien loin, défiant ouvertement les concepts de modernité et de fonctionnalité. Ce deux pièces appartenait à une fondation publique, la IRE, qui loue ses appartements à des personnes jugées suffisamment dans le besoin pour les mériter. D'ordinaire, ils sont attribués à des Vénitiens ; de quelle façon la signora Ruffolo en avait décroché un restait un mystère, même si aucun mystère n'entourait la réalité de sa pauvreté.

Brunetti franchit le pont du Rialto, passa devant San Cassiano puis coupa sur la gauche, se retrouvant bientôt avec la tour trapue de San Boldo à sa gauche. Il s'engagea ensuite dans une ruelle étroite et s'arrêta devant un immeuble bas. Le nom *Ruffolo* était gravé en lettres fines sur une plaque métallique, à côté de la sonnette ; des deux coulaient des traînées de rouille qui venaient décolorer le plâtre en voie de s'écailler. Il appuya sur la sonnette une première fois, attendit, recommença, attendit encore et dut appuyer une troisième fois.

Deux bonnes minutes après cette dernière tentative, il entendit une petite voix demander de l'intérieur : « *Si, chi è ?*

— C'est moi, Brunetti, signora Concetta. »

Quand elle lui ouvrit, il eut une fois de plus l'impression de se trouver devant une barrique et non une femme. Quarante ans auparavant, la signora Concetta avait été la reine de beauté de Caltanisetta. On affirmait que les jeunes gens passaient des heures à rôder près de chez elle dans le seul but d'apercevoir la belle jeune femme. Elle aurait pu prendre qui elle voulait, entre le fils du maire, le frère le plus jeune du médecin et bien d'autres, mais son choix s'était arrêté sur le troisième fils de la famille qui, autrefois, avait régné d'une poigne de fer sur la province. Devenue une Ruffolo par son mariage, elle s'était sentie comme une étrangère dans cette ville froide et inhospitalière, lorsque les dettes avaient chassé Annunziato de Sicile. Sur quoi elle s'était rapidement retrouvée veuve, vivant d'une pension versée par l'État et de la charité de sa belle-famille — devenue la mère d'un délinquant avant même que Giuseppe ait quitté l'école.

Du jour de la mort de son mari, elle s'était habillée de noir, de pied en cap : robe, chaussures, bas et même un foulard pour les rares fois où elle quittait son domicile. Elle se mit à prendre du poids, la vie dissolue que menait son fils ajouta ride sur ride à son visage, mais le noir demeura : il était évident qu'elle le porterait jusqu'à sa mort, sinon au-delà.

« Buon giorno, signora Concetta », dit Brunetti avec un sourire, lui tendant la main.

Il vit un défilé d'expressions, sur ce visage marqué, qu'il put déchiffrer aussi facilement qu'un enfant qui parcourt une bande dessinée. La reconnaissance instantanée, le frisson instinctif de dégoût pour ce qu'il représentait, puis le souvenir de la bonté dont il avait fait preuve pour son fils, son étoile, son soleil — ses traits se radoucirent, sa bouche s'élargit sur un sourire de réel plaisir. « Ah, dottor, vous êtes encore venu me rendre visite. Que c'est gentil, que c'est gentil ! Mais vous auriez dû me téléphoner que je puisse faire un vrai ménage dans la maison et vous préparer de vraies pâtisseries. » Il comprit un certain nombre de termes et put ainsi reconstituer ce qu'elle venait de lui dire.

« Signora, une tasse de votre délicieux café est déjà plus que ce que je puis espérer.

— Entrez, entrez », dit-elle en le prenant par le bras et en l'attirant à l'intérieur. Elle recula dans l'appartement sans cesser de le tenir, comme si elle avait peur qu'il tente de s'échapper.

Une fois dedans, elle referma la porte de sa main libre et continua à l'entraîner de l'autre. L'appartement était tellement petit qu'on ne risquait pas de s'y perdre, mais elle ne le lâcha qu'une fois dans le séjour minuscule et après l'avoir invité à s'asseoir dans un gros fauteuil rembourré. Comme il marquait un instant d'hésitation, elle insista. « Asseyez-vous, asseyez-vous, je vais préparer le café. »

Il lui obéit et s'enfonça dans les coussins jusqu'à ce qu'il ait les genoux pratiquement à la hauteur du menton. Elle alluma le lampadaire placé à côté ; les Ruffolo vivaient dans la pénombre permanente des appartements situés en rez-de-chaussée où la lumière, cependant, ne parvient jamais à chasser cet autre fléau, l'humidité.

« Ne bougez pas », lui ordonna-t-elle avant d'aller de l'autre côté de la pièce, où elle repoussa un rideau à fleurs, révélant un évier et une cuisinière. Les robinets brillaient et le plateau de la cuisinière était d'un blanc éblouissant. Dans un placard, elle prit une cafetière cylindrique, un modèle qu'il associait toujours avec le sud de l'Italie, sans savoir pourquoi. Elle la dévissa, la rinça soigneusement par deux fois, la remplit d'eau, puis ouvrit le pot en verre qui contenait le café moulu. Avec des gestes devenus mécaniques à force d'avoir été répétés pendant des dizaines d'années, elle plaça le café dans le filtre, alluma le gaz et mit la cafetière dessus.

La pièce n'avait pas changé depuis sa dernière visite. Des fleurs jaunes en plastique décoraient une statue en plâtre de la Madone ; des carrés, des rectangles, des ronds et des ovales de dentelle recouvraient toutes les surfaces ; des rangées de photos de famille trônaient sur ces napperons. Peppino figurait sur toutes : un minuscule Peppino en costume de marin, Peppino dans le blanc éclatant de sa tenue de communiant, Peppino accroché au dos d'un âne, souriant malgré sa peur. Ses oreilles démesurées étaient bien visibles sur tous ces clichés, faisant de lui un personnage de dessin animé ou presque. Dans un angle, on voyait ce que l'on ne peut décrire autrement que comme un autel à la mémoire de feu son époux : leur photo de mariage, grâce à laquelle Brunetti savait que l'ancienne beauté de Concetta n'était pas une légende ; la canne de Ruffolo père avec son pommeau d'ivoire qui luisait jusque dans cette pénombre ; sa pétoire, dont les deux canons courts, frottés et polis, brillaient d'huile plus de dix ans après la mort de son propriétaire, à croire que même la mort ne l'avait pas délivré du cliché voulant qu'un Sicilien soit toujours prêt à défendre, le fusil à la main, la moindre atteinte portée à l'honneur de sa famille.

Brunetti dut s'arracher aux coussins dans lesquels il était enfoncé pour s'approcher de la table ; la signora Ruffolo écarta la chaise à son attention et, lorsqu'il fut assis, alla se placer en face de lui. Les deux soucoupes de Capodimonte étaient fendillées en réseaux partant du centre vers les bords, lui rappelant les rides parcheminées sur les joues de sa grand-mère. Les cuillères scintillaient et la petite serviette sans un pli, à côté de son assiette, avait subi la dure loi d'un fer à repasser impitoyable.

La vieille femme prépara deux tasses, en disposa une devant Brunetti et poussa ensuite vers lui un sucrier en argent. À l'aide d'une pince en argent, elle empila six gâteaux de la taille d'un abricot sur l'assiette du policier, puis y joignit, toujours à l'aide de la pince, quatre bonbons enveloppés dans un papier métallisé.

Il sucra son café et en prit une gorgée. « C'est le meilleur café de Venise, signora. Vous ne voulez vraiment pas me dire votre secret ? »

Elle lui sourit, et Brunetti constata qu'elle avait encore perdu une dent, l'incisive de droite à sa mâchoire supérieure. Il mordit dans un premier biscuit et sentit l'impression de sucré lui envahir la bouche. Amandes pilées, la plus fine des pâtes et beaucoup de sucre. Le suivant était à la pistache, le troisième au chocolat et le quatrième à la crème ; il prit une bouchée du cinquième et reposa le reste sur son assiette.

« Mangez. Vous êtes trop maigre, dottor. Mangez. Le sucre, ça donne des forces. Et c'est bon pour le sang.

— Ils sont excellents, signora Concetta. Mais je viens juste de déjeuner et si j'en prends trop, je ne vais rien avaler ce soir et c'est ma femme qui ne sera pas contente. »

Elle hocha la tête. Elle comprenait la colère des épouses.

Il finit son café et reposa la tasse sur la soucoupe. Il ne fallut pas plus de trois secondes à la signora Concetta pour se lever, traverser la pièce et en revenir avec une carafe en verre taillé et deux verres de la taille d'un dé à coudre. « Du Marsala. Du pays », dit-elle en le servant. Il prit son verre et attendit pendant qu'elle se versait quelques gouttes ; ils entrechoquèrent les minuscules gobelets et burent. Le vin avait le goût du soleil, de la mer et des chansons d'amour et de mort.

Il reposa son verre, regarda la vieille femme dans les yeux et dit : « Je pense que vous savez pour quelle raison je suis ici, signora Concetta. »

Elle acquiesça. « Peppino ?

— Oui, signora. »

Elle leva une main, paume tournée vers lui, comme pour se protéger de ce qu'il allait dire ou peut-être aussi du *malocchio*, le mauvais œil.

« J'ai bien peur, signora, que Peppino ne soit impliqué dans une sale affaire.

— Mais cette fois... commença-t-elle, avant de se rappeler qui était son interlocuteur. Ce n'est pas un méchant garçon », dit-elle finalement.

Brunetti attendit d'avoir la certitude qu'elle n'allait rien ajouter avant de reprendre la parole. « J'ai parlé à un de mes amis, aujourd'hui. Il m'a dit qu'il y a un homme, avec lequel je pense que Peppino est peut-être en relation, qui est un individu très dangereux. Êtes-vous au courant de quelque chose ? Sur ce que fait Peppino, sur les personnes qu'il fréquente depuis... » Il se demanda comment formuler la chose. « ... depuis qu'il est revenu à la maison ? »

Elle réfléchit longuement avant de répondre. « Peppino était avec des gens très méchants quand il était dans cet endroit. » Encore maintenant, après tant d'années, elle ne pouvait se résoudre à désigner la prison par son nom. « Il a parlé de ces gens.

— Qu'est-ce qu'il en a dit, signora ?

— Qu'ils étaient importants, que la chance allait enfin tourner pour lui. » C'était bien du Peppino, se dit Brunetti. La chance était toujours sur le point de tourner pour lui. « Vous a-t-il dit autre chose, signora ? »

Elle secoua la tête. Un geste de dénégation, certes, mais qu'est-ce qu'elle niait, au juste ? Dans le passé, Brunetti n'avait jamais très bien pu déterminer ce qu'elle savait des activités de son fils. Sans doute était-elle au courant de plus de choses qu'elle voulait bien le reconnaître, mais il la soupçonnait de se dissimuler à elle-même ce qu'elle savait.

« En avez-vous rencontré certains, signora ? »

Elle secoua la tête, outragée. « Il ne les amène jamais à la maison. Jamais sous mon toit. » Il était hors de doute qu'elle disait la vérité.

« Nous sommes à la recherche de Peppino en ce moment, signora. »

Elle ferma les yeux et inclina la tête. Il était sorti « de cet endroit » seulement depuis quinze jours, et il avait déjà la police aux trousses.

« Qu'est-ce qu'il a fait, dottor ?

— On ne sait pas très bien, signora. Nous voudrions lui parler. Certaines personnes affirment qu'elles l'ont vu à un endroit où il y a eu un crime. Mais seulement d'après une photo de lui.

— Alors ce n'était peut-être pas mon fils ?

— Nous l'ignorons, signora. C'est pour cela que nous aimerions lui parler. Savez-vous où il se trouve ? »

Elle secoua la tête, mais, une fois de plus, Brunetti n'aurait su dire si c'était parce qu'elle refusait de répondre ou parce qu'elle l'ignorait vraiment.

« Si vous avez l'occasion de lui parler, signora, pouvez-vous lui dire deux choses de ma part ?

— Oui, dottor.

— Tout d'abord, que nous souhaitons vivement lui parler. Et ensuite que ces gens sont très mauvais, et qu'ils pourraient être dangereux.

— Vous êtes mon hôte, dottor, et je ne devrais pas vous poser cette question, mais...

— N'ayez crainte, signora.

— Est-ce la vérité ou est-ce un piège ?

— Dites-moi sur quoi vous voulez que je jure, signora, et je le ferai. »

Sans hésitation, elle lui demanda : « Pouvez-vous jurer sur le cœur de votre mère ?

— Signora, je jure sur le cœur de ma mère que ce que je vous ai dit est la vérité. Peppino devrait venir nous parler. Et il devrait être très prudent avec ces gens. »

Elle reposa son marsala sans y avoir goûté. « Je vais essayer de lui parler, dottor. Mais ce sera peut-être différent, cette fois ? » ajouta-t-elle, incapable de ne pas laisser glisser une note d'espoir dans sa voix. Brunetti se rendit compte que le jeune Ruffolo devait avoir beaucoup parlé à sa mère de ses amis importants, de cette occasion qui se présentait, disant que tout allait être différent, qu'ils seraient enfin riches.

« Je suis désolé, signora », répondit-il avec sincérité. Il se leva. « Merci pour le café et pour les gâteaux. Personne, à Venise, ne les fait aussi bien que vous. »

Elle se mit péniblement debout à son tour et prit une

poignée de bonbons qu'elle glissa dans l'une des poches du policier. « Pour vos enfants. Ils grandissent. Le sucre est bon pour eux.

— Vous êtes trop bonne, signora », dit-il, douloureusement conscient que cela n'était que trop vrai.

Elle le raccompagna jusqu'à la sortie, le tenant une fois de plus par le bras comme s'il était aveugle ou risquait de se perdre. Une fois à la porte donnant sur la rue, ils se serrèrent la main et elle le regarda s'éloigner depuis le seuil.

15

Le jour de la semaine que Paola détestait le plus était le dimanche, car ce matin-là, elle s'éveillait aux côtés d'un étranger. Depuis le temps qu'ils étaient mariés, elle s'était habituée à un mari qui, au saut du lit, était une créature sinistre, mauvaise, incapable de courtoisie pendant au moins une heure, une présence hargneuse dont il n'y avait à attendre que des grognements et des regards sombres. Sans doute pas le plus charmant des compagnons, d'accord, mais au moins lui fichait-il la paix et la laissait-il dormir. Sa place, toutefois, était usurpée le dimanche par quelqu'un qui, littéralement, ne cessait de gazouiller — rien que le mot la hérissait. Débarrassé du fardeau de ses responsabilités, c'était un homme tout différent : amical, badin, souvent amoureux. Elle l'avait en horreur.

Ce dimanche-là, il se réveilla à 7 heures et réfléchit à ce qu'il allait faire avec l'argent gagné au casino. Il pouvait damer le pion à son beau-père et offrir à Chiara l'ordinateur dont elle rêvait. Il pouvait s'acheter un nouveau manteau. Ils pouvaient aller passer une semaine en famille à la montagne, en janvier... Il traîna ainsi au lit pendant une demi-heure, à dépenser son argent de mille manières. C'est finalement l'envie d'un café qui le tira hors des draps.

Il entra dans la cuisine en fredonnant, prit la plus grosse des cafetières, la remplit d'eau et la posa sur le feu ; puis il mit une casserole de lait à côté et alla dans la salle de bains pendant que le tout chauffait. Lorsqu'il en émergea, les dents brossées et le visage rougi par l'eau froide dont il s'était aspergé, la cafetière gargouillait, embaumant l'appartement de son arôme. Il remplit deux grandes tasses, y ajouta sucre et lait, et retourna dans la chambre. Il posa les tasses sur la table de nuit, se glissa sous les couvertures, et batailla avec son oreiller jusqu'à ce qu'il ait trouvé la position désirée ; il prit une des tasses, aspira bruyamment le breuvage, se tortilla pour trouver une meilleure position et dit doucement : « Paola... »

La forme allongée à côté de lui ne réagit pas.

« Paola », répéta-t-il, un peu plus fort. Silence. « Hum... excellent, ce café. Je crois que je vais en reprendre une gorgée. » Ce qu'il fit, à grand bruit. Une main émergea de la forme allongée, prit la forme d'un poing et lui donna un coup à l'épaule. « Absolument excellent, ce café. Ah, j'en reprends. » Il y eut une éructation, un bruit manifestement menaçant. Il l'ignora et continua de vider sa tasse. Sachant ce qui allait arriver, il prit la précaution de la poser sur la table de nuit. « Hum », fut la seule chose qui sortit de dessous les draps avant l'éruption. Paola se retourna sur le dos comme un gros poisson, tendant le bras gauche en travers de la poitrine de son mari. Lui prit la deuxième tasse, la plaça un instant dans la main ouverte puis la reprit, attendant qu'elle se soit hissée sur son oreiller.

La première de cette scène avait eu lieu le deuxième dimanche suivant leur mariage, alors qu'ils étaient encore en voyage de noces. Il s'était penché sur sa jeune épouse pour lui mordiller l'oreille. Une voix d'acier lui avait alors dit : « Tu n'as qu'à continuer, et je t'arrache le foie pour le bouffer », l'informant par la même occasion que la lune de miel était terminée.

Il avait beau essayer — sans cependant y mettre beaucoup de cœur —, il n'arrivait pas à comprendre le manque de sympathie qu'elle éprouvait pour ce qu'il tenait à considérer à tout prix comme sa véritable personnalité. Le dimanche était le seul jour de la semaine à lui appartenir ; le seul jour où il n'avait pas à s'occuper directement de mort et de désastre, si bien que la personne qui se réveillait ces matins-là, affirmait-il, était le véritable Guido Brunetti et il se sentait le droit de rejeter l'autre, la créature hydesque, comme n'étant en aucun cas représentative de son esprit. Paola ne voulait rien en savoir.

Tandis qu'elle sirotait son café et s'efforçait de garder les yeux ouverts, il brancha la radio et écouta les informations du matin, non sans savoir qu'elles risquaient de le mettre de la même humeur que Paola. Trois hommes assassinés en Calabre, tous membres de la Mafia, dont un tueur recherché par la police — autant de gagné pour nous, pensa-t-il — ; rumeurs persistantes d'un effondrement imminent du gouvernement — quand cet effondrement n'était-il pas imminent ? — ; un cargo chargé de déchets toxiques arrivé à Gênes, refoulé d'Afrique — on comprenait les Africains, non ? — ; et un prêtre abattu dans son jardin de huit balles dans la tête — avait-il donné une peine trop lourde au cours d'une confession ? Il coupa à la hâte ce flot d'horreurs avant que sa journée ne soit complètement gâchée et se tourna vers Paola. « Tu es réveillée ? »

Elle hocha la tête, encore incapable de parler.

« Qu'allons-nous faire de l'argent ? »

Elle secoua la tête, le nez au ras de son café.

« Quelque chose te ferait plaisir ? »

Elle vida la tasse, la lui tendit sans commentaires et se laissa retomber sur son oreiller. À la voir, il se demanda s'il devait lui proposer un peu plus de café ou lui faire la respiration artificielle. « Les gosses n'ont besoin de rien ? »

Les yeux fermés, elle secoua à nouveau la tête.

« Tu es sûre qu'il n'y a pas quelque chose qui te ferait plaisir ? »

Il lui en coûta un effort inhumain, mais elle parvint à articuler. « Fiche le camp pendant une heure, et ramène-moi une brioche et une autre tasse de café. » Sur quoi elle se remit à plat ventre. Elle s'était déjà rendormie lorsqu'il quitta la chambre.

Il se doucha longuement et se rasa sous le flot d'eau chaude, ravi de ne pas avoir à redouter les réactions dues aux différentes sensibilités écologiques des autres membres de la maisonnée, toujours prêts à condamner ce qui leur paraissait un gaspillage ou un mauvais usage de l'environnement. Brunetti soupçonnait sa famille de s'enthousiasmer pour les causes qui contribuaient le plus directement à l'empoisonner. Il était convaincu que la plupart des autres pères s'étaient arrangés pour avoir des enfants prenant fait et cause pour des problèmes lointains : la forêt pluviale, les expériences nucléaires, le sort des Kurdes. Et lui, personnage officiel de la ville, personnage qui avait même eu droit une fois aux éloges des journaux, voilà que les propres membres de sa famille lui interdisaient d'acheter de l'eau minérale parce qu'elle était embouteillée dans du plastique. Si bien que, obligé de se rabattre sur de pesantes bouteilles de verre, il devait les monter et les redescendre le long des quatre-vingt-quatorze marches conduisant à l'appartement. Et que si jamais il restait sous la douche plus de temps qu'il n'en faut à un individu normal pour se laver les mains, il devait subir d'interminables mercuriales sur l'insouciance de l'Occident, dévoreur des ressources du monde. Quand il était enfant, on condamnait le gaspillage parce que sa famille était pauvre ; il était maintenant condamné parce qu'elle était riche. À ce stade, il renonça à feuilleter davantage le catalogue de ses malheurs et sortit de la douche.

Lorsqu'il émergea vingt minutes plus tard de l'immeuble, il se trouva submergé par un sentiment de ravissement vague, sans limite. La matinée était fraîche mais il n'allait pas tarder à faire plus chaud, et l'air contenait la promesse de l'une de ces somptueuses journées ensoleillées comme Venise a la chance d'en connaître parfois, en automne. L'atmosphère était tellement peu humide que l'on n'aurait jamais cru la ville édifiée sur l'eau, même s'il lui suffisait d'un coup d'œil sur la droite, à chaque croisement de rue, pour en avoir amplement la preuve.

Il tourna à gauche à un carrefour plus important et prit la direction du marché aux poissons ; il avait beau être fermé le dimanche, il s'en dégageait cependant les forts effluves de marée laissés par des siècles d'activité. Il franchit un pont, tourna à gauche, et entra dans une pâtisserie où il commanda douze gâteaux. Même si la famille ne les finissait pas au petit déjeuner, il faisait confiance à Chiara pour en venir à bout au cours de la journée. Avant midi, même. Le carton en équilibre sur la paume de la main, il repassa par le Rialto et tourna à droite vers San Polo. Il s'arrêta au kiosque de San Aponal et acheta deux journaux, le *Corriere* et *Il Manifesto*, calculant que c'était celui que Paola aurait envie de lire aujourd'hui. De retour chez lui, il ne sentit même pas les marches en grimpant jusqu'à l'appartement.

Il trouva Paola dans la cuisine ; elle venait juste de refaire du café. Depuis l'entrée, il entendit Raffaele qui criait à Chiara, à travers la porte de la salle de bains : « Allez, grouille-toi ! Tu ne vas pas y passer la matinée, tout de même ? » Ah, la police de l'eau reprenait du service.

Il posa son paquet et déchira le papier qui l'enveloppait. Le sucre fondu brillait sur les pâtisseries et un nuage de sucre glace alla se poser sur le bois sombre de la table. Il prit une part de strudel aux pommes et mordit dedans.

« D'où viennent-elles ? demanda Paola en servant le café.

— Du pâtissier du côté de Carampane.

— Tu as fait tout ce chemin ?

— La journée est magnifique. On devrait aller se promener. On pourrait déjeuner à Burano. D'accord, Paola ? C'est le temps idéal pour cette ballade. » La seule idée de la longue traversée en bateau et du soleil faisant resplendir le patchwork des maisons de toutes leurs couleurs criardes, au fur et à mesure qu'ils se rapprochaient, l'enivra encore plus.

« Bonne idée, répondit-elle. Et les enfants ?

— Demande-leur. Chiara va vouloir venir.

— Très bien. Raffi aussi, peut-être. »

Peut-être.

Paola poussa *Il Manifesto* vers lui et prit le *Corriere*. Rien ne pourrait être fait, pas un geste pour profiter tout de suite de cette glorieuse journée, tant qu'elle n'aurait pas avalé deux autres tasses de café et parcouru la presse. Prenant sa tasse d'une main et son journal de l'autre, il traversa le séjour pour gagner la terrasse, posa journal et tasse à terre, et revint chercher une chaise à dossier droit qu'il plaça à la bonne distance du balcon ; il s'assit, inclina la chaise en arrière et, les pieds sur la rambarde, entreprit la lecture du *Manifesto.*

Les cloches sonnaient, le soleil lui inondait le visage et il connut un moment de paix absolue.

La voix de Paola lui parvint de la porte-fenêtre. « Dis-moi, Guido, comment s'appelait ta doctoresse, déjà ?

— La jolie femme ? » Il avait parlé sans lever les yeux de son journal ni faire vraiment attention à la question.

« Comment s'appelait-elle, Guido ? »

Il posa le journal sur ses genoux et se tourna pour la regarder. En voyant son expression, il reposa les pieds sur le sol et redressa la chaise. « Peters. » Elle ferma un instant les yeux et lui tendit le *Corriere,* ouvert sur l'une des pages intérieures.

Un médecin américain meurt d'une overdose, lut-il. L'article était court et on aurait facilement pu ne pas le voir : six ou sept lignes. On avait retrouvé le corps sans vie du capitaine Terry Peters, médecin pédiatre dans l'armée américaine, samedi après-midi, dans son appartement de Due Ville, province de Vicence. C'était un ami de la victime, passé voir pour quelle raison elle n'était pas venue travailler comme prévu à l'hôpital de l'armée, Caserma Ederle, qui avait fait la macabre découverte. On avait trouvé une seringue usagée près de son corps, et il y avait d'autres signes indiquant l'usage de drogues, de même que des indices prouvant que le médecin avait bu. Les carabiniers et la police militaire américaine menaient l'enquête conjointement.

Il relut l'article une première fois, puis une deuxième. Il parcourut son propre journal, mais l'information n'y figurait pas.

« Tu crois que c'est possible, Guido ? »

Il secoua la tête. Non, la thèse de l'overdose était

exclue, mais elle n'en était pas moins morte. L'article en était la preuve.

« Qu'est-ce que tu vas faire ? »

Il regarda en direction du clocher de San Polo, l'église la plus proche. Pas la moindre idée. Patta y verrait un événement sans rapport ou bien, s'il en avait un, comme un accident malheureux ou au pire un suicide. Étant donné que seul Brunetti savait qu'elle avait fait disparaître la carte postale du Caire et ce qu'avait été sa réaction devant le cadavre de son amant, il n'y avait plus rien pour prouver qu'ils avaient été autre chose que des collègues, ce qui ne constituait certainement pas un motif de suicide. La drogue, l'alcool, une femme vivant seule, voilà qui suffisait pour savoir comment la presse allait présenter l'affaire — à moins, bien entendu, que ne soit donné aux éditeurs en chef le même coup de téléphone que Patta, Brunetti en était sûr, avait lui-même reçu. Dans ce cas, l'histoire allait rapidement passer aux oubliettes, comme tant d'autres. Et avec elle, le souvenir du docteur Peters.

« Je ne sais pas, finit-il par répondre. Patta m'a dit de laisser tomber et m'a interdit de retourner à Vicence.

— Mais cela change tout, non ?

— Pas pour Patta. C'est une overdose. L'affaire regarde la police de Vicence. On fera une autopsie, et on enverra le corps aux États-Unis.

— Exactement comme pour l'autre, observa Paola, qui suivait la même ligne de pensée que lui. Mais pour quelle raison les avoir tués l'un après l'autre ? »

Brunetti secoua la tête. « Aucune idée. » Pourtant, il avait compris. Pour la faire définitivement taire. La remarque lancée en passant — que les drogues ne l'intéressaient pas — n'avait pas été un mensonge : l'hypothèse d'une overdose était grotesque. On l'avait tuée à cause de ce qu'elle savait sur Foster, de ce qui l'avait fait blêmir, puis vomir, à la morgue, et fuir le corps de son amant. Tuée par la drogue... Il se demanda un instant s'il s'agissait d'un message à son intention mais rejeta cette idée comme prétentieuse. Le tueur n'avait pas eu le temps de simuler un accident ; un deuxième meurtre aurait été une coïncidence pour le moins curieuse et un suicide inexpliqué aurait paru étrange. Si bien que l'overdose était la solution parfaite : elle se l'était donnée elle-même, pas la peine de chercher ailleurs, encore une impasse. Et il n'était même pas certain que c'était elle qui avait appelé pour dire : « *Basta.* »

Paola s'approcha et lui mit la main sur l'épaule. « Je suis désolée, Guido. Désolée pour elle.

— Elle ne devait même pas avoir trente ans. Toutes ces années passées à étudier, tout ce travail... » Il lui semblait que sa mort aurait été moins injuste si elle avait eu le temps de profiter un peu plus de la vie. « J'espère que sa famille ne va pas y croire. »

Une fois de plus, Paola dit à haute voix ce qu'il pensait. « Quand l'armée ou la police te disent quelque chose, il y a des chances pour que tu le croies, non ? Et je suis bien tranquille que la mise en scène était parfaitement réaliste, très convaincante.

— Pauvres gens...

— Penses-tu pouvoir... » Elle s'interrompit, se rappelant que Patta lui avait interdit de se mêler davantage de l'affaire.

« Je vais voir. C'est déjà assez terrible qu'elle soit morte. Ils n'ont pas besoin, en plus, de croire que c'est de cette façon.

— L'idée qu'on l'a assassinée n'est pas tellement plus gaie, observa Paola.

— Mais au moins n'est-elle pas coupable de s'être tuée. »

Tous deux restèrent ainsi, dans le doux soleil d'automne, à penser à ce qu'était le métier de parents, et à ce que les parents avaient besoin de savoir de leurs enfants. Qu'est-ce qui était mieux ? Qu'est-ce qui était pire ? Au moins, celui qui sait que son enfant a été assassiné peut-il vivre avec l'espoir qu'un jour, il pourra tuer le meurtrier. Bien maigre consolation.

« J'aurais dû l'appeler.

— Ne commence pas ça, Guido, dit-elle d'un ton ferme. Parce c'est comme si tu te reprochais de ne pas pouvoir lire dans la tête des gens. Personne ne le peut. Alors ne te mets pas à te dire des trucs pareils. » Il fut surpris de la note de colère non feinte qui perçait dans sa voix.

Il passa un bras autour de sa taille et l'attira à lui. Ils restèrent ainsi, sans parler, jusqu'à ce que les cloches de Saint-Marc sonnent 10 heures.

« Que vas-tu faire ? Aller à Vicence ?

— Non, pas encore. Je vais attendre qu'on vienne à moi.

— Que veux-tu dire ?

— Quelles que soient les raisons du ou des assassins, le lien entre les affaires est leur lieu de travail. Il y a nécessairement d'autres personnes qui savent, ou soupçonnent, ou ont accès à ce qu'ils ont appris. Je vais donc attendre.

— C'est maintenant toi qui demandes aux autres de lire dans les esprits, Guido. Comment vont-ils avoir l'idée de venir vers toi ?

— J'irai faire un tour là-bas, mais pas avant une semaine ; à ce moment-là, je ferai tout pour me faire remarquer. Je poserai des questions à ce commandant, au sergent qui travaillait avec eux, aux autres médecins. Les gens se parleront ; ils se douteront de quelque chose. » Et que Patta aille au diable.

« On laisse tomber Burano, d'accord, Guido ? »

Il acquiesça et se leva. « Je crois que je vais marcher un peu. Je serai de retour pour le déjeuner. » Il lui serra le bras. « J'ai simplement besoin de me dégourdir les jambes. » Il eut un regard pour les toits de la ville et trouva étrange que la journée fût toujours aussi somptueuse. Des moineaux se poursuivaient et se chamaillaient presque à portée de main, pépiant de la simple joie de voler. Et au loin, les ailes d'or de l'ange, sur le clocher de Saint-Marc, lançaient des reflets éblouissants qui inondaient toute la ville de leur resplendissante bénédiction.

16

Il arriva à son bureau à l'heure normale, le lundi matin — pour rester plus d'une heure à contempler la façade de San Lorenzo depuis sa fenêtre. Pendant tout ce temps, il ne vit pas le moindre indice d'activité, pas plus sur l'échafaudage que sur le toit où s'empilaient des tas de tuiles neuves soigneusement alignées, prêtes à la pose. Par deux fois on entra dans son bureau, mais comme personne ne lui adressa la parole il ne se retourna pas et ses visiteurs repartirent, sans doute après avoir déposé un document sur sa table.

À 10 h 30, la sonnerie du téléphone l'arracha à sa méditation.

« Bonjour, commissaire. Major Ambrogiani.

— Bonjour, major. Je suis content que vous m'ayez appelé. J'envisageais de vous contacter cet après-midi.

— Elle a eu lieu ce matin, répondit Ambrogiani, laconique.

— Et ? demanda Brunetti, qui avait tout de suite compris.

— Une overdose d'héroïne, effectivement ; de quoi tuer une personne faisant deux fois son poids.

— Qui a pratiqué l'autopsie ?

— Le docteur Francesco Urbani. De chez nous.

— Où ?

— Ici, à l'hôpital de Vicence.

— Les Américains étaient-ils présents ?

— Oui, ils avaient envoyé l'un de leurs médecins. Depuis l'Allemagne. Un médecin colonel, même.

— A-t-il participé à l'autopsie ou était-il là simplement en observateur ?
— Simplement en observateur.
— Qui est cet Urbani ?
— Notre médecin légiste.
— De confiance ?
— Tout à fait. »
Conscient de l'ambiguïté que pouvait comporter cette dernière question, Brunetti ajouta : « Et crédible ?
— Également.
— Ce qui signifie qu'il y a réellement eu overdose ?
— En effet, j'en ai bien peur.
— A-t-il trouvé autre chose ?
— Urbani ?
— Oui.
— Il n'y avait aucune trace de violence dans l'appartement. Aucune marque, non plus, d'usage antérieur de drogue ; elle avait toutefois une ecchymose en haut du bras droit et une autre au poignet gauche. On a dit à Urbani qu'elles correspondaient à une chute.
— Qui ça, on ? »
La longueur du silence qui suivit était sans doute une manière de reprocher à Brunetti d'avoir posé la question. « Le médecin américain. Le colonel.
— Et quel est l'avis du docteur Urbani ?
— Que les marques peuvent être la conséquence d'une chute.
— Pas d'autre piqûre d'aiguille ?
— Non, aucune autre.
— Autrement dit, elle se serait fichu une overdose dès la première fois ?
— Curieuse coïncidence, n'est-ce pas ? observa Ambrogiani.
— La connaissiez-vous ?
— Non, pas personnellement. Mais un de mes hommes travaille avec un policier américain dont elle soignait le fils. Il affirme qu'elle s'était montrée excellente avec le petit garçon qui s'était cassé le bras l'an dernier, et avait été tout d'abord mal soigné. Tout le monde, médecins et

infirmières, s'était précipité sur lui et, bien entendu, il en avait conçu une peur bleue de l'hôpital. Elle a été d'une grande patience avec lui, lui a consacré beaucoup de temps. Si j'ai bien compris, elle lui réservait toujours le temps de deux visites pour ne pas avoir à le bousculer.

— Cela ne signifie pas pour autant qu'elle ne se droguait pas, remarqua Brunetti, s'efforçant d'avoir l'air de croire à ce qu'il disait.

— Non, évidemment, admit Ambrogiani.

— Autre chose, dans le rapport ?

— Je l'ignore. Je n'ai pas encore reçu mon exemplaire.

— Mais alors, comment avez-vous su ce que vous venez de me raconter ?

— J'ai appelé Urbain.

— Et pourquoi ?

— Voyons, dottor Brunetti... un soldat américain est tué à Venise. Moins d'une semaine plus tard, son supérieur hiérarchique meurt dans des circonstances plutôt suspectes. Je serais bien insensé de ne pas soupçonner un lien entre les deux affaires.

— Quand aurez-vous ce rapport ?

— Cet après-midi, sans doute. Souhaitez-vous que je vous rappelle ?

— Oui, s'il vous plaît, major.

— Existe-t-il d'autres éléments que je devrais connaître ? » demanda Ambrogiani.

Le major était sur place, en contact permanent avec les Américains. Tout ce que lui dirait Brunetti avait de bonnes chances de parvenir jusqu'à leurs oreilles. « Foster et Terry Peters étaient amants, et elle a paru terrorisée lorsqu'elle a vu le corps.

— Vu le corps ?

— Oui. C'est elle qu'on a envoyée pour l'identification. »

Le silence d'Ambrogiani laissait à penser que lui aussi considérait ce choix comme particulièrement étrange. « Lui avez-vous parlé ensuite ? finit-il par demander.

— Oui et non. Je l'ai ramenée en bateau jusqu'à la gare, mais elle ne voulait rien dire. Sur le moment, elle m'a paru avoir très peur de quelque chose. Elle a eu la même réaction lorsque je l'ai vue là-bas.

— Quand vous êtes venu à Vicence ?

— Oui. Vendredi dernier.

— Avez-vous une idée de ce qui pouvait lui faire peur ?

— Non, aucune. Il est possible qu'elle ait essayé de me joindre le vendredi soir. Il y avait un message à la questure, d'une femme qui ne parlait pas italien. Le standardiste de service ne parle pas un mot d'anglais, et tout ce qu'il a compris est qu'elle me demandait, et qu'elle aurait finalement dit *basta*.

— Pensez-vous qu'il s'agissait de Terry Peters ?

— Peut-être. Mais ce n'est pas une certitude. Quant au message, si c'en est un, il n'a aucun sens. » Brunetti pensa à l'ordre que lui avait donné Patta et demanda : « Qu'est-ce qui va se passer, chez vous ?

— Leur police militaire va essayer de découvrir où elle a pu se procurer l'héroïne. On a également trouvé chez elle des mégots de marijuana et un peu de haschich. L'autopsie a révélé qu'elle avait bu, aussi.

— Ils n'ont vraiment rien laissé au hasard, n'est-ce pas ?

— Rien ne montre qu'elle aurait été piquée de force.

— Les ecchymoses, pourtant ?

— Elle est tombée.

— Si bien que tout laisse à penser que c'est elle qui l'a fait ?

— Oui. » Ils restèrent quelques instants silencieux, puis Ambrogiani demanda : « Allez-vous venir ?

— On m'a dit de ne pas embêter les Américains.

— Qui ça ?

— Le vice-questeur de Venise.

— Qu'allez-vous faire ?

— Attendre quelques jours, une semaine ; puis j'aimerais aller vous voir. Vos hommes ont-ils des contacts avec les Américains ?

— Pas beaucoup. Chacun reste sur son quant-à-soi. Je vais tout de même voir ce que je peux trouver sur elle.

— Avait-elle des collaborateurs italiens ?

— Je ne crois pas. Pourquoi ?

— Oh, comme ça. Tous les deux cependant, et Foster en particulier, devaient beaucoup voyager pour leur travail, faire des allers-retours dans des pays comme l'Égypte.

— Vous pensez à la drogue ?

— On ne peut l'exclure, mais il peut s'agir de tout autre chose.

— Quoi donc ?

— Je ne sais pas. Mais la drogue... ça ne cadre pas.

— Qu'est-ce qui cadrerait, alors ?

— Vraiment, je ne vois pas. » Il leva les yeux et vit Vianello à la porte du bureau. « Écoutez, major, on me demande. Je vous rappelle dans quelques jours, de toute façon. Nous déciderons alors de la date de ma venue.

— Entendu. Je ne vous passe un coup de fil, d'ici là, que s'il y a du nouveau dans le rapport. Et je vais voir ce que je peux trouver, de mon côté. »

Brunetti raccrocha et fit signe à Vianello d'entrer. « Du nouveau sur Ruffolo ? lui demanda-t-il.

— Oui monsieur. Les gens qui vivent dans l'appartement au-dessous de celui de sa petite amie disent qu'il était là la semaine dernière. Ils l'ont croisé plusieurs fois dans l'escalier, mais cela fait trois ou quatre jours qu'ils ne l'ont pas vu. Voulez-vous que j'aille interroger la fille, monsieur ?

— Oui, il vaudrait peut-être mieux. Explique que c'est différent, cette fois. Viscardi a été physiquement agressé et ça change tout, en particulier pour elle, si elle le cache ou sait où il se trouve.

— Vous croyez qu'elle va y couper ?

— Ivana ? demanda Brunetti, sarcastique.

— Oui, évidemment ; je suppose que non. Mais je peux tout de même essayer. En plus, je préfère aller lui parler plutôt qu'à la mère. Au moins, je comprends ce qu'elle me dit, même si ce ne sont que des mensonges. »

Vianello partit essayer d'interroger Ivana, Brunetti retourna à la fenêtre mais trouva vite le spectacle peu réconfortant, et retourna s'asseoir à son bureau. Il ignora les dossiers que l'on avait posés dessus durant la matinée pour réfléchir aux différentes possibilités. Il rejeta d'emblée la première, l'hypothèse de l'overdose. Le suicide lui paraissait également exclu. Il lui était arrivé de voir des personnes accablées de chagrin et incapables d'envisager l'avenir sans l'autre, mais le docteur Peters n'était pas de cette race. Ces deux explications exclues, ne restait plus que le meurtre.

L'accomplir avait dû exiger une certaine préparation, ce qui excluait le hasard. Il y avait ces ecchymoses : il n'avait pas cru une seconde qu'elles étaient le résultat d'une chute. On avait pu la tenir pendant que quelqu'un d'autre lui faisait la piqûre. L'autopsie montrait qu'elle avait bu ; quelle quantité d'alcool fallait-il ingérer pour s'assommer au point de ne pas sentir une aiguille, ou du moins pour être dans un tel état de confusion mentale qu'on soit incapable de résister ? Plus important, avec qui avait-elle bu ? Avec qui s'était-elle sentie assez à l'aise pour s'enivrer ? Pas un amant ; le sien venait juste d'être tué. Un ami, alors, et qui étaient les amis des Américains en Italie ? En qui avaient-ils confiance, sinon dans leurs compatriotes ? Tout cela était comme autant de flèches pointées vers la base militaire et le poste qu'elle y occupait. La réponse, quelle que fût celle-ci, s'y trouvait.

17

BRUNETTI, au cours des trois jours suivants, ne fit pratiquement rien. À la questure, il accomplit un certain nombre de corvées administratives : lecture des documents, signatures, remplir la grille des prévisions en matière d'emploi pour l'année suivante — sans se dire un instant que la responsabilité en incombait à Patta. À la maison, les enfants et Paola étaient trop occupés par la rentrée scolaire pour bien se rendre compte à quel point il était inattentif quand ils lui parlaient. Même la recherche de Ruffolo ne l'intéressait pas beaucoup. Il était certain que le jeune voyou, imprudent et écervelé comme il l'était, n'allait pas manquer de commettre l'erreur qui le ferait de nouveau tomber entre les mains de la police.

Il ne rappela pas Ambrogiani et, dans ses contacts avec Patta, ne mentionna ni les deux meurtres — celui qu'avait si rapidement enterré la presse et celui qui n'en était pas un — ni la base de Vicence. Avec une fréquence qui frisait l'obsession, il repassait dans sa tête les scènes avec la jeune doctoresse, et son image surgissait parfois à l'improviste dans sa mémoire : lui tenant la main pour descendre du bateau ; étreignant l'évier à la morgue, le corps secoué de spasmes, pantelante sous le choc ; souriante quand elle lui avait dit que dans six mois, elle allait commencer à vivre vraiment.

Il était dans la nature de sa profession de ne jamais avoir connu les victimes sur le décès desquelles il enquêtait. Il avait beau finir par entrer souvent dans leur intimité, sachant comment ils étaient au travail, au lit, dans la mort, c'était la première fois qu'il était confronté à cette situation et du coup il éprouvait quelque chose de différent pour le docteur Peters, ainsi qu'une responsabilité particulière dans la recherche de son assassin.

Le jeudi matin, il alla voir Vianello et Rossi en arrivant à la questure, mais il n'y avait toujours pas trace de Ruffolo. Viscardi était retourné à Milan après avoir laissé une description écrite mais toujours aussi sommaire de ses deux assaillants — un grand et un barbu — un exemplaire pour son assurance et un autre pour la police. D'après les constatations, ils étaient entrés par effraction dans le palais ; ils avaient forcé la serrure d'une entrée latérale et limé le cadenas qui fermait une grille. Brunetti n'avait pas interrogé personnellement Viscardi, mais ce que lui en avaient dit Vianello et Rossi avait suffi à le persuader qu'il ne s'agissait pas d'un vol — ou plutôt que si vol il y avait, c'était la compagnie d'assurances la victime.

Un peu après 10 heures, l'une des secrétaires vint distribuer le courrier dans les bureaux des étages et déposa quelques lettres et une grande enveloppe de papier bulle sur la table de Brunetti.

Les lettres étaient comme d'habitude : invitations à des conférences, tentatives pour lui vendre une assurance sur la vie, réponses à des demandes de renseignements faites à d'autres services de police, ailleurs dans le pays. Après les avoir lues, il prit la grande enveloppe et l'examina. Une ribambelle de petits timbres courait le long du bord supérieur ; il devait bien y en avoir une vingtaine. Tous identiques, ils s'ornaient du drapeau américain et étaient au tarif de vingt-neuf cents. L'enveloppe lui était adressée nominalement, mais l'adresse se réduisait à *Questura, Venice, Italy*. Il ne voyait vraiment pas qui avait pu lui envoyer ce courrier des États-Unis. Les coordonnées de l'expéditeur n'étaient pas mentionnées.

Il déchira l'enveloppe et en tira un magazine. En voyant la couverture, il reconnut la revue médicale que le docteur Peters, entrant dans son bureau, lui avait enlevée assez brusquement des mains quand elle l'avait trouvé plongé dans sa lecture. Il la feuilleta, s'arrêta un instant sur les photos grotesques de pieds déformés, puis continua. Vers la fin, il tomba sur trois feuilles glissées entre les pages, manifestement des photocopies, qu'il plaça sur son bureau.

En haut de la première page, on lisait : *Rapport médical*. Il y avait en bas les cases réservées aux indications concernant le patient, nom, sexe, âge et ainsi de suite. Le rapport concernait un certain Daniel Kayman, né en 1984. Suivait, sur trois pages, l'historique de ses problèmes de santé, qui avaient commencé avec la rougeole en 1989, une série de saignements de nez en 1990, un doigt cassé l'année suivante et se poursuivaient, sur les deux dernières pages, par une série de visites dont la première datait de deux mois, concernant une éruption cutanée sur son bras gauche. Au fur et à mesure qu'il avançait dans sa lecture, l'éruption s'élargissait, se creusait et devenait de plus en plus mystérieuse pour les trois médecins qui avaient tenté d'y remédier.

Le garçon avait été examiné pour la première fois le 8 juillet par le docteur Peters. De son écriture nette et penchée, elle avait noté que l'éruption était *d'origine inconnue* mais s'était déclarée après que le jeune garçon était revenu d'un pique-nique avec ses parents. Elle recouvrait le dessous de son avant-bras du poignet au coude, était de couleur violet foncé et ne le démangeait pas. Le médecin avait prescrit une crème médicale comme traitement.

Trois jours plus tard, le garçon était de retour. L'exanthème avait empiré ; il en suppurait un fluide jaunâtre et il était douloureux. L'enfant souffrait d'une forte fièvre. Le docteur Peters suggéra de consulter un dermatologue de l'hôpital de Vicence, mais les parents refusèrent qu'un médecin italien examine le garçonnet. Le docteur Peters prescrivit une nouvelle crème, à la cortisone, cette fois, ainsi qu'un antibiotique pour faire tomber la fièvre.

À peine deux jours plus tard, l'enfant était revenu à l'hôpital et ce fut un autre médecin, le docteur Girrard, qui nota dans son compte rendu que le jeune patient souffrait énormément. L'exanthème avait pris l'aspect d'une brûlure et était remonté le long du bras, s'étendant en direction de l'épaule. La main était enflée et douloureuse, la fièvre toujours aussi forte.

Un certain docteur Grantchek, apparemment dermatologue, avait examiné l'enfant et recommandé qu'il soit transféré sur-le-champ à l'hôpital militaire de Landstuhl, en Allemagne.

Le jeune Daniel fut évacué par avion dès le lendemain. Le rapport médical s'arrêtait là, mais le docteur Peters y avait ajouté une annotation marginale, en face de l'endroit où l'on relevait la ressemblance de l'irritation avec une brûlure. On lisait *PCB*, puis, juste au-dessous, *FPJ mars.*

Il vérifia la date, mais il avait déjà compris. Il s'agissait de la revue *Family Practice Journal*, numéro de mars. Il l'ouvrit et commença à lire. Il releva que le comité directeur était constitué presque uniquement d'hommes, que la plupart des articles étaient dus à des hommes et que leur contenu traitait d'à peu près tout, depuis les déformations des pieds qui l'avaient tant horrifié jusqu'au retour de la tuberculose en tant que conséquence de l'épidémie de sida. Il y avait même un papier sur la transmission des parasites animaux aux enfants en bas âge.

Constatant que la table des matières ne lui était d'aucune aide, il entama sa lecture à la première page, publicités et lettres des lecteurs y compris. Il trouva ce qu'il cherchait page 62 : une courte note sur un cas rapporté à Newark, dans le New Jersey. Une fillette de six ans, jouant dans un terrain vague, avait marché dans une flaque de ce qu'on pensait être de l'huile de vidange en provenance d'une voiture abandonnée. Le liquide était passé pardessus la chaussure et avait imbibé la chaussette. Dès le lendemain s'était déclaré un exanthème qui n'avait pas tardé à se transformer en une éruption présentant l'apparence d'une brûlure et qui s'était mise à remonter peu à peu le long de sa jambe jusqu'au genou, accompagnée d'une forte fièvre. Tous les traitements s'étaient révélés inefficaces, jusqu'au moment où un officier de santé publique avait eu l'idée d'aller prélever un échantillon du produit incriminé sur le terrain vague. Il s'agissait en réalité de PCB, en provenance de barils de déchets toxiques rouillés, entreposés sur le terrain vague. Si la brûlure avait fini par guérir, les médecins nourrissaient des craintes pour l'avenir de la fillette à cause des dommages neurologiques et génétiques souvent constatés, en expérimentation animale, avec des substances contenant des PCB.

Brunetti reposa la revue et revint au rapport médical, qu'il relut une seconde fois. Les symptômes étaient identiques, mais l'endroit où l'enfant avait été mis en contact avec la substance n'était nulle part mentionné. Le rapport se contentait de parler d'un pique-nique, et ne disait mot sur le traitement qu'avait reçu l'enfant en Allemagne.

Il prit l'enveloppe et l'examina. L'oblitération circulaire des timbres portait la mention *Service postal de l'armée* et datait du vendredi précédent. Ainsi, elle avait décidé à un moment donné de lui faire parvenir ces documents, puis essayé de le joindre par téléphone. Elle n'avait dit ni *basta* ni *pasta* mais *posta*, pour l'aviser de l'arrivée de ce courrier. Qu'est-ce qui avait pu l'alerter ? Que s'était-il passé qui l'avait poussée à lui envoyer ces documents ?

Il se rappela un détail de ce que lui avait expliqué Wolf ; une partie du travail de Foster consistait à s'assurer que les vieilles radiographies soient correctement évacuées de l'hôpital. Le sergent-chef avait également parlé d'autres objets et substances, mais n'avait précisé ni ce qu'ils étaient ni le lieu où on les jetait. Les Américains devaient certainement le savoir.

Là devait se trouver le lien entre les deux morts violentes ; sans quoi elle ne lui aurait pas envoyé ces documents, n'aurait pas tenté de le joindre. Elle avait eu l'enfant comme patient, mais on le lui avait enlevé pour l'envoyer en Allemagne, ce qui expliquait l'interruption du rapport médical. Cependant, il connaissait le nom du garçon et Ambrogiani devait sans aucun doute avoir accès à la liste de tous les Américains de la base ; il pourrait savoir facilement si la famille du gamin s'y trouvait encore. Mais si elle n'y était plus ?

Il décrocha pour demander au standard d'appeler le major Ambrogiani, à Vicence. Pendant qu'il attendait la liaison, il essaya d'imaginer comment se tenaient tous les éléments dont il disposait, avec l'espoir que cela allait le conduire à la personne qui avait enfoncé l'aiguille dans le bras de la jeune femme.

Ambrogiani répondit en donnant son nom. Il ne parut pas surpris lorsque Brunetti lui dit à son tour le sien, se contentant de rester en ligne et de laisser le silence se prolonger.

« Y a-t-il du nouveau ? demanda le commissaire.

— Il semble qu'ils aient organisé toute une série de nouveaux tests antidrogue. Tout le monde peut y être soumis, y compris le commandant de la base. D'après la rumeur, il a dû lui aussi aller dans les toilettes et en revenir avec un échantillon d'urine. Ils auraient effectué plus de cent tests pendant la semaine.

— Avec quels résultats ?

— Oh, aucun, pour le moment. Ils envoient tous les échantillons en Allemagne, où ils sont examinés dans un de leurs hôpitaux. Ils n'auront les résultats que dans un mois, environ.

— Et il n'y aura pas d'erreur ? s'étonna Brunetti, stupéfait à l'idée qu'on puisse avoir confiance en des résultats qui, pour être obtenus, avaient dû passer entre de si nombreuses mains et se faisaient attendre aussi longtemps.

— C'est ce qu'ils semblent croire. Si le test est positif, ils fichent le coupable dehors, c'est tout.

— Qui soumet-on à ces tests ?

— Ils ne sont pas systématiques. Les seuls auxquels ils fichent la paix sont ceux qui viennent d'arriver du Moyen-Orient.

— Parce que ce sont des héros ?

— Non, parce qu'ils craignent d'avoir trop de tests positifs. On peut se procurer de la drogue, dans cette partie du monde, aussi facilement qu'au Viêt-nam ; il semble qu'ils craignent la mauvaise publicité que cela leur vaudrait, si tous leurs héros, comme vous dites, revenaient avec ça dans le sang.

— La thèse officielle est toujours celle de l'overdose ? demanda Brunetti.

— Plus que jamais. L'un de mes hommes m'a dit qu'il n'y a même pas eu un membre de la famille pour venir rapatrier le corps aux États-Unis.

— Comment ont-ils fait ?

— Ils l'ont tout de même renvoyé, mais seul. »

Le commissaire se dit que c'était sans importance. Les morts se moquent bien de ce genre de détail. La manière dont ils sont traités par les vivants ou ce que ceux-ci pensent d'eux, voilà qui est nul et non avenu en ce qui les concerne. Ce qu'il se dit, oui, mais sans trop y croire.

« J'aimerais que vous me procuriez certaines informations, major.

— Ce sera avec plaisir, si je peux.

— Je voudrais savoir s'il n'y a pas, sur la base, un militaire du nom de Kayman. » Il épela le nom pour Ambrogiani. « Il est le père d'un petit garçon que le docteur Peters a soigné, puis que l'on a envoyé ensuite à l'hôpital de Landstuhl (il épela de nouveau) en Allemagne. Si les parents sont encore à Vicence, j'aimerais pouvoir leur parler.

— Officieusement, s'entend ?

— On ne peut plus officieusement.

— Pouvez-vous me dire de quoi il retourne ?

— Je n'ai pas de certitudes. Le docteur Peters m'a fait parvenir par la poste une copie du rapport médical concernant cet enfant et un article sur les PCB.

— Sur les quoi ?

— Des déchets toxiques. J'ignore quelle est exactement leur composition ou leur usage, mais je sais qu'il est difficile de s'en débarrasser. Et qu'ils sont corrosifs. L'enfant a été victime d'une irritation grave au bras, vraisemblablement provoquée par contact avec un de ces produits.

— Mais quel rapport avec nos deux Américains ?

— Je l'ignore. C'est pour cette raison que je voudrais parler aux parents.

— Très bien. Je m'en occupe tout de suite. Je vous rappellerai cet après-midi.

— Pouvez-vous vous arranger pour laisser les Américains en dehors du coup ?

— Je crois, répondit Ambrogiani. Nous avons des doubles de leurs cartes grises et ils ont presque tous des voitures ; je devrais donc pouvoir vérifier si ce Kayman est encore ici sans avoir à leur poser de questions.

— Parfait. J'ai l'impression qu'il vaut mieux que tout cela reste entre nous.

— Nous deux, ou nous par rapport aux Américains ?

— Par rapport aux Américains, pour le moment, en tout cas.

— Très bien. Je vous rappelle dès que j'ai pu consulter les archives.

— Merci, major.

— Giancarlo, dit le carabinier. Je crois qu'on ferait aussi bien de s'appeler par nos prénoms et par se tutoyer, si nous devons nous lancer dans ce genre de choses.

— D'accord, répondit Brunetti, heureux d'avoir enfin un allié. Moi, c'est Guido. »

En raccrochant, Brunetti se prit à regretter de ne pas être aux États-Unis. Il avait en effet été particulièrement impressionné, au cours de ses séjours là-bas, par le système des bibliothèques publiques américaines : n'importe qui pouvait y entrer, demander ce qu'il désirait, lire le livre qu'il voulait, consulter un catalogue des journaux et revues. Ici, en Italie, soit on achetait l'ouvrage, soit on le trouvait dans une bibliothèque universitaire — mais même là, il était difficile d'en obtenir la communication sans les bons documents, carte de ceci, permission de cela, identification. Dans ces conditions, comment se renseigner sur les PCB, leurs constituants, leur origine, leurs effets sur l'organisme humain ?

Il consulta sa montre. Il avait encore le temps de passer à la librairie de San Luca, s'il se pressait ; c'était là qu'il avait des chances de trouver le genre de livre dont il avait besoin.

Il y arriva un quart d'heure avant la fermeture et expliqua ce qu'il cherchait. Le vendeur lui répondit qu'il existait deux ouvrages de base sur les produits toxiques et la pollution, mais l'un d'eux portait surtout sur les émissions allant directement dans l'atmosphère. Il pouvait aussi lui proposer un troisième livre, sorte de guide général de chimie à l'usage du profane. Après y avoir jeté un coup d'œil, Brunetti acheta le premier et le troisième et, pour faire bonne mesure, un texte d'inspiration nettement plus polémique, publié par le parti des Verts et qui portait le titre optimiste de *Suicide global*. Il espéra que le contenu serait un peu plus sérieux que le promettaient cette proclamation et l'illustration provocatrice de la couverture.

Il prit un bon déjeuner dans un restaurant puis revint à son bureau et ouvrit le premier livre. Trois heures plus tard, il commençait à mesurer, avec des sentiments croissants de stupéfaction et d'horreur, l'étendue du problème créé par l'*Homo industrialis*, non seulement à ses dépens, mais également à ceux des populations qui suivaient son exemple sur la planète.

Ces produits chimiques, semblait-il, étaient fondamentaux dans de nombreux processus dont dépendait la vie de l'homme moderne, comme la réfrigération : ce sont eux qui refroidissent les réfrigérateurs et les appareils de climatisation. On les emploie aussi dans l'huile des transformateurs. Les PCB, cependant, n'étaient que l'une des fleurs du bouquet mortel offert par l'industrie à l'humanité. Il avait du mal à déchiffrer le nom des molécules, et les formules chimiques le dépassaient. Une chose, toutefois, restait très claire : les chiffres donnés pour la demi-vie de ces substances, soit, s'il avait bien compris, le temps qu'il leur fallait pour devenir deux fois moins dangereuses qu'au jour où elles étaient produites. Certaines de ces demi-vies se mesuraient en siècles ; d'autres en millénaires. Et c'étaient ces substances que le monde industrialisé produisait en quantités énormes dans cette course folle vers l'avenir.

Pendant des décennies, le tiers-monde avait servi de décharge publique aux nations industrialisées, et reçu des bateaux entiers de matières toxiques que l'on dispersait dans leurs pampas, leurs savanes, leurs déserts, en échange de biens de consommation et sans se demander un instant quel en serait le prix à payer pour les générations futures. À l'heure actuelle, alors que certains pays du tiers-monde commençaient à refuser d'être la fosse d'aisance du monde développé, les pays industrialisés se voyaient contraints d'inventer des systèmes de retraitement de ces déchets, systèmes souvent onéreux, voire ruineux. La conséquence était que des flottilles entières de camions fantômes, protégés par de faux manifestes, sillonnaient la péninsule italienne à la recherche d'endroits — qu'ils trouvaient — où se débarrasser de leur cargaison mortelle. Ou bien c'étaient des cargos qui appareillaient de Gênes ou de Tarente, les soutes pleines de barils de solvants, de substances chimiques ou de Dieu sait quoi ; cependant, lorsqu'ils arrivaient à destination, ces barils n'étaient plus à bord, comme si le dieu qui en connaissait le contenu les avait escamotés d'un coup de baguette magique. Il leur arrivait d'être rejetés sur les plages d'Afrique du Nord ou de Calabre mais personne, bien entendu, n'avait la moindre idée de leur provenance, et nul ne s'inquiétait qu'ils soient rendus aux vagues qui les avaient vomis sur la terre ferme.

Le ton du livre publié par les Verts l'irrita ; les faits, en revanche, le terrifièrent. Il donnait les noms des armateurs, des entreprises qui utilisaient leurs services et, pire encore, présentait des photos de certaines de ces décharges sauvages. Le discours était vindicatif et les auteurs rendaient tout le gouvernement italien responsable de cette situation, l'accusant de marcher la main dans la main avec les entreprises qui fabriquaient ces produits, sans que la loi les oblige à prendre leur destruction en charge. Le dernier chapitre du livre traitait du Viêt-nam et des conséquences — que l'on commençait seulement à mesurer — qu'avaient eues sur le patrimoine génétique de la population les tonnes de dioxine déversées sur le pays pendant la guerre avec les États-Unis. L'énumération des défauts génétiques, les taux élevés de fausses couches et la présence persistante de dioxine dans les poissons, dans l'eau et dans le sol lui-même rendaient les choses indéniables et, même en tenant compte de la tendance des auteurs à exagérer, effrayantes. C'étaient ces mêmes produits, affirmait le livre, que l'on répandait un peu partout en Italie, tous les jours, comme si de rien n'était.

Lorsque le commissaire arrêta sa lecture, il se rendit compte qu'il avait été manipulé; ces trois ouvrages présentaient de graves faiblesses dans leurs raisonnements, supposaient des connivences ou désignaient des coupables sans apporter de preuves. Mais il prit aussi conscience que l'une des affirmations fondamentales, présente dans les trois, était probablement vraie : une violation de la loi d'une telle étendue et jamais sanctionnée, ainsi que le refus du gouvernement de faire voter des lois plus sévères, conduisaient à supposer l'existence de liens puissants entre les contrevenants et le système politique qui aurait dû s'opposer à eux ou les poursuivre. Et si ces deux innocents avaient accidentellement mis les pieds là où il ne fallait pas, tout cela à cause d'une éruption suspecte sur le bras d'un garçonnet ?

18

AMBROGIANI rappela Brunetti vers 17 heures pour lui dire que le père de l'enfant, un sergent qui travaillait au bureau des Contrats, était toujours en poste à Vicence ; du moins sa voiture était toujours là, et le renouvellement de son immatriculation ne datait que de deux semaines ; étant donné qu'il fallait la signature du propriétaire, tout laissait à penser qu'il n'avait pas changé d'affectation.

« Où habite-t-il ?

— Nous ne le savons pas, répondit Ambrogiani. Sur les papiers, nous n'avons comme adresse qu'une boîte postale de la base ; pas celle de son domicile.

— Peux-tu te la procurer ?

— Pas sans qu'ils apprennent que nous nous intéressons à lui.

— Non, il n'en est pas question. J'ai cependant très envie de lui parler ailleurs que sur la base.

— Accorde-moi une journée. Je vais envoyer un de mes hommes dans le bureau où il travaille. Heureusement, ils portent tous un badge avec leur nom dessus. Ensuite, je m'arrangerai pour le faire filer. Ça ne devrait pas être trop difficile. De ton côté, réfléchis à la meilleure manière de le rencontrer. La plupart vivent à l'extérieur de la base ; en fait, comme il a au moins un enfant, c'est à peu près certain. Je te rappelle demain pour te raconter comment les choses se sont passées, d'accord ? »

Brunetti ne voyait pas comment mieux s'y prendre. Il se rendit compte à quel point il avait envie de sauter dans le premier train en partance pour Vicence, à quel point il avait envie de parler au père du petit garçon, à quel point il avait envie de rassembler les morceaux du puzzle : comment un pique-nique, un exanthème et une notation marginale dans un rapport médical avaient-ils pu conduire à la mort violente de deux jeunes personnes ? Pour l'instant, il ne disposait que de ces fragments ; Kayman devait pouvoir lui en fournir un autre ; tôt ou tard, en les comparant, les évaluant, les disposant de manière différente, il avait la certitude de finir par voir se profiler la logique qui se cachait dessous.

Il accepta donc la proposition du major et raccrocha après les salutations d'usage. Puis il rouvrit le livre des Verts, prit une feuille de papier dans son tiroir et commença à recopier la liste des entreprises soupçonnées de transporter illégalement des produits toxiques et de celles ayant été déjà formellement accusées de procéder à des déversements sauvages. La plupart avaient leur siège social dans le nord de l'Italie, en particulier en Lombardie, le cœur industriel du pays.

Il vérifia la date du copyright : l'ouvrage avait été publié l'année précédente, les listes n'étaient donc certainement pas périmées. Il étudia ensuite les cartes sur lesquelles figuraient, région par région, les décharges sauvages que l'on avait trouvées. Les provinces de Vicence et Vérone étaient grêlées de nombreux points noirs, en particulier dans la région située juste au nord des deux villes, sur la route conduisant au Piémont alpin. Il referma le livre, repliant avec soin la liste à l'intérieur. Il ne pouvait rien faire tant qu'il n'aurait pas parlé à Kayman, mais il brûlait toujours du désir de partir sur-le-champ pour Vicence, tout en sachant très bien que le voyage ne servirait à rien.

Le signal de l'interphone retentit. « Brunetti, dit-il en soulevant le combiné.

— Commissaire, fit la voix de Patta, je voudrais que vous veniez immédiatement dans mon bureau. »

Il s'y rendit sans attendre et frappa à la porte. On lui dit d'entrer. Le vice-questeur trônait derrière son bureau, royal comme s'il venait de passer avec succès une audition pour un film. Lorsque Brunetti entra, Patta s'escrimait à fixer une cigarette russe sur son fume-cigarette d'onyx en prenant soin de tenir le tout hors du plateau de son bureau de peur qu'une particule de tabac ne tombe sur la resplendissante perfection du meuble renaissance derrière lequel il siégeait. La cigarette s'avéra résistante et le cavaliere laissa attendre Brunetti debout jusqu'à ce qu'il ait réussi à la coincer dans l'anneau d'or de l'objet. « Brunetti, dit-il alors, après avoir allumé la cigarette et tiré quelques bouffées prudentes (peut-être pour voir si l'or ne faisait pas une différence), j'ai reçu un coup de téléphone qui m'a beaucoup affecté.

— Pas de votre femme, j'espère, monsieur », répondit le commissaire sur un ton qu'il espéra suffisamment intimidé.

Patta voulut poser la cigarette sur le bord d'un cendrier en malachite, mais dut la rattraper vivement pour l'empêcher de basculer sur le bureau, entraînée par le poids du fume-cigarette. Il la reposa de manière à ce qu'elle soit bien horizontale, mais dès qu'il lâcha l'assemblage, le poids de l'extrémité du porte-cigarettes le fit basculer à l'intérieur du cendrier rond. La cigarette se déboîta de l'embout en touchant le fond de malachite, et le fume-cigarette vint la rejoindre bruyamment.

Brunetti croisa les mains devant lui et regarda par la fenêtre, se dandinant sur place. Quand il reporta son regard sur le bureau, la cigarette était éteinte et le fume-cigarette avait disparu.

« Asseyez-vous, Brunetti.

— Merci, monsieur, répondit le commissaire, toujours aussi poli, avant de prendre place dans son siège habituel, en face du bureau.

— J'ai reçu un coup de téléphone... commença-t-il, marquant un temps d'arrêt comme s'il mettait son subordonné au défi de répéter ce qu'il avait dit la première fois. Un coup de téléphone du signor Viscardi, de Milan. » Comme Brunetti restait sans réaction, il poursuivit : « Il m'a dit que vous vous en preniez à son honorabilité. » Le commissaire se garda bien de toute réaction, et Patta fut donc forcé de s'expliquer. « D'après ce que j'ai compris, son agent d'assurances a eu droit à un coup de fil — de votre part, ajouterai-je — lui demandant comment il avait pu savoir aussi rapidement que certaines toiles lui avaient été dérobées au palazzo. » Patta aurait-il été amoureux de la femme la plus désirable au monde qu'il n'aurait pas prononcé son prénom avec plus d'adoration qu'il n'en mit dans ce mot de palazzo. « Qui plus est, le signor Viscardi a appris que Riccardo Fosco, un gauchiste connu... » Et que voulait-il dire par là, songea Brunetti, dans un pays où, depuis des années, le président de la Chambre des députés était communiste ? « ... s'était mis à poser des questions orientées sur sa situation financière. »

Le silence qui suivit était une invitation à se justifier promptement, mais Brunetti persista à ne pas réagir. « Le signor Viscardi, enchaîna alors Patta, avec une voix qui devenait lourde de sous-entendus, ne m'a pas donné spontanément cette information ; j'ai dû lui poser des questions très précises sur le traitement qu'il avait reçu à Venise. Il m'a toutefois avoué que le policier qui l'avait interrogé, je veux parler du deuxième — je ne vois d'ailleurs pas pour quelle raison il a été nécessaire d'en envoyer un deuxième, mais passons — que ce deuxième policier, donc, lui a donné l'impression de ne pas croire à ses réponses. Bien évidemment le signor Viscardi, qui est un homme d'affaires très respecté et fait partie du Rotary International... (le vice-questeur n'avait pas besoin de préciser que lui-même était membre de cette institution) a trouvé cette façon de procéder choquante, en particulier si peu de temps après avoir été brutalisé par les voyous entrés par effraction dans son domicile, pour le dépouiller d'objets de grande valeur... Vous m'écoutez, Brunetti ?

— Bien sûr, monsieur.

— Comment se fait-il, dans ce cas, que vous n'ayez rien à dire ?

— J'attendais que vous me parliez de ce coup de téléphone qui vous a tellement affecté, monsieur.

— Bon Dieu ! s'exclama Patta en frappant le bureau du plat de la main, c'est le coup de téléphone du signor

Viscardi qui m'a beaucoup affecté ! Il s'agit d'un homme qui compte, aussi bien à Milan qu'à Venise. Il dispose d'une grande influence politique et je ne voudrais pas qu'il pense — et répète — qu'il a été traité avec un tel manque d'égards par la police de cette ville.

— Je ne vois pas en quoi on a manqué d'égards envers lui, monsieur.

— Vous ne comprenez rien à rien, Brunetti, gronda Patta, les lèvres pincées de colère. Vous appelez l'agent d'assurances le jour même où la plainte est déposée, comme si vous soupçonniez des irrégularités. Et deux policiers différents se rendent à l'hôpital pour lui montrer la photo d'une personne n'ayant rien à voir avec son affaire.

— C'est lui qui vous l'a dit ?

— Oui, au bout d'un moment, et après que je lui ai affirmé que j'avais tout à fait confiance en ses déclarations.

— Et qu'a-t-il exactement déclaré, à propos de cette photo ?

— Que le deuxième policier lui avait montré la photo d'un jeune criminel et avait donné l'impression de ne pas le croire lorsqu'il avait affirmé ne pas le reconnaître.

— Comment savait-il que l'homme de la photo était un criminel ?

— Quoi ? »

Brunetti répéta sa question. « Comment savait-il que l'homme qu'on lui montrait en photo était un criminel ? Il pouvait s'agir de la photo de n'importe qui, du fils du policier, par exemple.

— Enfin, commissaire, quelle raison aurait-on eue de lui montrer une photo qui ne soit pas celle d'un criminel ? » Comme Brunetti ne répondait pas, le vice-questeur poussa un deuxième soupir excédé. « Vous êtes ridicule, Brunetti. »

Celui-ci voulut dire quelque chose, mais Patta lui coupa la parole. « Et n'essayez pas de défendre vos hommes alors que vous savez très bien qu'ils sont dans leur tort. » Devant cette façon de lui refiler la responsabilité des choses, Brunetti eut un bref instant la vision de ce que devait être une discussion entre Patta et son épouse quand il s'agissait d'évaluer les échecs et les réussites de leurs deux fils. « Mon fils a eu le prix d'excellence, le tien a raté son examen... »

« Avez-vous quelque chose à dire ? demanda finalement Patta.

— Oui. Il n'était pas capable de décrire les deux hommes qui l'ont attaqué, mais il savait pourtant exactement quels tableaux ils emportaient. »

Une fois de plus, l'entêtement de Brunetti n'était qu'une preuve supplémentaire de l'indigence de sa culture générale, aux yeux de Patta. « De toute évidence, vous n'êtes pas habitué de vivre au milieu d'objets précieux. Si quelqu'un côtoie pendant des années des pièces de grande valeur, et je parle de valeur esthétique et non simplement financière... (à son ton de voix, il était clair qu'il encourageait son subordonné à faire un grand effort d'imagination pour saisir ce concept) il finit par les connaître aussi bien que les membres de sa propre famille. C'est pourquoi, même en un éclair, même dans un moment d'anxiété comme celui qu'a connu le signor Viscardi, il a très bien pu reconnaître ces tableaux, exactement comme il aurait reconnu sa femme. » Si Brunetti se fiait à ce que lui avait appris Fosco, Viscardi aurait sans doute eu plus de mal à reconnaître sa femme que les tableaux.

Patta s'inclina sur son bureau, paternel, et demanda : « Êtes-vous capable de comprendre ce genre de choses ?

— J'en comprendrai beaucoup plus lorsque nous aurons parlé à Ruffolo.

— Ruffolo ? Qui est Ruffolo ?

— Le jeune criminel de la photo. »

Patta réagit en ne prononçant que le nom de Brunetti, mais d'un ton de voix si retenu qu'il exigeait une explication.

« Deux touristes qui étaient assis sur le pont voisin du palais ont vu trois hommes en sortir avec une valise. Ils ont tous les deux identifié Ruffolo sur la photo. »

Comme il n'avait pas pris la peine de lire le rapport sur l'affaire, Patta n'osa pas demander pour quelle raison cette information n'y figurait pas. « Il aurait très bien pu ne pas être dedans, se cacher à l'extérieur, objecta-t-il.

— C'est tout à fait possible, admit Brunetti, même si le contraire lui paraissait infiniment plus probable.

— Et ce Fosco ? C'est quoi, ces coups de téléphone qu'il a donnés à droite et à gauche ?

— Tout ce que je sais sur Fosco est qu'il est analyste financier de l'un de magazines les plus importants de ce pays. Je l'ai appelé pour me faire une idée de l'importance de signor Viscardi. Afin que nous sachions comment le traiter. » Voilà qui reflétait tellement bien la pensée de Patta que ce dernier fut incapable de mettre en doute la sincérité de Brunetti. Le commissaire trouva tout à fait inutile de présenter des excuses pour la manière un peu rude dont « ses hommes » avaient estimé judicieux d'interroger Viscardi. « Tout ce qu'il nous reste à faire, c'est mettre la main sur ce Ruffolo, et l'affaire sera réglée. Le signor Viscardi récupérera ses peintures, la compagnie d'assurances nous remerciera, et je suppose que *Il Gazzettino* publiera un article en première page de la section locale. Après tout, le signor Viscardi est quelqu'un de très important, et plus nous agirons vite, mieux ce sera pour nous. » Il se sentit soudain submergé par une vague de dégoût à l'idée de ce qu'il était obligé de faire, de ce stupide numéro clownesque, à chaque fois qu'il parlait à son supérieur. Il détourna un instant les yeux, puis revint à Patta.

Le vice-questeur arborait un sourire aussi grand que sincère. Se pouvait-il que Brunetti commence à faire preuve de bon sens, à prendre en compte certaines réalités politiques ? Dans ce cas, Patta n'estimait pas injuste qu'on lui en attribue le mérite. C'étaient de sacrés entêtés, ces Vénitiens, toujours à vouloir faire comme bon leur semblait, à vouloir employer leurs méthodes démodées. Fort heureusement, sa nomination au poste de vice-questeur les avait mis en contact avec un monde plus vaste, plus moderne, avec le monde de demain. Brunetti avait raison. Il suffisait de trouver ce Ruffolo, de récupérer les peintures, et Viscardi serait son débiteur.

« Très bien, répondit-il de ce ton coupant des policiers, dans les films américains, tenez-moi au courant, quand vous aurez attrapé ce Ruffolo. Avez-vous besoin de davantage d'hommes ?

— Non, monsieur, dit Brunetti après un instant de réflexion. Je crois que nous en avons assez pour le moment. Il suffit d'attendre qu'il fasse un faux pas. Ça ne va pas manquer d'arriver, tôt ou tard. »

Patta se désintéressait complètement de ces détails. Il voulait une arrestation, la récupération des tableaux et le soutien de Viscardi, au cas où il déciderait de se présenter aux élections municipales. « Très bien. Et n'oubliez pas de me prévenir dès que vous avez quelque chose. » Son ton était, cette fois-ci, de ceux qui donnent congé sans avoir à le dire. Il tendit la main vers son paquet de cigarettes mais Brunetti, peu disposé à assister de nouveau à la cérémonie, prit précipitamment congé et descendit parler à Vianello.

« Aucune nouvelle de Ruffolo ?

— Indirectement, si, répondit Vianello, qui esquissa le geste de se lever de sa chaise par déférence pour son supérieur, mais se rassit aussitôt.

— C'est-à-dire ?

— C'est-à-dire qu'il semble vouloir nous parler.

— Et d'où tiens-tu cela ?

— De quelqu'un qui connaît quelqu'un qui le connaît.

— Et qui a parlé à ce quelqu'un ?

— Moi. C'est l'un de ces gosses de Burano. Vous savez, ceux qui ont volé un bateau de pêche, l'an dernier. Depuis qu'on a passé l'éponge, je me suis dit qu'il me devait bien une faveur et j'ai été lui dire deux mots hier. Je n'avais pas oublié qu'il avait été le camarade de classe de notre Peppino. Il m'a rappelé il y a environ une heure. Il m'a simplement dit que cette autre personne avait parlé à quelqu'un qui avait vu Ruffolo, et qu'il voulait nous parler.

— À quelqu'un en particulier ?

— Sans doute pas à vous, j'imagine, étant donné que vous l'avez déjà arrêté deux fois.

— Veux-tu t'en charger, Vianello ? »

Le policier haussa les épaules. « Je veux bien, mais j'espère qu'il ne va pas trop nous compliquer la vie. Il n'a rien eu à faire pendant deux ans, sinon regarder des films policiers américains à la télé, et j'ai bien peur qu'il propose une rencontre à minuit, en bateau, sur la lagune.

— Ou au cimetière à l'aube, au moment où les vampires regagnent leur tanière.

— Si seulement ça pouvait être dans un bar ; on pourrait s'installer confortablement et boire un coup.

— Où que ce soit, vas-y.

— Dois-je l'arrêter ?

— Non, surtout pas. Demande-lui simplement ce qu'il a de si important à nous dire, pour voir le genre de magouille qu'il veut nous proposer.

— Voulez-vous que quelqu'un le suive, au moins ?

— Non. Il sera probablement sur ses gardes. Et il va paniquer s'il se rend compte qu'on le suit. Vois seulement ce qu'il veut. Si ses exigences sont raisonnables, accepte.

— Pensez-vous qu'il va nous parler de Viscardi ?

— Quelle autre raison aurait-il de vouloir nous parler ?

— Aucune, en effet. »

Alors que Brunetti se tournait pour repartir, Vianello lui lança une dernière question. « Et si je conclus un accord avec lui ? Devrons-nous pour autant le respecter ? »

Le commissaire fit volte-face et regarda longuement Vianello. « Évidemment. Si les criminels ne peuvent plus compter sur notre parole de flic lorsque nous concluons un compromis illégal avec eux, en quoi pourront-ils croire ? »

19

IL N'Y EUT AUCUNE NOUVELLE d'Ambrogiani le lendemain, et Vianello ne réussit pas à prendre contact avec le garçon de Burano. Le surlendemain, il n'y avait toujours rien, lorsque Brunetti revint de déjeuner. C'est seulement que vers 17 heures que Vianello arriva avec cette nouvelle : le garçon l'avait appelé et un rendez-vous avait été pris pour le samedi après-midi, Piazzale Roma. Une voiture viendrait prendre le policier, qui ne devrait pas être en uniforme, et l'amènerait à un endroit où Ruffolo lui parlerait. Après avoir donné ces explications, Vianello sourit et commenta : « Hollywood.

— Cela signifie qu'il va leur falloir probablement voler une voiture.

— Et qu'on ne risque pas de prendre un verre, je suppose, ajouta Vianello d'un ton résigné.

— Quel dommage qu'ils aient démoli le Pullman Bar... Tu aurais pu t'en jeter un petit dernier avant l'expédition.

— Ça ne risque pas. Je dois attendre à l'arrêt du bus numéro 5. Ils viendront s'y garer, et je monterai.

— Et comment vont-ils te reconnaître ? »

Vianello ne rougit-il pas ? « Je dois tenir un bouquet d'œillets rouges à la main. »

Brunetti ne put se contenir et éclata de rire. « Des œillets rouges ? Toi ? Seigneur Dieu, j'espère qu'aucun de tes amis ne te verra, en civil, prêt à quitter la ville en bus, un bouquet d'œillets rouges à la main !

— J'en ai parlé à ma femme. Ça ne lui plaît pas, mais

alors là, pas du tout, sans compter que je dois prendre mon samedi après-midi. On devait sortir dîner en ville et je vais en entendre parler pendant des mois.

— Voici ce que je te propose, Vianello. Va à ce rendez-vous, et on te remboursera même les œillets, pourvu que tu nous ramènes une facture. Et j'arrangerai les tours de service de manière à ce que tu aies ton vendredi et ton samedi libres, la semaine prochaine, d'accord ? » C'était le moins qu'il pouvait faire pour cet homme qui acceptait de courir le risque de se mettre à la merci de criminels notoires et qui, plus courageusement encore, prenait celui de mettre sa femme en colère.

« Je vous remercie, monsieur, mais ça ne me plaît pas.

— Écoute, tu n'es pas obligé, Vianello. De toute façon, on lui mettra la main dessus un jour ou l'autre.

— Non, ça ira, monsieur. Il n'a jamais été bête au point de s'en prendre à l'un de nous, jusqu'ici. Et je le connais, depuis la dernière fois. »

Vianello, se souvint Brunetti, avait deux enfants et un troisième en route. « Si ça marche, c'est à toi que reviendront les lauriers. Ça aide, pour les promotions.

— Oh, sensationnel... mais lui, ajouta-t-il avec un regard vers le plafond, c'est-à-dire vers le bureau de Patta, est-ce que ça va lui plaire, si l'on arrête son ami le signor politiquement important Viscardi ?

— Allons voyons, Vianello, tu sais bien ce qu'il va faire. Une fois Viscardi derrière les barreaux et un dossier accablant solidement ficelé, Patta ira raconter partout qu'il avait eu des soupçons dès le début mais qu'il avait gardé une attitude amicale vis-à-vis de Viscardi pour mieux le faire tomber dans le traquenard qu'il lui avait tendu. » Comme le leur avait appris une longue expérience, c'était en effet ainsi que les choses avaient toutes les chances de se passer.

Ces spéculations sur le comportement de leur patron furent brusquement interrompues par la sonnerie du téléphone. Vianello répondit en donnant son nom, écouta un moment, puis tendit l'appareil à Brunetti. « C'est pour vous, monsieur.

— Oui, Brunetti, dit-il, ressentant une bouffée d'excitation quand il reconnut la voix du major Ambrogiani.

— Il est toujours ici. L'un de mes hommes l'a suivi jusqu'à son domicile ; il habite Grisignano, à environ vingt minutes de la base.

— Le train s'y arrête bien, n'est-ce pas ? demanda Brunetti, organisant déjà son déplacement.

— Seulement l'express régional. Quand veux-tu le rencontrer ?

— Demain matin.

— Attends une minute. Je consulte les horaires. » Brunetti entendit le bruit du téléphone qu'on reposait, puis au bout d'un moment, la voix d'Ambrogiani s'éleva de nouveau. « Il y a en un qui quitte Venise à 8 heures et arrive à Grisignano à 8 h 43.

— Il n'y en a pas avant ?

— Si, à 6 h 24.

— Peux-tu m'envoyer quelqu'un à celui-ci ?

— Mais voyons, Guido, ça te fait arriver à 7 h 30 ! protesta Ambrogiani, presque plaintif.

— Je tiens à lui parler à son domicile et on ne peut pas risquer de le voir partir avant.

— N'oublie pas qu'on n'a pas le droit de débarquer ainsi chez les gens avant 8 heures du matin, Guido, même si ce sont des Américains.

— Donne-moi l'adresse, et je vais m'arranger pour avoir une voiture. » Dans l'instant même où il disait cela, il savait que c'était impossible. La réquisition d'un véhicule finirait par remonter jusqu'à Patta et ne lui vaudrait que des ennuis.

« Tu es une sacrée tête de mule, hein ? observa Ambrogiani, mais avec plus d'admiration que de colère dans la voix. Très bien, j'irai en personne t'attendre au train. Je prendrai ma voiture personnelle. Comme ça, nous pourrons nous garer près de sa maison sans que tout le voisinage se demande ce que nous fabriquons ici. » Brunetti, aux yeux de qui les automobiles étaient des engins exotiques, ne s'était pas arrêté à ce genre de considération : un véhicule appartenant aux carabiniers ou à la police avait en effet toutes les chances de provoquer une certaine émotion dans un quartier tranquille.

« Merci, Giancarlo, j'apprécie.

— J'espère bien. 7 h 30, samedi matin », conclut Ambrogiani avec une note d'incrédulité dans la voix, reposant le combiné avant que Brunetti puisse ajouter autre chose. Lui, au moins, n'aurait pas à se balader avec un bouquet d'œillets rouges à la main.

Le lendemain matin, il parvint à arriver à la gare assez en avance pour avoir le temps de prendre un café avant le départ du train ; si bien qu'il fut raisonnablement courtois vis-à-vis d'Ambrogiani lorsqu'il le retrouva à la minuscule gare de Grisignano. Le major, habillé d'un pantalon de velours côtelé gris et d'un chandail épais, lui parut étonnamment frais et dispos, comme s'il était debout depuis des heures — chose qui, étant donné son humeur, parut légèrement agaçante à Brunetti. Un café était ouvert en face de la gare, et ils s'y arrêtèrent pour prendre un express et une brioche ; d'un mouvement du menton, Ambrogiani fit signe au barman d'ajouter de la grappa à son café. « Ce n'est pas loin d'ici, à quelques kilomètres. Ils habitent dans une maison mitoyenne à celle de leur propriétaire. » Voyant le regard interrogatif de Brunetti, il ajouta : « Un de mes hommes est allé poser quelques questions. Pas grand-chose à dire. Trois enfants. Habitent ici depuis plus de trois ans, ont toujours payé ponctuellement leur loyer, s'entendent bien avec le propriétaire. Sa femme est italienne, ce qui arrondit les angles avec les voisins.

— Et le petit garçon ?

— Il est revenu d'Allemagne.

— Comment va-t-il ?

— Il reprend l'école ce mois-ci. Il a l'air en parfaite santé, mais un des voisins nous a dit qu'il avait une vilaine cicatrice au bras, comme s'il avait été brûlé. »

Brunetti finit son café et reposa la tasse sur le comptoir. « Allons-y. Je te dirai ce que je sais en chemin. »

Ils empruntèrent un itinéraire paresseux de voies et de routes bordées d'arbres, tandis que Brunetti expliquait à Ambrogiani ce qu'il avait appris dans ses lectures et lui parlait du rapport médical concernant Daniel Kayman joint à la revue médicale.

« On dirait qu'elle, ou Foster, ont reconstitué l'histoire. Mais cela n'explique toujours pas pour quelle raison on les a tués tous les deux.

— C'est aussi ce que tu penses ? »

Le major détourna un instant le regard de la route. « Je n'ai jamais cru qu'on avait tué Foster pour le voler et je ne crois pas l'explication de la mort du docteur Peters par overdose. En dépit du mal qu'ils se sont donné pour soigner les apparences. »

Ambrogiani s'engagea sur une route plus étroite et s'arrêta à une centaine de mètres de deux maisons mitoyennes blanches, édifiées en retrait de la route et entourées d'une barrière métallique. Les deux entrées jumelles s'ouvraient sur un porche surplombant les deux garages. Dans l'allée, deux bicyclettes gisaient au sol avec cet aspect d'abandon complet que seules les bicyclettes parviennent à avoir.

« J'aimerais en savoir un peu plus sur ces produits chimiques, dit Ambrogiani après avoir coupé le moteur. J'ai essayé de me renseigner, hier au soir, mais on aurait dit que personne ne savait rien de précis sur eux, en dehors du fait qu'ils sont dangereux.

— Je n'ai pas l'impression d'en avoir appris beaucoup plus dans ce que j'ai lu, admit Brunetti. Pour commencer, il en existe toute une gamme, un véritable cocktail mortel. Ils sont faciles à produire et la plupart des usines semblent en avoir besoin, ou en créent sans le vouloir comme sous-produits de ce qu'ils fabriquent ; le problème, c'est de s'en débarrasser. Autrefois, on pouvait les jeter n'importe où, mais c'est plus difficile aujourd'hui. Trop de gens se plaignent qu'on les dépose derrière chez eux.

— Est-ce qu'il n'y a pas eu quelque chose dans les journaux, il y a deux ou trois ans, à propos d'un bateau, le *Karen B* ou un nom dans ce genre ? Il est allé jusqu'en

Afrique et a été obligé de faire demi-tour pour finalement se retrouver à Gênes. »

L'évocation précise du major rappela aussitôt l'histoire à Brunetti, qui se souvenait des manchettes sur *Le bateau empoisonné*, un cargo qui avait tenté de se débarrasser de son chargement dans un port africain, mais à qui l'on avait refusé l'accès. Si bien qu'il avait erré en Méditerranée pendant d'interminables semaines, pour la plus grande joie des journalistes que l'histoire passionnait autant que celle de ces dauphins fous qui, tous les deux ou trois ans, essaient de remonter le Tibre. Finalement, le *Karen B* avait accosté à Gênes, et on n'en avait plus entendu parler. Comme si le bateau avait coulé au fond de la Méditerranée, le *Karen B* disparut des journaux et des écrans de la télévision italienne. Quant aux poisons qu'il transportait, plusieurs centaines de tonnes de substances mortelles, ils disparurent tout aussi complètement, sans que personne ne sache comment ni où — ni ne le demande.

« Oui, mais je ne me souviens pas de ce qu'était exactement sa cargaison, dit Brunetti.

— Nous n'avons jamais eu d'affaire semblable ici, dit Ambrogiani sans éprouver le besoin de préciser que le « nous » désignait les carabiniers et « affaire semblable » un dépôt illégal de produits toxiques. À vrai dire, j'ignore même si la question est de notre ressort et si nous aurions le droit de procéder à des arrestations. »

Aucun des deux ne voulut rompre le silence qui suivit, et qu'avait provoqué cette réflexion. C'est finalement Brunetti qui reprit la parole. « Intéressant, non ?

— Que personne ne semble responsable de faire respecter la loi — si loi il y a ? demanda Ambrogiani.

— Oui. »

Mais ils ne poursuivirent pas dans cette voie. La porte qu'ils surveillaient tout en parlant venait de s'ouvrir, sur la maison de gauche. Un homme sortit sur le porche, descendit les marches, ouvrit la porte du garage, puis alla dégager les bicyclettes qui encombraient l'allée. Lorsqu'il disparut dans le garage, Brunetti et Ambrogiani descendirent de voiture et se dirigèrent vers la maison.

Au moment où ils arrivaient à hauteur du portail, une voiture sortit en marche arrière du garage et s'immobilisa ; le conducteur en sortit, laissant la portière ouverte et le moteur tourner au ralenti, et alla vers le portail. Soit il ne vit pas les deux hommes, soit il préféra les ignorer. Il fit sauter le loquet, tira les battants et repartit vers son véhicule.

« Sergent Kayman ? » lança Brunetti assez fort pour couvrir le bruit du moteur.

L'homme se retourna en s'entendant appeler par son nom. Les deux représentants de l'ordre s'avancèrent de quelques pas mais s'arrêtèrent au portail, pour ne pas entrer sans invitation dans une propriété privée. Du coup, l'Américain leur fit signe d'avancer d'un geste de la main, puis il se pencha par la portière pour couper le contact.

Kayman était un grand blond qui se tenait légèrement voûté, attitude peut-être adoptée à l'origine pour dissimuler sa taille, mais devenue habituelle. Il se déplaçait avec cette décontraction si fréquente chez les Américains — décontraction qui leur va si bien quand ils sont en tenue ordinaire et qui leur donne un air si emprunté dès qu'ils s'habillent un peu. Il se dirigea vers eux, une expression ouverte et intriguée sur le visage ; il ne souriait pas, mais il n'était nullement soupçonneux.

« Oui ? demanda-t-il en anglais. C'est moi que vous cherchez, les gars ?

— Sergent Edward Kayman ? demanda Ambrogiani.

— Ouais. Je peux faire quelque chose pour vous ? Un peu de bonne heure, non ? »

Brunetti avança d'un pas, la main tendue. « Bonjour, sergent. Je m'appelle Guido Brunetti, et j'appartiens à la police de Venise. »

L'Américain avait une poigne solide et franche. « Hé, c'est pas la porte à côté, monsieur Brunetti », remarqua-t-il, transformant les deux *t* finaux du nom en *d*.

C'était un effort pour plaisanter, et Brunetti sourit donc. « Oui, c'est vrai. Mais j'aimerais pouvoir vous poser quelques questions, sergent. » Ambrogiani sourit, salua d'un hochement de tête, mais ne fit aucune tentative pour se présenter, laissant le commissaire mener la conversation.

« Posez toujours, posez toujours, dit Kayman, ajoutant, désolé de ne pas vous inviter à prendre un café, mais ma femme dort encore et elle va me tuer si je réveille les enfants. Le samedi est le seul jour où elle peut faire un peu de grasse matinée.

— Je comprends, dit Brunetti. C'est la même chose chez moi. J'ai dû moi-même filer comme un voleur, ce matin. » Ils eurent un sourire complice devant cette incroyable tyrannie exercée par les femmes dormeuses et le policier reprit : « C'est à propos de votre fils.

— Daniel ?

— Oui.

— C'est bien ce que je pensais.

— Vous n'avez pas l'air surpris », remarqua Brunetti.

Avant de répondre, Kayman recula d'un pas pour s'adosser à la voiture. Brunetti en profita pour se tourner vers Ambrogiani et lui demander, en italien, s'il suivait la conversation. Le carabinier hocha affirmativement la tête.

Le sergent croisa les chevilles et tira un paquet de cigarettes de sa poche. Il le tendit aux Italiens, mais l'un et l'autre refusèrent d'un signe de tête. Il en alluma une avec un briquet qu'il tint dans ses mains en coupe pour le protéger d'une brise inexistante, puis remit briquet et paquet dans sa poche.

« C'est à propos de l'affaire de cette doctoresse, n'est-ce pas ? » demanda-t-il. Il rejeta la tête en arrière et exhala un long nuage de fumée.

« Qu'est-ce qui vous fait dire cela, sergent ?

— C'est pas très sorcier, hein ? Elle était le médecin de Danny et je peux vous dire qu'elle était dans tous ses états quand elle a vu l'aspect que prenait son bras. Elle n'arrêtait pas de me demander ce qui s'était passé, puis ç'a été au tour de son petit ami, celui qui a été tué à Venise, de me bombarder de questions.

— Vous saviez qu'il était son petit ami ? demanda Brunetti, sincèrement étonné.

— En fait, ce n'est qu'après sa mort que les gens ont

parlé, mais je suis bien tranquille qu'ils étaient pas mal à le savoir, avant. Ce n'était pas mon cas, mais je ne travaillais pas avec eux. Vous savez, nous ne sommes que quelques milliers, tous à vivre et bosser ensemble. Personne ne peut garder ce genre de secret, en tout cas, pas bien longtemps.

— Quel genre de questions vous a-t-il posé ?

— Il voulait savoir où Danny était passé exactement, ce jour-là. Et ce que nous avions vu, nous. Des trucs dans ce genre.

— Que lui avez-vous répondu ?

— Que je ne savais pas.

— Et vous ne saviez pas ?

— Pas exactement, si vous préférez. On était allé du côté d'Aviano, ce jour-là, près du lac Barcis, mais nous nous sommes arrêtés à un autre endroit en revenant de la montagne, et c'est là que nous avons pique-niqué. Danny est allé se promener tout seul dans les bois pendant un moment, mais il ne se rappelait plus où il était tombé, pas de manière précise. Je l'ai dit à Foster, j'ai essayé de lui décrire le coin, mais je ne me souvenais pas vraiment de l'endroit exact où j'avais garé la voiture. Avec trois mômes et un chien à surveiller, on ne fait pas attention à ce genre de détail.

— Qu'est-ce qu'il a fait, quand vous lui avez dit que vous ne vous souveniez pas ?

— Bon sang, il voulait que je remonte là-haut avec lui, qu'on se tape toute la route jusque là-bas un samedi pour chercher le coin, voir si je pouvais me rappeler où nous nous étions arrêtés.

— L'avez-vous fait ?

— Jamais de la vie. J'ai trois gosses, une femme et, si j'ai de la chance, un jour de congé par semaine. Je n'avais pas envie de le passer à courir les montagnes, à la recherche du fichu emplacement où nous avions pique-niqué. Sans compter que c'était l'époque où Danny était à l'hôpital, et que je n'allais pas laisser ma femme toute seule pour aller à la chasse au canard sauvage.

— Quelle a été son attitude devant votre refus ?

— J'ai bien vu qu'il était pas mal en colère, mais je lui ai répété que je ne pouvais tout simplement pas le faire, et il a eu l'air de se calmer. Il n'a pas insisté, mais j'ai l'impression qu'il y est allé lui-même pour jeter un coup d'œil, peut-être avec le docteur Peters.

— Qu'est-ce qui vous le fait dire ?

— Il s'est adressé à l'un de mes amis, qui travaille à la clinique dentaire. Il est technicien de radiologie, et il m'a dit que ce vendredi après-midi, Foster était venu lui demander de lui prêter son témoin pour le week-end.

— Son quoi ?

— Son témoin. C'est comme ça qu'ils l'appellent, en tout cas. Vous savez, cette petite carte qu'ils portent en permanence, tous ceux qui ont affaire aux rayons X. En cas d'exposition anormale, elle change de couleur. Je ne sais pas s'il y a un autre nom. » Brunetti acquiesça, sachant de quoi il voulait parler. « Bref, mon ami lui a prêté le témoin, et il le lui a rendu le lendemain matin, juste à l'heure. Comme promis.

— Et le témoin ?

— Il n'avait pas bougé. Toujours de la même couleur.

— D'après vous, pour quelle raison a-t-il fait cet emprunt ?

— Vous ne l'avez pas connu, n'est-ce pas ? » demanda-t-il à Brunetti. Ce dernier secoua la tête. « C'était un drôle de numéro. Sacrément sérieux. Sérieux dans son boulot, dans... dans tout. Il était aussi très croyant, j'ai l'impression, mais pas comme ces cinglés d'évangélistes. Quand il avait décidé que quelque chose était juste, rien ne l'aurait empêché de le faire. Et il s'était mis dans la tête que... quoi exactement, je n'en sais rien, mais toujours est-il qu'il voulait savoir où Danny avait touché le truc qui avait provoqué cette allergie.

— Ah, c'était donc une allergie ?

— C'est ce qu'on nous a dit quand il est revenu d'Allemagne. Son bras est vraiment dans un sale état ; d'après les médecins, pourtant, il devrait finir par guérir. Cela peut prendre un an, mais la cicatrice disparaîtra, ou sera au moins très atténuée. »

Pour la première fois, Ambrogiani prit la parole. « Vous ont-ils dit à quoi il était allergique ?

— Non, ils n'ont pas réussi à le trouver. D'après eux, c'est sans doute de la sève ou de la résine d'arbre, d'une espèce qu'on trouve dans ces montagnes. Ils ont fait des tas de tests sur le garçon. » À cette évocation, son visage s'adoucit et un orgueil sans mélange lui fit briller le regard. « Il ne s'est jamais plaint, pas une fois, ce gosse. Un vrai petit homme. Je ne suis pas peu fier de lui.

— Mais ils ne vous ont pas dit à quoi il était allergique...

— Non. Sur quoi ces abrutis ont perdu le dossier médical de Danny, en particulier tout ce qui concernait l'Allemagne. »

Brunetti et Ambrogiani échangèrent un regard, et Brunetti demanda, « Savez-vous si Foster a retrouvé l'endroit ?

— Peux pas dire. Il a été tué deux semaines après avoir emprunté le témoin, et je ne lui avais pas reparlé entre-temps. Si bien que je ne le sais pas. Je suis désolé de ce qui lui est arrivé. C'était un type correct, et je trouve navrant que son amie ait si mal pris la chose. J'ignorais qu'ils étaient à ce point... » Il n'arriva pas à trouver les mots justes et s'interrompit.

« C'est ce que croient les gens, que le docteur Foster s'est fait une overdose à cause de Foster ? »

Cette fois-ci, ce fut au militaire de se montrer surpris. « Sinon, ça ne rime à rien, non ? Elle était médecin ; si quelqu'un devait savoir faire une piqûre, c'était bien elle.

— Oui, sans doute, admit Brunetti, se sentant un peu coupable de trahison.

— C'est drôle, tout de même. Si je n'avais pas été aussi inquiet pour Danny, il y a quelque chose que j'aurais pu dire à Foster et qui l'aurait peut-être aidé à trouver l'endroit.

— Ah bon ? fit Brunetti, s'efforçant de conserver un ton dégagé.

— Ce jour-là, nous avons vu deux camions arriver là-haut et s'engager dans un chemin de traverse, au milieu des collines. Ça m'était complètement sorti de l'esprit lorsque Foster m'a posé la question. J'aurais pu lui faire gagner pas mal de temps. Il aurait suffi d'aller demander à M. Gamberetto ce que ses camions fichaient là, un samedi, et le sergent aurait tout de suite trouvé l'endroit.

— M. Gamberetto ? demanda poliment Brunetti.

— Oui, c'est le type qui a le contrat des enlèvements d'ordures de la base. Son camion vient deux fois par semaine pour prendre les produits classés. Vous savez, les déchets médicaux de l'hôpital, les radios de la clinique dentaire. Je crois qu'il prend aussi les résidus du parc automobile. Le liquide des transformateurs, les huiles de vidange. Ses camions ne portent pas son nom, mais ils ont tous une bande rouge latérale, et ce sont des poids lourds de ce genre que j'ai vus du côté du lac Barcis, ce jour-là. » Il marqua un temps d'arrêt. « Je me demande vraiment comment je n'ai pas pensé à le dire à Foster. Mais Danny venait de partir en Allemagne, et je ne devais pas avoir la tête bien claire.

— Vous travaillez au bureau des Contrats, n'est-ce pas, sergent ? » demanda Ambrogiani.

L'américain ne donna pas l'impression de trouver étrange que son interlocuteur soit au courant. « Oui, en effet.

— Avez-vous l'occasion de parler avec ce M. Gambe retto ?

— Non, je ne l'ai jamais vu. Je connais simplement son nom parce qu'il figure sur les contrats.

— Il ne vient pas les signer dans vos bureaux ? s'étonna Ambrogiani.

— Non, c'est l'un de nos officiers qui va dans les siens. Je suppose qu'il se fait offrir le restaurant à chaque fois. Il nous ramène les contrats signés et les choses suivent leur cours normal. » Brunetti n'eut pas besoin d'échanger un coup d'œil avec Ambrogiani, cette fois, pour se faire confirmer ce qu'il soupçonnait : que l'officier en question obtenait peut-être de M. Gamberetto beaucoup plus qu'un repas gratuit.

« Est-ce le seul contrat de ce Gamberetto ?

— Non, monsieur. Il en a un autre pour la construction du nouvel hôpital. Elle devait commencer il y a quelque temps, en principe, mais il y a eu la guerre du Golfe, et tous les projets ont été mis en attente. On dirait cependant que les choses s'arrangent, et je suppose que les travaux vont commencer au printemps, dès qu'il sera facile de creuser les fondations.

— Est-ce un gros contrat ? demanda Brunetti. Un hôpital, ce n'est pas rien.

— Je ne me souviens pas des chiffres exacts, parce que cela fait un moment qu'il a été rédigé mais on ne doit pas être loin des dix millions de dollars. En fait, la signature date de trois ans. Cela doit faire nettement plus, à l'heure actuelle.

— Oui, très probablement », dit Brunetti. Soudain, des aboiements frénétiques, en provenance de la maison, leur firent tourner la tête à tous les trois. La porte s'entrouvrit et un gros chien noir en jaillit, comme catapulté. Il dévala les marches, aboyant toujours aussi frénétiquement, courut droit sur Kayman, lui sauta dessus et se mit à lui lécher le visage. Puis la bête — une chienne, en fait — se tourna vers les deux Italiens qu'elle inspecta d'un coup d'œil, avant de courir sur la pelouse où elle s'accroupit pour se soulager. Cela fait, elle revint à Kayman et lui sauta de nouveau dessus, lui visant le visage de la truffe.

« Couchée, Kitty Kat », dit l'Américain sans la moindre conviction. La chienne bondit de nouveau et entra en contact avec sa joue. « Ça suffit, arrête, maintenant. » Elle l'ignora, courut prendre son élan pour le prochain saut et revint à la charge. « Méchante chienne ! » protesta Kayman d'un ton qui disait le contraire. Il la repoussa au sol des deux mains en lui empoignant la peau du cou, et se mit à la gratter vigoureusement. « Désolé. J'espérais filer en douce sans elle. Dès qu'elle me voit prendre la voiture, elle devient folle si je ne l'emmène pas. Elle adore rouler.

— Nous ne voulons pas vous retarder davantage, sergent. Vos réponses nous ont été très utiles », dit Brunetti en lui tendant la main. Le chien suivit son mouvement des yeux, la langue pendante. Kayman libéra sa main droite et serra celle de Brunetti d'un geste maladroit, encore plié en deux pour tenir la chienne. Puis il serra celle d'Ambrogiani. Quand ses deux visiteurs eurent tourné les talons, il ouvrit la portière et laissa la bête monter d'un bond avant lui.

Lorsque le véhicule arriva en marche arrière, Brunetti, qui se tenait à la hauteur du portail, fit signe au sergent Kayman qu'il allait le fermer. L'Américain attendit que ce soit fait avant d'engager une vitesse et de partir, sans se presser. La dernière image qu'en eurent le policier et le carabinier fut en réalité le museau de la chienne dépassant de la vitre arrière pour humer l'air.

20

QUAND LE MUSEAU de l'animal eut disparu dans un virage, Ambrogiani se tourna vers Brunetti et demanda : « Alors ? »

Sans répondre, le policier se dirigea vers la voiture. Quand les deux hommes y furent montés, Ambrogiani ne lança pas tout de suite le moteur. « Très gros contrat, la construction d'un hôpital, remarqua finalement Brunetti. Très gros contrat pour le signor Gamberetto.

— Très, en effet.

— Ce nom te dit-il quelque chose ?

— Oh, que oui, répondit le carabinier. C'est celui d'un homme que l'on nous a conseillé de laisser tranquille. »

Devant le regard intrigué que lui lança le Vénitien, Ambrogiani s'expliqua. « Bien entendu, les choses ne nous ont jamais été dites de manière aussi explicite, ce n'est pas un ordre que nous avons reçu ; n'empêche que l'idée que l'on ne devait pas examiner de trop près les affaires de signor Gamberetto a filtré jusqu'à nous.

— Et sinon ?

— Oh, répondit Ambrogiani avec un petit rire, les menaces ne sont jamais exprimées de façon très claire. Simplement suggérées, et quiconque a tant soit peu de jugeote comprend tout de suite.

— Et évite le signor Gamberetto ?

— Exactement.

— Intéressant, murmura Brunetti.

— Très.

— Autrement dit, vous le traitez comme si c'était un entrepreneur comme les autres, vaquant honnêtement à ses affaires dans la région ? »

Ambrogiani acquiesça.

« Et en particulier auprès du lac Barcis, on dirait.

— Oui, on dirait.

— Crois-tu que tu pourrais en apprendre un peu plus sur lui ?

— Je peux toujours essayer.

— C'est-à-dire ?

— C'est-à-dire que si c'est un poisson de taille moyenne, je mettrai la main sur ces renseignements. Si c'est un gros poisson, en revanche, il y a des chances pour que je ne trouve pas grand-chose — ou bien que nous ayons affaire à un monsieur on ne peut plus respectable, ayant de bonnes relations politiques. Ce qui confirmera ce que nous savons déjà, que notre homme a des amis très haut placés.

— La Mafia ? »

Ambrogiani haussa une épaule en guise de réponse.

« Même ici, dans le Nord ?

— Et pourquoi pas ? Il faut bien qu'ils aillent quelque part. Dans le Sud, ils ne font que s'entre-tuer. Combien de meurtres depuis le début de l'année ? Deux cents ? Deux cent cinquante ? Du coup, ils ont commencé à migrer.

— Le gouvernement ? »

Le carabinier eut ce petit ricanement de dégoût que les Italiens réservent comme prologue à toute discussion sur ce sujet. « Bien malin qui peut distinguer maffieux et politiciens. »

Ce jugement était plus sévère et entier que celui qu'aurait porté Brunetti, mais le réseau d'information des carabiniers couvrait toute l'Italie, et le major en savait peut-être plus que lui.

« Et toi, de ton côté ? demanda Ambrogiani.

— Je donnerai quelques coups de fil dès mon retour. Il y a des gens qui me doivent quelques services. » Il ne précisa pas que l'un des appels qui risquait d'être le plus fructueux serait sans doute tout le contraire d'une demande de faveur.

Il restèrent un bon moment à méditer. Finalement, Ambrogiani tendit la main vers la boîte à gants, l'ouvrit, fouilla dans la pile des cartes qui s'y trouvaient et en sortit une. « Tu as tout ton temps ? demanda-t-il.

— Oui. Il faut combien pour aller là-haut ? »

Au lieu de répondre, Ambrogiani déploya la carte devant lui, l'appuyant contre le volant. Il la parcourut de son gros doigt jusqu'à ce qu'il ait trouvé ce qu'il cherchait. « Voilà. Le lac Barcis. » Son index descendit alors en ligne droite pour atteindre Pordenone. « Une heure et demie ; deux tout au plus. C'est de l'autoroute, pour l'essentiel. Qu'est-ce que tu en dis ? »

En guise de réponse, Brunetti prit sa ceinture de sécurité et fit claquer la pièce métallique dans l'ancrage.

Deux heures plus tard, ils se retrouvaient sur la route en lacets conduisant au lac, au milieu d'une vingtaine d'autres voitures ; la caravane était coincée derrière un énorme camion chargé de gravier, qui devait avancer à dix kilomètres à l'heure. Ambrogiani était constamment obligé de passer de seconde en première, car le poids lourd devait négocier les épingles à cheveux en deux fois. De temps en temps, une voiture remontait la file pour venir se rabattre en catastrophe entre deux des voitures collées au camion, se forçant un passage à coups de klaxon. Cela était compensé par la brusque sortie d'un autre véhicule qui se garait comme il le pouvait sur le bas-côté trop étroit : le conducteur bondissait jusqu'à son capot, le soulevait, et commettait parfois l'erreur fatale d'ouvrir le bouchon du radiateur.

Brunetti aurait bien aimé proposer un arrêt, étant donné qu'il n'était pas pressé et qu'on ne les attendait pas ; il avait beau n'être lui-même qu'un piètre conducteur, il savait cependant qu'il valait mieux s'abstenir de faire ce genre de suggestion. Au bout d'environ vingt minutes, le camion alla se ranger sur un refuge assez grand pour lui — refuge certainement conçu dans ce but — et les voitures accélérèrent ; certains conducteurs remercièrent d'un salut de la main, d'autres n'en prirent même pas la peine. Dix minutes plus tard, ils arrivaient dans la petite ville de Barcis ; Ambrogiani tourna à gauche et prit une route étroite qui descendait jusqu'au lac.

Une fois au bord, Ambrogiani se gara et descendit de voiture, manifestement mis à cran par la conduite. « Allons prendre quelque chose, proposa-t-il, se dirigeant vers un café dont l'immense véranda donnait sur le lac. Il se laissa tomber sur une chaise placée à l'ombre d'un parasol ; les eaux étaient d'un bleu presque surnaturel, dans l'écrin des montagnes qui se dressaient sur l'autre rive. Un garçon vint prendre leur commande et réapparut quelques minutes plus tard avec deux cafés et deux verres d'eau minérale.

Lorsque Brunetti eut fini son café et pris une gorgée d'eau, il dit : « Bon ?

— Charmant endroit, n'est-ce pas ?

— Oui, c'est superbe. Que sommes-nous, des touristes ?

— Disons que oui. Quel dommage que nous ne puissions pas passer la journée ici, à regarder le lac... »

Ne sachant pas dans quelle mesure le major plaisantait, Brunetti se sentit un peu mal à l'aise. Cependant, l'homme n'avait pas tort : il aurait été agréable de paresser dans cet endroit. Il se prit à espérer que les deux jeunes Américains avaient pu passer un week-end ici, indépendamment du motif de leur venue. C'était un site merveilleux pour des amoureux. De toute façon, se corrigea-t-il, n'importe quel coin est merveilleux, lorsqu'on est amoureux.

Il appela le garçon et paya. Ils avaient décidé, pendant qu'ils roulaient, de ne pas attirer l'attention en posant des questions sur des camions à bande rouge s'engageant sur des chemins de terre. Ils étaient ici en touristes, même s'ils avaient veston et cravate, et des touristes avaient parfaitement le droit de s'arrêter sur une aire de pique-nique pour profiter du panorama montagneux — pendant que la circulation passait non loin. Comme ils ignoraient combien de temps il leur faudrait attendre, il alla demander au garçon s'il ne pouvait pas leur préparer quelques sandwichs à emporter. Jambon et fromage était tout ce que l'homme avait à leur proposer ; Ambrogiani acquiesça, lui dit d'en faire deux de chaque et d'y ajouter une bouteille de vin rouge et deux verres en plastique.

Munis de ces victuailles, ils regagnèrent la voiture et prirent la direction du bas de la colline, qui était aussi celle de Pordenone. À environ deux kilomètres de Barcis, ils virent une grande aire de pique-nique et s'y arrêtèrent. Ambrogiani gara son véhicule de manière à voir la route et non les montagnes, puis coupa le moteur. « Bon, on y est, dit-il.

— Ce n'est pas exactement la conception que je me fais d'un samedi agréable, observa Brunetti.

— Oh, j'ai vu pire, répondit le carabinier, qui lui parla de la fois où, à la recherche de la victime d'un enlèvement, il avait dû planquer pendant trois jours dans les collines d'Aspromonte, allongé par terre, surveillant avec des jumelles les allées et venues des gens autour d'une cabane de berger.

— Et qu'est-ce qui est arrivé ? demanda le policier.

— Oh, on les a eus. » Puis il partit d'un petit rire. « Mais on est tombé sur une autre personne que celle qu'on recherchait. Une fille. Ses parents ne nous avaient pas avertis, n'avaient jamais signalé le kidnapping. Ils avaient l'intention de payer la rançon. Mais voilà : nous sommes intervenus avant qu'ils l'aient versée.

— Et l'autre ? qu'est-ce qui lui est arrivé ? Celui que vous cherchiez ?

— Ils l'ont tué. Nous l'avons retrouvé une semaine après la fille. Ils l'avaient égorgé. C'est l'odeur qui nous a conduits jusqu'à lui. Et les charognards.

— Pourquoi l'ont-ils tué ?

— Probablement parce que nous avons trouvé la fille. Nous avons demandé à la famille, en la lui rendant, de ne rien dire. Mais quelqu'un a appelé la presse, et l'histoire a fait la une des journaux. Dans le style *Joyeuse libération*, vous voyez ce que je veux dire, avec des photos d'elle et de sa mère, mangeant sa première assiette de pâtes depuis deux mois. Les types ont dû lire les articles et penser que nous étions sur leur piste, peut-être même sur le point de les prendre. Alors ils l'ont tué.

— Mais pourquoi ne pas simplement le libérer ? » Puis, Ambrogiani ne l'ayant pas mentionné, il demanda : « Quel âge avait-il ?

— Douze ans. » Il y eut un long silence, au bout duquel le major répondit à la première question. « Le libérer aurait été mauvais pour leurs affaires. Cela risquait de faire croire à leurs futures victimes qu'il suffisait que nous soyons sur leur piste pour avoir une chance de s'en sortir. En le tuant, le message était clair : on ne rigole pas. Si vous ne payez pas, c'est la mort. »

Ambrogiani ouvrit la bouteille de vin et remplit les gobelets de plastique. Ils mangèrent chacun un sandwich et, comme ils n'avaient rien de mieux en guise d'occupation, firent un sort au deuxième. Pendant tout ce temps, Brunetti n'avait cessé de consulter sa montre, bien conscient que plus se prolongeait ce guet, plus il rentrerait tard. Il n'y résista pas et jeta un nouveau coup d'œil à son poignet. Midi. Ça n'en finissait pas. Il abaissa la vitre et regarda un long moment les montagnes. Quand il reporta les yeux devant lui, il s'aperçut que le major s'était endormi, la tête contre la vitre. Brunetti continua donc à surveiller la circulation. Les automobiles lui faisaient l'effet d'être toutes pratiquement identiques, à la couleur près — et à la plaque minéralogique, quand elles roulaient lentement.

Au bout d'une heure, le trafic diminua sensiblement ; tout le monde s'était arrêté pour manger. Peu après s'être fait cette remarque, il entendit un sifflement soudain d'air comprimé : des freins de poids lourd. Un gros camion orné d'une bande rouge sur le côté passa devant l'aire de pique-nique.

Il donna un coup de coude à Ambrogiani. Le carabinier se réveilla sur-le-champ, et sa main tourna la clef de contact. Il s'engagea sur la route et suivit le camion. Deux kilomètres plus loin, environ, le poids lourd tourna à droite et disparut sur un étroit chemin de terre. Ils poursuivirent leur route vers le bas de la colline, non sans que le major ait remis le totalisateur journalier à zéro en passant à hauteur du chemin. Un kilomètre plus loin, exactement, il se gara sur le bas-côté et coupa le moteur.

« La plaque d'immatriculation ? demanda Ambrogiani.

— Vicence, dit Brunetti qui venait de tirer son calepin

pour noter le numéro tant qu'il était encore frais dans sa mémoire. Qu'est-ce que tu proposes ?

— On planque ici jusqu'à ce que le camion repasse ; si on ne l'a pas vu au bout d'une demi-heure, on y retourne. »

Le camion, au bout de ce laps de temps, n'étant toujours pas passé, Ambrogiani revint jusqu'au carrefour avec le chemin de terre, le dépassa et alla s'arrêter un peu plus loin, entre deux bornes de béton. Il descendit de voiture, accompagné de Brunetti, et alla à l'arrière ouvrir le coffre. Glissé à côté de la roue de secours, il y avait un pistolet de gros calibre qu'il prit et glissa dans sa ceinture. « Es-tu armé ? » demanda-t-il.

Brunetti secoua négativement la tête. « Je n'ai rien pris, aujourd'hui.

— J'en ai un second. Le veux-tu ? »

De nouveau, le policier secoua la tête.

Ambrogiani referma le coffre et les deux hommes partirent rejoindre à pied le chemin qui se dirigeait vers les montagnes.

Les camions avaient creusé une double ornière dans la terre ; aux premières pluies, elles allaient se remplir de boue et le chemin deviendrait rapidement impraticable pour des véhicules de la taille de celui qu'ils avaient vu s'engager sur cette voie. Au bout de quelques centaines de mètres, le chemin s'élargissait légèrement et s'incurvait pour longer un cours d'eau sortant du lac ; il bifurqua bientôt sur la gauche, laissant le torrent pour s'engager au milieu des arbres. Puis il tourna brusquement, paraissant se terminer en cul-de-sac en haut d'une forte pente.

Sans avertissement, Ambrogiani alla se mettre derrière un arbre, entraînant Brunetti avec lui. D'un seul mouvement, le major retira le pistolet de sa ceinture, donnant de son autre main une forte bourrade à Brunetti, au milieu du dos. Le policier perdit complètement l'équilibre, battant l'air des bras, incapable d'arrêter sa chute. Il se trouva un instant suspendu en l'air, puis le sol parut basculer et il comprit qu'il allait tomber. Pendant sa chute, il regarda Ambrogiani qui arrivait directement derrière lui, l'arme à la main. Son cœur se contracta sous une bouffée soudaine de terreur. Il avait fait confiance à cet homme, sans jamais penser un instant que l'inconnu qui avait eu vent de la curiosité de Foster et appris que le docteur Peters était sa petite amie pouvait être aussi bien italien qu'américain. Le carabinier lui avait même proposé un revolver.

Il s'étala de tout son long, suffoqué, la respiration coupée. Il voulut se mettre à genoux et pensa à Paola, pris soudain d'une vive conscience de la lumière du soleil qui baignait le paysage, autour de lui. À cet instant, Ambrogiani tomba par terre à côté de lui, lui passant un bras sur les épaules pour l'obliger à s'aplatir à nouveau sur le sol. « Reste couché. Baisse la tête », souffla-t-il dans l'oreille de Brunetti, allongé à côté de lui, le bras toujours en travers de son dos.

Brunetti resta donc allongé, les mains enfoncées dans l'herbe, les yeux fermés, conscient seulement du bras du major sur lui et d'une poussée de sueur sur tout le corps. Au milieu du grondement étouffé de son pouls, il entendit un bruit de moteur en provenance de ce qu'il avait pris pour un cul-de-sac. Le ronflement enfla, puis diminua lorsque le camion s'éloigna en direction de la route principale. Dès qu'il fut passé, Ambrogiani se remit pesamment sur pieds et commença à s'épousseter. « Désolé, dit-il avec un sourire, tendant la main à Brunetti. J'ai agi sans même prendre le temps de réfléchir. Ça va bien ? »

Brunetti lui prit la main et se releva ; une fois debout, il sentit ses genoux qui tremblaient de manière incontrôlable. « Oui, oui, très bien », répondit-il, se penchant pour chasser le gros de la poussière et des débris de son pantalon. Il sentait ses sous-vêtements lui coller à la peau sous l'effet de la vague brutale de terreur animale qui l'avait submergé.

Ambrogiani fit demi-tour et prit la direction du chemin — soit pour n'avoir absolument pas remarqué la peur qu'avait ressentie Brunetti, soit dans un geste d'exquise courtoisie. Le policier finit de s'épousseter, respira à fond à deux ou trois reprises et suivit le major jusqu'à l'endroit où le chemin paraissait s'interrompre. En réalité, il obliquait brusquement à droite pour se terminer un peu plus loin, au sommet d'un petit escarpement. Les deux hommes s'avancèrent de conserve jusqu'au bord et regardèrent au-dessous. Ils virent une zone dégagée dont les dimensions étaient à peu près la moitié de celles d'un terrain de football, couverte de lierre et autres plantes rampantes qui avaient sans doute poussé depuis le début de l'été. Et juste au-dessous du surplomb sur lequel ils se tenaient, ils virent une centaine de fûts métalliques, au milieu de grands sacs en plastique noir scellés, de qualité industrielle. Sans doute avait-on employé un bulldozer à un certain moment, car à l'autre bout du terrain, les barils disparaissaient sous un monticule de terre que les plantes grimpantes avaient envahi. Il n'y avait aucun moyen de dire jusqu'où s'étendait le dépôt, ni de compter les fûts.

« Eh bien, on dirait que nous venons de trouver ce que cherchaient les Américains, dit Ambrogiani.

— À mon avis, eux aussi l'avaient trouvé. »

Ambrogiani acquiesça. « Sinon, on ne les aurait pas tués. À ton avis, qu'ont-ils fait ? Sont-ils allés directement demander des comptes à Gamberetto ?

— Va savoir », dit Brunetti. Une réaction aussi disproportionnée paraissait absurde. En fin de compte, qu'aurait risqué Gamberetto ? Une amende ? Il en aurait certainement rejeté la faute sur ses chauffeurs ; il aurait peut-être même payé l'un d'eux pour qu'il s'accuse. En tout cas, il n'aurait jamais perdu le contrat de construction de l'hôpital pour quelque chose que la loi italienne considérait, en pratique, comme un délit mineur. Pas plus grave, par exemple, que d'avoir été pris au volant d'une voiture sans vignette : dans ce dernier cas, on escroquait l'État d'une recette fiscale ; dans le premier, on empoisonnait simplement la terre.

« Crois-tu qu'il est possible d'y descendre ? » demanda-t-il.

Ambrogiani le regarda, incertain. « Tu veux inspecter ces cochonneries ?

— Je voudrais savoir ce qu'il y a d'écrit sur les barils.

— Peut-être en passant à gauche, par ici », dit le major avec un geste en direction d'un sentier étroit qui descendait jusqu'à la décharge. Ils empruntèrent le petit raidillon, glissant parfois sur la terre meuble, s'accrochant l'un à l'autre pour se retenir. Une fois au fond, ils se retrouvèrent à seulement quelques mètres des premiers fûts.

Brunetti examina le sol. La terre était sèche et poussiéreuse à l'endroit où il se tenait, c'est-à-dire à la périphérie de la décharge. Plus loin, elle paraissait s'épaissir, devenir pâteuse. Il se dirigea vers les fûts, attentif à ne pas poser les pieds n'importe où. On ne voyait rien d'écrit, ni sur le dessus, ni sur les côtés ; pas d'étiquette, pas de plaque, pas la moindre identification. Il longea les limites de la décharge, évitant de s'approcher trop près, et étudia les parties visibles des barils, qui mesuraient environ un mètre de haut. Chacun possédait un couvercle enfoncé à coups de marteau. Au moins avait-on pris la précaution de les disposer debout.

Lorsqu'il eut atteint l'extrémité des fûts qui formaient la rangée extérieure, il revint sur ses pas, à la recherche de la solution de continuité qu'il avait vue à l'aller et qui lui permettrait de se faufiler entre eux. Il s'y avança. Sous ses pieds, la consistance du sol n'était plus exactement pâteuse ; elle formait une couche de boue huileuse qui remontait le long de ses chaussures. Il poussa encore plus loin, penché à la recherche d'une forme ou une autre d'identification. Son pied heurta un sac en plastique. Une bande de papier retombait du fût contre lequel il était appuyé. À l'aide de son mouchoir, Brunetti prit le papier et le retourna. *US Air Force. Ramst...* lut-il. Le reste manquait, mais depuis que les avions d'une patrouille aérienne italienne étaient entrés en collision entre eux au cours d'une démonstration démente, semant la mort sur le public de civils allemands et d'Américains qui regardaient leurs évolutions, personne, en Italie, n'ignorait que la plus grande base militaire aérienne américaine, en Allemagne, se trouvait à Ramstein.

Du pied, il repoussa le sac, qui se tassa sur le flanc. À voir ses déformations, il donnait l'impression d'être rempli de boîtes de conserve. Se servant de ses clefs, il le déchira sur toute la longueur d'un côté ; des boîtes métalliques et des cartons en dégringolèrent. Il eut un mouvement de recul involontaire lorsque l'une des boîtes roula vers lui.

« Qu'est-ce qui t'arrive ? » fit la voix d'Ambrogiani derrière lui.

Levant le bras, le policier lui fit signe que tout allait bien et se pencha à nouveau pour étudier ce qui était écrit sur les contenants de métal ou de carton. *Réservé au gouvernement. Ne peut être vendu. Pas d'usage privé*, lut-il sur certains, en anglais. Quelques boîtes portaient des étiquettes rédigées en allemand. La plupart s'ornaient d'une tête de mort et de deux tibias croisés, mettant en garde contre la toxicité du produit. Il fit rouler une boîte du bout de son soulier. *En cas de découverte avertissez votre officier NBC. Ne pas toucher.*

Brunetti fit demi-tour et regagna avec précaution la périphérie de la décharge ; plus que jamais, il faisait attention aux endroits où il posait les pieds. Quelques mètres avant d'arriver, il laissa volontairement tomber son mouchoir sur le sol. Ambrogiani s'approcha de lui lorsqu'il émergea d'entre les barils.

« Eh bien ? demanda le carabinier

— Les étiquettes sont en anglais ou en allemand. Certains fûts proviennent des bases aériennes américaines en Allemagne. Pour le reste, aucune idée. » Ils rebroussèrent chemin. « Qu'est-ce qu'un officier NBC ? voulut-il savoir, espérant que le major était mieux versé que lui dans le domaine militaire.

— Nucléaire, Biologique et Chimique.

— Sainte mère de Dieu », murmura Brunetti.

Foster n'avait même pas eu besoin de s'en prendre à Gamberetto pour se mettre en danger. C'était un jeune homme qui lisait des livres comme *La Vie chrétienne dans une époque de doute* ; il avait probablement agi comme l'aurait fait tout jeune sous-officier innocent : il avait rendu compte à son supérieur hiérarchique. Des déchets américains. Des déchets de l'armée américaine. Convoyés jusqu'en Italie pour y être abandonnés. Secrètement.

Ils remontèrent le chemin sans croiser d'autres

camions. Une fois arrivé à la voiture, Brunetti s'assit sur son siège mais en gardant les pieds dehors. En deux coups vifs, il se débarrassa de ses chaussures, qu'il envoya aussi loin qu'il put dans l'herbe qui bordait la route. Puis, les tenant soigneusement par le haut, il se dépouilla de ses chaussettes et les lança dans la même direction que les souliers. Sur quoi il se tourna vers Ambrogiani.

« Serait-il possible de s'arrêter chez un marchand de chaussures en allant à la gare ? »

21

SUR LE CHEMIN DE RETOUR jusqu'à la gare de Mestre, Ambrogiani expliqua à Brunetti comment il était possible que se produise un tel trafic d'ordures. Certes, les douanes italiennes avaient le droit d'inspecter tous les camions américains en provenance d'Allemagne et à destination des bases américaines ; mais il y en avait tellement qu'ils étaient loin d'être tous contrôlés et, dans le meilleur des cas, cette inspection était superficielle. Quant aux avions, même pas la peine d'en parler ; ils décollaient et atterrissaient à leur guise, sur les aéroports militaires d'Aviano et de Villafranca, et chargeaient ou déchargeaient ce qu'ils voulaient. Lorsque Brunetti demanda quelle était la raison de toutes ces livraisons, le major lui exposa alors les méthodes employées par les États-Unis pour faire le bonheur de ses militaires, de leurs épouses et de leurs enfants. Crèmes glacées, pizzas surgelées, sauce spaghetti (en Italie !), chips, alcools, vin de Californie, bières : tout cela et bien plus encore était importé par avion pour se retrouver sur les étagères des supermarchés PX, sans parler des magasins qui vendaient des stéréos et des télévisions, des bicyclettes de course, du terreau ou des sous-vêtements. Il y avait également le transport d'équipements lourds, comme les tanks ou les jeeps. Il se souvint aussi des bases navales de Naples ou Livourne : on pouvait y débarquer n'importe quoi d'un bateau.

« À vous entendre, ils n'ont aucun mal à passer ce qu'ils veulent, remarqua Brunetti.

— Mais pourquoi nous amener ça ici ? »

La chose paraissait assez simple au policier. « Les Allemands sont beaucoup plus stricts sur ce genre de question. Les écologistes disposent chez eux d'un véritable pouvoir. Si jamais quelqu'un entendait parler d'une affaire pareille en Allemagne, le scandale serait énorme. Maintenant que la réunification est faite, on parlerait certainement de renvoyer les forces américaines, sans attendre qu'ils veuillent bien partir tout seuls. Ici, en Italie, tout le monde se fiche de ce qu'on jette dans la nature ; si bien qu'ils n'ont qu'à enlever les identifications ; si jamais on trouve le dépotoir, on ne pourra faire aucun rapprochement avec les Américains, les gens diront qu'ils ne savaient rien, et personne ne prendra la peine d'enquêter. Et personne, chez nous, ne parlera de jeter les Américains dehors.

— Ils n'ont pas retiré toutes les identifications, cependant, observa Ambrogiani.

— Il y a pu y avoir des négligences, ou bien ils pensaient que tout serait enterré avant que la décharge ne soit découverte. Il suffisait d'amener un bulldozer et de pousser la terre par-dessus, comme ils ont l'air d'avoir entrepris de le faire. De toute façon, j'ai l'impression qu'ils commencent à manquer de place, ici.

— Mais pourquoi ne pas tout renvoyer aux États-Unis ? »

Brunetti le regarda longuement. Il ne pouvait tout de même pas être naïf à ce point, si ? « Voyons, Giancarlo. Nous, on essaie de fourguer nos ordures aux pays du tiers-monde. Qui sait si pour les Américains nous ne sommes pas un pays du tiers-monde ? À moins que tous les pays qui ne sont pas les États-Unis soient des pays du tiers-monde, à leurs yeux. »

Ambrogiani grommela quelque chose dans sa barbe.

La circulation ralentissait, à l'approche du péage qui marquait la fin de l'autoroute. Brunetti sortit son portefeuille, tendit un billet de dix mille lires à Ambrogiani et rempocha sa monnaie. À la troisième sortie, le carabinier prit à droite et s'aventura dans le chaos d'automobiles d'un samedi après-midi. Ils rejoignirent la gare de Mestre en roulant au pas ou presque, en butte aux tentatives d'agression des autres véhicules. Ambrogiani se gara carrément devant un panneau *Interdiction de stationner* et ignora les furieux coups d'avertisseur de la voiture qui l'avait bêtement suivi. « Alors ? demanda-t-il à son collègue vénitien, se tournant vers lui.

— Vois ce que tu peux trouver sur Gamberetto ; moi, de mon côté, je vais parler à un certain nombre de personnes, ici.

— Dois-je t'appeler ?

— Pas depuis la base. » Brunetti griffonna son numéro personnel sur un bout de papier et le lui tendit. « C'est chez moi. On peut me joindre tôt le matin ou le soir. À mon avis, il vaut mieux appeler d'une cabine téléphonique.

— Probablement », admit Ambrogiani d'un ton grave, comme si cette petite suggestion lui avait soudain fait saisir l'ampleur de l'affaire dans laquelle ils venaient de mettre le nez.

Brunetti descendit de voiture et en fit le tour. « Merci, Giancarlo », dit-il en se penchant sur la fenêtre.

Les deux hommes se serrèrent la main sans rien ajouter et Brunetti se dirigea vers la gare, tandis que le major repartait.

Le temps d'arriver chez lui, ses chaussures neuves, achetées au bord de la nationale, lui faisaient mal aux pieds. Cent soixante mille lires pour se faire torturer les orteils ! Il s'en débarrassa, la porte à peine franchie, et fonça vers la salle de bains, commençant à se déshabiller et laissant derrière lui, avec insouciance, un chemin de vêtements. Il resta longtemps sous la douche, se savonnant abondamment et à plusieurs reprises, avec un soin tout particulier pour ses pieds et ses orteils entre lesquels il fit vigoureusement passer le gant de toilette, se rinçant longuement à chaque fois. Il se sécha, puis, assis au bord de la baignoire, s'examina attentivement les pieds. Ils étaient rouges à force d'avoir été frottés et lavés, mais il ne vit pas trace d'irritation ou de brûlure. Mis à part les ampoules provoquées par les chaussures neuves, ils lui faisaient l'effet de pieds normaux, même s'il ne connaissait pas très bien l'effet qu'étaient censés produire des pieds normaux.

Il s'enroula dans une deuxième serviette et se dirigea vers la chambre. Dans le couloir, il entendit Paola qui l'interpellait depuis la cuisine. « Dis donc, Guido, je ne suis pas ta bonne ! » Elle devait élever la voix à cause de la machine à laver.

Il fit la sourde oreille, ouvrit son placard et s'habilla ; assis sur le lit pour enfiler des chaussettes propres, il s'examina une fois de plus les pieds. Ils avaient toujours l'air de pieds normaux. Il prit une paire de chaussures marron dans le bas du placard, les laça, et repartit pour la cuisine. Quand elle l'entendit qui arrivait, elle reprit : « Comment veux-tu que les enfants ramassent leurs affaires si tu fais traîner les tiennes n'importe où ? »

Paola était agenouillée devant la machine à laver, le pouce posé sur le bouton *marche/arrêt*. À travers le hublot, on voyait un paquet de linge imbibé d'eau tournant dans un sens, puis dans l'autre.

« Tu as un problème ? » demanda-t-il.

L'air complètement fasciné par le spectacle du linge tourbillonnant, elle ne leva pas les yeux vers lui pour répondre. « La machine est déséquilibrée. Si j'y mets des serviettes de toilette, ou du linge qui absorbe beaucoup d'eau, le poids risque de mal se répartir au premier tour et tous les plombs sautent. Je suis obligée de surveiller le début du lavage. Si jamais je vois que c'est ce qui va arriver, j'arrête tout avant la coupure électrique. Je sors le linge, je l'essore et je recommence.

— Mais enfin, tu dois faire tout ce cirque à chaque lessive ?

— Non, seulement quand il y a des serviettes ou les draps en flanelle du lit de Chiara. » Elle se tut, le pouce en alerte, au cliquetis que fit la machine. Soudain le tambour se mit en mouvement et le linge à tourner, pressé contre les parois du cylindre. Paola se releva, souriante. « Tout s'est bien passé, cette fois.

— Et ça dure depuis quand ?

— Oh, je ne sais pas. Un an ou deux.

— Et tu dois recommencer à chaque lessive ?

— Uniquement lorsqu'il y a des serviettes, je viens de te le dire. » Elle sourit de nouveau. Son irritation était passée. « Qu'est-ce que tu as fait, depuis ce matin ? Tu es parti au lever du jour. As-tu mangé, au moins ?

— J'ai été au lac Barcis.

— Pour y faire quoi ? Jouer à la guerre ? Tes vêtements étaient sales comme si tu t'étais roulé par terre.

— Je me suis roulé par terre », reconnut-il. Sur quoi, il lui raconta par le menu la journée qu'il avait passée avec Ambrogiani. Ce qui lui prit un certain temps, car il lui fallut revenir en arrière pour expliquer l'affaire Kayman, l'étrange maladie du fils, la mystérieuse disparition du dossier médical, la revue médicale reçue par la poste. Et finalement, il lui parla de la cocaïne dissimulée dans l'appartement de Foster.

Quand il eut terminé, elle lui demanda : « Et ils ont été raconter à ces gens que leur fils était allergique à de la sève d'arbre ? Que tout allait bien ? » Il acquiesça et elle explosa. « Bande de salopards ! Et qu'est-ce qui va arriver, si le gosse présente d'autres symptômes ? Qu'est-ce qu'ils vont raconter aux parents ?

— Il est peut-être guéri définitivement.

— Et peut-être pas, Guido ! Qu'est-ce qu'ils feront, alors ? Qu'est-ce qu'on va lui dire ? Qu'il est atteint d'une maladie inconnue ? Est-ce qu'ils vont encore perdre son dossier médical ? »

Brunetti fut sur le point de lui répondre qu'il n'était pour rien dans tout cela, mais trouvant cette protestation bien faible, il ne dit rien.

Paola, de son côté, se rendit compte combien sa véhémence était inutile, et revint à des choses plus pratiques. « Qu'est-ce que tu vas faire ?

— Je ne sais pas... Je voudrais parler à ton père.

— À papa ? Pourquoi ? »

Brunetti savait que sa réponse risquait de déclencher la tempête, mais il ne la fit pas moins, sachant qu'il n'inventait rien. « Parce qu'il se peut qu'il soit au courant de quelque chose. »

Elle réagit avant même d'avoir réfléchi. « Qu'est-ce que ça veut dire ? Tu prends mon père pour un criminel international ? »

Devant le silence de son mari, elle se tut. Derrière eux, le lave-linge s'arrêta de tourner et il y eut un *clic* qui annonça la fin de la séquence. Dans le silence de la pièce, ne restait plus que l'écho de sa question. Elle se tourna et entreprit de vider la machine, prenant le linge mouillé dans ses bras. Elle passa devant lui sans rien dire, alla sur la terrasse et déposa le paquet sur une chaise, avant de prendre les pièces les unes après les autres pour les étendre sur la corde à linge. Lorsqu'elle revint, elle dit simplement : « Évidemment, il est possible qu'il connaisse des gens qui soient au courant de quelque chose. Veux-tu l'appeler toi-même ou préfères-tu que ce soit moi ?

— Je crois qu'il vaut mieux que ce soit moi.

— Alors autant le faire tout de suite, Guido. Maman m'a dit qu'ils allaient passer une semaine à Capri. Ils partent demain.

— Très bien. »

Brunetti alla dans le séjour, décrocha le téléphone et composa le numéro, qu'il connaissait par cœur. Il se demandait d'ailleurs toujours pour quelle raison il n'oubliait pas un numéro qu'il devait composer tout au plus deux fois par an. C'est sa belle-mère qui répondit et si elle fut surprise d'entendre la voix de son gendre, elle n'en laissa rien paraître. Sans lui poser la moindre question, elle lui dit qu'en effet, le comte Orazio était à la maison, et qu'elle allait le lui passer.

« Oui, Guido, dit le comte en prenant l'appareil.

— Est-ce que vous auriez un moment de libre, cet après-midi ? J'aimerais te parler de quelque chose.

— Viscardi ? demanda le comte, prenant Brunetti par surprise : il ne l'aurait pas cru déjà au courant.

— Non, pas à propos de ça, répondit Brunetti, se disant qu'il aurait été plus avisé — et peut-être plus fructueux — de se renseigner sur l'homme d'affaires milanais auprès de son beau-père plutôt qu'en appelant Fosco. Mais d'une autre affaire sur laquelle je suis. »

Le comte était beaucoup trop poli pour s'enquérir de sa nature. « Nous sommes invités à dîner, ce soir, mais si tu peux venir tout de suite, Guido, nous aurions une heure devant nous pour en discuter. Cela te convient-il ?

— Oui, c'est parfait. J'arrive tout de suite. Et merci. »

« Eh bien ? demanda Paola quand il fut de retour dans la cuisine, ou une autre fournée de linge s'agitait en tout sens dans une mer à la blancheur savonneuse.

— J'y vais tout de suite. Veux-tu m'accompagner ? Tu pourras voir ta mère. »

En guise de réponse, elle lui montra le lave-linge d'un geste du menton.

« Bon, j'y vais. Ils ont un dîner, ce soir, et je serai sans doute de retour avant 20 heures. Veux-tu que nous allions au restaurant ? »

Elle lui sourit et acquiesça.

« Parfait. Choisis-le toi-même et appelle pour réserver. Où tu veux.

— Al Covo ? »

Tout d'abord les chaussures, et maintenant un dîner au Al Covo. Une carte merveilleuse... au diable l'addition ! Il sourit. « Réserve pour 20 h 30. Et demande aux enfants s'ils veulent venir. » Après tout, il avait bien cru mourir, cet après-midi. Pourquoi ne pas célébrer sa résurrection ?

Une fois arrivé au palazzo Falier, Brunetti se trouva confronté au dilemme habituel : allait-il utiliser le gigantesque anneau de fer scellé sur le battant de porte, le laissant retomber sur son talon de métal pour faire retentir l'annonce de sa venue dans la cour, ou bien, plus prosaïquement, la sonnette électrique ? Il choisit cette dernière et, un instant plus tard, une voix lui demandait, par l'interphone, de bien vouloir s'identifier. Il donna son nom et la porte s'ouvrit par à-coups. Il la referma soigneusement derrière lui et traversa la cour en direction de l'aile qui donnait sur le Grand Canal. Penchée à une fenêtre du premier étage, une femme de chambre en tenue vérifia qui était le visiteur. Apparemment convaincue que le commissaire n'était pas un malfaiteur, elle disparut.

Le comte l'attendait au sommet de l'escalier qui conduisait à la partie du palais que lui et son épouse occupaient.

Brunetti avait beau savoir que le comte Falier allait bientôt avoir soixante-dix ans, il avait du mal, en le voyant, à se dire qu'il était le père de Paola; son grand frère, peut-être, ou le plus jeune de ses oncles, mais sûrement pas un homme ayant presque trente ans de plus qu'elle. Ses cheveux qui s'éclaircissaient et qu'il portait courts sur l'ovale brillant de son crâne trahissaient certes son âge, mais cette impression se dissipait dès que le regard se portait sur la peau sans rides de son visage et ses yeux vifs où brillait l'intelligence. « Je suis content de te voir, Guido. Tu as l'air en forme. Allons dans la bibliothèque, d'accord ? »

Le comte fit demi-tour et précéda son gendre à travers plusieurs pièces, avant d'arriver dans une salle qui comportait une vaste baie vitrée; celle-ci donnait sur le Grand Canal, à l'endroit où il s'incurve en direction du pont de l'Académie. « Veux-tu prendre un verre ? » demanda le comte, se dirigeant vers une desserte sur laquelle attendait, dans un seau à glace en argent, une bouteille de Dom Pérignon déjà ouverte.

Brunetti connaissait assez bien le comte pour savoir qu'il ne s'agissait nullement d'affectation de sa part. S'il avait eut envie de Coca-Cola, il aurait mis une bouteille d'un litre et demi dans ce même seau à glace et en aurait offert de la même manière à son hôte.

« Oui, volontiers », répondit Brunetti. Voilà qui était une bonne entrée en matière avant d'aller au Al Covo.

Le comte remplit un verre de champagne, renouvela le sien, et tendit le premier à son gendre. « Si on s'asseyait, Guido ? » demanda-t-il en l'invitant du geste à s'installer dans l'un des deux gros fauteuils placés de manière à faire face à la vue.

Une fois assis et après avoir bu une gorgée de champagne, le comte reprit : « De quelle façon puis-je t'être utile ?

— J'aimerais te demander certaines informations, mais je ne sais pas très bien comment formuler mes questions », commença Brunetti, décidé à lui dire la vérité. Il était exclu de demander au comte de rester discret ; une telle insulte serait difficile à pardonner pour lui, même venant du père de ses seuls petits-enfants. « Je voudrais savoir tout d'abord ce que tu peux me dire sur un certain signor Gamberetto, citoyen de Vicence, qui possède une société de transports et, apparemment, une entreprise de travaux publics. De lui, je ne sais que son nom et qu'il est peut-être impliqué dans quelque chose d'illégal. »

Le comte acquiesça, laissant à penser que ce nom lui était familier, mais qu'il préférait attendre de savoir ce que voulait plus précisément son gendre avant de répondre.

« J'aimerais également avoir davantage de lumières sur les rapports que peuvent avoir les militaires américains, tout d'abord avec Gamberetto, et ensuite avec les décharges sauvages et illégales de substances toxiques qui semblent exister dans ce pays. » Il prit une gorgée de champagne. « Tout ce que tu pourras me dire sera bienvenu. »

Le comte vida son verre et le posa sur la table en marqueterie, à côté de lui. Il croisa ses longues jambes, exhibant des chaussettes de soie noire, et plaça les mains en pyramide sous son menton. « Le signor Gamberetto est un homme d'affaires particulièrement véreux et bénéficiant de protections particulièrement puissantes. Non seulement il possède les deux sociétés auxquelles tu viens de faire allusion, Guido, mais il est aussi propriétaire d'une importante chaîne d'hôtels, d'agences de voyages et de stations balnéaires dont beaucoup sont à l'étranger. Il passe aussi pour s'intéresser depuis quelques temps à l'armement et aux munitions, et aurait pris une participation chez l'un des plus importants fabricants d'armes de Lombardie. Une bonne partie de ses sociétés sont en fait au nom de sa femme, si bien que son nom n'apparaît jamais dans les journaux qui en parlent, pas plus que dans les contrats que signent ces sociétés. Je crois que son entreprise de travaux publics est au nom de son oncle, mais je n'en suis pas sûr.

« Comme souvent dans la nouvelle génération des

hommes d'affaires, poursuivit le comte, il est curieusement invisible. Il semble cependant jouir d'un réseau de relations plus solide que les autres. Il a des amis influents aussi bien chez les socialistes que chez les démocrates-chrétiens, ce qui n'est pas un médiocre exploit, et il est donc particulièrement bien protégé. »

Le comte se leva, alla prendre la bouteille de Dom Pérignon sur la desserte, revint faire le service et retourna mettre le champagne dans le seau. De nouveau confortablement installé dans son fauteuil, il reprit la parole. « Le signor Gamberetto est originaire du Sud et, si ma mémoire est bonne, son père était concierge dans un lycée. Si bien que nous n'avons guère d'occasions de nous rencontrer dans la société. Je ne sais rien de sa vie privée. »

Il but une gorgée. « Quant à la question concernant les Américains, j'aimerais savoir ce qui motive ta curiosité. » Comme Brunetti ne répondait pas, le comte ajouta : « Les rumeurs ne manquent pas. » Le commissaire ne pouvait que spéculer sur les vertigineuses hauteurs du monde des affaires et de la politique où le comte devait avoir eu vent de ces rumeurs, mais il persista à ne pas réagir.

Orazio Falier fit tourner la jambe de sa flûte entre ses doigts élégants. Lorsqu'il devint évident que Brunetti allait garder le silence, il reprit : « Je sais qu'ils bénéficient de passe-droits tout à fait exceptionnels, passe-droits qui ne figurent pas dans le traité signé à la fin de la guerre. À peu près tous nos gouvernements — tous aussi éphémères que diversement incompétents — ont jugé bon de leur offrir un traitement de faveur dans un domaine ou un autre. Il ne s'agit pas seulement, entendons-nous bien, de choses comme l'autorisation de saupoudrer nos collines de silos à missiles, information que l'on peut trouver auprès de n'importe quel habitant de la province de Vicence ; non, on leur a permis d'importer dans ce pays à peu près tout ce qu'ils voulaient.

— Y compris des déchets toxiques ? » demanda Brunetti, jouant franc-jeu.

Le comte inclina la tête. « C'est ce qu'on dit.

— Mais pourquoi ? Il faut être fou pour les accepter !

— Nos gouvernants, Guido, n'ont pas à être sains d'esprit. On leur demande seulement de réussir. » Puis, abandonnant ce qu'il avait dû lui-même percevoir comme un ton pédant, il devint plus direct et précis. « D'après les rumeurs, les chargements, à l'origine, ne faisaient que transiter par l'Italie. Ils arrivaient des bases américaines en Allemagne, étaient déchargés, puis immédiatement embarqués sur des cargos italiens qui les emportaient en Afrique ou en Amérique du Sud — là où personne ne posait de question sur ce qui était jeté au milieu de la jungle, de la forêt ou au fond des lacs. Mais étant donné que beaucoup de ces pays ont connu des changements radicaux de gouvernement, depuis quelques années, ces débouchés sont maintenant exclus, car ils refusent de servir de poubelles pour des substances mortelles. Ou bien ils sont d'accord pour les prendre, mais à des prix qui sont devenus exorbitants. Bref, ceux qui réceptionnaient ici ces cargaisons renâclent à l'idée de renoncer à ce trafic, fort juteux pour eux, uniquement parce qu'ils ne peuvent plus s'en débarrasser ailleurs, sur d'autres continents. Si bien qu'elles continuent à arriver et qu'ils s'arrangent pour les faire disparaître sur place.

— Tu savais tout ça ? s'étonna Brunetti sans chercher à dissimuler sa surprise et sa colère.

— Voyons, Guido, tout le monde est au courant, mais il ne s'agit que de rumeurs. Tu aurais pu l'apprendre facilement en quelques coups de téléphone. Mais personne n'en a de preuves formelles, en dehors des gens qui sont directement impliqués, et ce ne sont pas eux qui vont en parler. Ce ne sont pas non plus des gens auxquels on a envie de parler, si je puis me permettre.

— Ce n'est pas en les snobant dans les cocktails qu'on risque de les arrêter, ne put s'empêcher de rétorquer Brunetti. Et ce n'est pas ça non plus qui fera disparaître tout d'un coup les cochonneries qu'ils ont déjà déversées dans la nature.

— Tes sarcasmes ne m'atteignent pas, Guido, mais je crains bien que ce soit une situation dans laquelle tout le monde est impuissant.

— Qui ça, tout le monde ?

— Ceux qui sont au courant de ce que fait le gouvernement mais qui n'en font pas partie, au sens actif du terme. Il faut aussi prendre en compte le fait non négligeable que notre gouvernement n'est pas seul en cause ; celui des États-Unis l'est aussi.

— Sans même parler de nos chers Méridionaux ?

— Ah, oui, la Mafia, dit le comte avec un soupir fatigué. Tout laisse à penser que ce réseau a été tissé par ces trois entités, ce qui du coup le rend triplement solide et, si je peux me permettre une remarque qui ressemble à un avertissement, triplement dangereux. » Il regarda Brunetti et demanda : « À quel point es-tu impliqué dans cette affaire, Guido ? » La note d'inquiétude était discernable dans sa voix.

« Te souviens-tu de l'Américain qui a été assassiné ici, il y a une semaine ?

— Ah, oui, au cours d'une agression. Quelle malchance. » Puis, fatigué de faire semblant, le comte se corrigea sobrement : « Tu as découvert un lien quelconque entre lui et ce signor Gamberetto, je suppose.

— Oui.

— Il y a eu aussi une mort étrange parmi les Américains, une femme médecin à l'hôpital de Vicence. C'est bien ça ?

— Oui. Elle et lui étaient amants.

— Je crois me souvenir qu'il s'agissait d'une overdose.

— Non, c'était un meurtre », le détrompa Brunetti sans donner davantage d'explications.

Le comte n'en demanda pas plus et garda longtemps le silence, le regard perdu sur les bateaux qui remontaient et descendaient le Grand Canal. « Qu'est-ce que tu vas faire ? voulut-il savoir quand il reprit la parole.

— Je ne sais pas, avoua Brunetti avant de poser la question qui justifiait sa venue au palazzo Falier : Est-ce un domaine dans lequel tu disposes d'une influence ? »

Le comte réfléchit longuement. « Je ne suis pas certain de ce que tu veux dire exactement par là, Guido », répondit-il finalement.

Brunetti, aux yeux de qui la question était pourtant suffisamment claire, ignora la remarque du comte et préféra lui fournir d'autres informations. « Il existe une décharge près du lac Barcis. Les fûts et les emballages ont pour origine la base américaine de Ramstein, en Allemagne. Celle-là et d'autres, peut-être. Les étiquettes sont en anglais ou en allemand.

— Les deux Américains auraient-ils découvert cette décharge ?

— C'est ce que je pense.

— Et ils sont morts après l'avoir trouvée ?

— Oui.

— Quelqu'un d'autre est-il au courant ?

— Le major des carabiniers qui est en poste sur la base américaine. » Inutile de lui donner le nom d'Ambrogiani ; Brunetti ne vit pas non plus l'intérêt de dire au comte que la seule autre personne au courant était sa fille unique.

« Peut-on lui faire confiance ?

— Pour faire quoi ?

— Ne fais pas l'ignorant, Guido. Je ne cherche qu'à t'aider. » Non sans difficulté, le comte se reprit et précisa : « Se taira-t-il ?

— Jusqu'à quand ?

— Jusqu'à ce que j'aie appelé certaines personnes, ce soir, pour voir ce que l'on peut faire.

— Faire ?

— Oui. Voir si l'on peut faire nettoyer cette décharge.

— Et les déchets, où iront-ils ? demanda Brunetti d'un ton sec.

— On les sortira d'où ils sont, Guido.

— Pour les mettre ailleurs en Italie ? »

Brunetti vit le comte hésiter à lui mentir, puis se décider finalement, au grand étonnement de Brunetti, à ne pas le faire. « Peut-être. Mais plus vraisemblablement ils quitteront le pays. » Avant que Brunetti ait pu soulever une nouvelle objection, le comte levait la main. « Guido, je t'en prie, essaie de comprendre. Je ne peux rien te promettre de plus que ce qu'il est en mon pouvoir de faire.

Je crois possible de régler la question de cette décharge, mais au-delà de ça, j'aurais peur de bouger.

— Dois-je prendre ce *j'aurais peur* littéralement, Orazio ?

— Oui, littéralement.

— Pourquoi ?

— Je préférerais ne pas avoir à m'expliquer là-dessus, Guido. »

Brunetti décida d'attaquer sous un autre angle. « Les deux Américains ont découvert la décharge parce qu'un petit garçon est tombé dedans et s'est brûlé le bras au contact des produits qui fuyaient de ces fûts. Il aurait pu s'agir de n'importe quel enfant. De Chiara, tout aussi bien.

— Je t'en prie, Guido, ne tombe pas dans le sentimentalisme pleurnichard. »

Le comte avait raison, comme le savait bien le policier. « Est-ce que tout ceci te laisse indifférent ? » demanda-t-il, incapable de contenir la note de passion dans sa voix.

Le comte plongea un doigt dans le fond de champagne qui restait dans son verre, puis le fit glisser sur le bord de cristal. Un son limpide et mélancolique monta de la flûte et emplit la pièce. Soudain, il arrêta son mouvement circulaire mais la note cristalline se prolongea, restant en suspens dans la pièce comme leur conversation. Il leva les yeux sur son gendre. « Non, ça ne me laisse pas indifférent, Guido, mais pas de la même façon que toi. Tu t'es débrouillé pour conserver encore quelques lambeaux d'optimisme, en dépit du travail que tu fais. Moi, non. Ni pour moi, ni pour mon avenir, ni pour ce pays et son avenir. »

Il reporta les yeux sur son verre. « Il ne m'est pas indifférent que ces choses se produisent, que nous nous empoisonnions nous-mêmes et empoisonnions nos descendants, que nous préparions en connaissance de cause la destruction de l'avenir, mais je ne crois pas que l'on puisse faire quoi que ce soit — je dis bien quoi que ce soit — pour l'empêcher. Nous sommes une nation d'égocentriques. C'est notre gloire mais ce sera aussi notre perte, car pas un seul de nous n'est capable de se vouer corps et âme au *bien commun*. Les meilleurs d'entre nous parviennent à se sentir responsables de leurs familles, mais en tant que nation, nous sommes incapables d'en faire davantage.

— Je refuse de l'admettre, dit Brunetti.

— Ce refus, mon cher Guido, observa le comte avec un sourire qui exprimait presque de la tendresse, ne rend pas la chose moins vraie.

— Ta fille ne l'admet pas non plus.

— Ce dont je rends grâce tous les jours, murmura le comte. C'est peut-être ce que j'ai réussi de mieux dans ma vie, que ma fille ne partage pas mes convictions. »

Brunetti soupçonna un instant de l'ironie ou du sarcasme dans le ton du comte, mais n'y trouva qu'une douloureuse sincérité.

« Tu affirmes que tu vas veiller à ce que la décharge sauvage soit nettoyée, à ce que les produits toxiques soient enlevés. Pourquoi ne pas faire davantage ? »

Le comte adressa de nouveau un sourire teinté de tendresse à son gendre « Je crois que c'est la première fois que nous nous parlons ainsi depuis toutes ces années, Guido. » Puis changeant de ton, il ajouta : « Parce qu'il y a trop de décharges sauvages et trop d'hommes comme Gamberetto.

— Et contre lui ne peux-tu rien faire ?

— Contre lui ? Absolument rien.

— Tu ne peux pas, ou tu ne veux pas ?

— Dans certains cas, Guido, *pouvoir* et *vouloir* se confondent.

— Sophisme ! » protesta Brunetti.

Le comte éclata de rire. « Oui, n'est-ce pas ? Alors permets-moi de dire les choses autrement : je préfère ne rien faire de plus, sur cette question, que ce que je t'ai dit que je ferai.

— Et pourquoi ?

— Parce que je n'arrive pas à prendre fait et cause pour autre chose que ma famille. » Il avait parlé d'un ton définitif ; Brunetti comprit qu'il n'aurait pas d'autre explication.

« Puis-je te poser une dernière question ?

— Oui, bien sûr.

— Lorsque je t'ai téléphoné pour savoir si on pouvait se voir, tu m'as demandé si c'était à propos de Viscardi. Pour quelle raison ? »

Le comte ne put s'empêcher de lancer un regard surpris à son gendre, puis il reporta son attention sur le canal. Il attendit le passage de deux ou trois bateaux avant de répondre. « Le signor Viscardi et moi avons des intérêts communs dans certaines affaires.

— Ce qui veut dire, exactement ?

— Exactement ce que j'ai dit. Que nous avons des intérêts communs.

— Et puis-je savoir ce que sont ces intérêts ? »

Le comte se tourna vers lui avant de répondre. « Guido, les affaires que je fais sont un sujet dont je ne discute pas, sauf avec ceux qui y participent directement. »

Avant que Brunetti eût le temps de protester, le comte ajouta : « Après ma mort, je ne pourrai plus contrôler la curiosité que ces affaires éveilleront. Ta femme héritera une bonne part de mes actifs... et toi également. Mais jusqu'à ce moment-là, je n'en discuterai qu'avec les personnes directement concernées. »

Brunetti aurait bien voulu demander à son beau-père si les affaires qu'il faisait avec Viscardi étaient légales, mais il ne voyait pas comment poser sa question sans l'offenser. Pis encore, il craignait de ne plus très bien savoir lui-même où passait la frontière entre légalité et illégalité.

« Ne peux-tu rien me dire de plus sur signor Viscardi ? »

La réponse du comte mit longtemps à venir. « Il est en affaires avec pas mal d'autres personnes. Nombre d'entre elles ont beaucoup de pouvoir. »

L'avertissement contenu dans ces paroles n'échappa pas à Brunetti, qui saisit également le sous-entendu qu'elles impliquaient.

« Est-ce que nous ne venons pas de parler justement de l'une d'entre elles ? »

Le comte ne répondit pas, et le policier répéta sa question.

Cette fois, le comte acquiesça d'un signe de tête.

« Peux-tu me parler des affaires qu'ils ont en commun ?

— Je ne peux ni ne veux t'en dire davantage que ceci : tu ferais mieux de ne t'en prendre ni à l'un ni à l'autre.

— Et dans le cas contraire ?

— Je préférerais vraiment que tu t'abstiennes.

— Je préférerais vraiment que tu me parles de leurs affaires, ne put se retenir de répliquer Brunetti.

— J'ai l'impression que nous sommes dans une impasse, n'est-ce pas ? » observa le comte d'une voix faussement légère et indifférente. Mais avant que Brunetti eût le temps de répondre, il y eut un bruit derrière eux et les deux hommes, se retournant, virent que la comtesse venait d'entrer dans la bibliothèque. Elle s'approcha vivement de Brunetti, le claquement précipité de ses talons hauts sur le parquet trahissant sa joie. Ils se levèrent tous les deux. « Guido ! Comme je suis contente de te voir, dit-elle en embrassant son gendre sur les deux joues.

— Ah, très chère », murmura le comte en s'inclinant sur la main de son épouse. Au bout de quarante ans de mariage, songea Brunetti, il lui faisait encore le baise-main quand elle entrait dans une pièce. Au moins ne se mettait-il pas au garde-à-vous pour claquer des talons.

« Nous parlions justement de Chiara, dit le comte, adressant un sourire plein de bonté à sa femme.

— Oui, renchérit Brunetti, je venais de dire que nous avions bien de la chance, Paola et moi, d'avoir deux enfants en aussi bonne santé. »

Le comte lui lança un coup d'œil — n'en rajoute pas trop — par-dessus la tête de sa femme, mais celle-ci leur sourit et répondit : « Oui, grâce à Dieu. Quelle chance nous avons de vivre dans un pays aussi bon pour la santé que l'Italie...

— En effet, admit le comte.

— Qu'est-ce que je pourrais ramener de Capri, pour les enfants ? demanda la comtesse.

— Revenez simplement saine et sauve, dit Brunetti, galant. Vous savez comment c'est là-bas, dans le Sud. »

Nouveau sourire. « Oh, voyons, Guido ! Tout ce qu'on raconte sur la Mafia ne peut pas être vrai. Ce sont des histoires. C'est ce que disent toutes mes amies. » Elle se tourna vers son mari pour avoir confirmation de ce qu'elle avançait.

« Si ce sont vos amies qui le disent, ma chère, alors c'est certainement vrai. » Puis il se tourna vers son gendre. « Je vais m'occuper de tout cela pour toi, Guido. En commençant par donner quelques coups de téléphone, ce soir. Et s'il te plaît, n'oublie pas de parler à ton ami de Vicence. Inutile que vous vous mettiez martel en tête pour cette affaire, tous les deux. »

La comtesse adressa un regard interrogatif à son mari.

« Ce n'est rien, ma chère. Une affaire que Guido m'a demandé de régler pour lui. Rien d'important. Je vais simplement lui éviter des complications administratives.

— C'est gentil de ta part, Orazio. » Puis, rayonnant littéralement de joie devant cette manifestation d'entente familiale, elle ajouta : « Comme je suis contente que vous ayez pensé à le lui demander, Guido ! »

Le comte prit son épouse par le bras. « Il faudrait peut-être songer à partir maintenant, ma très chère. La vedette est-elle arrivée ?

— Oh, oui, j'étais justement venue te prévenir. J'avais oublié, avec toute cette discussion. » Elle se tourna vers Brunetti. « Embrasse Paola et les enfants de ma part. J'appellerai depuis Capri. Capri ou Ischia, Orazio ?

— Capri, ma chère, Capri.

— J'appellerai. Au revoir, Guido », dit-elle en se mettant de nouveau sur la pointe des pieds pour l'embrasser.

Le comte Falier et Brunetti se serrèrent la main, et ils descendirent ensemble dans la cour. Le comte et la comtesse tournèrent en direction du passage qui donnait sur l'eau ; ils embarquèrent sur la vedette à quai devant le palazzo. Brunetti sortit par l'entrée principale, prenant bien soin de faire claquer le battant derrière lui.

22

CE FUT UN LUNDI ORDINAIRE, à la questure. On amena trois Nord-Africains qui vendaient des sacs et des lunettes de soleil sans permis dans la rue ; on signala deux cambriolages ; on donna des avertissements à quatre bateaux qui n'avaient pas les équipements de sécurité obligatoires ; et on boucla deux drogués notoires pour avoir menacé un médecin qui refusait de leur rédiger une ordonnance de complaisance. Patta fit son apparition à 11 heures, convoqua Brunetti pour savoir s'il y avait du nouveau dans l'affaire Viscardi, ne cacha pas son irritation en apprenant que non, et partit déjeuner une demi-heure plus tard pour ne revenir que trois bonnes heures après.

Vianello fit son rapport oral à Brunetti ; la voiture ne s'était pas présentée, le samedi précédent, si bien qu'il avait poireauté Piazzale Roma pendant plus d'une heure, devant l'arrêt du 5, son bouquet d'œillets rouges à la main. Il avait fini par renoncer, rentrer chez lui, et offrir les fleurs à sa femme. Si on ne pouvait compter sur la parole des criminels, Brunetti, fidèle à la sienne, manipula l'emploi du temps de la semaine suivante de manière à donner son vendredi et son samedi à Vianello. Il lui demanda simplement d'entrer en contact avec le garçon de Burano qu'il connaissait, afin d'apprendre pour quelle raison les amis de Ruffolo ne s'étaient pas montrés au rendez-vous.

Il avait acheté en chemin tous les principaux quotidiens et passé l'essentiel de la matinée à les parcourir, à la recherche de toute allusion à une décharge sauvage près du lac Barcis, à Gamberetto, ou à quoi que ce soit qui aurait pu avoir un rapport avec la mort des deux Américains. Mais la presse du jour s'entêtait à ne pas souffler mot de ces questions, si bien qu'il finit par lire les pages sportives en guise d'occupation.

Il racheta les mêmes journaux le mardi matin et se mit à les lire en détail. Émeutes en Albanie, le problème kurde, un volcan en éruption, les Indiens s'entre-tuant pour des raisons politiques, cette fois, et non plus religieuses. Toujours rien sur la découverte d'une décharge de produits toxiques près du lac Barcis.

Sachant que ce n'était pas raisonnable, mais incapable de s'en empêcher, il se rendit au central téléphonique et demanda au standardiste le numéro de la base américaine. Si Ambrogiani avait trouvé quelque chose sur Gamberetto, il lui fallait le savoir, et il n'arrivait pas à attendre le coup de fil du major. Le standardiste lui donna le numéro de la base et celui du poste des carabiniers. Le commissaire dut aller à pied jusqu'à Riva degli Schiavoni avant de trouver un téléphone public acceptant une carte. Il composa le numéro du poste et demanda le major Ambrogiani. Le major n'était pas à son bureau pour le moment. Qui le demandait? « Signor Rossi, de la société d'assurances Generali. Je rappellerai cet après-midi. »

L'absence d'Ambrogiani ne signifiait rien. Ou pouvait tout signifier.

Comme à chaque fois qu'il n'arrivait plus à contrôler son énervement, Brunetti marcha. Il suivit le quai jusqu'au pont qui le fit passer sur Sant'Elena, et parcourut tout ce quartier éloigné du centre de la ville, auquel il ne trouva pas plus de charme que les fois passées. Il revint en coupant par Castello, longea le mur de l'Arsenale et repassa par SS Giovanni e Paolo, où tout avait commencé. Il évita volontairement la place pour ne pas revoir l'endroit où on avait déposé le corps de Foster après l'avoir retiré de l'eau. Il prit directement en direction de Fondamenta Nuove, suivit l'eau jusqu'à ce qu'il soit obligé de tourner et de revenir vers la ville. Il passa devant la

Madonna dell'Orto, se fit la réflexion que les travaux de l'hôtel n'étaient toujours pas achevés, et se retrouva Campo del Ghetto*. Là, il s'assit sur un banc et regarda passer les gens. Ils ne se doutaient de rien, d'absolument rien. Ils n'avaient pas confiance dans le gouvernement, redoutaient la Mafia, en voulaient aux Américains, mais cette attitude restait générale et vague. Ils soupçonnaient bien la conspiration, en bons Italiens, mais il leur manquait les détails, les preuves. Ils avaient largement eu le temps d'apprendre, au cours des siècles, que ce n'était pas les preuves qui manquaient, pourtant, mais ces mêmes siècles de violence leur avaient aussi enseigné que quel que fût le gouvernement en place, il parviendrait toujours à dissimuler les traces de ses méfaits aux citoyens.

Il ferma les yeux, s'adossa plus confortablement contre son banc, jouissant de la douce chaleur du soleil. Quand il les rouvrit, il aperçut les deux sœurs Mariani. Elles devaient avoir plus de soixante-dix ans, maintenant, en dépit de la chevelure qui leur retombait sur les épaules, de leur rouge à lèvres éclatant et de leurs talons hauts. Personne ne se souvenait exactement des détails, mais personne, non plus, n'ignorait leur histoire. Pendant la guerre, l'époux chrétien de l'une d'elles avait dénoncé sa femme à la police et les deux sœurs avaient été envoyées en camp de concentration ; on ne savait plus aujourd'hui si c'était Auschwitz, Bergen-Belsen ou Dachau. Elles étaient revenues à Venise à l'issue de la guerre, après avoir survécu à l'on ne savait quelles horreurs, et voilà qu'elles étaient encore là, presque cinquante ans plus tard, traversant le Campo del Ghetto bras dessus bras dessous, avec chacune un ruban jaune dans les cheveux. Pour les sœurs Mariani, il y avait eu conspiration, c'était indubitable ; et elles avaient sans aucun doute eu sous les yeux les preuves du mal que peuvent commettre les hommes. Et néanmoins, elles se promenaient dans l'agréable soleil

* Pour un Italien, le nom évoque une origine juive ; le Campo del Ghetto est évidemment le quartier juif de Venise. *(N.d.T.)*

d'une paisible journée, à Venise, leur robe à fleurs éclatante dans la lumière.

Brunetti se rendait compte qu'il devenait inutilement sentimental. Il fut tenté de rentrer directement chez lui, mais il se résigna cependant à repasser par la questure, vers laquelle il se dirigea d'un pas lent, nullement pressé d'y arriver.

Sur son bureau, il y avait un mot : *Il faut qu'on se voie à propos de Ruffolo. V.* Il descendit tout de suite dans la salle des inspecteurs.

Vianello était à son bureau et parlait à un jeune homme assis en face de lui. Lorsqu'il aperçut son supérieur, le policier dit à son visiteur : « Voici le commissaire Brunetti. Il est mieux en mesure que moi de répondre à tes questions. »

Le jeune homme se leva mais ne tendit pas la main. « Bonjour, dottor. Je suis venu parce qu'il m'a convoqué, vous savez », laissant à Brunetti le soin de deviner à qui il faisait allusion. Il était petit, trapu, avec, au bout des bras, des battoirs ne correspondant pas à sa taille, aux doigts déjà rouges et gonflés alors qu'il ne pouvait pas avoir plus de dix-sept ans. Si ses mains ne suffisaient pas à indiquer un pêcheur, l'accent aux intonations particulières de Burano avec lequel il s'exprimait achevait de le trahir. Sur l'île, on pêchait ou on faisait de la dentelle ; les mains de l'adolescent excluaient la seconde possibilité.

« Rassieds-toi, je t'en prie », lui dit Brunetti en tirant une autre chaise pour lui-même. Le garçon avait manifestement été bien élevé par sa mère, car il attendit que les deux policiers soient assis avant de se poser sur son siège, tout raide, se tenant des deux mains au rebord.

Quand il se mit à parler, il utilisa le rude dialecte des îles extérieures que seul un natif de Venise pouvait comprendre. Brunetti se demanda si le garçon, en fait, pouvait parler italien. Mais il oublia rapidement cette question académique lorsque le pêcheur dit : « Ruffolo a rappelé mon ami, et mon ami m'a appelé, et comme j'avais dit au sergent que je l'avertirais si j'entendais encore parler de mon ami, je suis venu pour lui dire.

— Et qu'est-ce qu'a dit ton ami ?

— Ruffolo veut parler à quelqu'un. Il a peur. »

Il s'était arrêté brusquement, pour scruter les policiers et voir s'ils avaient remarqué le glissement vers la formule directe. Comme ils paraissaient ne pas y avoir prêté attention, il poursuivit : « Je veux dire que mon ami a dit qu'il avait l'air d'avoir peur, mais tout ce qu'il — tout ce que mon ami a dit, c'est que Peppino voulait parler à quelqu'un, mais qu'un sergent, c'était pas assez. Il veut parler à un policier plus haut placé.

— Ton ami t'a dit pour quelle raison ?

— Non monsieur. Mais à mon avis, c'est sa mère qui lui a dit de le demander.

— Et toi, connais-tu Ruffolo ? »

Le jeune homme haussa les épaules.

« Qu'est-ce qui peut lui faire peur ? »

Le haussement d'épaules, cette fois-ci, signifiait sans doute que le garçon l'ignorait.

« Il se croit malin, Ruffolo, toujours à se vanter, à parler des gens qu'il a rencontrés dedans, de ses amis importants. Quand il a appelé, il m'a dit, poursuivit le garçon sans se rendre compte qu'il oubliait l'ami imaginaire, qu'il voulait bien se rendre, mais qu'il avait certaines choses à négocier. Il a dit que vous seriez content de les avoir, que c'était une bonne affaire pour vous.

— Il n'a pas dit de quoi il s'agissait ?

— Non, mais qu'il y en avait trois, et que vous comprendriez. »

Brunetti, effectivement, comprit. Guardi, Monet et Gauguin. « Et où veut-il que cette personne le rencontre ? »

Comme s'il se rendait soudain compte qu'il n'avait plus son ami imaginaire comme tampon entre lui et les représentants de l'autorité, le jeune pêcheur s'arrêta brusquement, et son regard erra dans la salle ; mais le compère inventé avait bel et bien disparu.

« Vous connaissez la passerelle, juste devant l'arsenal ? » demanda le garçon.

Brunetti et Vianello acquiescèrent. Mesurant au moins cinq cents mètres de long, cette passerelle sur pilotis de béton allait du chantier de construction navale, à l'intérieur de l'arsenal, jusqu'à l'arrêt Celestia du vaporetto, courant à environ deux mètres au-dessus des eaux de la lagune.

« Il a dit qu'il y serait, à l'endroit où il y a la petite plage, celle du côté de l'arsenal. Demain soir à minuit. » Les deux policiers échangèrent un regard au-dessus de la tête inclinée de l'adolescent, et Vianello articula en silence : « Hollywood.

— Et qui doit aller à ce rendez-vous ?

— Quelqu'un d'important. Il a dit que c'est pour ça qu'il ne s'est pas montré samedi. Un sergent, c'était pas suffisant. » Apparemment, Vianello prit cette rebuffade avec bonne grâce.

Brunetti s'accorda quelques instants jubilatoires à imaginer Patta avec tout son attirail, fume-cigarette en onyx et canne à pommeau d'argent compris, engoncé dans son imperméable Burberry's à cause du brouillard, fréquent en cette saison, le col élégamment relevé, attendant sur la passerelle de l'arsenal tandis que résonnaient les douze coups de minuit à Saint-Marc. Tant qu'à être en plein fantasme, Brunetti mettait non pas Ruffolo, qui parlait italien, en face de Patta, mais ce simple pêcheur de Burano qui ne connaissait que son patois — et sa rêverie s'effaça sur l'image du vent emportant, au-dessus de la lagune, les paroles en dialecte de l'un et les répliques à l'accent sicilien traînant de l'autre.

« Est-ce qu'un commissaire est un homme assez important pour lui ? »

Le garçon le regarda, ne sachant trop comment il devait prendre la question. « Oui, monsieur, répondit-il, choisissant la version sérieuse.

— À minuit demain soir ?

— Oui, monsieur.

— Est-ce que Ruffolo t'a dit — est-ce qu'il a dit à ton ami qu'il allait amener ces choses avec lui ?

— Non, monsieur. Il ne l'a pas dit. Il a juste dit qu'il serait sur la passerelle, près du pont et de la petite plage. » Il ne s'agissait pas vraiment d'une plage, se souvint Brunetti, mais plutôt d'un endroit où les marées avaient poussé assez de sable et de gravier contre l'un des murs de l'arsenal pour servir de dépotoir aux bouteilles en plastique et aux vieilles bottes, et que recouvraient des algues gluantes.

« Si ton ami a l'occasion de reparler à Ruffolo, dis-lui que j'y viendrai. »

Soulagé d'avoir accompli sa mission, l'adolescent se leva, adressa un signe de tête embarrassé aux deux policiers et quitta le bureau.

« Il doit être en train de chercher une cabine téléphonique pour dire à Ruffolo que le marché est conclu, observa Vianello.

— J'espère bien. Je ne tiens pas à passer une heure à me geler pour rien.

— Voulez-vous que je vous accompagne, monsieur? proposa Vianello.

— J'aimerais bien, avoua Brunetti, se rendant compte qu'il n'était pas taillé dans l'étoffe des héros. Mais c'est probablement une mauvaise idée, ajouta-t-il, pratique. Des amis à lui seront sans doute planqués aux deux extrémités de la passerelle, et on ne peut la rejoindre sans être vu. En outre, il n'y a pas la moindre méchanceté chez Ruffolo. Il n'a jamais été violent.

— Si vous préférez, je peux aller dans une des maisons du coin demander si je peux attendre là.

— Non, ça ne vaut pas mieux. Il risque d'y penser, et ses amis de patrouiller dans le coin justement pour vérifier cela. » Un instant, Brunetti essaya de se représenter le secteur, autour de l'arrêt Celestia, mais il ne se rappelait que des blocs d'immeubles d'habitation anonymes, un quartier dépourvu de boutiques et de bars. En réalité, s'il n'y avait eu la lagune, rien n'aurait indiqué que l'on était à Venise, tant les appartements étaient neufs et les bâtiments dépourvus de caractère ou de personnalité. On aurait tout aussi bien pu se trouver à Mestre ou à Marghera.

« Et les deux autres ? demanda Vianello, faisant allusion aux complices de Ruffolo dans le cambriolage.

— J'imagine qu'ils vont vouloir leur part dans l'échange que va me proposer Ruffolo. Ou alors, c'est qu'il est devenu fichtrement intelligent, depuis deux ans, et qu'il s'est arrangé pour subtiliser les tableaux pour son compte.

— Ils ont peut-être les bijoux, observa Vianello.

— C'est possible. Mais il me paraît plus probable que Ruffolo est leur porte-parole.

— Tout cela ne tient pas debout, tout de même. Parce que, enfin, ils ont réussi à filer, ils détiennent les peintures et les bijoux. Quel intérêt ont-ils à laisser tomber, à tout rendre ?

— Les peintures sont peut-être trop difficiles à négocier.

— Allons, voyons, commissaire. Vous connaissez le marché aussi bien que moi. En cherchant bien, on finit toujours par trouver un acheteur pour n'importe quoi. Je me fais fort de vendre la *Pietà* de Michel-Ange, pour peu que j'arrive à la sortir de Saint-Pierre. »

Vianello avait raison. Cette histoire ne tenait pas debout. Ruffolo n'était pas du genre à faire amende honorable et il y avait toujours un marché pour une toile, quelle que soit son origine. Il se rappela soudain que la lune serait pleine et qu'il allait constituer une cible parfaite, avec ses vêtements sombres se détachant sur le mur clair de l'arsenal. Il rejeta cette idée comme ridicule.

« Bon. Je vais y aller, et je verrai bien ce que Ruffolo a à nous proposer, conclut-il, se sentant un peu comme les héros stupides de certains films anglais.

— Si vous changez d'avis, monsieur, avertissez-moi demain. Je serai à la maison dans la soirée. Vous n'aurez qu'à m'appeler.

— Merci, Vianello. Je crois cependant que ce ne sera pas nécessaire. Mais je suis touché par ta proposition. »

Le sergent lui adressa un salut de la main et retourna aux papiers qu'il avait sur son bureau.

Quant à être un héros de la nuit, même si ce n'était que celle du lendemain, autant en profiter pour rentrer chez soi, songea Brunetti. À la maison, Paola lui dit que ses parents avaient téléphoné dans l'après-midi, que tout se passait bien et que sa mère était ravie de son séjour sur l'île qu'elle voulait à tout prix appeler Ischia. Le comte, pour sa part, faisait simplement savoir à son gendre qu'il avait commencé à s'occuper de ce que celui-ci lui avait demandé, et que le problème serait complètement résolu d'ici la fin de la semaine. Brunetti ne se faisait aucune illusion sur ce que valait ce « complètement », mais il n'en remercia pas moins Paola et lui demanda de transmettre ses salutations à ses parents la prochaine fois qu'elles les aurait au bout du fil.

Le dîner se passa dans un calme quasiment anormal, à cause, surtout, de l'attitude de Raffaele. Brunetti se surprit à remarquer que son fils paraissait plus propre, plus net, même s'il ne l'avait jamais trouvé sale. Raffaele s'était fait couper les cheveux, et il portait un jean qui avait un pli bien visible aux deux jambes. Il écouta ce que disaient ses parents sans soulever d'objections et, encore plus étrange, ne se bagarra pas avec Chiara pour la dernière portion de pâtes. Le repas terminé, il protesta quand on lui dit que c'était son tour de faire la vaisselle, ce qui rassura son père, mais il s'acquitta de la corvée sans pousser de soupirs ni râler, si bien que ce silence poussa Brunetti à demander à Paola : « Qu'est-ce qui lui arrive ? » Ils étaient assis sur le canapé du séjour, et l'absence de bruits en provenance de la cuisine avait quelque chose d'irréel.

Elle sourit. « Bizarre, n'est-ce pas ? On dirait le calme avant la tempête.

— On devrait peut-être fermer la porte de la chambre à clef, cette nuit », dit-il. Ils éclatèrent de rire tous les deux, sans bien savoir si c'était à cause de la remarque, ou de la possibilité que *cela* soit fini. Pour eux, comme pour tous les parents d'adolescents, *cela* n'avait pas besoin d'explication et renvoyait à ce nuage affreux, sinistre, de ressentiment et d'indignation offensée qui avait envahi leur existence parallèlement à une poussée hormonale chez leur fils, pour y rester tant que ce flux endocrinien n'aurait pas retrouvé un niveau normal.

« Il m'a demandé de relire un thème qu'il a fait pour son cours d'anglais », dit Paola. Voyant sa surprise, elle ajouta : « Et tiens-toi bien, il m'a aussi demandé s'il pouvait avoir un veston neuf pour la rentrée.

— Neuf ? C'est-à-dire acheté dans un magasin ? »

s'étonna Brunetti, stupéfait. Il y avait de quoi. Ce même garçon, deux semaines auparavant, avait prononcé une condamnation sans appel du système capitaliste et de sa façon d'engendrer de faux besoins chez les consommateurs — un système qui avait inventé l'idée de mode rien que pour créer une demande sans fin pour ses nouveautés.

Paola acquiesça. « Oui, neuf, du magasin.

— J'ai l'impression de ne pas être bien préparé à ça. Allons-nous perdre notre anarchiste et ses manières rugueuses ?

— On le dirait bien, Guido. Le veston qu'il a en vue se trouve dans la vitrine de Duca d'Aosta et coûte quatre cent mille lires.

— Hé bien, réponds-lui que Karl Marx n'a jamais fait ses emplettes au Duca d'Aosta. Qu'il aille chez Benetton, comme tout bon prolétaire. » Quatre cent mille lires... il avait gagné presque dix fois cette somme au casino. Dans une famille de quatre personnes, la part équitable qui revenait à son fils ? Non, pas pour un veston. Telle devait être, sans doute, la première fissure dans la glace, le commencement de la fin pour l'adolescence. Et l'adolescence finie, quelle allait être la prochaine étape ? L'âge adulte, pardi. Ses premiers pas dans l'âge adulte...

« As-tu la moindre idée de ce qui a provoqué ce cataclysme ? » demanda-t-il à Paola. Peut-être eut-elle envie de lui répondre qu'il aurait fallu qu'il soit un peu plus subtil pour comprendre le phénomène de l'adolescence masculine, mais elle s'en abstint. « La signora Pizzutti m'a parlé dans l'escalier, aujourd'hui. »

Il eut tout d'abord une expression intriguée, puis il saisit. « La mère de Sara ?

— Oui, la mère de Sara.

— Oh, mon Dieu, non !

— Si, Guido. C'est une gentille fille.

— Mais enfin, il n'a que seize ans ! » Il sentit bien le geignement dans sa voix, sans pouvoir rien y faire.

Paola lui posa la main sur le bras, puis la porta à sa bouche et partit d'un rire bruyant. « Oh, Guido, tu aurais dû t'entendre ! *Il n'a que seize ans !* Je n'arrive pas à y croire ! » Elle continua de rire, obligée de s'accouder au bras du canapé tant son hilarité la submergeait.

Qu'est-ce qu'il fallait qu'il fasse, se demanda-t-il, sourire et sortir des histoires salées ? Raffaele était son seul fils et ignorait tout de ce qui l'attendait là dehors : le sida, les prostituées, les filles qui tombent enceintes et vous obligent à les épouser. Puis soudain, il vit les choses à travers le regard de Paola et éclata à son tour de rire, jusqu'à ce que les larmes lui viennent aux yeux.

Raffaele arriva à ce moment-là pour demander à sa mère de l'aider avec son devoir d'anglais, et les trouvant dans cet état, ne put que rester sidéré devant cette preuve de la frivolité des adultes.

23

AMBROGIANI n appela ni ce soir-là ni le lendemain matin, et Brunetti dut lutter contre une envie constante d'entrer en contact avec lui sur la base américaine. Il appela Fosco, à Milan, mais tomba sur son répondeur automatique. Se sentant passablement idiot de devoir répondre à une machine, il rapporta à Riccardo ce qu'Ambrogiani lui avait confié sur Gamberetto et lui demanda de le rappeler s'il trouvait autre chose. Cela fait, il ne vit vraiment pas ce qu'il pouvait entreprendre d'autre ; il lut et commenta donc des rapports, parcourut les journaux, en permanence distrait par la pensée de son rendez-vous nocturne avec Ruffolo.

L'interphone sonna alors qu'il commençait à envisager de partir déjeuner chez lui. « Oui, vice-questeur », répondit-il automatiquement, trop préoccupé pour savourer le moment de malaise qu'éprouvait Patta à chaque fois qu'il était reconnu avant de s'être identifié.

« Je voudrais que vous passiez me voir un instant dans mon bureau, Brunetti.

— J'arrive sans tarder, monsieur, répondit Brunetti en tirant à lui un nouveau rapport qu'il se mit à lire.

— J'aimerais que vous veniez sur-le-champ, pas *sans tarder*, commissaire, dit Patta d'un ton de voix si autoritaire que Brunetti en déduisit la présence de quelqu'un — quelqu'un d'important — dans le bureau de son supérieur.

— Bien, monsieur, tout de suite. » Il posa à l'envers la page qu'il lisait pour la retrouver à son retour. Après le déjeuner, pensa-t-il, allant à la fenêtre voir si le temps était toujours à la pluie. Le ciel, au-dessus de San Lorenzo, était gris et menaçant, et les feuilles des quelques arbres de la petite place s'agitaient sous l'effet du vent tourbillonnant. Il alla ouvrir son placard, à la recherche d'un parapluie ; il n'avait pas pensé à prendre le sien, ce matin. Il tomba sur le capharnaüm habituel d'objets abandonnés : une unique botte jaune, un sac de commissions plein de vieux journaux, deux grandes enveloppes matelassées et un parapluie rose. Oui, rose. Celui de Chiara, oublié ici depuis des mois. Si sa mémoire était fidèle, il était décoré d'éléphants tout guillerets, mais il ne préféra pas l'ouvrir pour vérifier. Le rose était déjà assez navrant. Il poursuivit ses recherches, ou plutôt ses fouilles, déplaçant délicatement les objets du bout de son soulier, mais il ne trouva pas d'autre parapluie.

Il se résigna donc à prendre le rose et retourna à son bureau. S'il roulait *La Repubblica* dans la longueur, il pouvait dissimuler la plus grande partie de l'objet ; il n'en dépassait plus que la poignée et une bande rose de la largeur d'une main. Il procéda donc ainsi, quitta son bureau et prit l'escalier pour rejoindre celui de Patta. Il frappa, attendit que son supérieur lançât un vibrant « Avanti ! » et poussa la porte.

D'ordinaire, lorsque Brunetti entrait, il trouvait Patta derrière son bureau — « trônant derrière son bureau » était l'expression qui venait spontanément à l'esprit — mais aujourd'hui, il était assis sur l'un des fauteuils plus modestes placés devant, à la droite d'un homme aux cheveux bruns, installé de manière décontractée, jambes croisées, une cigarette pendant au bout des doigts, à l'extérieur de l'accoudoir. Aucun des deux hommes ne prit la peine de se lever à l'arrivée de Brunetti ; le visiteur se contenta de décroiser les jambes et de se pencher pour écraser sa cigarette dans le cendrier de malachite.

« Ah, Brunetti », dit Patta. Attendait-il quelqu'un d'autre ? Il eut un geste de la main en direction de son voisin. « Je vous présente le signor Viscardi. Il est à Venise pour la journée et est passé pour m'inviter au dîner de gala du palazzo Pisani Moretta, la semaine prochaine ;

je lui ai demandé de rester, me disant qu'il pourrait avoir envie de s'entretenir avec vous. »

Viscardi se leva alors et s'approcha de Brunetti, main tendue. « J'aimerais vous remercier, commissaire, pour la diligence dont vous avez fait preuve dans cette affaire. » Comme l'avait remarqué Rossi, l'homme parlait en élidant les *r* à la milanaise ; la consonne glissait sans rouler sur sa langue. De haute taille, il avait des yeux bruns à l'expression douce et paisible, et un sourire détendu. Le dessous de son œil gauche, légèrement décoloré, semblait avoir été recouvert d'une crème, ou peut-être d'un maquillage.

Brunetti lui serra la main et lui rendit son sourire.

Patta intervint. « J'ai bien peur qu'il n'y ait rien de bien nouveau dans l'enquête, Augusto, mais nous espérons cependant avoir bientôt des nouvelles de tes tableaux. » La manière dont Patta utilisa le tutoiement était destinée à faire comprendre au commissaire sur quel pied d'intimité il était avec Viscardi — à le lui faire comprendre et à le lui faire respecter.

« Je l'espère bien. Ma femme est très attachée à ces peintures, au Monet, en particulier. » On aurait cru, au ton qu'il employa, qu'il parlait de l'attachement d'un enfant pour ses jouets. Il concentra toute son attention — et tout son charme — sur Brunetti. « Vous pouvez peut-être me dire si vous avez, comme je crois que vous le dites, des pistes, commissaire. J'aimerais pouvoir rapporter une bonne nouvelle à ma femme.

— Malheureusement, comme vient de le rappeler le vice-questeur, je n'ai pas grand-chose à vous offrir. Nous avons transmis la description des hommes que vous avez vus à nos policiers, et envoyé des photos des toiles au service des fraudes spécialisé dans les œuvres d'art. Sinon, rien. » Il était plus prudent, se rendit compte Brunetti, de ne rien dire à Viscardi de Ruffolo et de son désir de parler à la police. Le signor Viscardi sourit à ces nouvelles.

« Mais n'avez-vous pas un suspect ? intervint à nouveau Patta. Je me souviens avoir lu dans votre rapport que Vianello était supposé le rencontrer samedi dernier. Qu'est-ce qui s'est passé ?

— Un suspect ? demanda Viscardi, les yeux brillants d'intérêt.

— Finalement, cela n'a rien donné, monsieur, dit Brunetti, répondant à Patta. C'était une fausse piste.

— Je croyais qu'il s'agissait de l'homme de la photo, insista le vice-questeur. Son nom figurait dans le rapport, mais je l'ai oublié.

— Tout laisse à penser que c'était une fausse piste, répéta Brunetti avec un sourire d'excuse. Il s'est révélé qu'il ne pouvait avoir le moindre rapport avec l'affaire. Du moins, nous en sommes convaincus.

— Il semble que tu aies eu raison, Augusto », observa Patta en insistant bien sur le prénom. Il se tourna vers Brunetti et prit son ton de voix autoritaire. « Et les deux hommes de la description ? Qu'avez-vous sur eux ?

— Malheureusement rien, monsieur.

— Avez-vous vérifié... poursuivit Patta, à qui Brunetti donna alors toute son attention, se demandant quelle suggestion concrète allait suivre... les sources habituelles ? » Les détails étaient bons pour les sous-fifres.

« Oh, bien entendu, monsieur. Nous avons commencé par là. »

Viscardi remonta sa manche de chemise amidonnée, jeta un coup d'œil à une pépite d'or scintillante et se tourna vers Patta. « Je ne veux pas te retarder pour cet important rendez-vous, Pippo. » Dès que Brunetti entendit ce surnom, il se prit à se le répéter dans sa tête comme un mantra : *Pippo Patta, Pippo Patta, Pippo Patta.*

« Pourquoi ne viendrais-tu pas déjeuner avec nous, Augusto ? proposa Patta, ignorant Brunetti.

— Non, ce n'est pas possible, il faut que j'aille prendre mon avion. Ma femme m'attend pour le cocktail, et de plus, comme je te l'ai dit, nous avons des invités, ce soir. » Sans doute Viscardi avait-il déjà donné le nom des invités en question, car à cette seule allusion à leurs pouvoirs magiques, le sourire du vice-questeur s'élargit et il s'étreignit les mains, comme s'il jouissait de leur présence par procuration.

Patta consulta à son tour sa montre et Brunetti comprit

quel déchirement vivait son supérieur : devoir quitter un homme riche et puissant pour aller déjeuner avec d'autres. « Oui, je dois y aller, maintenant. Je ne peux tout de même pas faire attendre le ministre. » Il ne prit pas la peine de préciser le nom du ministre en question, et Brunetti se demanda si c'était parce que Patta se doutait qu'il n'aurait pas été impressionné ou parce qu'il craignait que son subordonné ne le connût pas.

Patta se dirigea vers le meuble toscan du XVe siècle qui lui servait de penderie, y prit son Burberry's et l'enfila; puis il aida Viscardi à passer son manteau. « Quittez-vous aussi la questure ? » demanda Viscardi à Brunetti, lequel répondit par l'affirmative. « Le vice-questeur doit déjeuner au Corte Sconta, mais moi je vais du côté de Saint-Marc, prendre un bateau pour l'aéroport. Est-ce que par hasard vous iriez dans cette direction ?

— Précisément, signor Viscardi », mentit Brunetti.

Patta passa devant avec Viscardi jusqu'à la porte de la questure. Là, les deux hommes se serrèrent la main et Patta marmonna une phrase où il était question de revoir Brunetti après le déjeuner. Une fois dehors, Patta remonta son col et partit d'un pas vif vers la gauche. Viscardi tourna à droite, attendit un instant que Brunetti se joigne à lui, et prit la direction du pont dei Greci et au-delà, de Saint-Marc.

« Je souhaite vivement que cette affaire soit réglée dans les meilleurs délais, dit l'homme d'affaires en guise d'entrée en matière.

— Moi également.

— Je m'attendais à être plus en sécurité ici, à Venise, qu'à Milan.

— Il faut avouer que c'est une affaire assez inhabituelle », biaisa Brunetti.

Le Milanais s'arrêta un instant, jeta un coup d'œil de côté à Brunetti, et repartit. « Avant d'emménager ici, je croyais que toutes les formes de crimes étaient inhabituelles à Venise.

— Oh, ils sont plus rares que dans les autres villes, mais nous en avons tout de même... et nous avons nos criminels.

— Puis-je vous offrir un verre, commissaire ? Comment dites-vous à Venise, déjà, *un ombra* ?

— Oui, *un ombra*. Avec plaisir. » Les deux hommes entrèrent dans le bar devant lequel ils passaient et Viscardi commanda deux verres de vin blanc. Quand ils arrivèrent, le Milanais en poussa un vers Brunetti, leva le sien et dit : « Cin, cin. » Brunetti lui répondit d'un mouvement de tête.

Le vin était acide et de qualité très médiocre. S'il avait été seul, Brunetti ne l'aurait pas bu. Au lieu de cela, il en prit une deuxième gorgée, croisa le regard de Viscardi et sourit.

« Je me suis entretenu avec votre beau-père, la semaine dernière », dit l'homme d'affaires.

Brunetti s'était demandé combien de temps il lui faudrait pour y venir. Il prit une autre gorgée. « Oui ?

— Nous avions un certain nombre de choses à voir ensemble.

— Oui ?

— Une fois les questions de travail réglées, le comte a mentionné que vous étiez son gendre. Je dois reconnaître que sur le coup, j'ai été étonné. » À son ton, on pouvait penser qu'il avait été surpris d'apprendre que le comte avait laissé sa fille épouser un policier, celui-ci en particulier. « Par la coïncidence, bien entendu, ajouta-t-il une fraction de seconde trop tard, souriant à nouveau.

— Bien entendu.

— Très franchement, j'ai été soulagé de savoir que vous étiez parent avec le comte. » Brunetti lui adressa un regard inquisiteur. « Ce que je veux dire, c'est que cela me donne la possibilité de vous parler en toute franchise. Si je puis me permettre.

— Mais je vous en prie, signor.

— Je dois commencer par vous dire que j'ai été choqué par un certain nombre de choses, dans cette enquête.

— Quelles choses, signor Viscardi ?

— Entre autres, et ce n'est pas la moindre, commença-t-il avec un sourire qui n'était qu'amicale candeur, par la manière dont j'ai été traité par vos hommes. » Il se tut, prit une gorgée de vin, tenta un autre sourire, nettement plus expérimental, cette fois. « J'espère que je peux parler franchement, commissaire.

— Mais certainement, signor Viscardi. Je ne désire rien d'autre.

— Alors permettez-moi de dire que j'ai eu l'impression que vos policiers me traitaient davantage en suspect qu'en victime. » Comme Brunetti ne réagissait pas, il ajouta : « Je fais allusion aux deux hommes qui sont venus à l'hôpital pour me poser des questions n'ayant que peu de rapport avec le crime.

— Et que vous ont-ils demandé ?

— L'un d'eux paraissait avoir du mal à croire que je sache quelles étaient les peintures volées. Comme si je n'avais pas pu les reconnaître ! Et le second s'est montré sceptique quand je lui ai dit que je n'avais jamais vu le jeune homme de la photo.

— Oh, dit Brunetti tout cela a été réglé, répondit Brunetti. Il n'a rien à voir avec votre affaire.

— Mais vous avez de nouveaux suspects ?

— Malheureusement, non. » Brunetti se demanda pour quelle raison Viscardi était aussi pressé de laisser tomber la question du jeune homme de la photo. « Vous avez dit que plusieurs choses vous avaient choqué, signor Viscardi. Cela en fait une. Puis-je vous demander quelles sont les autres ? »

Viscardi porta bien le verre à ses lèvres, mais il le reposa sans avoir bu. « J'ai appris que l'on avait posé certaines questions sur moi et mes affaires. »

Brunetti écarquilla les yeux, feignant la surprise. « J'espère que vous ne me soupçonnez pas d'avoir voulu fouiner dans votre vie privée, signor Viscardi. »

Le Milanais reposa brusquement son verre encore presque plein sur le comptoir et dit, très clairement : « Saloperie. » Voyant l'étonnement se peindre sur le visage du commissaire, il ajouta : « Je parle du vin, évidemment. J'ai bien peur que nous n'ayons pas choisi le bon endroit.

— En effet, il n'est pas fameux, admit Brunetti, qui posa son verre vide à côté de celui de Viscardi.

— Je vous le répète, commissaire, on a posé certaines

questions sur mes affaires. Il ne peut en sortir aucun bien. Si jamais devaient se produire de nouvelles incursions dans ma vie privée, je me verrais forcé de faire appel à certains amis, j'en ai peur.

— Et quels sont ces amis, signor Viscardi ?

— Il serait présomptueux de ma part de donner leurs noms. Cependant, ils sont suffisamment haut placés pour veiller à ce que je ne sois pas victime de persécutions bureaucratiques. Si c'était le cas, je suis sûr qu'ils interviendraient pour qu'on y mette un terme.

— Voilà qui ressemble fort à une menace, signor Viscardi.

— N'employez pas les grands mots, dottor Brunetti. Il vaudrait mieux parler de suggestion. Qui plus est, d'une suggestion à laquelle adhère votre beau-père. Je parle aussi pour lui, quand je vous dis qu'il serait maladroit de continuer à poser ces questions. Je vous le répète, il ne peut en sortir aucun bien.

— De toute façon, je doute fort qu'on puisse s'attendre à ce que sorte le moindre bien de quelque chose en rapport avec les affaires que vous traitez, signor Viscardi. »

Le Milanais sortit brusquement quelques billets de sa poche et les jeta sur le comptoir, sans prendre la peine de demander ce que coûtaient les consommations. Sans un mot pour Brunetti, il fit demi-tour et se dirigea vers la sortie. Le policier le suivit. Dehors, il avait commencé à pleuvoir — une pluie d'automne, poussée par les rafales de vent. Viscardi ne s'arrêta qu'un instant, pour remonter le col de son manteau. Toujours sans rien dire, sans même prendre la peine de jeter un coup d'œil à Brunetti, il s'avança sous la pluie et disparut rapidement au prochain coin de rue.

Brunetti resta quelques instants sur le seuil. En fin de compte, constatant qu'il n'avait pas le choix, il déballa le parapluie de *La Repubblica*, replia ensuite le journal pour lui rendre un format plus pratique et s'engagea à son tour sous la pluie. Il ouvrit son parapluie, regarda au-dessus de sa tête et vit de quoi était faite la protection de plastique. Une joyeuse ribambelle d'éléphants roses qui dansaient. Avec l'acidité du vin blanc encore dans la bouche, il prit la direction de son domicile et du déjeuner, pressant le pas.

24

BRUNETTI RETOURNA à la questure l'après-midi, non sans avoir exigé de Chiara la restitution de son parapluie noir. Il mit sa correspondance à jour mais repartit au bout d'un peu plus d'une heure, sous prétexte d'un rendez-vous — même s'il s'agissait de celui prévu avec Ruffolo, qui ne devait avoir lieu que dans plus de six heures. Arrivé chez lui, il en parla avec Paola et celle-ci, déjà au courant des frasques passées du jeune truand, fut d'accord avec son mari : c'était une farce, un geste de mélodrame provoqué par l'abus de feuilletons télévisés lors de son emprisonnement. Le policier n'avait pas revu Ruffolo depuis la dernière fois qu'il avait déposé contre lui et il s'imaginait retrouver le même personnage, un brave garçon insouciant aux oreilles décollées, bien trop pressé de conclure l'affaire de sa vie.

À 23 heures, il sortit sur le balcon, regarda le ciel et vit les étoiles. Une demi-heure plus tard, il partit après avoir promis à Paola qu'il serait de retour vers 1 heure, lui demandant de ne pas l'attendre. Si Ruffolo se rendait, il leur faudrait aller à la questure, où il devrait rédiger une déclaration et la lui faire signer, ce qui pouvait prendre des heures. Il dit bien que dans ce cas, il essaierait de l'appeler, mais il savait qu'elle était habituée à ses horaires capricieux et que la sonnerie ne la tirerait probablement pas de son sommeil; quant aux enfants, il ne voulait pas les réveiller.

La ligne numéro 5 fermait dès 21 heures, et il n'avait

d'autre choix que de se rendre sur place à pied. Ce qui lui importait d'autant moins qu'il y avait un magnifique clair de lune. Comme la plupart du temps, il ne pensa pas consciemment à son itinéraire, laissant à ses pas le soin de le guider, et à des années passées à parcourir la ville celui de choisir le trajet le plus court. Il franchit le Rialto, traversa la place Santa Marina et prit la direction de San Francesco della Vigna. Comme toujours à cette heure, Venise était virtuellement déserte ; il croisa un veilleur de nuit, occupé à glisser de petits rectangles orange sous les rideaux baissés des commerces en témoignage de son passage nocturne. Par la vitrine d'un restaurant, il vit le personnel encore en blanc assis autour d'une table, prenant un dernier verre avant de rentrer chez soi. Et des chats. Assis, couchés, louvoyant autour des fontaines, vagabondant. Nul besoin de chasser pour ces félins, même si les rats ne manquaient pas. Ils l'ignorèrent, sachant à quelle heure précise arrivaient ceux qui les nourrissaient, certains que cet étranger n'était pas l'un d'eux.

Il longea le flanc droit de l'église San Francesco, coupa à gauche et s'approcha de l'arrêt Celestia du vaporetto. Se détachant clairement devant lui, s'allongeait la passerelle et sa rambarde métallique. Il grimpa les quelques marches qui y conduisaient et s'arrêta, tourné vers le pont en dos d'âne, au-dessus de l'entrée de l'arsenal, qui permettait aux bateaux de la ligne 5 de couper par le milieu de l'île et de ressortir dans le Bacino San Marco.

Il n'y avait personne en haut du pont. Même Ruffolo n'était pas écervelé au point de risquer d'être vu depuis n'importe quel bateau, alors que la police le recherchait. Il avait probablement dû sauter sur la petite plage, de l'autre côté de l'arche. Brunetti reprit sa progression, non sans éprouver une bouffée d'irritation à se trouver ici, à traîner dans la fraîcheur de la nuit alors qu'il aurait été bien mieux dans son lit. Qu'est-ce qu'il avait, enfin, à vouloir voir une personne importante ? S'il désirait rencontrer des huiles, il n'avait qu'à venir à la questure et parler à Patta.

Il dépassa la première des petites plages — elle ne faisait guère plus de quelques mètres de long — et l'examina du haut de la passerelle. Dans la lumière argentée de la lune, il vit qu'il n'y avait personne, mais observa aussi qu'elle était jonchée de fragments de briques et de bouteilles brisées, le tout recouvert d'un tapis d'algues poisseuses qui devaient être verdâtres à la lumière du jour. Le signorino Ruffolo se mettait bougrement le doigt dans l'œil s'il croyait que le commissaire allait sauter sur cette grève répugnante pour avoir une petite conversation avec lui. Il avait déjà perdu une paire de chaussures le week-end dernier, pas question de recommencer. S'il voulait parler, Ruffolo n'aurait qu'à grimper sur la passerelle — ou rester en bas, et élever suffisamment la voix pour se faire entendre.

Il grimpa les marches en arrivant au pont, se tint un moment au sommet de celui-ci, puis redescendit de l'autre côté. Devant lui, s'étendait l'autre petite plage, dont l'extrémité disparaissait derrière un angle du mur massif de l'Arsenale, mur de briques qui s'élevait à dix mètres au-dessus de la tête de Brunetti, à sa droite.

Une fois à quelques pas de la terre ferme, il s'arrêta et appela à voix basse : « Ruffolo ? c'est Brunetti... » Il n'y eut pas de réponse. « Peppino ! C'est Brunetti. » Toujours pas de réponse. Le clair de lune était si intense que la partie émergée qui se trouvait sous la passerelle restait plongée dans l'ombre portée. Mais le pied était bien visible. Un seul pied, chaussé de cuir marron, prolongé d'une jambe. Brunetti eut beau se pencher par-dessus le garde-fou, il ne pouvait voir que ce pied et la jambe correspondante ; le reste était invisible dans les ténèbres. Il passa par-dessus la rambarde, se laissa tomber sur les pierres, au-dessous, glissa sur les algues dont elles étaient recouvertes et se rattrapa en s'appuyant sur les mains. Quand il se releva, il vit le corps plus distinctement, même si les épaules et la tête demeuraient encore dans l'obscurité C'était sans importance. Il savait qui gisait là. Un bras s'écartait du corps, la main reposant à la limite de l'eau ; des vagues minuscules venaient lui lécher délicatement les doigts. L'autre bras était replié sous le buste. Le policier chercha le pouls, à la main libre, et n'en trouva aucun. Le corps était froid, le brouillard monté de la lagune y avait déposé son humidité. Il s'enfonça un peu plus dans l'ombre et plaça l'index à la base du cou du garçon. Là non plus, aucun pouls. Quand il revint dans le clair de lune, Brunetti se rendit compte qu'il avait du sang au bout des doigts. Il alla s'accroupir au bord de la lagune et agita vivement la main dans l'eau — cette eau tellement sale qu'il en frémissait, d'ordinaire, rien que d'y penser.

Il se redressa, s'essuya à son mouchoir, puis prit sa petite lampe stylo et se pencha de nouveau sous la passerelle. Le sang provenait d'une grande plaie sur le côté gauche de la tête. Tout à côté, se trouvait comme par hasard un gros rocher : exactement comme s'il avait sauté de la passerelle, perdu l'équilibre sur les pierres glissantes et s'était fracassé le crâne en tombant à la renverse. Brunetti était sûr de trouver, sur le rocher, du sang qui serait celui de Ruffolo.

Il entendit à cet instant un bruit de pas discret, au-dessus de lui, et il se réfugia instinctivement sous la passerelle. Mais les débris de pierre et de brique cédèrent sous son poids, avec un fracas qui lui parut assourdissant. Il s'accroupit, tassé sur lui-même, le dos appuyé au mur couvert d'algues de l'Arsenale. De nouveau les bruits de pas, juste au-dessus de sa tête. Il tira son pistolet.

« Commissaire ? »

La panique s'éloigna, chassée par le son de cette voix familière. « Vianello ! dit Brunetti en sortant de son abri, que diable faites-vous ici ? »

La tête du sergent apparut au-dessus de lui, tournée vers la plage recouverte de détritus.

« Je vous ai suivi, monsieur, depuis que vous êtes passé devant l'église, il y a un quart d'heure. » Brunetti n'avait rien vu, rien entendu — alors qu'il avait cru avoir tous ses sens en alerte rouge.

« Tu n'aurais pas aperçu quelqu'un ?

— Non, monsieur. J'étais là-bas, à lire les horaires du bateau, pour faire semblant d'avoir manqué le dernier et de chercher à savoir quand était le suivant. Vous comprenez, il me fallait bien un prétexte pour être là à cette heure. »

Vianello s'interrompit brusquement, et Brunetti comprit qu'il venait de voir la jambe qui dépassait de l'ombre.

« C'est Ruffolo ? » demanda-t-il, étonné. Cela commençait à ressembler un peu trop aux films d'Hollywood.

« Oui. » Brunetti s'éloigna du corps pour se placer directement a l'aplomb du sergent.

« Qu'est-ce qui s'est passé, monsieur ?

— Il est mort. On dirait qu'il est tombé la tête la première. » Brunetti grimaça devant la précision de sa description : c'était exactement, en effet, l'interprétation qui venait spontanément à l'esprit.

Vianello s'agenouilla et tendit la main à Brunetti. « Un coup de main pour remonter, monsieur ? »

Brunetti le regarda, puis revint au corps de Ruffolo. « Non, Vianello, je vais rester sur place. Il y a un téléphone à Celestia. Va appeler une vedette. » Le sergent partit à grandes enjambées et Brunetti fut stupéfait du tapage que faisaient ses pas, dont l'écho se répercutait sous la passerelle ; il avait fallu que son approche fût particulièrement silencieuse pour que Brunetti ne l'eût entendu qu'au tout dernier moment.

De nouveau seul, il reprit sa petite lampe et se pencha sur le corps. Ruffolo portait un chandail épais mais pas de veste ; il n'y avait donc que les poches de son jean à explorer. Dans celle de derrière, le policier trouva un portefeuille, contenant les choses habituelles : carte d'identité — Ruffolo n'avait que vingt-six ans —, permis de conduire — il n'était pas vénitien et en possédait donc un —, vingt mille lires et l'assortiment habituel de cartes et de bouts de papier où l'on avait griffonné des numéros de téléphone. Il les examinerait plus tard. Le mort avait sa montre au poignet, mais aucune pièce de monnaie dans les poches. Brunetti remit le portefeuille à sa place et se détourna du corps pour contempler le scintillement de l'eau et les lumières de Murano et Burano, visibles au loin. Le clair de lune faisait miroiter doucement la lagune, et nul bateau ne venait en déranger la paix. Un unique chemin argenté reliait la terre et les îles extérieures de son chatoiement. Ce spectacle lui rappela un texte que lui avait lu

Paola, le soir où elle lui avait dit qu'elle était enceinte de Raffaele : il y était question d'or battu jusqu'à la plus extrême finesse*. Non, pas extrême, aérienne. C'était ainsi que s'aimaient les amants du poème. Il n'en avait pas très bien compris le sens, alors, trop excité par la nouvelle pour faire l'effort de comprendre l'anglais. Mais l'image le frappait, maintenant, tandis que le clair de lune jetait sur la lagune son chemin argenté d'une finesse aérienne. Et Ruffolo, ce pauvre crétin de Ruffolo, gisait à ses pieds, mort

Il entendit la vedette alors qu'elle était encore très loin ; puis elle déboucha brusquement du Rio di Santa Giustina, son gyrophare bleu tournoyant sur le toit de la cabine, à l'avant. Il alluma sa lampe et la pointa dans sa direction pour donner un point de repère au pilote. Le bateau s'approcha autant qu'il put, puis deux policiers durent se mettre à l'eau après avoir enfilé de hautes cuissardes ; ils en empor tèrent une paire pour Brunetti, qui attendit leur arrivée, coincé sur l'étroite bande sablonneuse avec Ruffolo, la présence de la mort, et l'odeur des algues en décomposition.

Le temps de prendre les photos du corps, de l'enlever, et de retourner à la questure rédiger un rapport complet, il était 3 heures du matin. Brunetti se préparait à rentrer chez lui lorsque Vianello se présenta et déposa un texte proprement tapé à la machine devant lui. « Si vous vouliez avoir la bonté de la signer, monsieur, dit-il, je m'arrangerai pour que cette note atterrisse là où elle est supposée atterrir. »

Brunetti commença à lire et constata qu'il s'agissait d'un compte rendu détaillé de son projet de rencontre avec Ruffolo, mais formulé au futur. Il regarda en haut de la feuille et vit qu'il était daté de la veille et adressé au vice-questeur Patta.

Parmi les règles imposées par Patta lorsqu'il avait pris

* Allusion à un poème de John Donne · « Our two souls therefore which are one,/Though I must go, endure not yet/A breach, but an expansion,/Like gold to airy thinness beat », *Mourning*, st. 6. *(N.d.T.)*

la tête de la questure, trois ans auparavant, il y en avait une qui exigeait des trois commissaires que soit déposé sur son bureau, avant 19 h 30, un rapport complet de ce qu'ils avaient fait dans la journée et de ce qu'ils comptaient faire le lendemain. Étant donné que l'on ne voyait jamais Patta à la questure à une heure aussi tardive, pas plus que le matin avant 10 heures, il aurait été facile de glisser la feuille sur sa table si ne s'était posé le problème des clefs Son bureau en avait deux. L'une était attachée à la chaîne en or qui pendait de son gilet — le vice-questeur ne s'habillait, avec affectation, qu'en costumes anglais trois-pièces. L'autre était entre les mains du sergent Scarpa, un Sicilien au visage tanné comme du cuir arrivé de Palerme dans les bagages de Patta, et d'une loyauté farouche vis-à-vis de son supérieur. C'était Scarpa qui fermait à clef le bureau de Patta, le soir à 19 h 30, et lui qui le rouvrait le lendemain à 8 h 30. Il contrôlait aussi ce qui se trouvait sur le bureau, tous les matins.

« J'apprécie, Vianello », dit Brunetti après avoir lu les deux premiers paragraphes, dans lesquels le sergent expliquait en détail les intentions du commissaire, lors de cette rencontre avec Ruffolo, et pour quelle raison il était important que Patta soit tenu au courant. Il eut un sourire fatigué et voulut rendre la feuille à Vianello, sans prendre la peine de lire le reste. « Mais je ne crois pas pouvoir l'empêcher de découvrir que j'ai agi de mon propre chef et que je n'avais pas l'intention de le tenir informé. »

Le sergent ne bougea pas. « Signez tout simplement le rapport, monsieur, et je m'en occupe.

— Mais qu'est-ce que tu vas en faire, Vianello ? »

Le policier ignora la question. « Il m'a laissé pendant deux ans sur les cambriolages, alors que je ne cessais de demander mon transfert, dit-il en pointant les papiers. Signez, monsieur, et le rapport sera sur son bureau demain matin. »

Finalement, Brunetti s'exécuta et rendit le rapport à Vianello. « Merci, sergent. Je dirai à ma femme de t'appeler si jamais elle perd ses clefs.

— Pas de problème. Bonne nuit, monsieur. »

25

BIEN QUE S'ÉTANT COUCHÉ à 4 heures, Brunetti s'arrangea tout de même pour arriver à 10 heures à la questure. Il trouva une note sur son bureau lui apprenant que l'autopsie de Ruffolo était prévue pour cet après-midi et que l'on avait prévenu la signora Concetta du décès de son fils ; une autre l'informait que le vice-questeur Patta désirait le voir dès son arrivée.

Patta ici avant 10 heures ? Que les cieux retentissent de cette stupéfiante nouvelle !

Lorsqu'il arriva dans le bureau de Patta, celui-ci releva la tête et Brunetti songea qu'il devait être mal réveillé, car il crut le voir sourire. « Bonjour, Brunetti. Asseyez-vous, je vous en prie. Il était inutile d'arriver aussi tôt, surtout après vos exploits de la nuit dernière. » Ses exploits ?

« Merci, monsieur. C'est agréable de vous voir ici aussi de bonne heure. »

Le cavaliere ne releva pas la pique et continua de sourire. « Vous vous en êtes très bien sorti, dans l'affaire Ruffolo. Je suis content que vous ayez fini par envisager les choses selon mon point de vue. »

Brunetti commençait à sérieusement se demander de quoi il parlait, et il choisit donc la réaction la moins compromettante. « Merci, monsieur.

— Voilà qui boucle parfaitement le dossier, n'est-ce pas ? Certes, nous n'avons pas d'aveux, mais j'ai l'impression que le procureur verra l'affaire comme nous et admettra que Ruffolo était décidé à tenter de passer un marché avec nous. C'était de la folie de sa part de se promener avec des preuves, mais il est évident qu'il s'imaginait que vous ne feriez que parler. »

Comment ? Les peintures n'étaient pas sur la plage, que je sache, songea Brunetti. Peut-être Ruffolo avait-il eu les bijoux de la signora Viscardi cachés sur lui ? Il n'avait fait que lui fouiller les poches ; c'était donc possible.

« Les preuves ? Où étaient-elles ?

— Dans son portefeuille, Brunetti. Ne me dites pas que vous n'avez rien vu. Elles figuraient sur la liste des choses qu'il avait sur lui lorsqu'on a découvert le corps. Ce n'est pas vous qui l'avez dressée ?

— Non, le sergent Vianello s'en est occupé, monsieur.

— Je vois. » Cette modeste preuve de faute de la part de Brunetti ne fit qu'améliorer la bonne humeur de Patta. « Vous ne les avez donc pas vues ?

— Non, monsieur, je suis désolé, mais je ne les ai pas remarquées. Il faut dire que l'on n'y voyait pas très bien, la nuit dernière. » Les choses devenaient encore plus énigmatiques. Il n'y avait pas eu le moindre bijou dans le portefeuille de Ruffolo — à moins qu'il ne les ai vendus pour vingt mille lires.

« Les Américains vont nous envoyer quelqu'un pour les examiner, aujourd'hui, mais à mon avis, il n'y a pas de doute. Le nom de Foster y figure, et Rossi m'a dit que la photo lui ressemblait.

— Son passeport ? »

Patta eut un sourire condescendant. « Non, sa carte d'identité militaire. » Évidemment. Les cartes en plastique du portefeuille de Ruffolo, cartes qu'il avait remises en place sans prendre la peine de vérifier ce qu'elles mentionnaient. Patta reprit : « C'est la preuve évidente que Ruffolo est le meurtrier. L'Américain a dû faire un faux mouvement. Dangereux, quand on est en face d'un homme armé d'un couteau. Sans doute Ruffolo, qui sortait de prison, a dû paniquer. » Patta secoua la tête devant tant de brutalité.

« Par coïncidence, le signor Viscardi m'a appelé hier après-midi pour me dire qu'en fin de compte, il n'était pas impossible que le jeune homme ait été parmi ses agresseurs. Il m'a expliqué qu'il était encore trop sous le choc, sur le moment, pour penser clairement. » Le vice-questeur fit la moue, désapprobateur, et ajouta : « Et je suis sûr que la manière dont vos hommes l'ont bousculé n'a pas dû l'aider à se rappeler posément les choses. » Son expression changea de nouveau ; le sourire vint refleurir sur ses lèvres. « Mais tout cela est du passé, et il n'en garde aucune rancune. On dirait bien que les Belges avaient raison et que Ruffolo était présent pour ce cambriolage. Je suppose qu'il n'avait pas dû trouver son compte dans les poches de l'Américain, et qu'il s'était rabattu sur cette entreprise plus profitable. »

Le cavaliere paraissait intarissable. « J'en ai déjà parlé à la presse, et je leur ai expliqué que nous n'avions eu aucun doute, dès le début. Le meurtre de l'Américain a été un événement fortuit. Et maintenant, grâce à Dieu, nous en tenons la preuve. » À entendre son supérieur coller si tranquillement le meurtre de Foster sur le dos de Ruffolo, Brunetti comprit que plus jamais on ne pourrait voir dans la mort du docteur Peters autre chose qu'un suicide.

Il n'avait pas le choix. Il lui fallait se rendre, sous le poids écrasant des certitudes de Patta. « Mais pourquoi a-t-il pris le risque de se promener avec ce document ? Ça ne tient pas debout. »

Le vice-questeur lui fondit dessus. « Voyons, il n'aurait eu aucun problème à vous distancer, commissaire ; il ne pensait donc pas prendre beaucoup de risques de ce côté. Ou peut-être, tout simplement, avait-il oublié qu'il l'avait sur lui. Vous avez vous-même observé qu'il n'était pas très brillant.

— Tout de même, les gens n'oublient pas comme ça une preuve qui peut les faire soupçonner de meurtre... »

Patta ne prit pas la peine de répondre à cette objection. « J'ai dit aux journalistes que nous avions des raisons de le soupçonner dans le meurtre de l'Américain dès le début, et que c'était pour cette raison que vous vouliez lui parler. Il a probablement pensé qu'on était peut-être sur sa piste, et cru qu'il pouvait nous proposer un arrangement à propos d'une affaire moins grave. Ou peut-être avait-il l'intention de dénoncer quelqu'un d'autre pour l'assassinat. Mais le fait qu'il avait la carte d'identité de l'Américain sur lui ne laisse aucun doute ; c'est lui qui l'a tué. » De cela, Brunetti était bien convaincu : la présence de la carte ne laissait aucun doute. « C'est bien pour cela que vouliez le voir, n'est-ce pas ? À propos de l'Américain ? » Il ne répondit pas, et Patta répéta sa question. « N'est-ce pas, commissaire ? »

Brunetti rejeta la question d'un mouvement de tête et demanda : « Avez-vous expliqué tout cela au procureur, monsieur ?

— Bien entendu. Que croyez-vous que j'ai fait depuis le début de la matinée ? Il estime comme moi que le dossier est techniquement clos. Ruffolo a tué l'Américain au cours d'une tentative de vol à main armée, puis il a essayé de se faire un peu plus d'argent en cambriolant le palazzo Viscardi. »

Brunetti essaya une dernière fois de donner une certaine cohérence à ces conclusions. « Ce sont deux crimes d'ordre bien différent, tout de même, une agression de rue avec meurtre et le cambriolage d'art. Sans parler de la présence de complices, on ne peut pas dire que le dossier soit clos. »

La voix de Patta monta d'un ton. « Nous avons la preuve qu'il était impliqué dans les deux, commissaire. Avec d'un côté la carte d'identité militaire et de l'autre vos témoins belges. Vous ne demandiez pas mieux que de les croire vous-même, quand ils affirmaient avoir aperçu Ruffolo la nuit du cambriolage. En plus, le signor Viscardi se souvient à présent de lui. Il a demandé à revoir la photo et, s'il le reconnaît, cela balaiera les derniers doutes. C'est plus qu'il n'en faut pour moi, et plus qu'il n'en faut pour convaincre le procureur. »

Brunetti repoussa brusquement sa chaise et se leva. « Sera-ce tout, monsieur ?

— Je m'étonne que vous ne soyez pas plus satisfait, Brunetti, observa Patta, sincèrement surpris. Cela clôt au moins le dossier Foster même si, je vous l'accorde, reste le problème des tableaux volés, qui vont devenir d'autant plus difficiles à retrouver. Vous n'êtes pas tout à fait un héros, puisque vous n'avez pas réussi à ramener Ruffolo. Je suis persuadé que vous l'auriez fait, cependant, s'il n'était pas si malencontreusement tombé de la passerelle. J'ai mentionné votre nom aux journalistes. »

Il avait dû être aussi douloureux pour Patta de parler — en bien — de son subordonné à la presse, que d'être obligé de lui céder l'aîné de ses fils. À cheval donné... se dit le policier. « Merci beaucoup, monsieur.

— J'ai bien entendu précisé que vous vous étiez inspiré de mes suggestions, quand je vous ai dit que j'avais eu des soupçons sur ce Ruffolo dès le début. Après tout, il n'était sorti de prison qu'une semaine avant l'assassinat de l'Américain.

— En effet, monsieur.

— Il est bien regrettable que nous n'ayons pas retrouvé les peintures du signor Viscardi. Je vais essayer de passer le voir aujourd'hui pour lui parler moi-même de tout cela.

— Il est à Venise ?

— Oui. Quand nous nous sommes parlé, hier, il a mentionné qu'il devait venir aujourd'hui. Qu'il était même prêt à passer pour regarder à nouveau la photo. Comme je vous l'ai dit, voilà qui balaierait nos derniers doutes.

— Croyez-vous qu'il va être très déçu que nous n'ayons pas pu lui restituer ses tableaux ?

— Oh, s'exclama Patta, qui avait de toute évidence pensé à la question, il n'y a aucun doute. Un collectionneur est quelqu'un de passionné ; pour certaines personnes, l'art est quelque chose de vivant. Je me demande si vous saisissez ce que je veux dire, Brunetti, mais je vous assure que c'est vrai.

— Je suppose que c'est ce que ressent Paola pour son Canaletto.

— Son quoi ?

— Son Canaletto. Un peintre vénitien du XVIIIe siècle, monsieur. Son oncle lui a donné cette toile, prise dans sa collection, comme cadeau de mariage. Elle n'est pas très grande, mais elle paraît y tenir beaucoup. Je n'arrête pas de lui dire de la mettre dans le séjour, mais elle préfère la garder dans la cuisine. » En guise de revanche, ce n'était pas terrible, mais mieux que rien.

Patta répondit d'une voix étranglée. « Votre femme a un Canaletto accroché dans sa cuisine ?

— Oui. Je suis heureux de constater que vous aussi, monsieur, vous trouvez que c'est un endroit bizarre. Je ne manquerai pas de lui rapporter ce que vous en pensez. » Le vice-questeur était si manifestement estomaqué que Brunetti n'ajouta pas qu'il ne cessait de répéter aussi autre chose à Paola : que la charmante petite esquisse de pommes ferait bien meilleur effet dans la cuisine que le Canaletto. Il craignait que Patta ne s'étouffe complètement à la mention du nom de Cézanne.

« Je crois que je vais descendre voir où en est Vianello. Je lui avais demandé de faire un certain nombre de choses.

— Très bien, Brunetti. Je tenais à vous féliciter. Bon travail. Le signor Viscardi sera ravi.

— Merci, monsieur, répondit le commissaire en se dirigeant vers la porte.

— Savez-vous qu'il est l'ami du maire ?

— Ah, non, je l'ignorais, monsieur. » Il l'ignorait, mais aurait dû s'en douter.

Vianello était à son bureau. Il leva les yeux et sourit en voyant arriver Brunetti. « J'ai entendu dire que vous étiez un héros, ce matin.

— Qu'est-ce qu'il y avait encore dans la note que tu m'as fait signer, la nuit dernière ? demanda-t-il sans autre préambule.

— Que vous pensiez que Ruffolo avait quelque chose à voir avec la mort de l'Américain.

— C'est ridicule ! Tu sais comment était Ruffolo. Il aurait pris la poudre d'escampette à la première alerte, sans compter que Foster était un athlète.

— Il venait juste de passer deux ans à l'ombre, monsieur. Il a pu changer.

— Tu le crois vraiment ?

— C'est toujours possible, monsieur.

— Ce n'est pas ce que je te demande, Vianello. Je voudrais savoir si tu le crois.

— S'il n'est pas le meurtrier, comment se fait-il que la carte d'identité de l'Américain se soit retrouvée dans sa poche ?

— Alors tu le crois ?

— Oui. Ou du moins, je pense que c'est possible. Pourquoi ne le croyez-vous pas, monsieur ? »

À cause de ce que lui avait dit le comte — Brunetti ne comprenait que maintenant l'avertissement — sur les liens qui existaient entre Gamberetto et Viscardi. Il voyait aussi à présent que les menaces de l'homme d'affaires ne concernaient pas l'enquête sur le cambriolage du palais, mais celle sur le double assassinat de Foster et Peters, assassinats avec lesquels ce pauvre crétin de Ruffolo n'avait rien à voir, assassinats, comprenait-il soudain, qui resteraient toujours impunis.

Ses pensées quittèrent les deux Américains pour revenir à Ruffolo ; cette fois, il savait enfin quel avait été ce que le petit truand s'imaginait être le « grand coup » dont il s'était vanté devant sa mère et ses amis. Il avait commis son vol, il avait fait ce que l'homme important lui avait demandé de faire, à savoir le brutaliser un peu, même si c'était quelque chose qui ne lui ressemblait guère. Quand Ruffolo avait-il donc appris que Viscardi était compromis dans des affaires bien plus graves que le vol de ses propres peintures ? Il avait parlé de trois choses qui pouvaient intéresser la police — et Brunetti avait évidemment pensé aux tableaux ; cependant, dans le portefeuille de Ruffolo, on n'en avait retrouvé qu'une la carte d'identité de Foster. Qui l'avait placée là ? Ruffolo l'aurait-il trouvée et gardée comme monnaie d'échange, dans le cadre de la conversation qu'il comptait avoir avec Brunetti ? Pis encore, aurait-il essayé de faire chanter Viscardi en le menaçant de faire certaines révélations ? Ou bien n'avait-il été qu'un simple innocent, ignorant tout, l'un de ces innombrables pions insignifiants, comme Foster ou Peters, que l'on utilise un moment et qu'on jette s'ils ont le malheur d'apprendre quelque chose qui pourrait nuire aux pièces importantes du jeu ? La carte d'identité avait-elle été glissée dans sa poche par la même personne qui lui avait fracassé le crâne sur le rocher ?

Vianello le regardait d'un air intrigué, derrière son bureau, mais Brunetti n'avait aucun moyen de lui donner une réponse, ou du moins une réponse à laquelle lui-même aurait cru. Comme il était un héros ou presque, il remonta dans son bureau, en ferma la porte, et resta une heure à contempler le paysage depuis sa fenêtre. Quelques ouvriers avaient fini par apparaître sur les échafaudages de San Lorenzo, mais personne n'aurait pu dire ce qu'ils faisaient. Aucun ne monta jusqu'au niveau du toit, et les piles de tuiles restèrent intactes. Ils semblaient d'ailleurs ne pas avoir le moindre outil. Ils déambulaient sur les coursives de l'échafaudage, empruntaient, pour monter ou descendre, les différentes échelles qui les reliaient, se rassemblaient pour des conciliabules, puis se séparaient pour escalader ou descendre à nouveau les échelles. Tout à fait l'impression d'observer une fourmilière : les fourmis font l'effet de poursuivre un but précis, ne serait-ce que par l'énergie avec laquelle elles filent en tout sens, mais un but qu'aucun être humain ne peut comprendre.

Son téléphone retentit et il se détourna de la fenêtre pour le décrocher. « Brunetti.

— Ah, commissaire Brunetti. Le major Ambrogiani à l'appareil, de la base américaine de Vicence. Nous nous sommes vus il y a quelque temps, à propos de la mort de ce militaire américain à Venise.

— Ah, oui, major, répondit Brunetti, après un silence suffisamment long pour laisser croire, au cas où ils seraient sur écoute, qu'il avait eu un peu de mal à se souvenir du carabinier. En quoi puis-je vous aider ?

— C'est déjà fait, dottor, au moins en ce qui concerne mes collègues américains, puisque vous avez retrouvé le meurtrier du sergent Foster. Je vous appelle simplement pour vous remercier personnellement et vous transmettre les félicitations des autorités américaines de la base.

— Ah, c'est très aimable à vous, major. J'y suis très sensible. Bien entendu, c'est toujours avec le plus grand plaisir que nous faisons quelque chose qui puisse être utile aux Américains, en particulier aux représentants de son gouvernement.

— Voilà qui est fort bien dit, commissaire. Je leur répéterai cela mot pour mot.

— Je compte sur vous, major. Est-ce que je peux faire autre chose pour vous ?

— Vous pouvez toujours me souhaiter bonne chance répondit Ambrogiani avec un petit rire contraint.

— Avec joie, major, mais pour quel motif ?

— Je viens de recevoir une nouvelle affectation.

— Où ?

— En Sicile, répondit Ambrogiani sans émotion apparente.

— Ah, j'en suis ravi pour vous, major. On dit que le climat y est excellent. Quand devez-vous partir ?

— Le week-end prochain.

— Ah, si vite ? Et quand votre famille vous rejoindra-t-elle ?

— Je crains bien que cela ne soit pas possible. On m'a donné le commandement d'une petite unité de montagne, où les familles ne sont pas autorisées à nous rejoindre.

— J'en suis désolé pour vous, major.

— Que voulez-vous, c'est dans la nature du service.

— Oui, je suppose. Je ne peux vraiment rien faire pour vous ici, major ?

— Non, commissaire. Je vous renouvelle mes remerciements et ceux des autorités américaines.

— Merci, major... et bonne chance », répondit Brunetti dans le seul moment de cette conversation où il parla sans détour. Il raccrocha et retourna examiner l'échafaudage de San Lorenzo. Les ouvriers avaient disparu. Les aurait-on envoyés en Sicile, eux aussi ? Combien de temps un carabinier survit-il du côté de Palerme ? Un mois ? Deux ? Brunetti ne se souvenait pas du temps que le major avait encore à faire avant de pouvoir prendre sa retraite. Le policier espéra qu'il tiendrait jusque-là.

Ses pensées retournèrent de nouveau aux trois jeunes personnes, mortes de mort violente, pions sacrifiés par une main brutale. Jusqu'ici, il avait pu croire que cette main était celle de Viscardi ; la mutation d'Ambrogiani, cependant, signifiait que d'autres joueurs plus puissants encore étaient de la partie, des joueurs pour lesquels lui-même et Ambrogiani pouvaient être chassés sans peine de l'échiquier. Il se rappela ce qu'il avait lu imprimé sur les sacs dans lesquels étaient réexpédiés les cadavres : *Propriété du gouvernement américain.* Il frissonna.

Il n'avait pas besoin de vérifier l'adresse dans les dossiers. Il quitta la questure en direction du Rialto, sans rien voir, insensible aux lieux qu'il traversait. Au Rialto, soudain épuisé à la seule idée de la marche qui lui restait à faire, il attendit le vaporetto de la ligne 1 pour en redescendre deux arrêts plus loin, à San Stae. Il n'était jamais venu ici, mais ses pieds ne l'en guidèrent pas moins jusqu'à la porte ; Vianello lui avait expliqué — des mois auparavant, aurait-on cru — où elle se trouvait. Il sonna, donna son nom, et la porte s'ouvrit avec un claquement.

La cour était petite, dépourvue de plantes, et les marches qui y conduisaient d'un gris sinistre. Brunetti levait déjà la main pour frapper à la porte de bois, mais Viscardi ouvrit avant qu'il en ait eu le temps.

Le bleu, sous son œil, avait presque entièrement disparu. Le sourire, néanmoins, était toujours le même. « Quelle agréable surprise, commissaire. Entrez donc. » Il tendit une main que Brunetti ignora et qu'il rabaissa avec un naturel parfait avant de refermer le battant avec.

Une fois à l'intérieur, Brunetti se sentit pris d'un désir puissant de se jeter sur l'homme, de le frapper, de le brutaliser, de lui faire physiquement mal. Il se contenta cependant de le suivre jusque dans un grand salon bien aéré qui donnait sur ce qui devait être un jardin.

« Que puis-je faire pour vous, commissaire ? demanda Viscardi, gardant son attitude polie, sans toutefois aller jusqu'à lui offrir de s'asseoir ou de prendre un verre.

— Où étiez-vous, hier au soir, signor Viscardi ? »

Le Milanais sourit, et son regard devint doux et chaleureux. La question ne l'avait absolument pas pris au dépourvu. « Hier au soir ? Là où se trouve tout honnête homme le soir, dottor : chez moi, avec ma femme et mes enfants.

— Ici ?

— Non, à Milan. Et si je puis me permettre d'anticiper votre question suivante, avec d'autres personnes ; trois domestiques et nos deux invités.

— Quand êtes-vous arrivé ici ?

— Ce matin, par le premier avion. » Il sourit et, mettant la main à la poche, en retira un petit rectangle bleu. « Ah, quelle chance, j'ai même encore la carte d'embarquement sur moi. Voulez-vous l'examiner, commissaire ? » ajouta-t-il en la tendant à Brunetti.

Celui-ci l'ignora. « Nous avons trouvé le jeune homme de la photo, dit-il.

— Le jeune homme ? » demanda Viscardi. Il se tut un instant, puis l'expression de quelqu'un qui se souvient se peignit sur son visage. « Ah, oui, le jeune criminel dont le sergent m'avait montré la photo. Le vice-questeur Patta vous a-t-il dit qu'il me semblait bien me le rappeler, à présent ? » Et comme Brunetti ne répondit pas, il enchaîna : « L'auriez-vous arrêté ? Si cela veut dire que vous allez nous rendre les tableaux, ma femme va être ravie.

— Il est mort.

— Mort ? fit Viscardi, arquant un sourcil de surprise. Comme c'est malheureux. De mort naturelle ? demanda-t-il, marquant un temps d'arrêt avant de poser la question suivante. Une overdose de drogue, peut-être ? J'ai entendu dire que c'était un accident fréquent, surtout chez les jeunes.

— Non, ce n'était pas une histoire de drogue. Il a été assassiné.

— Oh, je suis désolé de l'apprendre... mais on dirait que c'est quelque chose de plus en plus fréquent, non ? » Il sourit de sa petite plaisanterie, puis reprit : « Et en fin de compte, était-il l'auteur de mon cambriolage ?

— Nous disposons de preuves qui semblent le confirmer. »

Viscardi plissa les yeux, sans doute pour mimer une soudaine prise de conscience. « Alors c'est vraiment lui que j'ai vu, l'autre nuit ?

— Oui, vous l avez vu.

— Cela signifie-t-il que je vais bientôt retrouver les toiles ?

— Non.

— Ah, quel dommage. Ma femme va être tellement déçue...

— Nous avons des preuves qu'il a également quelque chose à voir avec un autre crime.

— Ah bon ? Lequel ?

— Celui du militaire américain.

— Le vice-questeur Patta et vous-même devez être ravis de l'avoir résolu par la même occasion.

— Oui, le vice-questeur est ravi.

— Et pas vous ? Pour quelle raison, commissaire ?

— Parce que ce n'est pas lui l'assassin.

— Vous donnez l'impression d'être très sûr de vous.

— Je suis très sûr de moi. »

Viscardi esquissa un autre sourire, du genre fin. « Je serais infiniment plus content si vous pouviez récupérer mes toiles.

— Vous pouvez être assuré que je vais le faire, signor Viscardi.

— Voilà qui est très encourageant, commissaire. » Il repoussa sa manchette, jeta un bref coup d'œil à sa montre et dit : « Je crains cependant de devoir vous abandonner. J'attends des amis pour déjeuner, et j'ai ensuite un repas d'affaires avant d'aller prendre le train...

— Ce rendez-vous n'est pas à Venise ? »

Un sourire de pur ravissement vint pétiller dans les yeux du Milanais. Il essaya bien de le contenir, mais en vain. « Non, commissaire, pas à Venise. À Vicence. »

Brunetti revint chez lui la rage au ventre, une rage qui ne le quitta pas de tout le repas, pris en famille. Il essaya de répondre convenablement à leurs questions, de suivre la conversation, mais alors que Chiara racontait un incident survenu en classe le matin même, le sourire pervers de triomphe de Viscardi s'imposa dans son esprit. Brunetti se souvenait aussi d'un autre sourire, sourire idiot mais sourire d'excuse — celui de Ruffolo, deux ans auparavant, lorsqu'il avait retiré les ciseaux de la main brandie de sa mère en la suppliant de comprendre que le commissaire ne faisait que son travail

Il savait que le corps de son fils devait être rendu à la signora Concetta l'après-midi même, une fois l'autopsie achevée et la cause du décès authentifiée. Brunetti n'avait guère de doutes sur ce que dirait le rapport : les marques sur le crâne de Ruffolo correspondraient exactement à la forme du rocher présent sur la plage à côté de son corps. Qui aurait pu déterminer si la blessure fatale était la conséquence d'une chute ou d'autre chose ? Et qui s'en souciait, dans la mesure où cette mort tombait à pic pour régler définitivement un certain nombre de questions ? Peut-être, comme dans le cas du docteur Peters, trouverait-on de l'alcool dans le sang du jeune homme — ce qui ne ferait que confirmer un peu plus la thèse de la chute accidentelle. L'affaire que Brunetti avait eu à démêler était résolue ; les deux affaires, même, puisque le hasard avait voulu que le meurtrier de Foster fût aussi le voleur des tableaux de Viscardi. Plein de ces réflexions, il repoussa sa chaise, sans faire attention aux trois paires d'yeux qui le suivaient. Sans donner d'explication, il sortit de la pièce et quitta l'appartement pour se rendre à l'hôpital civil, où il savait que se trouvait le cadavre de Ruffolo.

Arrivé place SS Giovanni e Paolo, il se dirigea vers l'hôpital, sans vraiment voir les personnes qui circulaient autour de lui. Il passa devant la section de radiologie et s'engagea dans le couloir étroit qui menait au service de médecine légale, obligé, à présent, de remarquer les gens, tant ils étaient nombreux à se presser ici. Ils n'allaient nulle part et se tenaient en petits groupes, têtes rapprochées, et parlaient. Certains, avec leurs pyjamas et leurs robes de chambre, étaient manifestement des patients ; d'autres avaient des costumes de ville ; quelques-uns, la solide blouse blanche des aides-soignants. Juste devant l'entrée du service de médecine légale, il aperçut un uniforme qui lui était plus familier : celui de Rossi qui se tenait devant la porte, une main levée dans un geste pour empêcher la foule d'avancer.

« Qu'est-ce qui se passe, Rossi ? demanda Brunetti en se frayant un chemin jusqu'au premier rang des curieux.

— Je ne sais pas exactement, monsieur. On nous a appelés il y a environ une demi-heure pour nous dire qu'une vieille femme de l'hospice, là à côté, était devenue folle et cassait tout. Je suis venu avec Vianello et Miotti. Eux sont entrés et je suis resté ici pour empêcher tous ces gens de les suivre. »

Le commissaire contourna le policier et ouvrit la porte. La scène, à l'intérieur, ressemblait étrangement à celle qu'il venait de quitter : les gens se tenaient en petits groupes et s'entretenaient, têtes rapprochées. Tous, cependant, portaient la tenue blanche du personnel de l'hôpital. Des mots et des fragments de phrases parvenaient à ses oreilles : *impazzita... terribile... che paura... vecchiaccia...* Voilà qui correspondait à ce que lui avait dit Rossi, mais qui ne lui expliquait pas ce qui se passait.

Il se dirigea donc vers la porte qui donnait sur les salles d'examen. Ce que voyant, un aide-soignant quitta le groupe où il se trouvait pour lui barrer le passage. « Vous ne pouvez pas entrer. La police est là.

— Je *suis* la police, lui répliqua Brunetti en voulant forcer le passage.

— Pas tant que je n'aurai pas vu votre carte », observa l'homme en le retenant par le bras.

Cette résistance ralluma la rage que Brunetti avait éprouvée contre Viscardi ; il retira la main, le poing involontairement serré. L'aide-soignant recula d'un pas et ce léger mouvement suffit à rendre ses esprits au policier. Il s'obligea à desserrer les doigts, prit son portefeuille, l'ouvrit et montra sa carte à l'homme.

« Je fais simplement mon travail, monsieur, dit celui-ci, se tournant pour ouvrir la porte au commissaire.

— Merci », lui répondit Brunetti, passant devant lui sans croiser son regard.

À l'intérieur, il vit Vianello et Miotti qui, à l'autre bout de la pièce, entouraient un petit homme assis sur une chaise, se pressant une serviette blanche sur la tête. Vianello tenait son calepin à la main et paraissait l'interroger.

Le trio regarda Brunetti s'approcher et c'est alors qu'il reconnut le troisième homme : le docteur Ottavio Bonaventura, l'assistant du docteur Rizzardi. Le jeune médecin le salua d'un mouvement de tête, puis ferma les yeux et se laissa aller dans le siège, appuyant toujours la serviette à son front.

« Qu'est-il arrivé ? demanda Brunetti.

— C'est ce que nous essayons de comprendre, répondit Vianello avec un mouvement du menton en direction de Bonaventura. Une infirmière de la réception nous a appelés il y a environ une demi-heure, dit-il avec un geste vague vers l'extérieur du service. Elle nous a dit qu'une vieille folle venait d'attaquer un médecin et nous sommes venus aussi vite que possible. Il semble que les infirmiers n'arrivaient pas à la contenir, et pourtant ils étaient deux.

— Trois, corrigea le médecin, les yeux toujours fermés.

— Et que s'est-il passé, finalement ?

— Comme elle n'était plus là lorsque nous sommes arrivés, c'est justement ce que nous essayons de comprendre ; nous ne savons même pas si, en fin de compte, ce sont les infirmiers qui l'ont emmenée ou non. Nous ne savons rien du tout », conclut-il, ne faisant aucun effort pour dissimuler son exaspération.

Quoi, à trois, ils n'auraient pas réussi à venir à bout d'une vieille femme ?

« Dottor Bonaventura, demanda Brunetti, pouvez-vous nous dire ce qui est arrivé ? Vous sentez-vous mieux ? »

Le médecin acquiesça faiblement. Il retira la serviette de sa tête et les policiers virent une profonde entaille sanglante qui partait de sa pommette pour se perdre dans son cuir chevelu, au-dessus de l'oreille. L'homme tourna la serviette pour présenter une partie propre qu'il pressa à nouveau sur la blessure.

« J'étais à mon bureau, commença-t-il, sans prendre la peine d'indiquer le meuble, dont il n'y avait d'ailleurs qu'un exemplaire dans la salle, où je prenais des notes, lorsque cette vieille femme a fait soudain irruption, hurlant, hors d'elle. Elle s'est jetée sur moi. Elle tenait quelque chose à la main. Je n'ai même pas vu ce que c'était ; son sac à main, si ça se trouve. Je ne comprenais rien aux cris qu'elle poussait, mais je ne sais pas si ce n'était pas la surprise... ou la peur. » Il tourna une fois de plus la serviette. « L'hémorragie n'avait pas l'air de vouloir s'arrêter.

« Bref, une fois près de moi, elle m'a frappé et s'est mise à déchirer tous les papiers qui traînaient sur le bureau. C'est à ce moment-là que sont arrivés deux infirmiers, mais c'était une véritable furie, une hystérique en pleine crise. Elle en a fait tomber un par terre, et le second a trébuché sur lui. Après, je ne sais plus, parce que j'avais du sang plein les yeux. Mais quand j'ai pu m'essuyer, elle avait disparu. Les deux infirmiers étaient encore ici, étalés par terre, mais plus elle. »

Brunetti interrogea Vianello des yeux.

« Non monsieur, elle n'est pas dehors. Elle a bel et bien disparu. J'ai parlé aux infirmiers, mais ils ne savent pas ce qu'elle est devenue. Nous avons appelé à côté, à la maison de repos, pour savoir si une de leurs patientes ne s'était pas éclipsée, mais ils ont dit que non. Ils ont pu facilement les compter, car c'était l'heure du repas. »

Brunetti se tourna à nouveau vers Bonaventura. « Avez-vous une idée de qui peut être cette femme, dottor ?

— Non, pas la moindre. Je ne l'avais jamais vue avant. Et je n'ai aucune idée de la raison de son geste.

— Étiez-vous en consultation ?

— Non, comme je vous l'a dit, je prenais des notes. Je n'ai pas l'impression qu'elle soit arrivée par la salle d'attente, mais d'ici, ajouta-t-il avec un geste en direction d'une porte voisine.

— Et qu'est-ce qu'il y a, là-derrière ?

— La morgue. Cela faisait environ une demi-heure que je venais de finir l'autopsie, et je mettais mes notes au propre. »

À s'efforcer de démêler l'histoire confuse du médecin, Brunetti en avait oublié sa rage. Il se sentit pris soudain d'un froid glacial, mais sous le coup d'une émotion qui était bien différente.

« De quoi avait-elle l'air, dottor ?

— D'une vieille femme un peu forte, habillée tout en noir.

— C'était à quel sujet, ces notes que vous écriviez ?

— Je vous l'ai dit, l'autopsie que je venais de pratiquer.

— Oui, mais de *qui* ? insista Brunetti, même s'il pensait déjà connaître la réponse.

— Voyons, quel était son nom ? Le jeune homme qu'on m'a amené cette nuit. Rigetti ? Ribelli ?

— Non, dottor, Ruffolo.

— Oui, c'est ça. Je venais de terminer. Il était recousu. La famille devait venir vers 14 heures, mais j'avais fini un peu en avance, et je préférais mettre mes notes au propre avant de commencer le suivant.

— Ne vous rappelez-vous rien de ce qu'elle a dit, dottor ?

— Au risque de me répéter, je ne comprenais rien à son charabia, commissaire.

— S'il vous plaît, réfléchissez, dottor, demanda Brunetti, obligé de faire des efforts pour conserver son calme. C'est peut-être important. Une phrase ? Un mot ? » Comme Bonaventura ne disait toujours rien, il s'y prit autrement. « Parlait-elle italien, dottor ?

— Si l'on veut. Certains des mots étaient en italien, mais le reste dans un dialecte, le pire que j'aie jamais entendu. » Cette fois-ci, il n'y avait plus un seul endroit de propre sur la serviette que le médecin pressait sur sa tête. « J'aimerais bien aller me faire soigner.

— Encore un instant, dottor. Avez-vous compris certains de ces mots ?

— Bon, évidemment, elle n'arrêtait pas de crier *bambino, bambino*, mais ce jeune homme ne pouvait pas être son *bambino*. Elle devait avoir plus de soixante ans. » C'était inexact, mais Brunetti ne jugea pas utile de le lui révéler.

« Vous n'avez rien compris d'autre, dottor ? » redemanda Brunetti.

Bonaventura ferma les yeux, sous les poids combinés de la douleur et du souvenir. « Elle a bien dit *assassino,* mais j'ai l'impression que c'était de moi qu'elle parlait. Elle a menacé de me tuer, mais en réalité elle s'est contentée de me frapper. Tout cela ne tient pas debout. Même pas des mots, juste des hurlements, comme un animal, et c'est à ce moment-là que les infirmiers sont arrivés, il me semble. »

Avec un geste de la tête en direction de la porte de la morgue, le commissaire demanda : « Le corps est toujours ici ?

— Oui, je vous l'ai déjà dit : la famille devait venir le prendre à 14 heures. »

Brunetti alla jusqu'à la porte et l'ouvrit. De l'autre côté, à quelques pas de lui, le corps de Ruffolo, nu, exposé, gisait sur une civière métallique. Le drap qui l'avait recouvert, roulé en boule sur le sol, donnait l'impression d'avoir été arraché et jeté.

Le policier s'avança et regarda le cadavre du jeune homme. À la vue d'une de ses oreilles démesurées, il ferma un instant les yeux. Il avait la tête tournée de côté et on voyait dans ses cheveux une ligne irrégulière — la découpe de la boîte crânienne effectuée par Bonaventura pour examiner les dégâts subis par le cerveau. Sur le buste courait la longue incision en forme de papillon, cette même ligne horrible qu'il avait vue sur le corps athlétique de l'Américain. Tiré au compas, le cercle de la mort avait ramené Brunetti à son point de départ.

Il battit en retraite dans le bureau, laissant ce qui avait été Ruffolo. Un homme en blouse blanche était penché sur Bonaventura et tâtait délicatement les bords de la plaie. Le commissaire fit signe à Vianello et Miotti, mais avant qu'ils se soient éloignés, le médecin légiste se tourna vers Brunetti et dit : « Il y a quelque chose de bizarre, tout de même.

— Quoi donc, dottor ?

— Elle me croyait de Milan.

— Je ne comprends pas très bien.

— Quand elle a dit qu'elle allait me tuer elle m'a traité de *Milanese traditore* — et puis elle m'a frappé. Elle n'arrêtait pas de hurler qu'elle allait me tuer et de m'appeler *Milanese traditore*. C'est absurde. »

Mais ce ne l'était pas pour Brunetti. « Tu as un bateau, Vianello ?

— Oui, monsieur, dehors.

— Appelle la questure, Miotti, et dis-leur d'envoyer la Squadra Mobile sur-le-champ au palazzo Viscardi. Viens, Vianello. »

La vedette de la police était amarrée au quai à gauche de l'hôpital, moteur tournant au ralenti. Brunetti sauta sur le pont, tandis que Vianello larguait l'amarre et sautait après lui. « Allez, Bonsuan, dit le commissaire, heureux de le trouver à la barre, direction Sa Stae, le nouveau palazzo, à côté du palazzo Duodo. »

Inutile d'en dire davantage ; la panique de Brunetti était contagieuse. Le pilote brancha la sirène deux tons, enfonça la manette des gaz et propulsa la vedette dans le canal ; à son extrémité, il tourna dans le Rio San Giovanni Crisostomo, sirène à fond, pour rejoindre le Grand Canal dans lequel il faisait irruption quelques minutes plus tard, manquant de peu toucher un taxi et soulevant une grande vague qui alla faire danser les autres embarcations et frapper les édifices. Ils doublèrent un vaporetto en cours d'appontement à San Stae ; le sillage le poussa contre le ponton et plus d'un touriste se mit à danser sur place, ayant temporairement perdu l'équilibre.

À peine dépassé le palazzo Duodo, Bonsuan se rapprocha de la rive, puis Brunetti et Vianello sautèrent à terre, laissant au pilote le soin d'amarrer la vedette. Brunetti partit en courant, s'arrêta un instant, un peu désorienté d'être arrivé par l'eau, puis fonça sur la gauche.

Lorsqu'il vit les lourdes portes de bois ouvertes sur la cour, il comprit qu'il arrivait trop tard : trop tard pour Viscardi, trop tard pour la signora Concetta. Il la trouva là, au bas des marches qu'il avait empruntées le matin même ; deux des invités de Viscardi — dont l'un avait même sa serviette de table encore glissée dans le col de sa chemise — lui tenaient les mains dans le dos.

Deux solides gaillards, les invités de signor Viscardi et il sembla à Brunetti qu'il n'était pas indispensable de tordre de cette manière brutale les bras de signora Concetta dans son dos. Ne serait-ce que parce qu'il était déjà trop tard, et qu'en plus elle n'offrait aucune résistance. Elle était satisfaite, on pourrait presque dire heureuse, de contempler ce qui gisait à ses pieds, sur le sol de la cour. Viscardi était tombé tête la première, si bien que les trous béants faits par la décharge du fusil de chasse étaient cachés, mais que le sang coulait librement entre les dalles de granite. L'arme gisait entre le corps et signora Concetta, là où elle l'avait laissé tomber. Le vieux tromblon de son mari avait servi une dernière fois, et vengé l'honneur de sa famille.

Avant que Brunetti ait pu dire quoi que ce soit, un homme sortit et s'avança en haut des marches. Voyant l'uniforme de Vianello, il dit : « Comment avez-vous fait pour arriver aussi vite ? »

Brunetti l'ignora et s'approcha de la femme. Elle leva les yeux sur lui, le reconnut, mais ne sourit pas ; son visage était un masque d'acier. « Lâchez-la, dit le commissaire aux deux hommes. » Ils ne bougèrent pas et il répéta, le ton toujours neutre : « Lâchez-la. » Ils lui obéirent, cette fois, prenant soin toutefois de reculer d'un ou deux pas.

« Signora Concetta, comment avez-vous su ? » lui demanda Brunetti. Il était inutile de s'enquérir du pourquoi.

Avec gaucherie, comme s'ils lui faisaient mal, elle ramena ses bras devant elle et les croisa sur sa poitrine. « Mon Peppino m'avait tout dit.

— Qu'est-ce qu'il vous avait dit, signora?

— Que cette fois-ci, on aurait assez d'argent pour retourner à la maison. Chez nous. Cela fait si longtemps que je n'ai pas été chez moi.

— Qu'est-ce qu'il vous a dit d'autre, signora? Vous a-t-il parlé des tableaux ? »

L'homme à la serviette autour du cou l'interrompit, d'une voix haut perchée au ton pressant « Qui que vous soyez, je tiens à vous dire que je suis l'avocat de signor Viscardi. Et je vous signale que vous communiquez des informations à cette femme. J'ai été le témoin de ce crime et on ne doit pas lui parler tant que la police n'est pas arrivée. »

Brunetti le regarda brièvement, puis jeta un coup d'œil à Viscardi. « Il n'a plus besoin d'un avocat, dit-il avant de se tourner de nouveau vers signora Concetta. Que vous a dit Peppino, signora ? »

Elle fit des efforts pour s'exprimer avec clarté, sans avoir recours à son dialecte. C'est qu'elle avait affaire à la police, tout de même. « Je savais tout. Les tableaux. Je savais que mon Peppino devait vous rencontrer. Il avait très peur, mon Peppino. Très peur de cet homme, ajouta-t-elle avec un geste en direction du mort. « Il a trouvé quelque chose qui lui a fait très peur. » Elle revint de nouveau sur Brunetti. « Est-ce que je peux m'en aller d'ici à présent, dottor ? Mon travail est fini. »

L'homme à la serviette éleva de nouveau la voix. « Vous avez posé des questions tendancieuses à cette femme et j'en suis témoin. »

Brunetti prit la vieille femme par le coude. « Suivez-moi, signora. » Il adressa un signe de tête à Vianello, qui vint promptement le rejoindre. « Allez avec cet homme, signora. Il a un bateau, et il va vous conduire à la questure.

— Pas sur un bateau, dit-elle. J'ai peur de l'eau.

— Il n'y a aucun danger, signora », intervint Vianello.

Elle se tourna vers Brunetti. « Vous venez avec nous, dottor ?

— Non, signora, je dois rester ici.

— Je peux avoir confiance en lui ? demanda-t-elle avec un geste en direction de Vianello.

— Bien sûr, signora.

— Vous le jurez ?

— Je le jure, signora.

— *Va bene*, on prend le bateau. »

Elle commença à s'éloigner, conduite par Vianello, qui devait se pencher pour lui passer la main sous le coude. Mais au bout de trois pas elle s'arrêta et se retourna. « Dottor ?

— Oui, signora Concetta ?

— Les peintures sont dans ma maison. » Sur quoi elle reprit la direction du grand portail avec Vianello.

Brunetti découvrit plus tard qu'habitant Venise depuis vingt ans, c'était pourtant la première fois qu'elle mettait les pieds sur un bateau. Comme de nombreux montagnards siciliens, elle éprouvait une peur mortelle de l'eau, qu'elle n'avait jamais surmontée pendant tout ce laps de temps. Auparavant, néanmoins, il avait appris le sort qu'elle avait réservé aux tableaux. Quand la police alla perquisitionner l'appartement, l'après-midi même, ils trouvèrent les toiles déchiquetées, réduites en mille morceaux avec ces mêmes ciseaux à cranter dont elle avait menacé Brunetti. Cette fois-ci, il n'y avait eu aucun Peppino pour l'arrêter et elle les avait intégralement détruites, ne laissant que des lambeaux de toile et de couleur dans le sillage de son chagrin. Brunetti ne fut pas surpris d'apprendre que beaucoup de gens y virent un preuve patente de sa folie : n'importe qui pouvait tuer un homme, mais seule une folle détruirait un Guardi.

Deux soirs plus tard, après le dîner, Paola alla répondre au téléphone. À la chaleur de sa voix et à ses éclats de rire fréquents, il était clair qu'elle parlait à ses parents. Au bout d'un long moment, presque une demi-heure, elle vint sur la terrasse. « Mon père voudrait te parler un moment, Guido. »

Il retourna dans le séjour et prit le téléphone. « Bonsoir, dit-il.

— Bonsoir, Guido, répondit le comte. J'ai des nouvelles pour toi.

— À propos de la décharge ?

— La décharge ? répéta le comte, s'arrangeant pour avoir l'air de ne pas comprendre.

— Oui, la décharge sauvage du lac Barcis.

— Ah, tu veux parler du site de construction. Une entreprise privée de transports est passée là-bas un peu plus tôt cette semaine. Le site a été entièrement nettoyé, tout a été enlevé et recouvert de terre.

— Le site de construction ?

— Oui. L'armée a décidé d'entreprendre des études sur les émissions de radon dans cette zone. Ils vont donc la fermer et y construire une sorte de centre d'expérience. Automatique, cela va de soi.

— Quelle armée, la leur ou la nôtre ?

— La nôtre, bien entendu.

— Où a-t-on emmené les substances ?

— Je crois que les camions partaient pour Gênes. Mais l'ami qui m'en a parlé n'a pas été très précis.

— Tu savais que Viscardi était compromis dans cette affaire, n'est-ce pas ?

— Je n'aime pas du tout ce ton accusateur, Guido », répliqua sèchement le comte. Brunetti ne s'excusa pas, et son beau-père reprit : « Je savais beaucoup de choses sur le signor Viscardi, mais il n'était pas en mon pouvoir de l'atteindre.

— Plus personne ne le peut, de toute façon, observa Brunetti, sans cependant prendre de satisfaction à pouvoir le dire.

— J'ai essayé de te le faire comprendre.

— Je ne m'étais pas rendu compte qu'il était puissant à ce point.

— Il l'était. Et son oncle (il nomma alors un ministre du gouvernement) l'est toujours autant. Tu comprends ? »

Oui, il comprenait, et plus qu'il ne l'aurait voulu. « J'ai un autre service à te demander...

— J'ai déjà fait beaucoup pour toi cette semaine, Guido. Dont une bonne partie allait contre mes intérêts.

— Ce n'est pas pour moi.

— Quand on demande une faveur, Guido, c'est toujours pour soi. En particulier si elle concerne quelqu'un d'autre. » Comme Brunetti gardait le silence, le comte enchaîna : « De quoi s'agit-il ?

— D'un officier des carabiniers, Ambrogiani. Il vient tout juste d'être muté en Sicile. Peux-tu faire en sorte qu'il ne lui arrive rien, tant qu'il sera en poste là-bas ?

— Ambrogiani ? fit le comte, comme s'il ne voulait rien savoir de plus que le nom.

— Oui.

— Je vais voir ce que je peux faire, Guido.

— Je t'en serais très reconnaissant.

— Le major Ambrogiani aussi, sans doute.

— Merci.

— Avec plaisir, Guido. Nous serons de retour la semaine prochaine.

— Bien. Bonne fin de vacances, alors.

— Merci. Bonne nuit, Guido.

— Bonne nuit. » Au moment où Brunetti reposa le combiné, un détail de cette conversation lui revint brusquement à l'esprit et il resta pétrifié sur place, perdu dans la contemplation de sa main comme s'il ne pouvait la détacher de l'appareil. Le comte connaissait le grade d'Ambrogiani. Lui-même avait simplement parlé d'un « officier », mais son beau-père avait précisé « le major Ambrogiani ». Le comte était aussi au courant des activités de Gamberetto. Il était en affaires avec Viscardi — et maintenant, il n'ignorait rien du grade de l'officier des carabiniers... Que savait-il encore ? Et dans quelles autres affaires jouait-il un rôle ?

Paola l'avait remplacé sur la terrasse ; il ouvrit la porte-fenêtre et, quand il fut près d'elle, lui passa un bras autour des épaules. Un reste de lumière du jour éclaircissait encore l'horizon occidental. « Les journées raccourcissent, n'est-ce pas ? » observa-t-elle.

Il la serra un peu plus contre lui et acquiesça.

Ils restèrent un moment ainsi. Les cloches commencèrent à sonner ; celles, légères, de San Polo pour commencer, puis résonnant sur la ville, les canaux et les siècles, le bourdon autoritaire de Saint-Marc.

« Je crois que Raffi est amoureux, Guido », dit-elle, espérant avoir bien choisi le moment de l'annoncer.

Brunetti continua de serrer contre lui la mère de son unique fils, pensant à l'art d'être parent, à la manière dont on aime ses enfants. Il resta si longtemps sans rien dire qu'elle finit par se tourner vers lui pour le regarder.

« Pourquoi pleures-tu, Guido ? »

DU MÊME AUTEUR

Mort à La Fenice
Calmann-Lévy, 1997
et « Points Policier », n° P514

Un Vénitien anonyme
Calmann-Lévy, 1998
et « Points Policier », n° P618

Le Prix de la chair
Calmann-Lévy, 1998
et « Points Policier », n° P686

Entre deux eaux
Calmann-Lévy, 1999
et « Points Policier », n° P734

Péchés mortels
Calmann-Lévy, 2000
et « Points Policier », n° P859

Noblesse oblige
Calmann-Lévy, 2001
et « Points Policier », n° P990

L'Affaire Paola
Calmann-Lévy, 2002
et « Points Policier », n° P1089

Des amis haut placés
Calmann-Lévy, 2003
et « Points Policier », n° P1225

Mortes-eaux
Calmann-Lévy, 2004
et « Points Policier », n° P1331

Une question d'honneur
Calmann-Lévy, 2005
et « Points Policier », n° P1452

Le Meilleur de nos fils
Calmann-Lévy, 2006
et « Points Policier », n° P1661

Sans Brunetti
Essais, 1972-2006
Calmann-Lévy, 2007

Dissimulation de preuves
Calmann-Lévy, 2007
et « Points Policier », n° P1883

De sang et d'ébène
Calmann-Lévy, 2008
et « Points Policier », n° P2056

Requiem pour une cité de verre
Calmann-Lévy, 2009
et « Points Policier », n° P2291

Le Cantique des innocents
Calmann-Lévy, 2010
et « Points Policier », n° P2525

Brunetti passe à table
Recettes et récits
(avec Roberta Pianaro)
Calmann-Lévy, 2011
et « Points Policier », n° P2753

La Petite Fille de ses rêves
Calmann-Lévy, 2011
et « Points Policier », n° P2742

Le Bestiaire de Haendel
À la recherche des animaux dans les opéras de Haendel
Calmann-Lévy, 2012

La Femme au masque de chair
Calmann-Lévy, 2012
et « Points Policier », n° P2937

Les Joyaux du paradis
Calmann-Lévy, 2012
et « Points Policier », n° P3091

Curiosités vénitiennes
Calmann-Lévy, 2013

Brunetti et le mauvais augure
Calmann-Lévy, 2013
et « Points Policier », n° P3163

Gondoles
Histoires, peintures, chansons
Calmann-Lévy, 2014

Deux veuves pour un testament
Calmann-Lévy, 2014
et « Points Policier », n° P3399

L'Inconnu du Grand Canal
Calmann-Lévy, 2014
et « Points Policier », n° P4225

Le Garçon qui ne parlait pas
Calmann-Lévy, 2015
et « Points Policier », n° P4352

Brunetti entre les lignes
Calmann-Lévy, 2016
et « Points Policier », n° P4486

Brunetti en trois actes
Calmann-Lévy, 2016
et « Points Policier », n° P4649

Minuit sur le canal San Boldo
Calmann-Lévy, 2017
et « Points Policier », n° P4861

Les Disparus de la lagune
Calmann-Lévy, 2018
et « Points Policier », n° P5068

La Tentation du pardon
Calmann-Lévy, 2019
et « Points Policier », n° P5249

Quand un fils nous est donné
Calmann-Lévy, 2020

RÉALISATION : NORD COMPO À VILLENEUVE-D'ASCQ
IMPRESSION : CPI FRANCE
DÉPÔT LÉGAL : MARS 2021. N° 147662-3 (3045154)
IMPRIMÉ EN FRANCE